LYNNE GRAHAM

Héritière de l'amour

INTÉGRALE

CŒURS À PRENDRE

Traduction française de

MARIE-NOËLLE TRANCHART-STAINER

SAGAS

HARLEQUIN

Collection : SAGAS

Titre original :
THE FRENCHMAN'S LOVE-CHILD

Ce roman a déjà été publié en 2011

HARPERCOLLINS FRANCE
83-85, boulevard Vincent-Auriol, 75646 PARIS CEDEX 13
Service Lectrices — Tél. : 01 45 82 47 47

www.harlequin.fr

ISBN 978-2-2804-3339-6 — ISSN 2426-993X

1

Perplexe, Christian Laroche examinait le portrait de sa grand-tante Solange. Une femme paisible, qui avait vécu dans la plus grande discrétion, sans jamais faire de vagues. Qui aurait jamais pu imaginer que son testament recélait une véritable bombe ?

— Incroyable ! s'exclama l'un des cousins de Christian avec colère. Solange avait complètement perdu la tête !

— A la fin de sa vie, elle ne savait plus très bien ce qu'elle faisait, soupira un oncle.

— Laisser une partie du domaine Duvernay à une parfaite étrangère ! C'est invraisemblable !

— Honteux !

Dans d'autres circonstances, Christian aurait éclaté de rire. Car tous ceux qui protestaient ne manquaient pas d'argent, loin de là. Et le legs dont il était question — une minuscule maison construite sur un terrain grand comme un mouchoir de poche — ne représentait qu'une infime parcelle de cette vaste propriété s'étendant sur plusieurs centaines d'hectares.

Mais, même s'il ne se joignait pas au chœur des lamentations, Christian lui-même estimait la décision de sa grand-tante peu judicieuse. Pourquoi favoriser une jeune femme qu'elle connaissait à peine ?

Matilde Laroche, la mère de Christian, paraissait plus secouée encore que tous les autres.

— Que ma propre tante ait jugé bon de récompenser la

fille du meurtrier de mon mari… je… je trouve cela très cruel, balbutia-t-elle dans un flot de larmes.

« La fille du meurtrier de mon mari »… Christian se raidit, le visage plus dur que jamais. Pendant que Véronique, sa fiancée, tentait de consoler Matilde, il s'approcha de l'une des portes-fenêtres qui donnaient sur le parc bien entretenu de ce superbe château breton, contemplant sans vraiment les voir les pelouses veloutées, les massifs exubérants d'hortensias, de rosiers et de géraniums.

Quatre ans s'étaient écoulés depuis que son père, un grand banquier, avait été victime d'un chauffard sur une petite route de Dordogne, à proximité de la villa qu'il possédait près de Sarlat. Il n'avait que cinquante-quatre ans.

Depuis, inconsolable, Matilde Laroche vivait recluse dans son vaste appartement parisien. Se remettrait-elle un jour de la mort de son mari, son ami d'enfance, son seul amour ? Redeviendrait-elle un jour vive et gaie comme autrefois ? Christian en doutait.

Henri Laroche n'avait malheureusement pas été la seule victime de ce stupide accident. Le père de Tabitha Burnside avait lui aussi été tué sur le coup, ainsi que ses quatre passagers. Chacune des familles britanniques qui louaient en commun le vaste gîte situé à peu de distance de la villa des Laroche avait pleuré la mort de l'un des siens.

« J'aurais dû acheter cette vieille ferme, disait souvent Henri Laroche. Cela nous aurait évité d'être envahis tous les étés par des hordes de vacanciers bruyants… »

Cette année-là, Tabitha avait accompagné son père, Gerry Burnside, et Lisa, la seconde femme de ce dernier. De loin, impossible de distinguer l'une de l'autre ces deux jeunes femmes blondes. Elles semblaient avoir à peu près le même âge et Christian les avait d'abord prises pour des sœurs, ignorant que l'une était la femme d'un quinquagénaire aux cheveux gris et l'autre, encore une lycéenne.

Il avait très vite remarqué que le soir, au lieu d'accompagner le groupe d'amis au restaurant, Tabitha restait seule au gîte. Entièrement nue, exposant sans la moindre gêne son corps parfait à la lueur nacrée de la lune, elle avait l'habitude de se prélasser sur une chaise longue avant de plonger dans la piscine, où elle faisait paresseusement la planche.

Au lieu de chercher à savoir pourquoi elle préférait rester seule plutôt que de s'amuser avec les autres, Christian s'était persuadé qu'elle voulait attirer son attention — comme les autres. Car les filles s'intéressaient beaucoup au jeune et séduisant fils unique du richissime banquier Henri Laroche.

« Elle m'a forcément remarqué au village et a appris *qui* j'étais », s'était-il dit avec fatuité.

A sa décharge, il avait quelques raisons d'être fier de lui. A vingt ans, il avait arrêté ses études et s'était lancé dans les affaires. A l'instar de son père, tout ce qu'il touchait se transformait en or et, en moins de cinq ans, il s'était trouvé à la tête d'une compagnie aérienne florissante. Bien sûr, tout cela signifiait un travail forcené. Du 1er janvier au 31 décembre, de l'aube à la nuit, il était sur la brèche.

Difficile de soutenir un pareil rythme de façon prolongée. Aussi, cet été-là, il avait décidé de s'accorder un mois entier de repos complet.

Repos de l'esprit, peut-être, mais pas du corps, s'était-il dit en observant de loin sa jeune voisine. Quand une femme s'offrait ainsi, pourquoi ne pas en profiter ?

Et, en effet, Tabitha s'était donnée à lui en toute simplicité, dès le premier soir où, n'y tenant plus, il était allé la trouver. Et cela avait duré plusieurs semaines. Des semaines de pur érotisme, de passion explosive. Au lit, la jeune Anglaise se transformait en une véritable créature sensuelle !

Un seul détail troublait Christian, à l'époque : Tabitha tenait à ce que leur liaison demeure secrète. Jamais elle n'acceptait de passer une nuit entière avec lui. Elle rentrait toujours au gîte en cachette, en passant par la fenêtre.

Cela ajoutait du piment à l'aventure… Au fil des jours,

de plus en plus obsédé par le corps magnifique de la jeune femme, par le plaisir qu'il retirait de ses caresses sensuelles, il avait même songé à l'épouser. Ainsi, s'était-il pris à rêver, il pourrait lui faire l'amour à toutes les heures du jour et de la nuit.

Oui, il avait été sur le point de proposer à la fille de Gerry Burnside de devenir sa femme ! Lui qui était connu pour son intelligence redoutable avait perdu la tête pour une lycéenne, une petite menteuse, une comédienne d'à peine dix-sept ans ! Grâce au ciel, il avait su reprendre ses esprits à temps, le jour où, par hasard, il l'avait surprise en train d'embrasser un jeune motard tout juste sorti de l'adolescence. Il se souvenait encore du choc qu'il avait éprouvé…

Soudain, la voix de sa mère le ramena à l'instant présent.

— Si cette fille ose mettre le pied sur des terres appartenant aux Laroche depuis toujours, ton père se retournera dans sa tombe.

Et Matilde se remit à pleurer.

— Pas question, assura Christian. Je vais proposer à cette fille de lui racheter la maison. L'offre sera si intéressante qu'elle ne pourra pas refuser.

Véronique, qui l'avait rejoint, lui dit à mi-voix :

— Cette démarche sera très déplaisante pour toi. Laisse-moi m'en charger.

— Tu es gentille, mais je préfère m'occuper de cela moi-même.

— Comme tu veux, fit-elle, conciliante selon son habitude.

Christian connaissait depuis l'enfance cette superbe brune. Il n'aurait pas pu mieux choisir sa future épouse. Elégante, intelligente et cultivée, d'un excellent milieu, Véronique menait une brillante carrière d'avocate. Que demander de plus ? Un peu de passion, peut-être… Mais Christian s'était résigné : ce ne serait probablement jamais le cas. Leur mariage ne devait pas grand-chose à l'amour, mais tout à la raison. Il s'agissait plutôt d'une sorte d'association. Véronique n'appréciait guère les contacts physiques et, dès le début, avait fait comprendre à son fiancé qu'il pouvait prendre des maîtresses s'il le souhaitait. Pour Christian, qui appréciait par-dessus tout sa liberté, une telle formule paraissait en quelque sorte idéale…

Dans un peu plus d'un mois, se dit-il, il devait se rendre à Londres pour affaires. Il en profiterait pour aller voir Tabitha, et lui proposerait de lui racheter sa part d'héritage.

Une vague curiosité l'envahit soudain. Comment était-elle maintenant ? Avec les années, sa beauté s'était-elle flétrie ?

Il haussa les épaules. A vingt et un ans, il y avait peu de chance qu'elle soit devenue une femme fanée… Et puis, en quoi cela pouvait-il l'intéresser ? A une certaine époque, cette fille avait eu le pouvoir de le troubler. Aujourd'hui, il se moquait éperdument de Tabitha Burnside.

« Une maison en France…, pensait Tabitha d'un air rêveur. Une maison à moi. »

Mais Alison Davies, sa tante, avait un autre point de vue sur la question.

— Il faut que tu la vendes, affirma-t-elle. Tu peux en tirer une belle somme.

« Jake pourrait respirer du bon air… Je suis sûre que son asthme est dû à la pollution qui règne à Londres. »

— Au moins, tu aurais de l'argent, poursuivait Alison. Assez, peut-être, pour acheter un petit appartement.

Sa tante, une jolie rousse d'une trentaine d'années, semblait visiblement satisfaite de ses suggestions.

Mais, perdue dans ses pensées, Tabitha l'écoutait à peine. Solange Roussel lui avait légué une maison et un jardin… Quel extraordinaire coup de chance ! Elle allait pouvoir élever son fils en France. Après tout, le petit Jake n'était-il pas à moitié français ?

Elle jeta un coup d'œil en direction de l'enfant. Trois ans, des yeux bruns pleins de malice, un teint mat et d'épaisses boucles sombres. En ce moment, son asthme ne lui causait pas trop de problèmes. Mais, l'hiver prochain, que se passerait-il s'ils restaient à Londres ?

Dès l'arrivée de la lettre du notaire, Tabitha avait commencé à échafauder mille projets. Pour elle, ce legs tombait à pic : elle ne pouvait pas accepter éternellement l'hospitalité de sa tante, qui l'hébergeait depuis presque quatre ans maintenant.

Lorsqu'elle était rentrée en Angleterre après le terrible accident, Tabitha se sentait bouleversée, désemparée. Pour ne rien arranger, elle était enceinte et sans argent. Elle avait tout d'abord logé chez une amie, mais, quand Alison avait appris qu'elle dormait sur un matelas qu'on déroulait le soir, elle lui avait généreusement offert l'hospitalité.

Pendant toutes ces années, la cohabitation s'était très bien passée. Mais, récemment, elle avait entendu Alison et son ami Edward se disputer. Le rêve de ce dernier ? Prendre une année sabbatique et faire le tour du monde.

— Si Tabitha n'était pas là, nous pourrions louer très cher cette maison pendant notre absence, avait-il dit d'un ton plein de ressentiment. Cela couvrirait tous nos frais. Quand je pense que, à cause de ta nièce, nous allons être obligés de voyager chichement… Avoue que c'est un comble !

— Pourquoi reviens-tu là-dessus ? avait demandé Alison sur un ton las. On en a déjà discuté, sans trouver de solution. Comment pourrais-je demander à Tabitha de partir pour laisser la place à des étrangers ? Tu sais bien qu'elle ne peut pas s'offrir un logement convenable.

— A qui la faute, s'il te plaît ? Tomber enceinte à dix-sept ans, vraiment ! Bien sûr, elle le paie aujourd'hui. Mais il n'y a aucune raison pour que nous en pâtissions aussi.

Edward avait laissé éclater sa colère.

— Je commence à en avoir assez ! A cause d'elle, on manque d'argent. Sans compter qu'on n'arrive jamais à être seuls et que tu dois tout le temps garder l'enfant !

Tabitha avait reçu un choc terrible en entendant une telle

diatribe. Cela l'avait blessée et humiliée, profondément. En même temps, elle devait admettre que les critiques d'Edward ne manquaient pas de justesse. Elle aurait dû depuis longtemps chercher à vivre de manière indépendante…

La voix d'Alison la sortit de ses pensées.

— Je n'arrive pas à comprendre pourquoi cette vieille dame t'a mise sur son testament.

Tabitha soupira. Elle aimait bien sa jeune tante et elle lui était reconnaissante de l'avoir aidée au moment où elle en avait eu tellement besoin. Mais elle ne lui avait jamais *tout* dit.

— Solange et moi nous entendions très bien, expliqua-t-elle prudemment.

— Tu la connaissais à peine !

La jeune femme demeura silencieuse. C'était la vérité. Elle n'avait pas vu Solange Roussel plus de trois fois. La première fois, elle planait sur un petit nuage rose et elle lui avait confié qu'elle était follement amoureuse de Christian. La seconde fois, elle se sentait beaucoup moins sûre d'elle-même, et était terrifiée à l'idée que Christian ne la quitte.

Quant à la troisième entrevue, elle avait eu lieu au moment de l'enquête sur l'accident. Tabitha avait tenu à y assister et avait pris l'avion pour la France, débordante de joie à la pensée de revoir enfin Christian. Avec le temps, avait-elle espéré, sa peine avait dû s'estomper. Peut-être avait-il admis qu'il n'était pas le seul à pleurer un disparu ?

Hélas ! Christian avait été plus froid, plus sarcastique que jamais. Quant à Véronique, qui s'était jusqu'alors montrée amicale, elle l'avait toisée d'un air glacial, presque hostile.

Même si elle n'était pour rien dans l'accident, la fille de Gerry Burnside était désormais une paria…

Elle avait eu l'intention d'annoncer à Christian qu'il était le père d'un adorable bébé. Mais impossible ! Elle n'avait pas réussi à le voir seul, ne serait-ce qu'une seconde. Et, quand elle lui avait dit qu'elle voulait lui parler en tête à tête, il avait rétorqué :

— Désolé, nous n'avons rien à nous dire.

Pour cacher ses larmes, elle s'était enfuie. Une fois dehors, alors qu'elle sanglotait à perdre haleine, une main s'était posée sur les siennes. Celle de Solange Roussel.

— Je suis navrée, lui avait dit celle-ci avec compassion. Jamais la famille n'aurait dû s'interposer entre Christian et vous.

Tabitha frissonna en se remémorant ces douloureux souvenirs. Alison, de son côté, poursuivait son idée fixe.

— Alors, tu vas vendre cette maison, n'est-ce pas ?

La jeune femme prit une profonde inspiration avant de déclarer :

— Non, j'ai l'intention de la garder.

— A côté du château qui appartient maintenant à Christian Laroche ?

— Solange disait qu'il n'allait presque jamais à Duvernay. De plus, la maison se trouve tout au bout du domaine, et elle est si petite ! Si je reste tranquillement dans mon coin, personne ne se rendra compte que je suis là.

Alison examina sa nièce d'un air soucieux.

— Au fond, ce que tu espères surtout, c'est *le* revoir, non ?

— Sûrement pas ! Pourquoi ?

— Pour lui parler de Jake.

— Au moment où j'ai voulu le mettre au courant, il a refusé de m'écouter. Maintenant, c'est trop tard.

Elle frémit en revoyant tout le clan Laroche ligué contre elle, le jour de l'enquête. Ils l'avaient considérée avec un tel mépris ! S'ils avaient appris qu'elle venait de mettre au monde le fils de Christian, leur mépris se serait transformé en haine…

— Oui, c'est trop tard, répéta-t-elle. Jake est à moi, à moi seule. Et nous nous débrouillons très bien, tous les deux.

Alison demeura silencieuse. En dépit de ses airs bravaches, sa nièce restait si vulnérable ! Elle avait vécu des moments très durs… ce qui ne l'empêchait pas de rester trop confiante.

Par ailleurs, avec son étonnante chevelure couleur caramel, ses immenses yeux verts frangés de cils interminables et sa silhouette de rêve, elle attirait tous les hommes comme un aimant. Et cela, sans le vouloir, presque sans s'en rendre compte. Lorsqu'elle marchait dans la rue, ils se retournaient tous pour la suivre des yeux. Mais elle poursuivait son chemin, souriante, sans rien remarquer.

Dotée d'un inaltérable optimisme, elle s'attendait toujours à des lendemains plus souriants.

Alison tenta de nouveau de lui faire entendre raison.

— Posséder une résidence secondaire dans un pays étranger ? Tu n'as aucune idée des frais que cela peut entraîner.

— Je ne peux pas m'offrir le luxe d'une résidence secondaire, je le sais. Ce que j'envisage, c'est de m'installer pour de bon en France avec Jake.

— Quoi ? s'écria Alison.

— Je peux peindre mes miniatures n'importe où et continuer à les vendre sur Internet.

Pensive, elle ajouta :

— Les paysages français devraient m'aider à renouveler mon inspiration.

— Tu es folle !

— Pas du tout. Au début, je suppose que ce ne sera pas facile. Mais je me débrouillerai bien. Et, puisque je suis propriétaire de cette maison, je n'aurai pas de loyer à payer. J'apprendrai le français, Jake deviendra bilingue sans effort…

— Tu es folle, répéta Alison. Faire de pareils projets alors que tu n'as pas encore visité ce cottage !

— Je vais aller là-bas la semaine prochaine. Juste un aller et retour.

— Et si c'est inhabitable ?

— Je verrai bien sur place.

Sa tante secoua la tête.

— Tu n'es pas raisonnable. Vivre à l'étranger, c'est tentant. Si tu étais toute seule, pourquoi pas ? Mais tu dois penser à Jake.

— Ce sera une excellente expérience pour lui.

— Pas forcément.

— Alison, j'ai vingt et un ans. Je n'ai que trop compté sur toi. Il serait temps que je devienne vraiment indépendante.

— Je peux comprendre cela. N'empêche que je crains de te voir partir à l'aventure pour découvrir très vite que tu as commis une grave erreur.

— Une de plus, fit la jeune femme avec amertume.

Le regard perdu au loin, elle était en train de commencer à en faire le compte quand Jake arriva en courant. Il se précipita dans ses bras.

— Ma maman chérie !

Les larmes vinrent aux yeux de Tabitha tandis qu'elle serrait le petit garçon contre son cœur.

Beaucoup de gens estimaient que sa plus grande bêtise avait été de garder Jake. Mais, sans son fils, comment aurait-elle trouvé le courage de faire face ? Elle était persuadée d'avoir eu raison envers et contre tous.

Toujours soucieuse, Alison continuait à l'observer.

— Il y a quelques années, j'avais un collègue de travail qui adorait la France et rêvait d'y vivre. Il a franchi le pas et a créé une petite agence immobilière en Bretagne. On s'écrit une fois par an, au moment des vœux. Je le préviendrai de ton arrivée. Au moins, tu ne te sentiras pas complètement perdue… Il s'appelle Sean Wendell. Tu verras, il est très gentil.

Emergeant de sa rêverie, Tabitha adressa à sa tante un regard étonné.

— Pourquoi veux-tu que je prenne contact avec ce Sean Wendell ? demanda-t-elle.

— Il pourra t'aider dans tes démarches. Le notaire, les formalités, etc. Evidemment, si tu parlais français couramment, ce serait différent.

Hélas, son français n'était pas fameux, Tabitha devait le reconnaître.

— Je me débrouillerai, marmonna-t-elle.

Un peu plus tard, en mettant son fils au lit, la jeune femme se sentit submergée par mille souvenirs.

Après la mort de la femme qu'il adorait — la mère de Tabitha —, Gerry Burnside avait sombré dans le désespoir. Mais, quelques mois plus tard, son attitude avait changé. Il s'était mis à s'habiller comme un jeune homme, à sortir tous les soirs… et, un beau jour, il s'était remarié avec l'hôtesse d'accueil de sa société, Lisa, une blonde de vingt-deux ans.

L'ambiance était très vite devenue détestable chez les Burnside. Furieuse de devoir subir la présence d'une belle-fille ayant à peine quelques années de moins qu'elle, Lisa ne lui avait pas caché son hostilité.

Gerry cédait à tous les caprices de sa jeune épouse. Mais, l'été venu, il était pour une fois resté ferme : ce serait la Dordogne comme tous les ans, et avec ses amis.

Si Lisa n'avait pas été satisfaite de cette destination, Tabitha, elle, s'était réjouie de retrouver pour l'été sa meilleure amie, Pippa Stevenson.

Pleine de ressentiment, la jeune Mme Burnside n'avait fait aucun effort pour s'intégrer au groupe. Au contraire, elle avait pris un malin plaisir à choquer les amis de son mari en s'habillant et en se conduisant d'une manière que ces Anglais discrets jugeaient scandaleuse. Et Tabitha, honteuse du comportement de sa belle-mère, s'était arrangée pour passer le moins de temps possible en compagnie des adultes.

Par loyauté envers son père, elle n'avait pas voulu confier ses problèmes à Pippa, si bien que cette dernière, ne reconnaissant plus son amie de toujours dans cette adolescente solitaire et taciturne, s'était éloignée d'elle.

A cause de tout cela, Tabitha s'était sentie terriblement seule cet été-là.

Et puis, elle avait vu Christian… et plus rien ni personne n'avait compté.

Un matin, humiliée d'avoir été traitée d'idiote et de sale petite peste par Lisa devant tout le monde, elle était descendue au village. Assise sur un muret à l'ombre d'un platane, elle contemplait d'un air morne le paisible paysage quand une petite voiture de sport jaune citron avait tourné au coin de la rue avant de s'arrêter sur la place.

Un jeune homme en était sorti. Clouée sur place, Tabitha l'avait observé à la dérobée. Aujourd'hui encore, elle aurait pu décrire son pantalon en toile beige à la coupe parfaite, sa chemise blanche dont les manches étaient relevées négligemment au-dessus du coude. Grand, mince, musclé, il marchait comme si le monde lui appartenait. Et comme il était beau ! Si beau avec ses boucles sombres — celles dont Jake avait hérité —, son visage bronzé et les lunettes de soleil qui dissimulaient ses yeux !

Après être allé chez le marchand de journaux acheter un quotidien, il s'était installé à la terrasse du seul café du village. Le propriétaire s'était précipité pour nettoyer la table pourtant impeccable, avant de lui apporter un café et un croissant.

Il avait ouvert son journal, mis ses lunettes de soleil dans sa poche. A ce moment-là, se sentant peut-être observé, il avait levé les yeux vers Tabitha, qui se trouvait à moins de dix mètres de lui. Elle avait retenu sa respiration en voyant ses prunelles sombres. Plus tard, elle avait vu qu'elles étaient piquetées de points d'or — comme celles de Jake.

Dès ce premier regard, elle était tombée amoureuse. Le coup de foudre.

Puis, sans lui accorder davantage d'attention, Christian s'était mis en devoir de lire son journal. Jusqu'à ce qu'il reprenne sa voiture, elle était restée là, tandis que son cœur battait la chamade.

Il lui avait adressé un autre regard avant de s'installer au volant. Puis il était parti.

Une fois rentrée au gîte, elle avait demandé au jeune garçon qui venait quotidiennement nettoyer la piscine s'il connaissait cet inconnu.

Dans son mauvais français, elle lui avait décrit Christian avec des accents dithyrambiques. Le jeune villageois avait fait la grimace.

— Non, je ne vois pas.

Mais, quand elle lui avait parlé de la voiture, il avait su immédiatement de qui il s'agissait.

— Ah ! C'est Christian Laroche ! Ses parents possèdent la grande et belle villa sur la colline. Ils sont très riches, et lui aussi.

— Est-il marié ?

— Vous voulez rire ? Mais il a du succès auprès des filles ! Elles sont toutes après lui. Pourquoi me posez-vous toutes ces questions ? Il vous plaît ?

Dédaigneux, il avait ajouté :

— Vous n'avez aucune chance. Pour un homme d'affaires comme lui, vous n'êtes qu'une gamine.

Tabitha secoua la tête en pensant soudain à son fils. A trois ans, le petit Jake était l'image de son père. Il serait aussi beau que lui, et probablement aussi intelligent. Mais, si Tabitha réussissait à l'élever correctement, il respecterait les femmes plus tard. Jamais il ne les considérerait comme de simples noms sur une liste sans fin.

Le lendemain, Tabitha vendit le seul objet de valeur qu'elle possédait : la barrette en diamants que lui avait offerte Christian autrefois.

Le fait de s'en séparer la laissa indifférente. Elle ne l'avait portée qu'une fois : le soir où Christian la lui avait offerte. Après cela… De toute manière, dans le milieu où elle évoluait, on ne portait pas ce genre de bijou.

A sa grande surprise, ce bijou valait beaucoup plus qu'elle ne le pensait. Cet argent allait lui permettre de payer son voyage de reconnaissance en France, puis les frais d'installation… Elle pensait même pouvoir s'offrir une vieille camionnette d'occasion pour transporter le peu qu'elle possédait.

Alison la voyait se lancer dans l'aventure avec appréhension.

— La première fois, il vaut mieux que tu y ailles seule pour reconnaître les lieux. Je garderai ton fils.

— Mais…

— Cette maison n'a peut-être pas été habitée depuis des années, tu vas devoir y faire un sérieux ménage. Pense à l'asthme de Jake si tu soulèves des tonnes de poussière…

— Tu as raison, reconnut Tabitha.

Le lendemain matin, Edward et Alison partirent de bonne heure, comme d'habitude. Après avoir conduit Jake à l'école maternelle, Tabitha rentra à la maison prendre son petit déjeuner et se mettre au travail.

Soudain, un coup de sonnette retentit. Un toast à la main, elle alla ouvrir. Stupéfaite, elle crut que son imagination lui jouait des tours.

Christian… Christian Laroche…

Ce n'était pas possible, elle rêvait.

Pourtant, c'était bien lui qui se tenait sur le seuil. Plus séduisant, plus irrésistible, plus beau que jamais. Déjà — et bien malgré elle ! —, son cœur se mettait à battre plus vite.

Lorsqu'ils s'étaient revus pour la dernière fois — lors de l'enquête —, il l'avait fixée avec un dédain sarcastique. Alors qu'elle continuait de l'aimer… malgré tout. Elle se l'était beaucoup reproché, à ce moment-là. Tout comme elle s'en était voulu, par la suite, lorsqu'elle avait tenté de reconnaître sur le petit visage de Jake les traits de son père.

— Que fais-tu ici ? demanda-t-elle enfin d'un ton peu aimable.

En guise de réponse, Christian se contenta d'esquisser un demi-sourire. Puis, d'autorité, il entra et claqua la porte derrière lui.

Stupéfaite, la jeune femme retint sa respiration. Cet homme avait tant de présence que la petite entrée d'Alison semblait avoir rétréci.

« Si j'avais le moindre bon sens, je m'enfuirais », pensa-t-elle confusément.

C'était d'ailleurs ainsi qu'elle aurait dû agir quatre ans auparavant, quand elle s'était retrouvée seule avec lui pour la première fois. Mais, quelques heures plus tard, il l'emmenait dans son lit. Elle avait honte, aujourd'hui encore, d'avoir accepté de le suivre aussi facilement.

— Je t'aurais volontiers téléphoné…, commença-t-il de sa voix à la fois rauque et chaude.

Cette voix teintée d'un très léger accent français la faisait fondre autrefois. Et aujourd'hui encore, hélas !

— … Mais, comme le numéro de ta tante ne figure pas sur l'annuaire, il a bien fallu que je me déplace.

— Que fais-tu ici ? demanda-t-elle encore d'une voix un peu trop aiguë.

— J'ai quelque chose à te proposer. Une offre très intéressante que tu ne pourras pas refuser.

— Sans même savoir de quoi il s'agit, je refuse ! s'écria-t-elle avec véhémence. Toutes les propositions que tu peux me faire, je les refuse !

Les yeux plissés, Christian la détailla des pieds à la tête en silence. Son regard s'attarda sur la masse de sa chevelure soyeuse, d'un beau blond caramel, puis sur ses magnifiques yeux émeraude, sur ses lèvres sensuelles. Et il sentit le désir monter en lui.

Dire qu'il était face à la femme qu'il avait failli demander en mariage… avant de la surprendre en train d'embrasser un jeune garçon !

A cette pensée, la colère l'envahit. La même colère que quatre ans plus tôt.

— Tu refuses sans savoir ? lança-t-il avec une ironie cinglante. Une fois que tu m'auras entendu, tu changeras vite d'avis. Que paries-tu ?

2

— Je ne veux rien parier avec toi. Et je ne t'ai pas invité à entrer, que je sache ! s'écria Tabitha.

Christian se contenta de hausser un sourcil avec un air insolent. Il paraissait si sûr de lui, comme toujours. Se croyait-il donc supérieur à tous ? Son milieu social, son éducation, sa fortune, son intelligence… tout cela avait dû le conforter dans cette certitude.

Il laissa échapper un petit rire.

— Pourtant, tu n'as jamais su me dire non.

C'était la vérité, hélas ! La jeune femme serra les poings, tandis que, sans hâte, il la détaillait de nouveau. Elle sentit, à sa grande confusion, ses seins pointer vers lui sous son vieux T-shirt d'un rouge passé.

Après toutes ces années, il réussissait donc encore à la troubler ? « Ce n'est pas possible ! » se dit-elle.

Elle était furieuse contre elle-même. Et elle se sentait humiliée. Comment discuter avec lui dans de telles conditions ? Lui tournant le dos, elle se dirigea vers le salon.

Lorsqu'elle l'avait suivi, la première fois, elle était vierge. Pourtant, transportée par la passion, elle s'était donnée à lui sans la moindre inhibition, avec toute la fougue de ses dix-sept ans, dans un élan venu du plus profond d'elle-même…

Christian fronça les sourcils et s'efforça d'ignorer l'effet qu'avait sur lui la vue des seins de Tabitha pointant sous son T-shirt. Malgré tout, son désir ne retombait pas. En cet instant, il aurait voulu emporter la jeune femme jusqu'à Duvernay, l'enfermer dans une tour du château et la garder pour lui seul…

Dire qu'il s'était cru guéri… Comme il se trompait ! Tabitha Burnside avait toujours le même effet sur lui.

— Je souhaite acheter la maison que tu as héritée de ma grand-tante, réussit-il à dire avec toute la froideur voulue.

Tabitha se sentit pâlir. Comment n'avait-elle pas deviné plus tôt les raisons de la visite de Christian ?

Elle baissa la tête, faisant mine d'être absorbée par la contemplation du parquet, tout en s'efforçant de lutter contre un ridicule sentiment de rejet.

A quoi s'attendait-elle, se demanda-t-elle avec amertume. A un miracle ? Christian la haïssait à un point tel qu'il ne pouvait pas admettre qu'elle possède une parcelle du domaine de sa famille.

« Tant pis pour lui », se dit-elle, se reprenant enfin.

Et, à voix haute, elle déclara :

— Désolée. Ta tante désirait me laisser cette maison et je ne souhaite pas la vendre.

Cette réponse désarçonna Christian.

— Mais… pourquoi ?

Fronçant les sourcils, il enchaîna :

— Ce n'est pas logique. Sans même avoir écouté ma proposition, tu dis non !

— Cette maison…

— Sache que je suis prêt à t'en offrir le double ou même le triple de sa valeur, coupa-t-il. On ne refuse pas une offre pareille. Tu serais plus que gagnante.

Avec colère, il ajouta :

— On se demande d'ailleurs pourquoi elle t'a fait ce legs.

Tabitha ne jugea pas utile de lui expliquer que Solange Roussel avait été la seule personne à deviner qu'*il* lui avait brisé le cœur. Personne d'autre ne lui avait témoigné la moindre compassion.

— Elle était très gentille, murmura-t-elle. Je l'aimais bien.

— N'empêche qu'elle a agi de manière bizarre.

— Ta tante avait ses idées à elle.

— Je le répète : je suis prêt à te donner beaucoup plus que la valeur réelle de cette masure.

— Une masure ?

— Pour moi, oui !

Elle se contenta de hausser les épaules. Comment prendre au sérieux les jugements d'un homme comme Christian ? Habitué à vivre dans un luxe inouï, il méprisait tout ce qui ne répondait pas à ses critères haut de gamme.

Elle s'efforçait de rester calme. Ainsi, Christian Laroche était venu la trouver dans le seul but de racheter la maison ? Cela ne faisait que la conforter dans sa décision d'aller s'installer en France.

Après tout, elle ne lui devait rien. Jamais elle n'oublierait que, lorsqu'elle l'avait supplié de lui accorder quelques minutes d'entretien, trois ans plus tôt, il l'avait repoussée. Et, aujourd'hui, il avait l'audace de se présenter devant elle dans le seul but de lui reprendre ce que sa grand-tante avait jugé bon de lui donner ?

On pouvait peut-être discuter de son droit à habiter cette demeure que Solange Roussel n'utilisait que l'été, pour y organiser des pique-niques. En revanche, son fils y était chez lui autant que Christian. Après tout, Jake était un Laroche.

« Oui, mais un enfant illégitime », ajouta-t-elle intérieurement avec une amertume infinie.

Elle fixa Christian droit dans les yeux.

— Solange ne m'a pas légué cette maison pour que je la vende aussitôt. Ce ne serait pas respectueux.

— Peut-être a-t-elle pensé que tu serais contente d'avoir de l'argent ?

Elle lui lança un regard méprisant.

— Ne juge pas tout le monde selon tes critères. Si tu crois qu'il n'y a que l'argent !

— Avant de monter sur tes grands chevaux, jette un coup d'œil à ce chèque.

Il le posa sur la table basse.

— Prends-le. Et puis je t'emmène déjeuner.

Combien de fois, jadis, n'avait-elle pas entendu une telle proposition ? « Je t'emmène déjeuner… » « Je t'emmène dîner… » La plupart du temps, ils n'arrivaient pas au restaurant. Emportés par le désir fou qui les jetait l'un vers l'autre, ils faisaient demi-tour et rentraient à la villa pour faire l'amour.

Les mêmes souvenirs avaient dû revenir à la mémoire de Christian, car celui-ci déclara à mi-voix, avec un petit sourire qui la fit frissonner :

— Ou, plutôt, *j'essaierai* de t'emmener déjeuner.

Tabitha croisa les bras, s'efforçant de rester ferme.

— Reprends ton chèque et va-t'en.

— Ce n'est pas possible ! s'exclama-t-il, visiblement stupéfait par sa réaction. Tu ne peux pas refuser une offre pareille !

Il paraissait si arrogant que la colère submergea la jeune femme.

Il réapparaissait après des années de silence et s'imaginait qu'elle allait tout accepter de lui, comme à l'époque où elle n'était qu'une naïve lycéenne de dix-sept ans ne connaissant rien à la vie ?

— Cette maison se trouve-t-elle près du château ? interrogea-t-elle.

— Non. Elle est à cinq kilomètres.

— Vas-tu souvent à Duvernay ?

— Non… Mais nous nous écartons du sujet, fit-il avec impatience. Je veux te racheter cette demeure. Si tu veux absolument posséder un pied-à-terre en France, je demanderai à un agent immobilier de chercher quelque chose qui te convienne mieux.

— Comment sais-tu ce qui me convient ? riposta-t-elle, furieuse devant une telle insistance.

— Tu as envie de t'enterrer au fin fond de la campagne

bretonne ? De plus, ça m'étonnerait que cette maison soit habitable. Personne ne l'occupe depuis au moins cinquante ans.

Avec agacement, il passa la main dans ses épais cheveux sombres.

— Tu ne peux pas comprendre que seul un Laroche peut habiter le domaine ?

Tabitha resta muette devant tant de fierté et d'arrogance. « A côté, il est évident qu'une Burnside ne fait pas le poids », pensa-t-elle, profondément blessée.

Il la toisa avec dédain.

— Et puis, tu sembles avoir besoin d'argent.

— Comment peux-tu parler ainsi ? Tu ne sais rien de moi. Rien ! Tu ignores ce que je suis devenue, ce dont je rêve, ce dont j'ai besoin…

Il laissa échapper un rire dur.

— Je te connais. On ne peut pas avoir une discussion sérieuse avec toi. *Primo*, tu mens comme tu respires…

— Pas du tout ! Si tu fais référence au passé, je t'avais juste caché mon âge véritable… Ce n'était pas un vrai mensonge.

— *Secundo*, tu n'as aucun sens des responsabilités…

— Tais-toi !

— *Tertio*, tu te fâches lorsqu'on ose te critiquer…

— Tu te crois parfait, peut-être ? coupa-t-elle une fois de plus, folle de rage.

— Je n'ai jamais prétendu l'être. Mais moi, je n'ai jamais eu deux femmes à la fois. Tandis que toi, tu n'hésitais pas à t'amuser pendant que j'étais à Paris.

Sidérée, la jeune femme murmura :

— Moi ?

— Oui, avec ce type en Harley-Davidson. Ne prétends pas le contraire, je vous ai vus ensemble. Cela m'a guéri, je t'assure !

Elle ouvrit de grands yeux.

— Moi avec un autre garçon ? Mais tu es fou !

— Tu me prends pour un idiot ?

— Je ne t'ai *jamais* été infidèle !

Il haussa les épaules.

— A d'autres ! Après tout, tu as sauté dans mon lit sans une seconde d'hésitation. Pourquoi pas dans celui d'un autre ? D'autant plus que j'avais été absent pendant presque une semaine. Rester sage pendant tout ce temps, c'était trop difficile pour toi, n'est-ce pas ?

— Tu n'as pas honte ?

De nouveau, il haussa les épaules.

— Je te connais, c'est tout, répéta-t-il avec amertume.

Christian soupira. Tabitha Burnside ne lui avait apporté que des ennuis. Elle n'avait aucune moralité, aucune franchise. Il était sûr qu'elle allait au bout du compte accepter le chèque, il en aurait mis sa main à couper. Ensuite, il chargerait son notaire de tout arranger.

Après cela, il ne lui resterait plus qu'à oublier cette fille pour toujours. De toute manière, il allait se marier avec Véronique, une femme droite et honnête, une femme sur laquelle on pouvait compter. Véronique était l'épouse idéale pour lui. Bien sûr, il ne fallait pas compter sur elle pour lui offrir la sensualité débridée de Tabitha. Mais ce serait beaucoup mieux comme ça, conclut-il.

Après le départ de Christian, Tabitha resta longtemps immobile, les yeux perdus au loin.

Un type en Harley-Davidson…

Et, soudain, elle se souvint des jeunes étudiants anglais qui campaient non loin du gîte… Oui, ils possédaient des motos étincelantes de chromes, et, pendant l'absence de Christian, Pippa et elle avaient été invitées à faire le tour du village sur ces machines dont ils se montraient si fiers.

Comment s'appelaient-ils, déjà ? Ah, oui ! Peter, Ian, Jimmy et Gary.

Ils étaient gentils, tous les quatre, mais cela n'était pas allé plus loin. Pourquoi Christian l'accusait-il d'avoir été infidèle ? Une fois de plus, elle se retrouva transportée quatre ans en arrière…

Comme tous les soirs, alors que tout le monde était parti au restaurant, elle avait arrêté la télévision, s'était déshabillée et avait plongé dans la piscine. Quelle divine sensation !

Soudain, une voiture s'était arrêtée devant la maison. Etait-ce les autres qui revenaient déjà, plus tôt que prévu ? En hâte, elle s'était enveloppée dans une grande serviette de bain et était allée voir.

Christian se trouvait sur le seuil. Il s'était incliné courtoisement.

— Bonsoir, mademoiselle. Voulez-vous venir dîner avec moi ? avait-il demandé dans un anglais teinté d'un léger accent qu'elle avait trouvé plein de charme.

Sidérée, Tabitha avait balbutié :

— Mais… je suis toute mouillée.

— Quelle importance ? Voulez-vous que je vous essuie ?

— Il… il faut que je m'habille.

— Oh ! Croyez-vous ?

— Je… je ne peux pas rester comme ça.

— Ça ne me dérange pas, au contraire. Vous n'avez pas trop chaud avec cette serviette ?

— Je reviens dans deux minutes.

En hâte, elle avait couru enfiler un T-shirt et un short. Christian Laroche l'invitait à dîner ? Ses rêves les plus fous se réalisaient donc ?

— Vous ne savez même pas mon nom, avait-elle déclaré en le rejoignant.

— Est-ce si important ?

Un léger sourire aux lèvres, il avait ouvert la portière de sa voiture et l'avait laissée s'installer.

— Je ne sais pas non plus le vôtre, avait-elle repris.

— Vraiment ?

Elle s'était sentie rougir.

— Si, je l'ai demandé à quelqu'un du village, avait-elle avoué.

— J'en étais sûr !

Elle s'était tue quelques minutes.

— Je n'aurais pas dû accepter de vous suivre, avait-elle enfin déclaré. Ce n'est pas correct.

Il avait éclaté de rire.

— On s'en moque, non ?

— Mais vous ne me connaissez pas.

— Oh, si ! Tous les soirs, je vous ai regardée faire votre petit strip-tease à côté de la piscine…

— Oh !

Tabitha était devenue écarlate. Quoi, ses tranquilles séances de natation avaient eu un témoin ? Elle qui se croyait à l'abri des regards derrière le mur qui entourait le jardin…

— Vous savez vous y prendre pour attirer l'attention, avait-il repris. Chapeau ! J'admire les femmes qui savent ce qu'elles veulent et font tout pour l'obtenir.

A ce moment-là, elle savait qu'elle aurait dû se fâcher. « Vous m'avez espionnée ? Et vous êtes fier de vous ? » aurait-elle dû demander.

Mais cela ne lui était même pas venu à l'esprit. Par la suite, elle avait considéré son manque de repartie comme sa première erreur.

Il l'avait emmenée dîner dans son immense villa dont le luxe l'avait fortement impressionnée. Elle avait à peine mangé, mais bu trois verres de vin — elle qui ne buvait jamais d'alcool.

Et, lorsque Christian l'avait embrassée, elle avait complètement perdu la tête…

Après cela, la suite était prévisible…

Ils avaient fait l'amour avec une telle frénésie que Christian ne s'était même pas rendu compte qu'elle était vierge. Quant à elle, emportée par la passion, elle s'était livrée tout entière, prévenant les désirs de Christian avec autant d'expérience qu'une femme avertie, sans la moindre inhibition. Alors que c'était une première fois…

Vers 3 heures du matin, elle s'était levée d'un bond.

— Que t'arrive-t-il ? s'était étonné Christian.

— Il faut que je rentre.

— Tu n'as pas plus de liberté que ça ?

— Euh… si. Mais je dois rentrer.

Il avait paru déçu.

— Bon. Je te ramène.

Une fois devant le gîte, elle l'avait empêché d'entrer dans la cour de l'ancienne ferme.

— Tu as honte de moi ? avait-il plaisanté.

— Ce n'est pas ça, mais… euh…

— Tes parents sont sévères ? Tout de même, à ton âge…

Tabitha s'était mordu la lèvre, regrettant d'avoir prétendu au cours du dîner être une étudiante de vingt et un ans… Comment lui avouer la vérité, à présent ?

— On se voit demain matin, Tabitha, avait-il repris. Pour le petit déjeuner ?

Elle avait soupiré.

— J'essaierai de me libérer, mais plutôt pour le déjeuner.

— Tu vas *essayer* ?

Finalement, elle l'avait quitté sur la promesse qu'ils se retrouveraient le lendemain à midi, sur la place du village.

Quelques minutes plus tard, Tabitha était passée par la fenêtre de la chambre qu'elle partageait avec Pippa. Celle-ci ne dormait pas.

— Tu exagères ! Je sais bien avec qui tu étais ! avait lancé son amie d'un ton cinglant. Le play-boy qui se balade dans la voiture de sport jaune !

— Comment le sais-tu ?

— Je ne suis pas aveugle. Et je m'inquiétais ! J'étais sur le point d'aller dire à ton père que…

Tabitha avait pâli.

— Oh non ! Tu n'aurais pas fait ça !

— Tu ne te rends pas compte ! Tu me mets dans une position intenable. Tu es devenue folle ou quoi ?

Cet été-là, oui, Tabitha était devenue folle. Elle ne vivait plus que pour retrouver Christian. Celui-ci la conduisait jusqu'à des sommets de plaisir qu'elle n'aurait jamais cru possible d'atteindre. Elle planait, elle ne vivait plus que d'amour, de sensualité… Que lui était-il arrivé ? Elle ne parvenait pas encore à le comprendre. Grâce au ciel, cette perte de contrôle de ses sens et de sa raison ne s'était plus jamais reproduite par la suite…

Des larmes de rage lui vinrent aux yeux quand elle aperçut le chèque que Christian avait laissé sur la table du salon. Sans même prendre la peine de vérifier le montant qu'il y avait inscrit, elle le déchira de ses mains tremblantes.

Comment pouvait-il penser qu'elle allait accepter de lui céder cette maison, simplement parce qu'il en avait décidé ainsi ?

Dire qu'il l'avait accusée de l'avoir trompé ! C'était tellement ridicule ! Elle n'avait rien à se reprocher. En revanche, *lui* l'avait trahie avec une superbe blonde, un top model sophistiqué…

La jeune femme crispa les poings.

Que cela plaise ou non à Christian Laroche, elle irait vivre dans la maison que Solange Roussel lui avait léguée. Elle devait bien cela à la vieille dame. La seule de toute cette détestable famille à avoir jamais pensé à elle.

Et, à la fin de l'été, si son séjour ne correspondait pas à ce qu'elle en attendait, elle vendrait peut-être — sûrement pas à Christian —, et elle irait s'installer ailleurs.

Elle n'avait que vingt et un ans, et un petit garçon qu'elle adorait. L'avenir lui appartenait.

3

Sean Wendell, l'ex-collègue d'Alison avec lequel elle était entrée en contact dès son arrivée, reconduisit Tabitha jusqu'au parking où elle avait laissé sa camionnette.

Avec ses yeux bleus rieurs, ses cheveux blonds tirant sur le roux et sa barbe de cinq millimètres dessinant une mâchoire volontaire, ce grand Anglais paraissait chez lui en France. Dès le premier instant, les deux jeunes gens avaient sympathisé.

— Il faut que je te laisse, dit-il. Je dois montrer une vieille grange à un client. Je suis déjà en retard.

Il la suivit cependant jusqu'à son véhicule.

— Surtout, n'essaie pas de décharger ça toute seule. Je viendrai ce soir te donner un coup de main.

— C'est très gentil. Mais ne t'inquiète pas. J'ai réussi à charger cette camionnette, je peux la décharger.

— Ah, ces femmes indépendantes !

Tabitha s'installa au volant et agita la main avant de mettre le contact.

« Il est charmant, mais un peu envahissant », pensa-t-elle.

Certes, elle était contente d'avoir trouvé un compatriote sympathique. Mais comment lui faire comprendre sans le blesser qu'elle n'avait que son amitié à lui offrir ?

Elle consulta sa montre. A peine 16 heures. Grâce à Sean, elle n'avait pas perdu de temps chez le notaire. Ce dernier lui avait donné une petite carte de la région, et, par ce bel après-midi de juin, il ne lui restait plus qu'à aller découvrir son domaine, à moins de vingt kilomètres de là.

Tout en roulant tranquillement, la jeune femme se sentit étreinte par l'émotion. Elle se souvenait que sa mère rêvait de posséder une maison en France. « Ce rêve, c'est moi qui le réalise, pensa-t-elle. Et dans de bien étranges conditions ! »

En suivant les indications données par le notaire, elle ne tarda pas à arriver devant une petite maison en granit coiffée d'un toit d'ardoise, à moitié cachée par un petit bosquet de chênes majestueux.

Le cœur battant, elle s'empara de la clé qui lui avait été remise un peu plus tôt et l'introduisit dans la serrure. La porte s'ouvrit en grinçant et elle pénétra directement dans une vaste pièce dominée par une cheminée ancienne, elle aussi en granit. De vieilles poutres en chêne, des fenêtres à petits carreaux…

— Comme c'est pittoresque ! s'exclama-t-elle, sous le charme.

La pièce du fond, bien éclairée, deviendrait son atelier. Déjà, elle se réjouissait à la perspective de travailler devant ce paysage verdoyant.

Son enthousiasme diminua quelque peu lorsqu'elle vit la cuisine avec ses étagères branlantes et son évier en pierre — doté d'un seul robinet d'eau froide.

« Elle n'a pas dû être rénovée depuis au moins un siècle », pensa-t-elle.

A l'étage, elle découvrit deux chambres mansardées dont la peinture s'écaillait. Pas de chauffage, bien sûr. Pas de salle de bains non plus. Derrière la cuisine, juste un vaste cabinet de toilette doté d'un antique lavabo fêlé.

Après avoir ouvert en grand les fenêtres pour dissiper l'odeur de moisi, de renfermé et de poussière, la jeune femme sortit dans le jardin. La propriété comportait également un verger planté de pommiers croulant sous les fruits encore verts.

Aussi loin que pouvait se porter son regard, elle ne voyait que des arbres, des champs et des prés entourés de haies vives.

« Quel merveilleux terrain de jeux et d'exploration pour Jake ! » se dit-elle.

Tout en déjeunant d'un peu de pain et de fromage qu'elle avait achetés dans une petite épicerie sur le chemin, Tabitha respirait à pleins poumons.

Maintenant, il ne lui restait plus qu'à faire un bon ménage. N'était-ce pas pour rendre sa maison habitable qu'elle était venue y passer trois jours ?

Après s'être restaurée, elle troqua son jean et son chemisier contre un vieux short et un T-shirt aux teintes fanées. Puis elle se mit en devoir de nettoyer les chambres de fond en comble.

Deux heures plus tard, elle sortit son lit de la camionnette et monta le sommier. Même s'il était assez léger, ce ne fut pas une tâche facile de le traîner dans l'étroit escalier. Essoufflée, elle tira ensuite péniblement le matelas sur les marches. Elle était presque arrivée en haut quand elle entendit frapper.

Sean venait-il l'aider, comme il l'avait promis ?

« Je dois reconnaître qu'il tombe à pic », pensa-t-elle en crispant ses doigts sur le matelas qui manquait à chaque instant de lui échapper.

Elle se pencha au-dessus de la rampe. Personne.

— Sean ?

— C'est moi, Christian.

La jeune femme laissa échapper un juron — un horrible juron qu'elle n'avait encore jamais prononcé de sa vie. Là-dessus, elle lâcha le matelas, perdit l'équilibre, tomba dessus la tête la première et, comme sur un toboggan, glissa à toute vitesse jusqu'en bas.

— Oh non !

Christian s'avança juste au moment où le matelas arrivait au rez-de-chaussée. Frappé à la hauteur des genoux, il culbuta à son tour sur Tabitha, tandis que le matelas achevait enfin sa course folle.

Il jura à son tour.

Ils se trouvaient tous les deux sur le matelas, le souffle coupé, dans un enchevêtrement de bras et de jambes. Immédiatement, Tabitha reconnut la chaleur caractéristique de Christian, son souffle, ses muscles... Et, au moment où elle s'y attendait le moins, la flamme vive du désir l'envahit.

Furieux, Christian réussit à se redresser et à s'asseoir.

— Bravo ! A quoi joues-tu ? s'écria-t-il.

Elle le regarda avec stupeur. Quoi, il s'imaginait que tout cela était programmé ? Cela lui parut tellement ridicule qu'elle éclata d'un fou rire irrépressible.

— Et tu trouves ça drôle ?

— Ça l'est, non ?

Le rire mourut sur ses lèvres quand, une fraction de seconde plus tard, il s'empara de sa bouche pour lui donner un baiser presque brutal... Tabitha sentit sa tête tourner, son désir s'amplifier... Sans réfléchir, elle noua les bras autour de la nuque de Christian, répondant à son baiser avec une ardeur qu'elle n'avait pas connue depuis longtemps.

Pour la première fois depuis quatre ans, son corps revivait, vibrait... et la trahissait.

Surpris par la force de ses propres réactions, Christian eut toutes les peines du monde à se dominer. Il réussit enfin à se dégager et se leva. Le rire cristallin de la jeune femme l'avait ramené par surprise à cet été merveilleux où tout n'était que joie et volupté...

Tabitha se redressa à son tour. Ses jambes la portaient à peine.

— Pourquoi m'as-tu embrassée ? demanda-t-elle, aussi choquée par son propre comportement que par celui de Christian.

— A ton avis ? rétorqua-t-il d'un ton moqueur.

— Tu n'aurais pas dû. Ce n'est pas bien. Laissons le passé là où il est.

Elle se sentait bouleversée. Comment avait-elle pu ainsi

baisser la garde ? Elle n'avait donc pas plus d'orgueil que cela ? A sa décharge, jamais elle n'aurait imaginé que son désir pour Christian vivait toujours en elle, prêt à s'embraser de nouveau. Mais pourquoi était-elle à ce point troublée par un homme qui avait profité d'elle avant de la rejeter sans le moindre égard ?

Elle se mit en devoir de tirer le matelas vers l'escalier. Il ne lui restait plus qu'à tout recommencer.

— Qui t'a dit que j'allais arriver aujourd'hui ? interrogea-t-elle d'un ton égal.

— Tout se sait, dans nos campagnes. Le notaire est un ami de ma mère.

Dès qu'elle avait appris la nouvelle, Matilde Laroche avait aussitôt téléphoné à son fils. Qu'une étrangère — celle qu'elle appelait « la fille du meurtrier de mon mari » — vienne s'installer sur un territoire qu'elle considérait comme sacré la rendait littéralement malade…

— Je vois que tu as souhaité voir à quoi ressemble ton héritage, reprit Christian. Quant à vivre ici…

— Pourquoi pas ?

— Voyons ! Un peu de bon sens, s'il te plaît. Cette maison n'est pas habitable.

Entre ses cils baissés, Tabitha l'examina sans mot dire. Dans son costume anthracite dont la coupe parfaite accentuait ses larges épaules et ses hanches étroites, il incarnait l'homme d'affaires qui a réussi, doublé d'un play-boy irrésistible.

De rage, elle donna un coup de pied dans le matelas.

— Bon ! Tu vas m'aider ?

— T'aider ? répéta-t-il, visiblement déconcerté.

— Ce serait trop dur pour toi ? Remarque, si tu passes toute ta vie derrière ton bureau, tu ne dois pas être en grande forme physique.

Christian ne put retenir un sourire. Après quelques secondes, il se baissa, souleva le matelas sans effort apparent, et le transporta en un clin d'œil au premier étage.

Stupéfait, il regarda le sommier et la tête de lit que la jeune femme avait déjà réussi à monter.

— Où as-tu trouvé ça ? A la décharge ?

— Non, répondit Tabitha sans se vexer. C'est un cadeau de ma tante Alison. Ce lit était dans son grenier. Il est peut-être vieux, mais il a l'air solide.

Elle alla ensuite chercher des draps dans le carton qu'elle avait laissé dans un coin, tout en adressant à Christian un regard peu amène.

— Tu ne m'as pas encore dit ce que tu faisais ici.

Stupéfait, Christian regarda le drap qu'elle dépliait. Un drap visiblement usé et rapiécé à plusieurs endroits…

— Tu perds ton temps et ton énergie, déclara-t-il soudain. Je te dis que cette maison est inhabitable.

— Pour toi, peut-être, dit-elle. Tu ne connais que le luxe.

Avec fierté, elle ajouta :

— Moi, je peux vivre à la dure.

— Et l'hiver ?

La voyant mettre en place deux oreillers, il remarqua :

— C'est un lit pour deux personnes. Qui va le partager avec toi ?

Tabitha imagina son petit Jake venant se lover contre elle au petit matin, à son réveil, et un sourire tendre lui vint aux lèvres.

Submergé par une brusque colère, Christian la rejoignit en quelques enjambées.

— Si tu viens vivre sur le domaine de Duvernay, il ne peut y avoir qu'un seul homme dans ton lit. Tu entends ? Un seul. Moi !

Elle recula d'un pas.

— Tu es fou ?

— C'est moi que tu voulais ? C'est pour ça que tu es venue ici ? Tu as envie que…

— Tu es fou, répéta-t-elle.

Et, sans réfléchir, elle le gifla de toutes ses forces.

— La voilà, ma réponse !

La stupeur de Christian était telle que, pendant quelques instants, il demeura sans voix.

— Tu l'as bien cherché, murmura-t-elle.

Il la saisit par les poignets.

— Ne recommence jamais ça !

Elle tenta de se libérer. En vain.

— Tu l'as bien cherché, répéta-t-elle. Je suis chez moi ici, dois-je te le rappeler ? Si tu viens, sois au moins poli. J'ai tout de même le droit de venir en France sans que tu t'imagines que je cours après toi !

— Et si j'en ai envie ?

— C'est ton problème. Moi, je n'ai aucune envie de recommencer, coupa-t-elle.

— Non ? fit-il d'un air enjôleur et moqueur à la fois.

— Non, répondit-elle d'un ton définitif, s'efforçant d'ignorer les battements de son cœur qui s'accéléraient.

— Tu sais, je suis capable de me comporter très poliment, très…

— Tant mieux pour toi. Quant à moi, je préfère que tu ailles te comporter poliment ailleurs.

— Tu me rends fou…

Soudain, il déposa un léger baiser au creux de la paume de la jeune femme. Elle frémit, de nouveau submergée par un désir dont l'intensité l'effraya. Pourquoi, dès que Christian s'approchait d'elle, se sentait-elle si faible, si vulnérable ?

— Arrête…, souffla-t-elle.

— Vraiment ?

Apparemment sûr de son pouvoir, il se pencha et lui effleura les lèvres.

— Tu veux vraiment que j'arrête ? insista-t-il.

De nouveau, Tabitha frissonna. Puis, malgré elle, elle se lova contre lui. En cet instant, oui, elle le voulait. Elle le voulait plus que jamais…

Ensemble, ils s'abattirent sur le grand lit… qui s'effondra sous leur poids dans un fracas épouvantable.

— Oh, mon Dieu… J'ai oublié de serrer les vis qui maintiennent la tête de lit ! s'exclama Tabitha.

La jeune femme se leva d'un bond.

— C'est arrivé à temps pour nous empêcher de commettre un acte stupide, ajouta-t-elle.

Soudain, elle se tourna vers l'escalier. Quelqu'un montait.

— Tabitha ? Ça va ? Que se passe-t-il ?

Sean… Il n'aurait pas pu mieux tomber pour la sortir de cette situation périlleuse.

— Tu arrives à pic ! s'exclama-t-elle. Aurais-tu un tournevis, par hasard ?

Lorsque Christian vit arriver l'intrus, il eut envie de le jeter à coups de pied dans l'escalier.

— Ça tombe bien, j'ai apporté ma boîte à outils, répondit Sean.

Tabitha se sentit obligée de faire les présentations et les deux hommes se contentèrent d'échanger un signe de tête distant, sans se serrer la main.

— Bon, je vais chercher ma boîte à outils, dit Sean.

Et il descendit en sifflotant.

— Ce type va vivre ici avec toi ? demanda Christian à mi-voix.

— Désolée, ça ne te regarde pas.

— Je t'ai dit que, sur ce domaine, il ne pouvait y avoir qu'un seul homme dans ton lit, fit-il entre ses dents serrées.

— Je te rappelle que je suis chez moi.

— Bien. Je vais mettre les choses au point avec lui.

Il paraissait si furieux que Tabitha craignit une bagarre.

— Du calme ! s'écria-t-elle. Il n'y a rien entre Sean et moi.

— Tu mens !

— Je t'assure ! C'est un ami de ma tante qui habite la région. Elle lui a demandé de m'aider. Il m'a accompagnée chez le notaire parce qu'il parle français. Je ne l'avais jamais vu avant aujourd'hui.

Honteux de ce ridicule mouvement de jalousie, Christian descendit à son tour l'escalier. Il ne parvenait pas à comprendre ce qui lui arrivait. Cette maison avait une étrange influence sur lui : depuis qu'il y avait mis le pied, il se comportait comme un fou.

Tabitha le suivit jusqu'à la Ferrari gris argent qu'il avait garée sur le bas-côté de la route.

— Ecoute-moi bien, fit-elle alors d'un ton dur. Je ne veux pas vendre, est-ce entendu ? Et, maintenant, va-t'en.

— Tu ne parles pas sérieusement.

— Si. Va-t'en. Et ne reviens pas.

Il se pencha vers elle. Comme hypnotisée, elle ne pouvait plus faire un seul geste.

— Tabitha…, murmura-t-il à son oreille.

Soudain, la porte d'entrée claqua à toute volée, les faisant sursauter tous les deux.

— Pardon, cria Sean. Un courant d'air…

— Le salaud, il l'a fait exprès, grommela Christian.

Tabitha profita de cette diversion pour s'écarter.

— Va-t'en, dit-elle encore une fois.

Puis elle tourna les talons et revint vers la maison.

Par une des fenêtres, Sean suivit des yeux la Ferrari qui s'éloignait.

— Eh bien, c'est quelque chose de vous voir ensemble…, dit-il enfin.

— Comment cela ? s'étonna Tabitha.

— Je n'ai jamais vu une telle attirance entre deux êtres. Ma fiancée et moi venons de rompre, mais, quand je vous vois, ça ne me surprend plus. Entre nous, il n'y a jamais eu le dixième de ce qu'il y a entre vous deux.

La jeune femme secoua la tête.

— Tu as trop d'imagination…, commença-t-elle avec gêne.

— Oh non ! J'en suis sûr.

En riant, il ajouta :

— Mais ne t'inquiète pas, je ne suis pas homme à me mêler de ce qui ne me regarde pas.

Là-dessus, il se mit en devoir de fixer les vis du lit. Puis il aida la jeune femme à décharger la camionnette. Si elle n'avait droit qu'à un vieux lit en attendant mieux, la chambre de Jake serait quant à elle meublée entièrement de neuf. Les meubles étaient déjà commandés, et elle les apporterait lors de son prochain voyage.

— Il faudrait donner un coup de peinture, remarqua Sean.

— Je suis entièrement d'accord, mais ce sera pour plus tard.

L'arrivée de Christian avait fait resurgir dans la mémoire de Tabitha des souvenirs qu'elle croyait oubliés. Et, ce soir-là, quand elle se mit au lit, épuisée par le déménagement, ils affluèrent de nouveau…

Elle était la maîtresse de Christian depuis environ une semaine quand Véronique s'était présentée à la villa des Laroche. C'était un bel après-midi d'été. Christian discutait affaires au téléphone, et Tabitha était restée paresseusement allongée dans le grand lit.

Soudain, se sentant observée, elle avait ouvert les yeux. Une très belle brune vêtue d'une élégante robe en lin se tenait sur le seuil de la chambre. La femme lui avait souri amicalement et s'était assise au bout du lit, tandis que, en rougissant, Tabitha remontait le drap jusqu'à son menton.

— Je croyais trouver Eloïse ici, avait dit Véronique.

Elle avait mis la main devant sa bouche d'un air gêné.

— Oh, pardon, je n'ai pas réfléchi. Je n'aurais pas dû parler d'elle. Je suis contente que Christian ait rencontré quelqu'un d'autre. Il paraît si heureux !

Véronique lui avait appris que Christian sortait depuis près d'un an avec un mannequin parisien.

— Une blonde fabuleuse, mais pas grand-chose dans la tête, avait-elle expliqué.

Et, en moins d'un quart d'heure, Véronique avait réussi à planter les germes du doute dans l'esprit de Tabitha… Elle avait ensuite donné quelques conseils étranges à la jeune fille.

— Rendez-le jaloux. Parlez-lui de vos conquêtes. Il aime la compétition… à condition d'en sortir vainqueur.

Les choses en étaient restées là cette fois-ci, laissant à Tabitha une impression diffuse de malaise.

Mais Véronique avait très vite compris que Tabitha n'était pas l'étudiante de vingt et un ans qu'elle prétendait être. Son seul mensonge… qui lui paraissait aujourd'hui bien innocent de la part d'une lycéenne de dix-sept ans rêvant de paraître plus mûre.

Quelques jours après cette première entrevue, Véronique — soi-disant sans réfléchir — avait appris à Christian qu'il avait séduit une adolescente…

Bien décidé à tirer les choses au clair, il était descendu jusqu'au gîte. Dès qu'elle l'avait vu apparaître au bord de la piscine, Lisa, sa belle-mère, avait tenté de le séduire. Son père, écœuré par le comportement de sa femme, avait alors cherché refuge dans l'alcool, comme cela lui arrivait de plus en plus souvent.

Comprenant que sa visite tombait mal, Christian avait pris congé rapidement. Tabitha l'avait raccompagné jusqu'à sa voiture.

— Tu… tu ne veux plus de moi ? lui avait-elle demandé avec désespoir.

— Si j'avais pu deviner ton âge, jamais je…

Il avait laissé sa phrase en suspens.

— Bon sang ! Pourquoi ne m'en suis-je pas rendu compte plus tôt ?

Il avait juré entre ses dents.

— Et, maintenant, le mal est fait !

— Que… que vas-tu faire ? avait-elle balbutié.

— Je n'en sais rien. Tout d'abord, il faut que j'aille à Paris. Une petite séparation ne nous fera pas de mal. J'ai besoin de réfléchir.

Au bout de plusieurs jours sans nouvelles de lui, Pippa avait réussi à convaincre Tabitha d'aller passer un après-midi en compagnie des étudiants anglais qui campaient à côté. Elle avait fait un petit tour en moto... En Harley-Davidson, ce qui impressionnait beaucoup son amie.

Quant à Christian, il ne lui avait pas donné signe de vie. Elle ne l'avait revu qu'à l'hôpital, après la tragédie qui avait meurtri leurs familles.

Une serviette nouée autour des reins, les cheveux encore humides après sa douche, Christian faisait les cent pas dans sa vaste chambre du château de Duvernay.

Il était près de minuit, mais comment aurait-il pu trouver le sommeil ? Il lui suffisait de penser que Tabitha se trouvait à quelques kilomètres de lui pour que tous ses sens soient en éveil.

Soudain, l'image de Sean s'imposa à son esprit.

« Ce type ne me revient pas. Elle m'a dit qu'elle le connaissait à peine. Mais je me demande ce qu'il faisait chez elle avec une boîte à outils. »

Tabitha se montrait toujours trop confiante...

« J'ai eu tort de les laisser ensemble. Il y a des malades partout ! »

Sans réfléchir davantage, Christian s'habilla en hâte et reprit sa voiture. Jugeant plus sage de la laisser garée à distance de la maison, il parcourut à pied les quelques centaines de mètres qui l'en séparaient.

4

Une vague lueur éclairait les fenêtres du rez-de-chaussée et du premier étage.

« Pourquoi est-ce allumé à une heure pareille ? » s'inquiéta Christian.

Sans hésiter davantage, il sonna.

Réveillée en sursaut, Tabitha regarda autour d'elle avec stupeur. Que faisait-elle dans ce vieux rocking-chair, dans une pièce à peine meublée ? Bien vite, la mémoire lui revint. Elle se trouvait en France, dans *sa* maison. Elle s'était assise pour faire le point… et s'était endormie.

Mais qui venait sonner chez elle à minuit passé ? En hâte, elle s'enroula dans la couverture et s'approcha craintivement de la porte.

— Qui est là ?

— Moi, Christian.

Le cœur de Tabitha bondit dans sa poitrine.

— Que fais-tu ici à une heure pareille ? s'écria-t-elle en ouvrant.

Christian ne répondit pas immédiatement. Il se sentait comme hypnotisé par la proximité de la jeune femme, par ses yeux d'un vert étincelant, par la masse soyeuse de ses cheveux en désordre.

Un désir fou l'envahit tandis que, inconsciemment, il tendait les mains vers elle.

— Si ce Sean avait été là, je… je l'aurais tué, fit-il d'une voix sourde.

— Tu es fou ! Tu crois que je multiplie les aventures ? Cela n'a jamais été le cas et cela ne le sera jamais.

La colère la gagna soudain.

— De toute manière, même s'il avait été là, est-ce ton affaire ?

La couverture avait glissé, dégageant sa chemise de nuit de soie sous laquelle on pouvait sans peine voir ses seins. Mal à l'aise sous le regard brûlant de Christian, elle se recouvrit.

Au cours de ces dernières années, entre Jake, ses cours de dessin et son emploi à mi-temps, elle n'avait pas eu une seconde à elle. Elle avait oublié la fièvre de la passion. Et, quand elle avait revu Christian, tout cela était revenu avec une force accrue.

Il était si beau avec son visage hâlé, ses cheveux sombres, son corps de sportif… Et il possédait une telle présence, il se dégageait de lui tant d'autorité naturelle qu'elle en avait le souffle coupé.

Un trouble sans nom la gagna. Prenant une profonde inspiration, elle réussit cependant à déclarer d'une voix ferme :

— Sean n'a rien à faire ici. Et toi non plus.

— Tu crois ?

Leurs regards se rencontrèrent… Lorsque Christian l'enlaça, Tabitha comprit qu'elle était perdue. Et elle ne songea même pas à résister. Le voulait-elle, d'ailleurs ?

Dans les bras de cet homme, elle avait l'impression d'être comme un bateau qui retrouve son port. Les yeux clos, elle se laissa aller contre sa solide poitrine. Son corps, tout en courbes douces, s'adaptait si bien à celui de Christian, tout en muscles !

Leurs lèvres se cherchaient, brûlantes, avides de baisers de plus en plus passionnés, tandis que, déjà, leurs mains s'égaraient.

Dans un sursaut de raison, Tabitha se dit qu'elle devrait le repousser, tout en sachant qu'elle en était incapable.

Pourquoi existait-il entre eux une telle attirance ? Ils vivaient dans des mondes si différents ! Pourtant, cet homme était le seul qui comptait pour elle. Leurs relations s'étaient trouvées brisées autrefois, à cause de la tragédie qui avait détruit leurs familles respectives, mais il suffisait qu'ils se retrouvent pour que la flamme du désir les précipite de nouveau l'un vers l'autre.

Christian la sentit s'abandonner dans ses bras. Elle était à lui. Encore, toujours… Sans effort, il la souleva et la transporta jusqu'au premier étage, dans la chambre où le lit n'était pas défait. Une lampe de chevet, posée sur une caisse retournée, éclairait la pièce d'une douce lumière dorée.

Doucement, il étendit la jeune femme sur le lit et, sans la toucher, la contempla avec intensité.

— Tu as un pouvoir fou sur moi. Il me suffit de te voir… et je perds aussitôt la tête.

— Moi aussi…, avoua-t-elle. Je ne devrais pas, mais…

— Nous avons envie l'un de l'autre.

Il esquissa un sourire sarcastique avant d'ajouter :

— Tu es largement majeure maintenant. Alors, pourquoi résister ?

— Parce que… je suis raisonnable.

— Au diable la raison ! Tu es belle… Tu es si belle, fit-il d'une voix soudain chargée d'émotion.

Elle lui tendit les bras.

— Viens…, murmura-t-elle.

— Je veux prendre tout mon temps. J'ai si souvent rêvé de l'instant où je te retrouverais, où tu serais de nouveau à moi…

A cet instant, Tabitha comprit qu'elle devait lui parler de Jake. Elle ne pouvait pas faire l'amour avec lui sans lui annoncer qu'il avait un fils de trois ans !

— Christian…

— Chut ! murmura-t-il en lui caressant les cheveux.

Avec une infinie lenteur, Christian fit glisser sa main le long de la joue de la jeune femme, le long de la ligne pure de son cou.

— Tu es si belle, répéta-t-il.

— Il… il faut que je te dise…

Il releva la chemise de nuit et contempla ses seins qui se tendaient vers lui.

— Si belle, si sensuelle…

Se penchant, il posa ses lèvres sur un mamelon.

Perdue dans un monde de sensations exquises, Tabitha oublia tout…

— Jamais je n'ai connu une femme aussi sensuelle, reprit Christian d'une voix rauque. Tu es… tu es incroyable !

Quelques instants plus tard, sans trop savoir comment, Tabitha se retrouva nue dans ses bras.

Il multipliait les baisers et les caresses, de plus en plus fiévreuses, de plus en plus audacieuses.

— Tu me rends fou, souffla-t-il.

Submergée par un désir incontrôlable, Tabitha s'arqua contre lui, s'offrant tout entière.

— Viens, répéta-t-elle.

— Je voulais prendre tout mon temps… mais comment te résister ? Comme lors de notre première nuit. Tu te souviens ? J'étais si impatient que je t'ai fait mal.

— Ce n'était pas ta faute.

— Mais si.

Et elle lui avoua ce qu'elle aurait dû lui avouer quatre ans auparavant.

— Pour moi, c'était la première fois, tu sais.

Christian se raidit.

— Quoi ? Tu étais vierge ?

— Oui. J'aurais dû te le dire, mais je n'ai pas osé.

Et il ne s'était rendu compte de rien ? La confusion l'envahit soudain. Pourtant, en réfléchissant bien, il devait admettre avoir eu quelques doutes, à l'époque. Doutes qu'il avait aussitôt balayés, se persuadant que si Tabitha s'était donnée aussi facilement à lui, c'était parce qu'elle avait de l'expérience.

— Christian ?

— Je m'en veux, murmura-t-il.

Elle l'attira contre lui.

— Ne dis pas cela. Tu m'as fait connaître des moments merveilleux. Sans toi, jamais je n'aurais su que cela existait.

Et, à la pensée qu'elle allait de nouveau vivre cela, un émoi délicieux s'empara de la jeune femme.

Elle l'accueillit en elle avec un soupir heureux. Ces quatre années de séparation se trouvaient brusquement gommées. Ils se retrouvaient comme autrefois, animés par la même frénésie, le même désir d'explorer leurs corps, de se donner du plaisir.

Ensemble, ils s'envolèrent pour atteindre l'extase.

Lorsqu'il passa la main dans les cheveux de Tabitha pour mieux dégager son visage, Christian s'aperçut qu'il tremblait légèrement.

« Cela m'a secoué encore plus que je ne le pensais », se dit-il. Qu'avait donc cette femme pour le conduire au paroxysme du plaisir ? Il n'avait connu cela avec aucune autre. Et il craignait fort qu'elle ne soit la seule à avoir ce pouvoir sur lui…

Quand elle déposa un léger baiser sur son épaule, il l'étreignit.

— Avec toi, une fois ne suffit jamais, murmura-t-il à son oreille.

Elle se blottit contre lui.

— J'aurais dû deviner que tu étais vierge, ajouta-t-il.

— C'est peut-être mieux que tu ne l'aies pas su. Tu te serais senti coupable. Ç'aurait été une telle responsabilité pour toi.

D'une certaine façon, elle avait raison. Mais il s'était montré si égoïste, si stupide !

Il l'entendit soupirer.

— Tu t'es vite lassé de moi.

— Pas du tout ! Mais quand je t'ai vue avec ce motard…

— Il n'y avait rien entre lui et moi ! protesta-t-elle.

Il se redressa, soudain furieux.

— Pour une fois dans ta vie, dis la vérité !

— Mais je dis la vérité ! Je suis allée faire un tour en moto avec cet étudiant anglais. Rien de plus.

— Je t'ai vue l'embrasser !

— Moi ?

Soudain, Tabitha se souvint que, lorsqu'elle était descendue de moto, Peter lui avait effleuré les lèvres dans un rapide baiser. Elle n'avait pas protesté afin de ne pas lui faire perdre la face devant Ian et les autres.

Enfin elle comprenait l'attitude de Christian ! Après avoir été témoin de cette scène, à son retour de Paris, il s'était imaginé qu'elle le trompait…

— Tu as vu cela… et tu ne m'as rien dit ! s'exclama-t-elle avec stupeur. Pourquoi ne m'as-tu pas demandé d'explications ?

— Si tu crois que j'allais m'abaisser à cela !

Haussant les épaules, il demanda :

— Où est la salle de bains ?

— En bas, à côté de la cuisine.

Il disparut et revint quelques minutes plus tard, visiblement choqué.

— Tu n'as même pas d'eau chaude !

— Pas encore. Ce sera peut-être pour l'année prochaine.

— Tu ne peux pas vivre dans de telles conditions !

Tabitha ne put s'empêcher de rire.

— Pendant des siècles, les gens ont vécu sans même savoir ce qu'était un robinet d'eau chaude. Ils ne se plaignaient pas.

— D'accord, mais on n'est plus au Moyen Age.

— Ecoute, pour Peter…

— Ah ! Il s'appelait Peter ! Tu…

— Ecoute-moi ! le coupa-t-elle. On a fait un petit tour en moto. Il était avec ses amis ; moi, j'étais avec Pippa. D'accord, il m'a embrassée rapidement quand je suis descendue de moto, mais il n'y a rien eu de plus, et…

— Tu penses que je vais te croire ?

— Je l'espère, car c'est la vérité. Quelle histoire pour un petit baiser de rien du tout ! D'ailleurs, ça s'est passé si vite que je n'ai même pas eu le temps de le repousser. A l'époque, tu étais le seul à compter pour moi.

— Tu mens comme tu respires !

Elle se redressa, révoltée par son entêtement. « Je ne mens jamais », faillit-elle protester. Hélas, si ! N'avait-elle pas prétendu être une étudiante de vingt et un ans ?

Tête basse, elle murmura :

— Je ne serais jamais sortie avec un autre, tu devrais le savoir. Dis plutôt que tu avais besoin d'un prétexte pour me laisser tomber, et que celui-ci t'a paru suffisant.

Soudain, un souvenir douloureux lui revint à l'esprit. A l'hôpital, quelques heures après l'horrible accident, Christian s'était montré si froid, si distant… On aurait pu croire qu'il ne l'avait jamais tenue dans ses bras. Qu'il la haïssait, même.

Les Laroche avaient l'air de la tenir pour responsable du drame. Alors qu'elle n'y était pour rien : elle ne se trouvait même pas dans la voiture.

Tabitha se souvenait que la mère de Christian, terrassée par le chagrin, ne s'était pas déplacée. Et que seule Solange Roussel lui avait témoigné un peu de sympathie…

— Nous pleurons notre Henri, mais nous ne sommes pas les seuls à avoir perdu un être cher, lui avait-elle dit.

La jeune femme se souvenait de cette terrible journée comme si c'était hier. Son père, Gerry Burnside, après s'être disputé avec Lisa, avait pris le volant. Ce conducteur d'ordinaire prudent, oubliant qu'il se trouvait en France, s'était mis à conduire à gauche et avait heurté de plein fouet le 4x4 du père de Christian.

Tabitha frissonna en se remémorant ce cauchemar. Elle se revoyait en larmes dans les locaux froids et sinistres des urgences, pendant que Pippa, près d'elle, pleurait la mort de sa propre mère… Et il restait encore à annoncer à Hilary et à Emma, les jumelles, que leurs parents n'étaient plus de ce monde…

Quelques minutes plus tard, Christian était arrivé avec

Véronique. A ce moment-là, Tabitha aurait voulu courir vers lui, partager son chagrin avec lui. Mais il l'avait fixée avec une telle froideur, avant de lui tourner le dos, qu'elle était restée clouée sur place…

Soudain, Christian la reprit dans ses bras.

— L'accident, la mort de mon père… cela ne m'aurait pas éloigné de toi. En revanche, ton jeune motard…

— Il n'y avait rien entre lui et moi ! insista-t-elle.

Christian se pencha vers elle pour lui donner un baiser passionné.

« A quoi bon remuer le passé ? » se demanda-t-il. Tout ce qu'il voulait, c'était avoir cette femme dans ses bras. Il avait l'impression que jamais il ne se lasserait d'elle…

Ses affaires le retenaient la plupart du temps à Paris et il imaginait mal faire sans cesse l'aller et retour entre la capitale et la Bretagne. De toute manière, cette maison, avant de pouvoir être habitable, devait être modernisée de fond en comble. La solution était peut-être d'installer la jeune femme plus près de Paris, à une heure ou deux de TGV…

Lorsque Tabitha ouvrit les yeux, le soleil était déjà haut dans un ciel sans nuages.

A son côté, Christian dormait toujours. Elle contempla son beau visage hâlé, ses cheveux noirs, sa mâchoire ombrée d'une barbe naissante.

Le père de son fils…

« Et il n'en sait toujours rien », pensa-t-elle en se mordant la lèvre inférieure. Plus elle retardait le moment de l'aveu, plus ce serait difficile de trouver les mots.

D'un autre côté, il allait recevoir un tel choc en apprenant l'existence de Jake… Peut-être valait-il mieux le laisser encore un peu dans l'ignorance. Elle aurait le temps d'étudier l'homme qu'il était devenu, de prévoir ses réactions.

Bien sûr, ils venaient de se retrouver et leurs corps s'accordaient toujours à merveille. Mais que représentait-elle pour lui ? Cette nuit de passion ne signifiait peut-être rien pour lui ? A son réveil, il pouvait très bien partir sans même un adieu, et elle ne le reverrait pas avant combien de temps ?

« Quatre ans, peut-être », se dit-elle avec amertume.

A cette pensée, elle soupira profondément.

Ainsi, il s'était éloigné d'elle à cause d'une bêtise ! Il avait cru qu'elle le trompait avec Peter, qu'elle n'avait jamais revu par la suite ! C'était aussi ridicule que désolant, et elle se demandait si elle devait en rire ou en pleurer.

En réalité, la réaction de Christian ne la surprenait guère. Cynique et pessimiste, il s'attendait toujours au pire. Et il était trop orgueilleux pour pardonner quoi que ce soit.

Elle consulta sa montre. Déjà 9 heures du matin !

« Faire la grasse matinée quand j'ai mille choses à faire, ce n'est pas sérieux ! » se dit-elle en sortant du lit.

Elle fit sa toilette à l'eau fraîche et s'habilla.

Elle devait descendre au village pour acheter des denrées de base ainsi que quelques métrages de coton coloré pour rendre la maison un peu plus accueillante. Il fallait ensuite qu'elle fasse le ménage.

Jamais elle n'aurait le temps d'accomplir toutes les tâches qui l'attendaient ! Elle partait le lendemain. Et, dans une dizaine de jours, elle serait de retour. Avec Jake, cette fois…

Devait-elle laisser un mot à Christian, pour lui dire qu'elle allait faire des courses ? Après quelques instants de réflexion, elle décida que non. Il risquait de la trouver envahissante si elle commençait à lui rendre compte de son emploi du temps.

A son réveil, Christian fut surpris de se trouver chez Tabitha. Et seul ! Lui qui ne passait jamais toute une nuit chez une femme…

Persuadé qu'elle était en train de préparer le petit déjeuner, il descendit dans la cuisine. Pas de Tabitha… Et impossible de préparer quoi que ce soit à manger : les étagères de guingois étaient vides.

— Et il n'y a même pas de frigo ! fit-il à mi-voix, exaspéré. Vivre dans de pareilles conditions… ce n'est pas sérieux !

Il poussa la porte de la pièce du fond et s'étonna d'y trouver tout un matériel d'artiste. Les dernières miniatures de la jeune femme se trouvaient exposées sur une table à tréteaux. Il se pencha et les examina avec intérêt. Tabitha possédait un réel talent, mais elle devait s'abîmer les yeux à force de peindre avec une telle minutie.

En entendant un bruit de moteur, il s'approcha de la fenêtre. Un coupé Mercedes gris argent passait à allure réduite devant la maison.

Il fronça les sourcils. Sa mère possédait un coupé du même modèle, de la même couleur…

« Ce n'est pas possible, se dit-il. Elle n'a pas conduit depuis l'accident. »

Mais Matilde Laroche était capable de tout. Sa réaction, le jour où elle avait appris que Solange léguait une maison à Tabitha avait été terrible.

Soudain, Christian jura. Il venait de se souvenir qu'il avait garé sa Ferrari bien en vue près de la maison.

Il se précipita dehors pour voir la plaque d'immatriculation de la Mercedes. Trop tard ! Celle-ci avait déjà disparu.

Il s'installa sur un vieux banc, prit son portable et donna quelques coups de téléphone pour organiser une excursion jusqu'à la propriété qu'il possédait au bord de la Loire, non loin de Saumur.

« Tabitha ne pourra pas refuser ma proposition », se dit-il, heureux d'avoir eu cette idée.

Une demi-heure plus tard, comme la jeune femme n'était toujours pas de retour, il commença à s'inquiéter. Et si, oubliant qu'elle se trouvait en France, elle s'était mise à conduire sur la gauche de la route ? Cela pouvait arriver, il ne le savait que trop bien. Si elle avait eu un accident ? Si…

N'y tenant plus, il se mit au volant de sa Ferrari et prit la direction du village. Celui-ci se trouvait à quelques kilomètres seulement. Si Tabitha était allée y chercher quelques provisions, elle aurait dû être de retour depuis longtemps.

Il arriva dans la rue principale et aperçut tout à coup la jeune femme, très sexy dans son short court et son petit débardeur blanc. Elle était en train de rire avec un villageois en bleu de travail qui chargeait sa camionnette de bûches, tout en admirant du coin de l'œil les longues jambes galbées de sa cliente.

Ce n'était donc pas pour acheter des croissants qu'elle était descendue au village ! Et elle ne semblait nullement pressée de retourner le retrouver…

Le rire de Tabitha mourut sur ses lèvres lorsqu'elle reconnut la voiture de Christian.

« Ferrari, lunettes de soleil… le play-boy dans toute sa splendeur », pensa-t-elle.

Elle le vit sortir de sa voiture et s'approcher d'un pas nonchalant.

— Comment as-tu deviné où j'étais ? demanda-t-elle, déjà troublée par sa présence.

— Je rentrais à Duvernay, prétendit-il. Je t'ai aperçue par hasard.

Tabitha réprima une moue de déception. L'espace d'un instant, elle avait cru qu'il la cherchait…

— Je passerai te prendre à midi, dit-il. D'accord ?

— Pour aller où ?

— C'est une surprise.

Sur ces mots, il s'éloigna. Quelques secondes plus tard, la voiture s'éloignait dans un vrombissement de moteur.

Une fois de retour chez elle, Tabitha s'empressa d'empiler les bûches sous l'appentis. Puis, au lieu de nettoyer la cuisine comme elle en avait eu l'intention, elle se fit un shampooing à l'eau froide.

Christian l'avait invitée à déjeuner… et elle se sentait comme une collégienne à son premier rendez-vous.

A midi précis, il était là. A la fois élégant et décontracté, il portait une chemise noire et un pantalon crème à la coupe parfaite. Consciente qu'elle ne pouvait pas aller au restaurant en short, Tabitha avait revêtu l'unique tenue un peu habillée qu'elle avait emportée : une robe très simple de coton bleu.

Ils arrivèrent bientôt sur un terrain d'aviation privé. Stupéfaite, Tabitha sortit de la voiture et suivit Christian jusqu'à un petit avion de tourisme.

— C'est… c'est toi qui vas piloter ?

— Je pilote ce genre d'appareil depuis que j'ai seize ans. N'oublie pas que je possède une compagnie d'aviation.

— C'est que… je déteste prendre l'avion. Et, s'il le faut absolument, je me sens plus en sécurité à bord d'un gros appareil.

— Pour un vol aussi court, on ne va pas monopoliser un jet.

Tout en s'installant aux commandes, il éclata de rire.

— Tu es bien la première femme que je rencontre qui ose m'avouer sa peur de voler. Attache ta ceinture.

Il pilotait l'avion avec autant de maîtrise que sa voiture. Peu à peu, Tabitha se détendit. Et, très vite, ils atterrirent sur un autre terrain privé où les attendait une limousine conduite par un chauffeur.

— Où sommes-nous ? demanda la jeune femme avec curiosité.

— Pas loin de Saumur.

— Et où allons-nous exactement ?

— Patience ! Je t'ai dit que c'était une surprise.

Parvenus au bord du large fleuve paisible, tous deux montèrent une allée qui serpentait entre les vignes et arrivèrent devant une ravissante demeure ancienne construite en tufeau, cette pierre très blanche de la région.

— Que c'est joli ! s'exclama-t-elle, en admirant les géraniums écarlates qui s'épanouissaient dans de grands pots en terre cuite, sur les terrasses ombragées par des parasols écrus.

Soudain intimidée, elle chuchota :

— Dis-moi au moins qui habite cette maison.

— Personne.

Elle fronça les sourcils.

— Dans ce cas… que faisons-nous ici ?

Ensemble, ils gravirent les marches du perron. Puis Christian ouvrit la porte d'entrée.

— J'aimerais savoir ce que tu penses de cet endroit.

Cette maison devait être à vendre, et il souhaitait connaître son opinion. Flattée, Tabitha le suivit dans un hall de dalles blanches, ponctuées de losanges noirs.

— Jusqu'à présent, je trouve tout très joli. Et quel calme !

Fascinée, elle visita avec lui les pièces décorées avec un goût parfait. Les meubles anciens se mariaient à merveille avec des éléments modernes. Cette maison datant du XVIIIe siècle avait été merveilleusement restaurée.

L'eau d'une vaste piscine scintillait au milieu de pelouses aussi veloutées qu'un gazon anglais.

Christian ouvrit l'une des portes-fenêtres qui donnaient sur une vaste terrasse et, à sa grande surprise, Tabitha découvrit une table mise pour deux à l'ombre d'un parasol.

Bouche bée, elle contempla l'argenterie, les cristaux, la fine porcelaine…

— A table, dit Christian, amusé par la stupeur de la jeune femme.

Aussitôt, un domestique en veste blanche se matérialisa à leurs côtés, une serviette amidonnée sur le bras.

— Monsieur, madame…, murmura-t-il.

Il prit une bouteille de champagne, la déboucha adroitement et les servit avant de s'éclipser.

Christian leva sa flûte. Abasourdie, Tabitha l'imita.

— Je ne comprends pas, balbutia-t-elle. Je croyais que tu souhaitais acheter cette maison…

— Elle m'appartient déjà. Je l'ai achetée tout récemment.

— Meublée ?

— Oui. Il s'agit d'un excellent investissement.

Le domestique leur servit une salade si fraîche que chacun de ses composants semblait avoir été cueilli dans le potager cinq minutes auparavant. Puis ils eurent droit à des côtelettes d'agneau accompagnées de haricots verts, et, comme dessert, à une tarte aux fraises d'une incroyable légèreté.

Le soleil brillait dans un ciel sans nuages, et Tabitha avait l'impression de rêver. Au lieu de se battre avec la poussière de sa maison, elle faisait le plus délicieux des repas, dans un cadre idyllique, dont le calme était seulement troublé par le chant des oiseaux.

— Alors, ton avis sur cette demeure ? demanda Christian.

— Elle est… fabuleuse ! Tu le sais bien, non ?

— Elle te plaît ?

— Bien sûr.

— Vraiment ?

Dès que leurs yeux se rencontrèrent, elle sentit les battements de son cœur s'accélérer.

— A qui ne plairait-elle pas ? murmura-t-elle, troublée.

— Très bien, fit-il en hochant la tête.

Il lui tendit la main.

— Viens, faisons un autre tour. Tu n'as pas encore vu les chambres.

Le cœur de Tabitha continuait à battre la chamade. Pourquoi lui posait-il toutes ces questions ? Allait-il lui proposer de vivre ici avec lui, dans cette maison de rêve ? Soudain pleine d'un fol espoir, elle s'efforça de ne pas laisser son imagination s'emballer.

Tout en gravissant le bel escalier à la rampe de chêne, il déclara à mi-voix, comme pour lui-même :

— Certaines personnes pourraient trouver cet endroit

trop tranquille. Mais n'est-ce pas un cadre parfait pour une artiste ? Il règne une telle paix ici, cela devrait t'inspirer…

Tabitha osait à peine respirer. Elle était arrivée en France depuis à peine vingt-quatre heures, et tant de choses s'étaient passées depuis !

Elle avait peine à reconnaître Christian. Autrefois, il ne se comportait pas de cette manière impulsive. Au contraire, il avait tendance à soupeser longuement le pour et le contre avant de prendre la moindre décision.

Ils arrivèrent dans une chambre luxueuse. Immédiatement, la jeune femme remarqua un autre seau à champagne en argent posé sur une table ancienne. Elle réprima un sourire pendant que Christian débouchait la bouteille. Celui-ci agissait peut-être impulsivement, mais tout était prévu… et de la manière la plus romantique qui soit.

« Tu n'es pas sentimental pour un sou ! »

Elle se souvenait lui avoir dit cela autrefois, dans un accès de colère. Il avait bien changé !

— De Paris, il est très facile de venir ici, déclara-t-il tout en remplissant deux coupes.

Tabitha avait l'impression que l'on n'entendait plus que les battements fous de son cœur. Une grande glace lui renvoya leur image. Christian, si brun, si grand, si sérieux… et elle, blonde, menue, souriante.

— L'avion, le déjeuner, le champagne, la maison… tout cela est charmant ! murmura-t-elle. J'ai l'impression d'évoluer dans un film.

Il la prit par la taille et la conduisit devant la glace.

— Mais les décors sont bien réels. Autrefois, tu m'accusais de manquer d'imagination et de ne pas être sentimental.

— Tu t'en souviens ?

— Je me souviens de beaucoup de choses.

— Je demandais trop, à l'époque. Aujourd'hui, je me rends compte de l'effort que tu as dû faire pour organiser tout cela.

Il lui effleura les lèvres.

— C'était un plaisir.

Brusquement, son expression se durcit.

— J'espère que tu ne vas pas m'accuser de vouloir te manipuler.

Elle baissa la tête. Autrefois, il lui était arrivé plusieurs fois de formuler une telle accusation. Mal à l'aise, elle balbutia :

— Je… je ne sais pas encore ce que tu vas me proposer.

— Un échange. Cette maison contre celle que Solange t'a laissée.

— Tu te moques de moi !

— Pas du tout. Une maison contre une autre. C'est mieux qu'un chèque, non ? C'est plus… sentimental.

Tabitha n'avait plus envie de sourire. En même temps, elle ne voulait pas montrer à Christian combien il l'avait blessée. Elle qui commençait déjà à rêver ! Voilà qu'elle retombait brusquement sur terre…

Ainsi, toute cette mise en scène était destinée à récupérer cette minuscule portion du domaine Duvernay ! Cet homme était vraiment prêt à tout pour y parvenir.

Cette nuit d'amour ne signifiait donc rien pour lui, comme elle avait eu la bêtise de le penser ?

— Je veux rentrer, déclara-t-elle, profondément humiliée. Maintenant.

— Tabitha…

Elle le fixa droit dans les yeux avant d'ajouter, avec une détermination sans faille :

— Il me reste beaucoup à faire chez moi avant mon départ pour l'Angleterre.

— Tabitha…

— Non, ne dis rien, ou je vais me mettre en colère, reprit-elle d'une voix qui, cette fois, trembla légèrement. Tu m'as amenée ici sans même me demander mon avis. Je refuse de discuter avec toi de cette ridicule proposition.

— Je ne comprends pas pourquoi tu te fâches, rétorqua-t-il. Une offre comme celle que je viens de te faire mérite qu'on la prenne en considération. Il s'agit d'une proposition intéressante… et très généreuse. Sois raisonnable.

— Si je ne le suis pas, que se passera-t-il ? J'aurai droit à des menaces ?

— Je ne menace pas les femmes, fit-il avec un dédain glacial. Tu te comportes de manière irrationnelle. Si tu prends la peine de réfléchir une seconde, tu admettras que mon souhait de garder le patrimoine familial dans son intégrité est on ne peut plus normal.

Tabitha lui tourna le dos et se dirigea vers la porte d'entrée.

Elle, irrationnelle ? Il n'y avait rien d'irrationnel dans le fait de se sentir blessée.

« Ma présence à cinq kilomètres du château où il est né représente donc une telle offense pour lui ? » se demanda-t-elle. Comme elle avait été stupide de se laisser emporter par son imagination, par ses rêves ! Elle venait de se brûler les ailes une seconde fois. Quand donc comprendrait-elle qu'elle devait rester loin de Christian Laroche ?

Deux heures plus tard, la Ferrari s'arrêtait devant la maison que lui avait léguée Solange.

Christian la suivit jusqu'à la porte.

— Il faut qu'on discute sérieusement.

Tabitha introduisit la clé dans la serrure avant de se tourner vers lui, très pâle.

— Pas question de discuter avec un homme qui me méprise.

— C'est faux.

Elle laissa échapper un rire sans joie.

— Tu as pourtant essayé de m'acheter.

— Pas du tout. Pourquoi réagis-tu ainsi ? C'est ridicule. Ma solution arrange tout le monde.

— Tout le monde sauf moi.

Il la toisa, les bras croisés et les sourcils froncés.

— Si je n'avais pas passé la nuit avec toi, tu aurais réagi

différemment. C'est toujours une erreur de mêler affaires et plaisir.

— Tu as raison. La nuit dernière a été une grave erreur.

Là-dessus, elle entra dans la maison et lui claqua violemment la porte au nez.

— Tabitha ! Ouvre ! cria-t-il.

Mais la porte resta close. Après avoir sonné et frappé pendant quelques minutes, il perdit patience et partit.

En l'entendant partir, Tabitha éclata en sanglots. Il lui avait suffi de revoir Christian pour redevenir l'adolescente amoureuse d'autrefois. Oubliant toute sagesse, elle s'était jetée de nouveau dans ses bras. Elle n'apprendrait donc jamais ? Pourquoi se conduisait-elle de manière aussi stupide dès qu'il était question de Christian Laroche ?

En fin de journée, Sean l'appela sur son téléphone portable. La veille, il lui avait parlé d'une Anglaise d'un certain âge qui possédait dans la région une galerie d'art et d'artisanat.

— Alice nous invite à prendre un verre. Elle reçoit toujours des gens intéressants. Cela te permettra de connaître les artistes qui vivent dans le coin.

Tabitha était très en retard sur son programme de nettoyage. Malgré tout, elle n'hésita pas à accepter. Une sortie lui changerait les idées, ce dont elle avait bien besoin.

Vin rouge, tapas et saucisson : Alice recevait avec autant de chaleur que de simplicité. Et, à sa grande surprise, Tabitha passa une excellente soirée, fit de nombreuses rencontres et trouva même plusieurs galeristes prêts à exposer ses œuvres.

Lorsque Sean la ramena chez elle, il était déjà 2 heures du matin. Dans la lueur des phares, elle vit Christian adossé à sa Ferrari.

Bien déterminée à ne pas exposer leurs dissensions devant Sean, elle descendit et lança avec une bonne humeur forcée :

— Me voilà enfin ! Je suis désolée de rentrer si tard…

Visiblement peu soucieux de se trouver mêlé à une querelle, Sean les salua et partit rapidement, les laissant seuls.

— Tu avais presque réussi à me convaincre que je t'avais mal jugée ! s'écria Christian, fou de rage. Où as-tu passé la soirée ? Dans le lit de ce type ? Tu es une vraie nymphomane. Moi hier, lui aujourd'hui…

— Toi hier, oui. Et si tu savais comme je le regrette ! Je ne veux plus jamais te voir. Tu entends ? Jamais.

— Ecoute…

— Incroyable ! le coupa-t-elle. Tu me prends pour une fille qui multiplie les aventures ? Moi ?

— Je constate. Dès que j'ai le dos tourné, il en arrive un autre.

Elle serra les poings.

— Quand je pense que ta chère Véronique m'avait recommandé de te rendre jaloux parce que tu appréciais la compétition ! Elle était loin du compte !

Avec amertume, la jeune femme poursuivit :

— Je suppose que ce conseil venimeux était de la même veine que les autres !

— Véronique n'aurait jamais dit une pareille bêtise.

Tabitha haussa les épaules sans juger utile de poursuivre cette conversation. Déjà, elle s'en voulait de s'être abaissée à mentionner ce détail.

— On ne peut pas te faire confiance, continua Christian.

— Je ne te demande rien.

— Que veux-tu que je pense quand tu rentres à 2 heures du matin avec un type dont tu viens à peine de faire la connaissance ?

— J'ai des comptes à te rendre ? s'écria-t-elle. Tu me critiques, alors que je ne savais jamais à quoi m'en tenir avec toi. Par exemple, il y a quatre ans, il y avait une autre femme dans ta vie, une certaine Eloïse dont tu m'avais soigneusement caché l'existence. J'étais malheureuse, mais je n'ai pas osé te poser de questions.

— Tu aurais dû. J'y aurais répondu. Je ne comprends pas comment tu as pu être au courant, pour Eloïse… J'avais rompu avec elle depuis longtemps quand nous nous sommes connus. De toute manière, ce n'était pas une histoire très sérieuse. Je ne t'ai jamais menti.

— Moi non plus. J'ai juste prétendu être plus âgée que je ne l'étais en réalité. Ce n'était pas bien méchant.

— Non ?

— Non. Et tu n'as pas le droit de me traiter comme une fille facile. Ce n'est pas mon genre.

Il la regardait avec une intensité qui la fit frissonner malgré elle.

— Où étais-tu ce soir ? demanda-t-il.

— En quoi cela te regarde-t-il, s'il te plaît ?

Elle vit ses mâchoires se contracter.

— Qu'attends-tu exactement de moi ? finit-il par maugréer.

— Tout d'abord, un peu de respect. Tu me dois des excuses pour avoir cru que je te trompais avec Peter.

— Tu rêves !

— Tu m'en dois également pour m'avoir ignorée au moment de l'enquête, alors que je souhaitais te parler.

— Et quoi d'autre ?

— J'attends enfin des excuses pour m'avoir offert, aujourd'hui, une demeure de millionnaire à la place de cette maison. C'était honteux !

Il parut sidéré.

— Honteux ?

Soudain, Tabitha se sentit très lasse.

— Tu ne respectes rien ni personne, fit-elle avec une amertume infinie. Même pas le testament de ta grand-tante. Et tu ne me permets pas de vivre où je l'entends.

— Mais…

— Laisse-moi, maintenant. Je suis fatiguée. Tout ce que je veux, c'est dormir… et tâcher d'oublier.

Soudain touché par l'évidente détresse de la jeune femme, Christian la prit dans ses bras et la souleva.

— Arrête, fit-elle dans un sanglot.

Il gravit l'escalier, puis l'étendit sur le lit.

— Peut-être que je me sentais plus à l'aise dans la « demeure de millionnaire » qu'ici, murmura-t-il enfin. Mais admets qu'elle te plaisait aussi.

La jeune femme ferma les yeux.

— S'il te plaît, je n'en peux plus…

Une seconde plus tard, elle dormait.

Christian resta longtemps près d'elle, sans oser la toucher. S'il s'était écouté, il se serait étendu à son côté, il l'aurait prise dans ses bras, il…

Mais il sut résister à son désir. Après l'avoir couverte d'un plaid, il s'éclipsa sur la pointe des pieds.

Il avait mille choses à faire, mille décisions à prendre.

5

— J'ai du mal à te comprendre, déclara Véronique Giraud.

Christian était venu sonner de bonne heure, ce matin-là, à la porte du luxueux appartement parisien de sa fiancée.

— Tu souhaites rompre nos fiançailles sans véritable motif, c'est cela ?

— Je suis navré, mais je ne me sens pas prêt à franchir le pas. J'aurais dû le comprendre plus tôt.

Très élégante dans son tailleur classique, Véronique haussa les sourcils.

— Nous n'avions pas encore fixé de date. Nous ne sommes pas pressés. Tu as tout le temps que tu veux pour réfléchir.

Soulagée par le calme avec lequel la jeune femme prenait la nouvelle, Christian secoua la tête.

— Non. J'ai réfléchi. Je préfère que nous en restions là.

Après une pause, il répéta :

— Je suis navré.

Avec sa froideur habituelle, Véronique déclara :

— Tu n'as pas besoin de t'excuser. Tu ne veux plus m'épouser ? Bon, très bien. J'espère cependant que nous continuerons à nous voir.

De plus en plus soulagé, Christian s'exclama :

— Naturellement ! Nos fiançailles ressemblaient plus à un arrangement qu'à autre chose. Nous nous connaissons depuis l'enfance et je serais désolé que tu ne sois plus mon amie. Mais, si tu ne voulais plus me voir après ça, je comprendrais.

— Moi non plus, je ne veux pas perdre une amitié précieuse, à laquelle je tiens par-dessus tout.

— Merci, Véronique. Tu es très compréhensive.

La voix de la jeune femme se fit imperceptiblement plus sèche.

— Me permets-tu de te parler avec franchise ?

— Bien sûr.

Elle eut un sourire dur.

— Tu t'apercevras vite que cette fille ne vaut pas mieux qu'avant. Que paries-tu ?

Christian se raidit.

— Oui, je sais bien qu'elle est revenue ! lança Véronique avec amertume.

Ses pâles prunelles bleues étincelaient d'une lueur étrange que jamais, jusqu'à présent, Christian n'avait remarquée.

— Cette petite Anglaise…, insista-t-elle. Pourquoi ne pas simplement t'en amuser, jusqu'à ce que tu t'en lasses pour de bon ? Je ne ferai pas d'histoires, tu le sais. Ce n'est pas la peine de tout bouleverser à cause d'elle. D'autant plus que, je te le répète, elle n'en vaut pas la peine.

Christian prit une profonde inspiration.

— Les choses ne sont pas aussi simples, dit-il.

— C'est toi qui compliques tout. Ce que tu peux être conventionnel ! Voici ce que je suggère : pour préserver les apparences, tu restes avec moi. Et tu gardes cette fille pour satisfaire tes…

Sa bouche se plissa dans une moue dédaigneuse.

— … Tes pulsions, reprit-elle. Ne t'inquiète pas, je ne te poserai pas de questions !

Soudain, elle regarda Christian avec stupeur.

— Tu ne songes tout de même pas à l'épouser ? demanda-t-elle d'une voix aiguë.

— Non, voyons !

Apparemment tranquillisée, Véronique insista.

— Dans ce cas, pourquoi rompre ? Je suis très large d'esprit, reconnais-le. Jamais je ne t'ai demandé de m'être fidèle.

Avec un rire sarcastique, elle ajouta :

— Si cela te plaît de l'avoir comme maîtresse, n'hésite pas, tu as ma bénédiction. J'estime qu'il y a des choses plus importantes dans la vie.

Avec une visible impatience, elle poursuivit :

— D'ailleurs, je m'attendais à quelque chose de ce genre. C'est pour cela que je t'avais proposé de m'occuper du problème. Si j'étais allée en Angleterre afin de tout arranger, tu ne l'aurais pas revue et…

— Véronique, je ne souhaite pas parler de Tabitha avec toi, coupa Christian d'un ton sans réplique.

La jeune femme serra les dents. Après avoir ôté l'énorme solitaire qui étincelait à son annulaire gauche, elle le posa sur la table avec une certaine brusquerie.

— Voilà.

— Garde cette bague, je t'en prie. Considère-la comme un cadeau.

Soudain, Véronique sourit et glissa sa main sous le bras de Christian.

— Nous restons amis, c'est le principal. J'espère que nous pourrons aller dîner ensemble chez les Martineau ce soir, comme prévu ?

— Bien sûr.

Pippa leva les yeux au ciel.

— Ce n'est pas vrai ! Tu as renoué avec Christian Laroche après tout ce temps ? Mais tu es folle !

La réaction de son amie prit Tabitha au dépourvu. Elle ne s'attendait pas à une telle véhémence de sa part.

— Séduisant, richissime, réussissant tout, dans les affaires comme avec les femmes…, reprit son amie avec une moue dégoûtée. Arrogant au possible. Imperméable au remords.

— Pippa, essaie de comprendre…

Mais cette dernière n'avait pas fini.

— Comprendre ? Et quoi encore ? Sais-tu à quoi tu me fais penser ? A un gentil petit poisson rouge qui s'est aventuré dans le bassin des requins.

Tabitha soupira. Depuis son retour à Londres, elle avait sérieusement réfléchi. Après ce qui s'était passé en France, vivre dans la proximité immédiate de Christian lui semblait désormais difficile.

« Quelle ironie ! pensa-t-elle. Je vais me retrouver malgré tout obligée de vendre… »

D'un air soucieux, elle murmura :

— Je suis toujours décidée à m'installer en France. Mais sans doute pas dans la maison que Solange m'a léguée.

— Où, alors ?

— Je ne le sais pas encore. Ailleurs, c'est certain.

— Etant donné que tu es incapable de résister à Christian, cela me semble plus sage.

Soudain, Pippa s'excusa d'une voix radoucie.

— Pardonne-moi. Je n'ai pas pu m'empêcher de te dire ce que je pensais. C'est ta dernière soirée en Angleterre et je t'assure que ce n'est pas pour te faire la morale que je t'ai invitée.

Tabitha réussit à sourire.

— Je le sais bien.

— Tu ne m'en veux pas ? demanda Pippa.

— Mais non. Quelle idée ! Depuis le temps que nous nous connaissons et que nous nous disons tout…

Comment Tabitha aurait-elle pu tenir rigueur à son amie de sa franchise ? Tiraillée entre un travail très prenant et son père invalide, celle-ci était assez stressée comme ça.

Pippa reprit :

— Tu devrais quand même mettre Christian Laroche au courant de l'existence de son fils. C'est la moindre des choses, non ?

— Je sais. Mais, quand j'ai décidé de m'installer en Bretagne, j'étais persuadée que je n'aurais jamais l'occasion de le revoir. Si j'avais pris le temps de réfléchir, j'aurais compris que c'était inévitable.

— Tu étais tellement contente d'avoir une maison à la campagne, une maison à toi… Tu t'es précipitée.

— Je me rends compte maintenant que je ne vais peut-être pas pouvoir vivre là-bas. Surtout avec Jake ! Cela mettrait Christian dans une position très embarrassante vis-à-vis de sa famille.

La gorge nouée, Tabitha poursuivit :

— Et si une femme partage sa vie, quelle complication, tu imagines ?

Elle soupira.

— Je me rends maintenant compte de tout ça, même si c'est un peu tard.

Soudain, elle frissonna, glacée par le souvenir douloureux qui lui revenait à la mémoire.

— Je me rappelle la façon dont les Laroche me regardaient, le jour où je me suis rendue en France pour l'ouverture de l'enquête, souffla-t-elle. J'avais l'impression qu'ils allaient me mettre en pièces ! Qu'ils me considéraient comme responsable de l'accident.

Pensive, elle ajouta :

— Au fond, il vaut mieux que je n'aie pas parlé de Jake à ce moment-là. Peut-être que les Laroche réagiront avec moins de passion aujourd'hui.

— Tu crois ? demanda Pippa d'un ton sarcastique.

Tabitha se sentit rougir.

— En tout cas, Christian ne pourra pas renier son fils, murmura-t-elle. La ressemblance est incroyable. De plus, Jake possède la vive intelligence de son père… et sa passion pour les voitures de sport.

Mais quelle serait la réaction de Christian lorsqu'il découvrirait l'existence de cet enfant — le sien ? La jeune femme n'en avait aucune idée.

Dix jours après, Tabitha se trouvait de nouveau au volant de sa vieille camionnette surchargée.

Cette fois, Jake l'accompagnait.

Tout intéressait le petit garçon : le chargement du véhicule dans le ferry, la traversée de la Manche…

— Es-tu content d'aller habiter en France ? demanda Tabitha.

— Je ne sais pas, répondit Jake. Je pourrai sauter sur mon lit ?

La jeune femme éclata de rire.

— Un lit tout neuf ? Oh non !

Tout à coup, elle se sentit inquiète. Son fils allait-il être déçu en visitant cette maison dépourvue du confort le plus élémentaire ? Ces pièces à peine meublées ? Elle tenta de se rassurer : les enfants ne voyaient pas les choses avec les mêmes yeux que les adultes.

Lorsqu'ils arrivèrent enfin, quelques heures plus tard, Jake bondit hors de la camionnette avec son ballon.

— Un jardin ! s'exclama-t-il.

Celui-ci était entouré de haies vives, que par la suite il faudrait tailler. Mais il manquait une barrière. Mentalement, Tabitha nota cela dans les priorités. Jake n'avait que trois ans, et un accident était si vite arrivé.

— Tu peux jouer autour de la maison, mais, surtout, ne va pas sur la route !

Il parut vexé.

— Je ne suis plus un bébé.

Tabitha introduisit la clé dans la serrure, ouvrit la porte, et demeura clouée sur place. Elle ne reconnaissait plus rien !

Paniquée, elle recula d'un pas.

« Je me suis trompée de maison. »

Impossible ! Elle avait bien reconnu le jardin, la porte…

Et, de toute manière, il n'y avait pas d'autre construction à des kilomètres à la ronde.

La maison ne sentait plus le moisi, mais la peinture fraîche. Stupéfaite, elle contempla les murs d'une chaude teinte abricot, les doubles-rideaux de la même teinte, les deux confortables canapés qui se faisaient face. Il y avait aussi une table basse, un très joli tapis, une armoire ancienne…

« Je rêve », pensa-t-elle.

Elle comprit tout en voyant un grand bouquet de fleurs posé dans l'âtre, à côté d'une enveloppe en vélin blanc.

Le cœur battant, elle décacheta l'enveloppe et en sortit une carte.

« Je respecte ta décision de vivre où tu l'entends.

» Téléphone-moi.

Christian »

En levant les yeux, Tabitha avisa un téléphone sans fil dans une niche creusée dans le mur. Il avait même trouvé le temps de faire installer la ligne !

Abasourdie, elle se rendit dans la cuisine et laissa échapper une exclamation de stupeur.

Car, là aussi, tout était changé ! Des éléments en pin, un évier en Inox… avec *deux* robinets ! Un énorme réfrigérateur débordant de denrées fraîches, une table ronde entourée de quatre chaises…

Quant à la salle de bains, carrelée de gris pâle, c'était une merveille de luxe et de confort. Sur des étagères neuves s'empilaient serviettes-éponges et draps.

D'une main tremblante, la jeune femme décrocha le téléphone et composa le numéro que Christian avait noté en bas de la carte qui accompagnait les fleurs. Il décrocha immédiatement.

— Chris… Christian ? murmura-t-elle.

— Tabitha ?

— Oui. Je… je rêve.

— Tant mieux. Moi, j'étais en plein cauchemar quand j'ai vu pour la première fois cet antre digne d'un paysan du siècle dernier.

— Je ne peux pas accepter… Ça a dû te coûter une fortune. Les ouvriers ont dû travailler jour et nuit pour réussir ce tour de force.

— Jour et nuit ? Ma foi, tu n'as pas tort. Ce matin, ils étaient encore à l'œuvre.

— Pourquoi as-tu fait cela ? Tu es devenu fou ?

— Pas du tout. Considère ces petits travaux comme une réparation.

— Une… une réparation ?

— Pour m'être montré trop autoritaire. Bienvenue dans ta nouvelle maison !

— Comment as-tu réussi à entrer ?

— J'ai trouvé un double de ta clé dans l'un des tiroirs de Solange.

Le téléphone à la main, la jeune femme monta à l'étage. Sa chambre aussi avait été complètement refaite et disposait maintenant d'un large lit digne d'une princesse.

— Je ne peux pas y croire, murmura-t-elle.

Elle jeta ensuite un coup d'œil dans la chambre de Jake. Aucun changement n'y avait été apporté, à l'exception d'un coup de peinture blanche. Il ne lui restait plus qu'à monter les meubles neufs qui se trouvaient dans la camionnette.

— Et à quoi t'attends-tu en retour ? demanda-t-elle d'un ton méfiant.

Il éclata de rire.

Tabitha jeta un coup d'œil machinal par la fenêtre, et aperçut une longue voiture gris argent qui passait lentement devant la maison.

— Christian, comment pourrais-je accepter tout cela ? fit-elle d'une voix étranglée.

Encore mal revenue de sa surprise, elle redescendit l'escalier à pas lents.

— Tu ne te rends pas compte. C'est trop ! Beaucoup trop !

Elle prit une profonde inspiration.

— Honnêtement, je ne peux pas accepter.

— Pourquoi pas ?

— Parce que… je me sentirais dépendante de toi.

— Ce n'est pas pour me déplaire.

— Ou alors il va falloir que je te rembourse…

— En nature ? Encore mieux.

— Arrête ! s'exclama-t-elle en riant malgré elle.

Elle s'approcha de la fenêtre de la cuisine et chercha Jake du regard. En vain.

Où était-il passé ?

— Christian, excuse-moi. Un… un petit problème. Je te rappelle.

La voiture gris argent qu'elle avait aperçue un peu plus tôt était maintenant arrêtée au bord de la route, de l'autre côté de la haie. Un coupé Mercedes, constata-t-elle machinalement.

A ce moment-là, son fils apparut derrière la vieille camionnette. Il courait après son ballon qui roulait vers la route.

— Jake, non ! Attention !

Sa voix fut couverte par le bruit du moteur de la Mercedes, qui repartait. Tabitha se précipita comme une folle vers son fils, tout en réalisant, horrifiée, qu'il lui serait impossible d'arriver à temps.

Il y eut un crissement de freins. La Mercedes vira sur le bas-côté et son moteur cala.

Pendant une fraction de seconde, le silence fut complet. Puis Jake hurla. Tabitha se précipita vers lui. Il ne lui fallut pas deux secondes pour constater qu'il n'avait même pas été effleuré par la voiture.

— Tu restes ici et tu ne bouges plus, lui ordonna-t-elle en l'asseyant sur le talus.

Puis elle courut vers la voiture. La portière s'ouvrit et une femme blonde d'une cinquantaine d'années apparut, le visage défait. Elle était toute vêtue de noir, ce qui accentuait encore sa pâleur.

— Vous êtes-vous fait mal ? demanda Tabitha avec angoisse, dans un français hésitant.

La femme sortit de la voiture et fixa Jake avec stupeur.

— Mon Dieu…, murmura-t-elle.

Soudain, elle vacilla et s'adossa à la carrosserie. Puis elle éclata en sanglots. Tabitha lui prit le bras pour la soutenir et l'entraîna vers la maison.

— Venez vous remettre. Grâce au ciel, ce n'est rien ! Nous avons juste eu une belle frayeur.

Quelques instants plus tard, la conductrice de la Mercedes se trouvait assise sur l'un des canapés neufs.

— Voulez-vous que j'appelle un médecin ? proposa Tabitha.

La femme secoua négativement la tête.

— Je peux prévenir votre famille ?

De nouveau, un refus.

— Je suis vraiment désolée. Mon fils jouait dans le jardin. Je lui avais défendu d'aller sur la route, mais il a oublié mes recommandations quand son ballon lui a échappé et…

Elle soupira.

— Oui, je suis désolée, répéta-t-elle.

La conductrice paraissait peu à peu se reprendre.

— Les enfants seront toujours des enfants, déclara-t-elle dans un excellent anglais.

Elle continuait à examiner Jake, qui les avait suivies à l'intérieur, avec une sorte de curiosité anxieuse.

— Vous êtes sûre qu'il n'est pas blessé ? demanda-t-elle.

— Mais non. Il a eu peur, c'est tout. Une bonne leçon, au fond !

— Moi aussi, j'ai eu peur. Est-ce… votre fils ? Comment s'appelle-t-il ?

— Je m'appelle Jake, dit le petit garçon d'un air important. Jake Christian Burnside.

L'inconnue se mit soudain à trembler.

— Mon Dieu ! fit-elle d'une voix presque inaudible.

Elle prit l'un des mouchoirs en papier que lui avait apportés Tabitha et se remit à sangloter.

— Vous avez reçu un choc, dit Tabitha avec compassion. Cela ne m'étonne pas, après la frayeur que mon fils vous a causée.

— Pourriez-vous me donner un… un peu d'eau, s'il vous plaît ? balbutia la femme.

— Oui, bien sûr. Tout de suite.

Tabitha se rendit dans la cuisine et dut ouvrir plusieurs placards avant de découvrir celui où étaient rangés les verres tout neufs.

Lorsqu'elle revint, Jake était assis en tailleur aux pieds de leur visiteuse et lui parlait de voitures avec passion.

Après avoir posé le verre sur la table, Tabitha jugea poli de se présenter. Un silence pesa. Puis la femme se présenta à son tour.

— Juliette… Juliette Bonnard. Votre fils est adorable. Il s'est rendu compte que j'étais triste et, pour me consoler, il m'a embrassée.

Tabitha se tourna vers son fils d'un air sévère.

— Sais-tu pourquoi Mme Bonnard est triste ? Parce qu'elle a cru qu'elle allait t'écraser. Tu comprends, maintenant, pourquoi il ne faut jamais aller sur la route ? C'est très, très dangereux.

— Je vous en prie, ne le grondez pas ! s'exclama Juliette Bonnard. Après une pareille expérience, je suis sûre qu'il sera plus prudent.

Ses yeux étaient encore pleins de larmes, mais elle souriait à présent.

— Avez-vous un petit garçon comme moi ? lui demanda Jake.

— J'ai un fils.

— Aime-t-il les voitures ?

— Beaucoup.

— Il est plus grand que moi ?

Jake se leva et bomba le torse pour ne pas perdre un millimètre de sa taille. Juliette Bonnard sourit de nouveau.

— Oui, il est plus grand, mais c'est parce qu'il est plus âgé que toi.

— Il est gentil ?

— Pas toujours.

— Moi, je serai toujours très grand et très gentil, assura Jake.

Tabitha proposa ensuite à sa visiteuse un café et alla le préparer avec la machine ultramoderne qui trônait sur l'un des plans de travail carrelés.

Pendant ce temps, Jake babillait à propos de tout et de rien. Il n'hésitait pas à poser des questions directes. Tabitha, qui l'entendait de la cuisine, put ainsi apprendre que Juliette Bonnard habitait à Paris, mais possédait une maison de campagne dans la région.

Quand elle revint avec deux tasses de café, Jake demanda :

— Maman, je peux montrer tes tableaux à la dame ?

— Cela m'intéresse, assura Mme Bonnard. Je collectionne les miniatures.

— Eh bien, venez voir mon atelier.

Christian était aussi passé par là : les murs avaient été repeints et des étagères très pratiques s'alignaient sur les murs.

Tout de suite, Juliette Bonnard souhaita acquérir les deux minuscules toiles que venait de terminer Tabitha.

— Je suis navrée, mais il s'agit d'une commande.

— Je reviendrai vous en acheter d'autres, alors.

Avec un sourire d'excuse, Juliette ajouta :

— Je vais y aller, maintenant. Pardonnez-moi de vous avoir fait perdre autant de temps.

— Je vous aime bien, dit Jake en saisissant la main couverte de bagues de leur visiteuse.

Cet aveu sembla toucher Juliette, car ses yeux se remplirent de nouveau de larmes.

— Vous sentez-vous assez bien pour conduire ? demanda Tabitha d'un air soucieux.

— Oui, ne vous inquiétez pas. Vous… vous ne pouvez pas comprendre.

En hâte, elle traversa la route, s'installa au volant et repartit, très lentement, au grand soulagement de Tabitha, qui s'inquiétait de l'avoir vue à ce point secouée par l'incident.

A pas lents, la jeune femme regagna la maison que Christian avait pris la peine de rénover à grands frais. Cet homme ne se conduisait jamais comme elle le prévoyait.

Il l'avait blessée et humiliée. Et, après leur séparation plutôt orageuse, elle s'était imaginé ne plus jamais le revoir. Elle avait été même prête à aller s'installer ailleurs. Et, pendant ce temps, en quelques jours, il s'était donné un mal fou pour transformer une demeure vieillotte en une luxueuse résidence.

Elle soupira.

Et il ignorait toujours qu'il avait un fils de trois ans ! Il allait falloir le lui apprendre. Mais quand ? Comment ?

— Je peux prendre ma valise dans la camionnette ? demanda Jake.

— Attends, je vais la monter dans ta chambre.

Soudain, le téléphone sonna. C'était Christian.

— Tu avais dit que tu me rappellerais, dit-il. Que fais-tu ce soir ?

— Peux-tu passer ici vers 20 heures ?

— Il n'est que 17 heures ! Tu veux me faire attendre si longtemps ?

— Oui, s'il te plaît.

— Pourquoi ?

— J'ai mes raisons.

Elle préférait en effet que Jake soit au lit au moment de l'arrivée de Christian. En effet, comment lui dire la vérité en présence de l'enfant ?

— Bon, si tu insistes, fit-il sans enthousiasme. Je t'emmène dîner.

— Il vaudrait mieux que tu dînes avant.

— Comment ça ? Avant 20 heures ?

— Pourquoi pas ? J'aurai quelque chose de *très* important à te dire.

Il y eut un bref silence au bout du fil.

— Bon, pas de repas aux chandelles, alors ? fit-il, visiblement déçu. Je vois que tu as décidé de me mener la vie dure.

— Pas du tout. Mais je le répète : j'ai quelque chose de *très* important à te dire. Quelque chose de *si* important que le reste ne compte pas.

Il eut un rire sarcastique.

— Je me demande bien ce que ça peut être.

Après avoir raccroché, Tabitha donna son bain à Jake et le fit dîner. Fatigué par le voyage, le petit garçon dormait déjà à moitié.

Après l'avoir mis au lit, la jeune femme se maquilla un peu. Cela ne lui arrivait que très rarement et, tout en passant un bâton de rouge sur ses lèvres, elle se demanda pourquoi elle se donnait tant de mal. Lorsqu'il apprendrait qu'il avait un fils, il était probable que Christian serait fou furieux. Et tous ses efforts pour lui plaire ne serviraient plus à rien…

Peu avant 20 heures, elle entendit un bruit de moteur. Christian gara sa Ferrari près de la maison, à l'endroit habituel.

Elle alla l'attendre sur le seuil et, dès qu'elle le vit, son cœur se mit à battre la chamade.

Il descendit de voiture et s'approcha, un sourire ravageur aux lèvres.

— Je ne suis pas idiot, Tabitha, dit-il en déposant un baiser sur sa joue. Je sais ce que tu vas m'apprendre : tu es enceinte.

6

Médusée, Tabitha le fixa avec des yeux écarquillés.

— Tu... tu crois qu'il y a un risque ? balbutia-t-elle.

— Je n'en prends jamais, tu le sais bien. Mais, en dépit de toutes les précautions, il arrive parfois des accidents.

Il la regardait droit dans les yeux.

— Ce que tu avais de si important à me dire... ce n'est pas ça ?

— Non.

— Première hypothèse écartée. De quoi s'agit-il, alors ? Serais-tu malade ?

— Pas du tout. Je suis en pleine forme.

— Donc, récapitula-t-il, je ne vois aucune raison de s'inquiéter.

Il la prit dans ses bras, mais elle chercha à se dégager.

— Christian...

— Quoi encore ? Tu as été surprise de trouver ta maison transformée ? C'est ça ?

Il lui sourit.

— Puisque tu tiens à vivre ici, que ce soit dans de bonnes conditions ! Tu devrais être contente. Tu sais, cela n'a pas représenté un gros effort de faire appel à une entreprise spécialisée. Allons, ne fais pas d'histoires à propos de rien !

— Christian...

— J'ai besoin de toi, fit-il d'une voix haletante, tout en

resserrant son étreinte. Tu es restée absente pendant plus dix jours, je n'en peux plus.

Troublée par sa proximité, par sa chaleur, elle se laissa à son tour emporter par le désir et se lova contre lui.

Ils s'abattirent sur l'un des canapés. Déjà, dans un geste à la fois possessif et très doux, Christian étreignait les seins de la jeune femme.

— Je t'attendais, je n'en pouvais plus, murmura-t-il, ses lèvres contre les siennes.

— Il… il faut que je te dise…

Sans la prendre au sérieux, il laissa échapper un rire léger.

— Je sais, ce que tu as à me dire est *très* important. Mais moi, j'ai d'autres priorités. Nous parlerons… après.

— Christian…

— Après ! J'aime ton corps, haleta-t-il tout en la débarrassant de ses vêtements. J'aime la façon dont il répond au mien.

Voluptueusement, Tabitha s'arquait contre lui, allant au devant de ses caresses et de ses baisers. Elle nota cependant qu'il avait dit son corps. Pas qu'il l'aimait, elle… Mais ses sens l'emportèrent vite sur sa raison. Son désir flambait. Les yeux clos, elle s'offrit tout entière à lui.

— Oh, Christian ! Christian…

Il la pénétra. Le plaisir l'envahissait en vagues de plus en plus intenses. Et elle laissa échapper un cri rauque, avant de s'effondrer contre lui, épuisée et radieuse.

Il l'embrassa très doucement sur les lèvres.

— Tu es incroyable, exceptionnelle…

Et, laissant échapper un petit rire heureux, il ajouta :

— Jamais je n'ai rencontré une femme aussi sensuelle, aussi passionnée. Tu ne peux pas savoir comme c'est rare !

Machinalement, à l'aide de ses doigts, elle chercha à remettre un peu d'ordre dans ses cheveux.

— Christian, il faut que…

Il l'interrompit.

— J'ai faim de toi, je ne me rassasierai jamais de toi. Mais mon estomac crie famine. Viens, allons au restaurant.

— Je ne peux pas.

— Pourquoi ?

Elle soupira.

— Je te le répète : j'ai quelque chose d'important à te dire et… et tu vas être furieux.

Un silence pesant s'installa soudain.

— Tu as rencontré quelqu'un d'autre ? demanda enfin Christian.

— Mais non, il ne s'agit pas de ça.

— Ah bon ! s'exclama-t-il, visiblement soulagé. Le reste, je peux y faire face.

— Ne te vante pas trop.

Tabitha ferma les yeux, réunissant tout son courage pour lui faire cette confession si difficile. Et soudain, alors qu'elle cherchait ses mots, la réalité — une réalité qu'elle n'avait jamais vraiment voulu admettre — lui apparut, aveuglante : elle l'aimait et elle l'aimerait toujours. Oui, elle aimait tout de lui : ses qualités comme ses défauts, sa personnalité, sa vitalité, son intelligence, son sens de l'humour, son énergie…

Mais lui n'éprouvait pour elle qu'une passion physique, qui risquait de disparaître bien vite.

« J'aurais dû le forcer à m'écouter au lieu de tomber dans ses bras. » Car l'aveu paraissait encore plus difficile maintenant…

Pendant qu'elle se rhabillait, Christian alla chercher une bouteille de champagne dans le réfrigérateur et remplit deux flûtes.

— Assieds-toi et dis-moi ce qui te tracasse, déclara-t-il.

— Disons que cela me tracasse depuis près de quatre ans.

Il haussa les sourcils.

— Ecoute, nous venons à peine de nous retrouver. A quoi bon remuer toutes ces vieilles histoires ? Laissons le passé en paix, ce sera plus raisonnable.

— On ne peut pas *tout* oublier.

— On peut au moins essayer.

— Tu te souviens que, cet été-là, je t'ai dit que je prenais la pilule ?

L'air déconcerté, il hocha la tête.

— Le médecin me l'avait prescrite pour trois mois afin de résoudre des petits problèmes. Quand on s'est rencontrés, je n'avais plus qu'une seule plaquette. Après, je me suis retrouvée sans rien.

— Quoi ?

Tabitha baissa la tête, honteuse de sa propre naïveté et de son ignorance.

— J'ai pensé que ça n'avait pas d'importance si j'arrêtais pendant quinze jours. Je croyais que, si on avait reçu le traitement suffisamment longtemps, il avait une sorte de... d'effet cumulatif.

— Ce n'est pas possible ! Tu t'imaginais que les pilules que tu avais prises plusieurs mois auparavant étaient toujours efficaces ?

— Seulement quinze jours, murmura-t-elle en gardant la tête baissée.

La voix de Christian se fit plus forte.

— Tu te croyais protégée, et...

— Ne te fâche pas. Je le sais maintenant, j'étais stupide. Mais je ne connaissais rien à tout cela. Je n'avais même pas lu la notice. Pour moi, ces pilules étaient un peu comme de l'aspirine, sans trop d'importance. Je n'aurais jamais imaginé qu'elles me seraient nécessaires comme contraceptif.

— Et moi, je ne me méfiais pas du tout. Pourquoi ne m'as-tu pas demandé de prendre des précautions ? demanda Christian avec incrédulité.

— Parce que je ne savais pas. Et puis c'était gênant...

— Gênant ! Tu te moques de moi ?

— Ne te fâche pas, répéta-t-elle. Un jour, tu avais dit que tu détestais les préservatifs.

Il jura.

— Je n'ai pas voulu t'ennuyer, reprit-elle. D'autant plus que j'étais persuadée que je ne courais aucun risque. Tu sais, j'avais à peine dix-sept ans. M'imaginer enceinte ? Impossible. J'étais incapable de penser que ça pouvait m'arriver, à moi.

Ces derniers mots parurent résonner longtemps dans la pièce. Cette fois, Christian semblait réduit au silence. Mais son visage tendu, ses yeux étincelants en disaient plus que de longs discours.

Elle prit une profonde inspiration avant de continuer.

— J'ai découvert que j'attendais un bébé peu de temps après mon retour en Angleterre. J'avais des malaises le matin, je ne comprenais pas pourquoi. Je suis allée voir un médecin… Bref, inutile de tout te raconter en détail.

Christian crispa les poings.

— Qu'as-tu fait de l'enfant ? demanda-t-il avec fureur.

Elle le regarda avec étonnement.

— Il est né trois semaines avant l'ouverture de l'enquête, quand j'ai dû retourner en France.

— Il… il est né ? Alors, cela signifie que… que tu as mené ta grossesse à terme ?

— Naturellement ! s'exclama-t-elle, choquée.

— « Il », as-tu dit. Ce… c'est un garçon ?

— Oui, il s'appelle Jake.

— Et tu n'as pas jugé bon de me mettre au courant ?

— Je voulais le faire au moment de l'enquête, mais tu as refusé de m'accorder ne serait-ce que cinq minutes d'entretien.

Christian jura de nouveau.

— Pourquoi as-tu attendu qu'il soit né pour me prévenir ? Pourquoi n'as-tu pas pris contact avec moi pendant que tu l'attendais ?

— Je n'avais aucun moyen de te joindre. Tu avais changé ton numéro de portable. J'ai essayé d'appeler la villa, en Dordogne, mais elle avait été vendue. Je n'avais pas d'autre adresse.

— Ce n'est pas une raison. Si tu avais fait un effort, tu aurais pu me contacter.

— Tu crois que j'avais les ressources suffisantes pour faire des recherches ? De plus, j'avais d'autres soucis en tête. Je n'avais pas un sou. Mon père avait tout laissé à ma belle-mère, et, quand celle-ci a découvert que j'étais enceinte, elle m'a mise à la porte. Je venais tout juste de commencer à prendre des cours dans une école d'art. Les premiers temps, j'ai dormi sur un matelas qu'on déroulait le soir, chez une amie. Puis ma tante Alison m'a offert l'hospitalité. C'est seulement grâce à elle que j'ai pu poursuivre mes études, tout en travaillant.

— Tu aurais pu me joindre si tu l'avais voulu, insista-t-il. Par exemple, il t'aurait suffi d'écrire à ma compagnie aérienne pour que ta lettre me soit transmise.

— J'avoue ne pas avoir fait trop d'efforts pour chercher à te joindre, déclara-t-elle avec franchise. N'oublie pas qu'après l'accident tu n'as plus voulu me voir.

— Ce n'était pas à cause de l'accident. Tu n'étais tout de même pas responsable des erreurs de ton père !

— Alors, pourquoi… ?

— Mais parce que je t'avais vue avec ce motard ! s'écria-t-il.

— Comment aurais-je pu deviner que tu avais bâti tout un roman à propos de rien ? Pour moi, c'était clair : tu m'avais rendue responsable, indirectement, de la mort de ton père, et tu ne voulais plus me voir.

Elle le fixa d'un air plein de reproches.

— Te retrouver pour t'annoncer que j'étais enceinte ? Soit ! Mais comment l'aurais-tu pris ?

Elle se redressa.

— Par ailleurs, j'ai mon amour-propre, moi aussi.

Christian paraissait soudain accablé.

— Au lieu de discuter, dis-moi plutôt ce que tu as fait de mon fils.

D'une voix rauque, il ajouta :

— Il a été adopté à sa naissance ? C'est ça ?

Tabitha demeura sans voix. Pourquoi pensait-il cela ? Puis, soudain, elle comprit. Christian ne l'avait jamais vue avec un enfant, pas plus à Londres qu'ici. Cela expliquait sa méprise.

— Il est là-haut, déclara-t-elle à mi-voix. Il dort.

Christian sursauta.

— Quoi ?

— Il s'appelle Jake Christian.

— Tu… tu prétends qu'il y a un enfant ici ? demanda-t-il, incrédule. Dans cette maison ?

— Oui.

— Pourquoi ne m'as-tu rien dit la semaine dernière ?

— Je… je ne sais pas. Plusieurs fois, j'ai essayé de te parler, et…

— Je veux le voir.

— Viens. Ne fais pas de bruit.

Ils gravirent l'escalier en silence.

Dans la faible lueur d'une veilleuse, Jake dormait profondément. Son petit visage, si semblable à celui de son père, était auréolé d'une forêt de boucles sombres un peu trop longues.

Pendant longtemps, Christian contempla l'enfant, avant de quitter la chambre sur la pointe des pieds.

Tabitha le rejoignit en bas au moment où il se laissait tomber sur un canapé d'un air très las.

— Sais-tu comment je te considère ? lança-t-il. Comme une voleuse d'enfant.

La jeune femme pâlit.

— Tu m'as souvent menti, reprit-il. Mais, cette fois, c'est pire que tout. Par ta faute, un enfant innocent a souffert…

— Jake n'a pas souffert ! protesta-t-elle.

— Tu veux rire ? Il n'a même pas de père.

Furieux, il donna un coup de poing sur la table basse.

— Quand je pense que *mon* fils a été élevé par une lycéenne stupide !

— Stupide ? Moi ? Ne m'insulte pas, s'il te plaît.

— Tu viens de m'avouer que tu avais dormi sur un matelas

par terre, alors que tu étais enceinte ! Si tu m'avais contacté, tu aurais mené ta grossesse dans les meilleures conditions, *mon* fils aurait vécu dans le luxe…

— Tu crois que c'est vraiment une bonne école ? lança-t-elle avec dédain. Regarde ce que tu es devenu ! Un arrogant personnage qui croit que tout lui est dû. Tu t'imagines que l'argent résout tous les problèmes ? Quelle erreur ! Il y a bien autre chose dans la vie. Jake, je l'espère, saura respecter les vraies valeurs.

— Quand je pense que tu l'as élevé sans père jusqu'à présent !

Tabitha haussa les épaules.

— Que voulais-tu que je fasse ? Etant donné la manière dont tu m'avais traitée, je pensais que tu ne voudrais même pas le connaître.

— Le minimum était de me mettre au courant.

Elle sentait la colère la gagner, elle aussi.

— Ecoute, je n'étais pas obligée de venir pour l'enquête. Si j'ai entrepris le voyage, c'était uniquement dans le but de te parler de Jake. Je t'ai supplié, devant les membres de ta famille qui me toisaient avec dédain, de m'accorder un entretien en privé. Tu m'as tourné le dos.

— Ce jour-là, j'étais dans un état terrible. Je revivais l'accident, la mort de mon père…

— Moi aussi, je pleurais mon père. J'avais dix-huit ans, un bébé de trois semaines à ma charge. Je me trouvais à l'étranger, au milieu de gens hostiles… Ma situation était infiniment plus précaire que la tienne. Et tu…

Elle s'interrompit brusquement en entendant les pleurs de son fils.

— Oh, nous l'avons réveillé !

Elle courut au premier étage. Jake, assis dans son lit, paraissait terrifié.

— La… la voiture m'a écrasé.

Tabitha le prit dans ses bras et le berça.

— Mais non. Ce n'est qu'un mauvais rêve. Tu es là, bien à l'abri dans ton lit. Maman est là. Dors.

— La… la voiture…

L'enfant avait soudain peine à reprendre son souffle. Ce que redoutait tant la jeune femme allait se produire : une crise d'asthme.

7

Christian, paralysé de terreur, regardait l'enfant haleter péniblement.

— Mon Dieu, murmura-t-il. C'est… c'est terrible !

Jamais de sa vie il n'avait éprouvé une telle angoisse. Comme il se sentait impuissant en voyant ce petit garçon — son fils — souffrir ainsi !

— Que lui arrive-t-il ? demanda-t-il avec angoisse. Que puis-je faire ?

Avec des gestes précis, Tabitha s'empara d'un inhalateur.

— Ne t'inquiète pas, ça va passer, dit-elle d'un ton rassurant. Les crises sont spectaculaires mais sans gravité.

Elle s'efforçait de cacher sa propre anxiété, ne sachant trop bien que l'état de son fils empirerait s'il la sentait inquiète.

— De quoi souffre-t-il ?

— Il a un peu d'asthme.

Pendant que l'enfant, péniblement, tentait de reprendre son souffle, Christian sortit et appela un médecin sur son téléphone portable.

Puis il retourna dans la chambre. Peu à peu, le petit garçon se calmait.

Quelque peu rassuré, Christian put examiner son fils à loisir. Avec sa peau mate et ses boucles brunes, c'était un Laroche, indéniablement. En le voyant, il avait l'impression de se trouver devant le tableau représentant son grand-père à peu près au même âge. Mais comme il était petit !

Christian s'assit au bord du lit.

L'enfant observait avec curiosité cet inconnu en costume gris foncé.

Quelque peu embarrassée par une situation à laquelle elle ne se sentait pas encore prête à faire face, Tabitha murmura :

— Jake, ce monsieur, c'est…

Christian prit l'une des mains du petit garçon dans les siennes.

— Je suis ton père.

Tabitha retint sa respiration.

— Christian ! protesta-t-elle.

Cette brusque annonce lui paraissait très prématurée. Il aurait fallu préparer Jake…

— Doucement ! fit-elle d'une voix angoissée. Si tu lui donnes des émotions trop fortes, il risque d'avoir une autre crise.

Christian gardait la main de son fils dans la sienne.

— Tu peux m'appeler comme tu veux. Papa en français, ou *daddy* en anglais.

Il caressa la petite tête brune. Jake lui sourit.

— Tu aimes le foot ? demanda le petit garçon.

— Je ne manque jamais un match, assura Christian, qui ne mettait pas souvent les pieds dans un stade.

Pour la première fois depuis qu'elle vivait pratiquement en osmose avec son fils, Tabitha se sentit exclue. Jake semblait avoir oublié sa présence. Il n'avait d'yeux que pour son père.

— Tu joueras au foot avec moi ?

La jeune femme sursauta en entendant un coup de sonnette.

— Qui… ?

— C'est sûrement le médecin, dit Christian en se levant.

Tabitha sursauta. Pendant trois ans, elle avait été la seule à prendre les décisions concernant son fils. Et, soudain, tout lui échappait.

— Tu as appelé un médecin ? demanda-t-elle d'un ton plein de reproches. Ce n'était vraiment pas la peine.

— On ne pouvait pas le laisser souffrir comme ça.

— J'ai ce qu'il faut pour le calmer.

Jake s'agrippa au bas de la veste de son père.

— Papa ! Ne pars pas…

— Je vais ouvrir, fit Tabitha.

Un jeune homme se tenait sur le seuil, une serviette noire à la main.

— Madame Laroche ?

— Bonsoir, fit-elle avec un sourire forcé. Montez.

Elle aurait voulu expliquer au médecin qu'on l'avait fait venir inutilement, et que l'alerte était passée. Mais elle y renonça : ses piètres connaissances en français ne lui permettaient guère de se lancer dans un grand discours.

« Autant laisser Christian s'arranger avec lui », pensa-t-elle.

Les deux hommes se mirent à dialoguer très rapidement. Tabitha saisissait quelques mots de temps en temps. Puis Christian demanda à la jeune femme de montrer au médecin les médicaments prescrits par le spécialiste britannique.

Un quart d'heure plus tard, Christian réglait la consultation. Il ne restait plus à Tabitha qu'à reconduire le médecin.

Quand elle remonta dans la chambre, Christian avait pris son fils dans ses bras et s'était installé dans le vieux rocking-chair que les ouvriers avaient laissé.

Il mit un doigt sur ses lèvres.

— Chut, il dort.

La jeune femme se sentit presque jalouse. Comment Christian avait-il réussi à gagner la confiance de Jake en si peu de temps ?

— Je vais le mettre au lit, dit-elle.

— Il risque de se réveiller. Laisse-le-moi un peu.

La jalousie de Tabitha monta encore d'un cran. Elle fut tentée d'arracher l'enfant aux bras de son père, mais s'en voulut aussitôt de faire preuve d'une telle possessivité.

— Tu n'es pas bien installé, maugréa-t-elle.

— Je me trouve très bien, au contraire.

Semblant deviner dans quel état d'esprit elle se trouvait, il ajouta :

— Tu n'es pas la seule à avoir le droit de témoigner de la tendresse à notre fils. Moi, j'ai beaucoup de temps perdu à rattraper.

Tabitha demeura silencieuse. Qu'aurait-elle pu répondre ?

Au lieu de se laisser emporter par des sentiments dont elle n'était pas très fière, elle savait qu'elle aurait dû, au contraire, être heureuse de voir Christian accepter aussi aisément sa paternité. Pas une seconde il n'avait émis le moindre doute à ce sujet.

Il aurait très bien pu affirmer que cet enfant n'était pas le sien. Il aurait pu refuser d'avoir quoi que ce soit à faire avec lui. En fin de compte, tout se passait beaucoup plus simplement qu'elle ne l'avait prévu.

Elle serra les lèvres.

— Ce n'était pas la peine d'appeler un médecin. Il s'agissait d'une crise sans gravité.

Christian lui adressa un coup d'œil plein de défi.

— J'ai l'intention de m'adresser aux meilleurs spécialistes.

— Il a été bien soigné jusqu'à présent.

— Apparemment, oui, admit-il. Mais je suis sûr qu'il existe des traitements de pointe.

— L'air de Londres ne lui réussissait pas. J'ai toujours pensé que cela lui ferait du bien de vivre à la campagne. C'est surtout pour cela que j'ai décidé de m'installer ici.

Avec une infinie tendresse, le regard de Christian se posa sur le visage apaisé de l'enfant.

— Quand je pense que, si tu n'étais pas venue, j'ignorerais toujours son existence !

Jugeant préférable de changer de sujet de conversation, Tabitha demanda :

— Tu as vraiment l'intention de consulter de grands spécialistes ?

— Oui.

— Tu aurais pu me demander mon avis.

— Jusqu'à présent, tu as été la seule à prendre des décisions. A mon tour.

Après avoir hésité une fraction de seconde, il ajouta :

— D'autant plus que je crains que tu n'aies pas toujours fait exactement ce qu'il fallait.

— Oh ! s'exclama-t-elle, suffoquée.

Plus doucement, il reprit :

— Je suis sûr que tu as agi de ton mieux. N'empêche que tu es très jeune, que tu ne sais pas…

— Ne me dis pas que tu en connais plus que moi au sujet des enfants ! s'exclama-t-elle avec ironie.

— Tu m'as caché l'existence de mon fils pendant des années. Résultat, il n'a bénéficié d'aucun des avantages que ma fortune aurait pu lui offrir.

— Tu es injuste !

— Non, je raisonne logiquement. C'est toi qui as été injuste en l'empêchant de vivre comme un Laroche et…

Elle lui coupa la parole.

— Tu crois vraiment qu'il n'y a que l'argent qui compte ! lança-t-elle avec amertume. Le confort, les jouets de luxe, c'est bien joli. Et la tendresse ? Je peux t'assurer que Jake n'en a pas manqué.

— Tu l'as également privé de son héritage culturel.

— Comment cela ? s'étonna-t-elle.

— Il ne parle qu'anglais. Il ne connaît pas un mot de français.

— J'ai l'intention de l'inscrire à la maternelle du village. Il deviendra bilingue très vite.

— C'est un Laroche, annonça Christian avec emphase. Le dernier descendant d'une grande famille.

Tabitha laissa échapper un rire sans joie.

— Tu crois que les Laroche seront heureux d'apprendre que tu as un fils illégitime ? Le petit-fils de Gerry Burnside ?

— En France, les enfants naturels ont les mêmes droits

que ceux qui sont nés dans les liens du mariage. Ce qui scandalisera les miens, ce sera d'apprendre que l'on m'a caché l'existence de mon fils pendant des années.

D'un ton accusateur, il poursuivit :

— Un fils qui ne parle pas leur langue. Un fils qui ignore ses origines.

Tabitha se mordit la lèvre. Christian lui pardonnerait-il un jour d'avoir agi comme elle l'avait fait ?

« Mais c'est autant sa faute que la mienne. Le jour où j'ai essayé de lui parler, il a refusé de m'entendre. »

Elle baissa la tête. Un homme aussi sûr de lui ne reconnaîtrait jamais ses propres erreurs…

Le cœur lourd, elle observa le père et le fils. Même cheveux, même teint… Soudain, elle s'aperçut que la main de Christian, posée sur la petite poitrine de l'enfant, tremblait légèrement.

— Il te ressemble tant, murmura-t-elle.

— C'est vrai.

D'un ton plein de reproches, il enchaîna :

— Comment as-tu pu agir ainsi ?

— Christian…

— Cet enfant a vécu misérablement…

— Misérablement, n'exagérons rien ! Modestement, peut-être. Et, comme je te l'ai déjà dit, il n'a manqué de rien, surtout pas d'amour.

Mais Christian s'entêtait.

— Il aurait dû être élevé dans les meilleures conditions possibles, bénéficier des meilleurs soins…

Presque menaçant, il poursuivit :

— A partir de maintenant, tout va changer.

La jeune femme se sentit glacée. Qu'entendait-il par là ? Elle n'osa pas le lui demander. Le tour pris par les événements la déconcertait totalement.

Lorsque Tabitha se réveilla, il faisait grand jour. La veille, elle s'était allongée sur le petit lit de Jake, tout habillée, et s'était endormie. Christian avait dû la porter dans sa chambre et la recouvrir de cette légère couverture en mohair.

Elle jeta un coup d'œil à sa montre et laissa échapper une brève exclamation.

— Déjà 9 heures !

Etait-il possible que Jake dorme toujours, lui qui commençait à chantonner dès 7 heures du matin ?

Elle courut dans la chambre voisine. Le lit était ouvert, le pyjama de l'enfant jeté en boule par terre.

— Jake ?

Terrifiée, la jeune femme descendit, explora la maison, le jardin…

— Jake ?

Le petit garçon n'était nulle part en vue. Pas plus que Christian, d'ailleurs, dont la voiture avait disparu.

Elle trouva enfin sur la table de la cuisine un mot griffonné à la hâte.

« On va faire un petit tour en Ferrari. »

Christian avait toujours été un passionné d'automobiles. Jake tenait de lui. Que le père emmène son fils faire un tour dans son bolide, quoi de plus normal ? Intensément soulagée, Tabitha se laissa tomber sur une chaise et, peu à peu, son cœur se remit à battre normalement.

Puis elle se fit du café, et, après voir pris une douche, revêtit une fraîche robe d'été en coton vert pomme.

Cependant, elle demeurait soucieuse. Christian accepterait-il un jour de voir la situation à travers ses yeux à elle ? Qu'allait-il se passer maintenant ? Depuis qu'il avait appris l'existence de Jake, elle ne semblait plus compter pour cet homme pourtant viril et passionné.

Les baisers, les caresses, les folles étreintes… tout cela venait soudain de passer à l'arrière-plan. Jake serait-il désormais leur unique lien ?

A cette pensée, les larmes lui picotèrent les paupières. Juste à ce moment, elle entendit un bruit de moteur. S'essuyant les yeux d'un revers de la main, elle courut dehors.

Ce n'était pas Christian et Jake, mais Juliette Bonnard. Cette dernière arrivait avec un paquet à la main.

— Je tenais à vous remercier pour votre gentillesse, dit-elle. J'espère que vous me permettrez d'offrir ce petit cadeau à votre fils ? Et puis j'aimerais vous parler… *mademoiselle.*

Un peu mal à l'aise, Tabitha l'invita à entrer.

— Hier, je vous ai caché qui j'étais, dit sa visiteuse. J'étais trop gênée pour me présenter sous mon véritable nom. Je ne m'appelle pas Juliette Bonnard, mais…

Elle marqua une brève pause avant de terminer d'un trait :

— Mais Matilde Laroche. Je suis la mère de Christian.

— Oh ! fit Tabitha, stupéfaite par cette révélation.

En rougissant légèrement, Matilde Laroche poursuivit :

— L'autre jour, je… je vous espionnais, en quelque sorte. J'estimais que vous n'aviez pas le droit de vivre dans cette maison. Ni d'être avec mon fils.

La jeune femme ne savait que répondre.

— Je ne vous connaissais pas, je n'avais jamais eu l'occasion de vous rencontrer, reprit Matilde. Je pensais vous haïr, à cause…

Ses yeux se remplirent de larmes et ce fut au prix d'un visible effort qu'elle termina.

— … A cause de tout ce qui s'était passé.

— Je comprends, murmura Tabitha. Je me mets à votre place et je peux comprendre.

— A l'époque, j'étais folle de douleur. Et puis j'avais peur que vous ne me preniez Christian.

Elle se tut un instant avant de reprendre.

— Mais ce n'est pas une excuse. Quand je vous ai vue hier, j'ai été stupéfaite. J'étais loin de m'attendre à ce que vous soyez si jeune, si vulnérable… Et puis j'ai reçu un choc terrible en voyant votre fils.

Elle tendit une photo à la jeune femme. Celle d'un petit garçon de trois ou quatre ans.

— Jake est l'image vivante de son père au même âge, dit Matilde.

Après un instant d'hésitation, Tabitha comprit que cette femme n'était pas venue en ennemie. Elle lui sourit.

— J'ai honte de m'être conduite comme je l'ai fait, reprit Matilde. Pour ma punition, je n'ai pas vu mon petit-fils quand il était tout bébé. Si vous saviez comme je le regrette ! Et Christian ? Depuis combien de temps est-il au courant ?

— Depuis hier, fit Tabitha avec confusion.

Matilde soupira.

— Autrefois, ma tante Solange avait essayé de me parler de vous. Elle me disait qu'il fallait pardonner, que la vie continuait… mais j'étais trop dévastée par le chagrin pour l'entendre.

Après un silence, elle déclara :

— Mon mari conduisait toujours trop vite. Beaucoup trop vite, je le crains, pour avoir le temps de s'arrêter devant un obstacle imprévu. Je pense maintenant que les torts étaient partagés.

Rassemblant son courage, Tabitha avoua :

— Ce soir-là, mon père s'était disputé avec ma belle-mère. Avant cela, la mort de ma mère l'avait désespéré.

— Etait-il heureux avec elle ?

— Oh oui ! Il s'est senti très seul et il s'est remarié très vite, sur un coup de tête. Il s'est rapidement rendu compte que ma belle-mère n'était pas celle qu'il lui fallait.

Après un silence, Tabitha poursuivit :

— Je ne veux pas lui chercher d'excuses, mais il n'était pas dans son état normal ce soir-là. Et il conduisait probablement trop vite, lui aussi.

— Après la mort de mon mari, reprit Matilde, je me suis enfermée dans le chagrin. Quand j'ai appris que vous alliez vivre ici, j'ai eu l'impression qu'on remuait le couteau dans la plaie. Puis je suis venue… J'ai vu Jake. Et j'ai enfin compris que la vie continuait, comme le disait Solange.

Elle soupira.

— Et, pendant quatre ans, elle a d'ailleurs continué sans moi.

— Vous n'êtes pas trop fâchée, pour Jake ? demanda timidement Tabitha.

— Quelle idée ! C'est un adorable petit garçon.

— Christian l'a emmené ce matin.

Matilde Laroche se leva soudain.

— Je préfère ne pas être là à leur retour. Mais j'espère que vous serez assez compréhensive pour me permettre de mieux vous connaître, vous et mon petit-fils.

— Avec plaisir, dit Tabitha en souriant chaleureusement.

— Allez-vous parler de moi à Christian ?

La jeune femme réfléchit quelques instants.

— Mieux vaut attendre un peu, décida-t-elle. Laissons-le d'abord s'habituer à devenir père.

Matilde sourit.

— Vous avez raison. Chaque chose en son temps.

Après le départ de sa visiteuse, Tabitha commença à trouver le temps long. Quand allaient donc rentrer Jake et Christian ? Un petit tour en voiture ne durait pas toute une matinée !

Ce fut seulement vers midi qu'ils revinrent, cette fois dans une Aston Martin rouge. Christian détacha Jake du petit siège qu'il avait fixé à l'arrière et le déposa par terre.

En voyant son fils, Tabitha fut horrifiée.

— Mon Dieu ! Tu… tu l'as…

— Je l'ai emmené chez le coiffeur. Les petits garçons ne portent pas de longues boucles.

— J'avais l'air d'une fille, dit Jake à sa mère.

Soulagée par leur retour, Tabitha se montra plus tolérante qu'elle ne l'aurait été en temps habituel. D'autant plus que, en toute équité, elle devait admettre que les cheveux courts allaient bien à son fils.

— Bon, c'est fait, déclara-t-elle avec fatalisme. Ça repoussera. A quelle heure vous êtes-vous levés, ce matin ?

— Jake était debout à 7 heures. Je lui ai préparé son petit déjeuner. Mais viens, on a quelque chose à te montrer.

— Quoi donc ?

— C'est une surprise.

— Une surprise ! fit Jake en écho.

Intriguée, Tabitha se laissa entraîner vers la voiture et s'installa à l'avant, tandis que Christian replaçait son fils sur le siège qu'il avait dû acheter dans la matinée. Puis il se mit au volant et démarra.

— Où êtes-vous allés ce matin, à part chez le coiffeur ? demanda-t-elle en se tournant vers son fils.

— Papa m'a montré toutes ses voitures ! s'écria Jake avec surexcitation. Il a de grandes voitures et moi des petites.

Papa. Il semblait visiblement ravi de prononcer ce mot nouveau pour lui. Un sourire satisfait se dessina sur les lèvres de Christian.

Le père et le fils semblaient s'entendre à merveille.

« Quel miracle », pensa Tabitha, qui se sentit transportée par une vague de bonheur.

Après quelques minutes, la voiture franchit une grille imposante.

— Où sommes-nous ? demanda Tabitha.

Mais pourquoi poser cette question ? N'avait-elle pas deviné, en voyant le château à tourelles qui s'élevait au bout d'une allée majestueuse bordée de grands arbres, qu'elle se trouvait à Duvernay ?

— La maison, annonça fièrement Jake.

— Pardon ?

— Duvernay, expliqua brièvement Christian. J'ai dû aller me changer et j'ai amené Jake ici.

Le château paraissait de plus en plus grand au fur et à mesure que la voiture s'en approchait.

— Je dormirai où ? demanda Jake.

— Je te montrerai ta chambre plus tard.

Envahie par une soudaine appréhension, Tabitha retint sa respiration. De nouveau, elle se sentait presque exclue.

Christian s'arrêta devant le perron et fit le tour de la voiture pour ouvrir la portière à Tabitha, avant de détacher Jake de son siège. Une femme d'une cinquantaine d'années apparut, un grand sourire aux lèvres. L'enfant se précipita vers elle et lui planta un gros baiser sur la joue.

— Voici Jeanne, dit Christian. Ma nounou quand j'étais enfant, et maintenant ma gouvernante.

Les deux femmes se saluèrent. Puis, comme dans un scénario bien préparé, Jeanne prit Jake par la main et s'éloigna dans le parc avec lui. Tabitha avait l'impression désagréable que tout lui échappait.

— Que… que signifie ceci ? murmura-t-elle, mal à l'aise.

— Je voulais te parler sans que notre fils soit là, dit Christian.

Sans mot dire, la jeune femme le suivit dans un hall impressionnant dallé de marbre. Soudain, elle s'immobilisa. Les bras croisés, elle s'écria :

— J'aimerais bien savoir ce que tout cela signifie. Pourquoi *mon* fils demande-t-il où va être sa chambre ? Pourquoi a-t-il dit que ce château était sa maison ?

Tout en ouvrant la porte d'un somptueux salon, Christian déclara :

— Depuis des générations, les Laroche considèrent Duvernay comme leur berceau de famille. La place de *mon* fils est là.

Ils s'affrontèrent du regard.

— Jusqu'à présent, je me suis toujours occupée de… de *notre* fils, déclara enfin Tabitha d'une voix mal assurée.

— Un enfant a besoin de grandir entre son père et sa mère.

— Tu ne m'apprends rien. Mais dans certaines circonstances…

— J'ai une proposition à te faire.

— Je ne suis pas sûre que j'ai envie de l'entendre.

— A ta guise. Si tu ne veux pas m'écouter, mes avocats s'occuperont du problème.

— Mais il n'y a pas de problème.

Tabitha serrait les mains à un point tel que ses ongles pénétraient dans sa paume.

— Je t'ai appris que tu avais un fils, poursuivit-elle d'une voix qui tremblait un peu. Je ne t'empêcherai jamais de le voir. Je suis heureuse que tu l'aies accepté sans faire d'histoires. Que veux-tu de plus ?

— Que Jake et toi viviez avec moi.

Elle eut un rire sans joie.

— Et quoi encore ? Tu n'as pas appris, à ton âge, que tous tes caprices ne peuvent pas être satisfaits ?

— Tabitha…

— Tu te prends pour Dieu ? coupa-t-elle. Tu crois que tu peux tout décider à la place des autres ?

Peu à peu, sa colère montait.

— Tu es incroyable ! Tu n'as aucun droit sur cet enfant. Il ne porte même pas ton nom !

— Je n'aurais aucun mal à faire reconnaître ma paternité.

Il marqua une pause avant d'ajouter d'un ton menaçant :

— Et mes droits sur lui.

La jeune femme demeura silencieuse. Avec son argent et ses relations, Christian pouvait obtenir tout ce qu'il voulait.

— Si je le souhaite, je peux très bien demander — et obtenir — la garde de Jake, reprit celui-ci.

Avec un rire sarcastique, il ajouta :

— A ce moment-là, je ne m'opposerai pas à ce que tu le voies, aussi souvent que tu le désires.

Au désespoir, Tabitha pensa qu'elle était piégée.

8

Elle s'imagina luttant contre Christian pour obtenir la garde de son fils. Et elle comprit qu'elle était battue d'avance.

Vaincue, elle demanda :

— Que proposes-tu exactement ?

Devant son sourire triomphant, une bouffée de colère la submergea et elle faillit le gifler de toutes ses forces.

— Toi et Jake allez vivre avec moi, décida-t-il. Cela te permettra de mener le genre d'existence dont toutes les femmes rêvent…

— Tu t'avances beaucoup en disant « toutes les femmes », répliqua-t-elle.

Il faisait preuve d'une telle arrogance !

— Et que se passera-t-il le jour où tu te lasseras de moi ? ajouta-t-elle avec méfiance.

— Nous nous conduirons en personnes civilisées, nous…

— Tu me crois civilisée ? lança-t-elle, sarcastique. Tu veux savoir ce que j'ai envie de faire en ce moment ? T'étrangler. Comment oses-tu suggérer un pareil arrangement ?

— Pourquoi te fâches-tu ? demanda-t-il avec stupeur. Tes efforts se trouvent couronnés de succès. N'est-ce pas pour en arriver là que tu es venue en Bretagne ?

— Quoi ?

— Rien ne t'obligeait à débarquer en France avec ton fils. Tu aurais très bien pu vendre la maison que t'a laissée

Solange. Au lieu de cela, tu as voulu t'installer à quelques kilomètres de Duvernay !

Il eut un petit rire.

— Et tout ça sans la moindre arrière-pensée, bien sûr !

— Je t'assure que..., protesta-t-elle.

— Tout cela était cousu de fil blanc. En réalité, tu souhaitais me revoir...

— Pas du tout !

— La preuve, c'est que nous avons fait l'amour tout de suite.

— Je te déteste !

— Tu me voulais, et je te voulais aussi. Tu crains que je ne me lasse de toi ? Ce moment-là n'est pas près d'arriver, crois-moi. Tu es si sensuelle... C'est bien simple, ton corps me rend fou. J'en rêve à chaque heure du jour et de la nuit.

— N'exagérons rien, murmura-t-elle, troublée malgré tout.

Etait-il possible que, inconsciemment, elle ait souhaité retrouver Christian en France ?

Pour venir ici, elle avait arraché Jake à son environnement familier. Certes, il paraissait bien s'adapter et avait accepté tout naturellement l'arrivée inattendue d'un père dont on ne lui avait jamais parlé. S'ils vivaient tous les trois ensemble, Jake aurait enfin ce qui lui avait toujours manqué : une vraie famille. Mais, le jour où Christian déciderait que ce petit jeu avait assez duré, quel déchirement pour l'enfant !

— Si nous nous séparons dans quelques mois, Jake souffrira.

— Cela pourra durer plus longtemps si tu ne racontes pas trop de mensonges. Et si tu évites les motards...

Elle haussa les épaules avec agacement.

— Quant à toi, lança-t-elle d'un ton acide, inutile de te faire la moindre recommandation : tu es si parfait !

Soudain, Christian s'approcha d'elle et l'enlaça.

— Et toi, tu es... impossible.

Il lui prit les lèvres en un baiser passionné. Déjà, le désir les submergeait. Et, les yeux clos, Tabitha s'abandonnait. Elle avait tant besoin de cet homme, de sa chaleur, de sa présence… S'en rassasierait-elle un jour ? Elle en doutait.

Soudain, Christian la lâcha.

— Bien sûr, si nous vivons ensemble, nous nous marions.

Elle sursauta.

— Tu aurais pu dire plus tôt qu'il s'agissait d'une demande en mariage.

— Tu ne l'avais pas compris ?

— Non.

Tabitha se sentit envahie par un espoir fou. Devenir la femme du seul homme qu'elle ait jamais aimé ? Ce serait merveilleux !

— Tu… tu tiens vraiment à m'épouser ? interrogea-t-elle, le cœur battant.

— Je viens de te le dire ! Ce serait mieux pour Jake. Et puisqu'on s'entend très bien physiquement… pourquoi pas ?

— Oui, mais…

— Notre fils a besoin d'un père, d'une mère… et d'une nounou pour que tu ne sois pas obligée de t'occuper de lui jour et nuit.

L'enthousiasme de la jeune femme retomba un peu. Tout cela semblait bien prosaïque ! Elle aurait tant voulu qu'il y mette un peu de sentiment !

— Et nous ? demanda-t-elle.

— Comment cela, nous ?

— Toi et moi. Que ressens-tu à mon égard ?

— J'ai faim de toi. Je veux te faire l'amour tout le temps.

— Je ne parlais pas de cela.

— De quoi parlais-tu, alors ?

— De… de sentiments.

Elle prit une profonde inspiration avant d'ajouter d'une voix presque inaudible :

— D'amour.

Christian la toisa, un peu comme si elle venait de prononcer un gros mot.

— L'amour n'a rien à voir là-dedans, déclara-t-il d'un ton sans appel.

Tabitha retomba brusquement sur terre. Il lui semblait que ses rêves se brisaient en mille morceaux.

Sans rien remarquer, Christian reprit :

— La cérémonie aura lieu le plus vite possible.

— Je n'ai pas encore dit oui.

Il lui adressa un coup d'œil moqueur.

— Je vais m'occuper des formalités dès maintenant. Cela devrait prendre deux ou trois semaines.

Jusqu'à aujourd'hui, avec Christian, Tabitha s'était laissé guider par son cœur. Cette fois, comprenant que la suite de leurs relations dépendait de son attitude présente, elle déclara avec fermeté :

— Pas si vite, s'il te plaît !

— Mais…

— Je n'ai pas encore dit oui, répéta-t-elle.

— Quoi ?

— Un mariage ne s'établit pas sur de telles bases.

Il haussa les épaules.

— Ces bases-là me semblent suffisantes. *Primo*, nous avons un fils. *Secundo*, notre entente physique est parfaitc.

— Tu crois que ça suffit ?

— Que veux-tu de plus ?

— Jake sera très malheureux s'il nous voit nous disputer et si tout cela se termine par un divorce. Comme chez beaucoup de couples.

— Quel optimisme !

— Je pense d'abord à Jake. Si je t'épouse, je serai prête à tous les efforts pour que notre union soit réussie. Je crains cependant que de ton côté…

— Pourquoi ne ferais-je pas d'efforts ?

— Parce que tu as eu une vie facile. Tu as été trop gâté. Tu es beau, tu es riche, tu réussis tout ce que tu entreprends. Et tu n'as pas l'habitude de faire des efforts.

— S'il le faut, j'en suis capable.

— Tu penses qu'il suffit de me traîner dans ta chambre pour résoudre tous les problèmes ?

— Jusqu'à présent, je n'ai pas eu besoin de te traîner. Tu étais plus que consentante.

— Tu ne m'écoutes pas, fit-elle avec une soudaine lassitude. T'épouser ? Pour moi, ce serait un rêve devenu réalité. Mais j'ai très peur que tout ceci ne se termine dans les larmes. Or, je ne veux pas que Jake pâtisse d'une décision prise à la va-vite.

— Nul ne connaît l'avenir. Et il m'est impossible de t'offrir des garanties.

— Si tu m'aimais, ce serait différent.

— Je peux te rendre heureuse sans amour.

Une idée vint soudain à la jeune femme.

— Jusqu'où serais-tu prêt à aller pour me faire plaisir ? demanda-t-elle.

— Très loin.

— Tu as dit tout à l'heure qu'il fallait compter deux ou trois semaines avant la célébration de la cérémonie. Eh bien, tu as tout ce temps-là pour me persuader de t'épouser.

— Te persuader ? Comment cela ?

— A partir de maintenant, jusqu'à la cérémonie, nous ferons chambre à part.

— C'est une plaisanterie ?

— Pas du tout. Jusqu'ici, notre relation n'a pas été normale…

— Pour toi, la coupa-t-il, une relation normale, c'est chacun dans son lit ?

Elle secoua la tête avec obstination.

— Si tu réussis à me respecter pendant tout ce temps, cela me prouvera que…

— Quelle idée saugrenue ! s'exclama-t-il. Tu veux qu'un homme comme moi se comporte en… en amoureux transi ?

— Je voudrais juste que nous apprenions à nous connaître. Ce serait bien de passer un peu de temps ensemble, d'aller au restaurant, au cinéma, de parler… Je n'ai jamais eu cela. Pas plus avec toi qu'avec un autre.

— Après la naissance de Jake, tu as pu recouvrer une certaine liberté. Rattraper le temps perdu.

Il n'avait donc vraiment aucune idée de ce qu'avait été son existence…

— Si tu crois que j'en avais le temps ! s'exclama-t-elle. J'étudiais, je travaillais, je m'occupais de Jake… Je n'avais pas une minute à moi. Par ailleurs, même si j'avais voulu sortir, tu crois que les étudiants s'intéressent aux mères de famille ?

Christian se sentit soudain envahi par la culpabilité. Il avait gâché la jeunesse d'une fille de dix-sept ans. A cause de lui, Tabitha s'était retrouvée, bien trop jeune, responsable d'un bébé.

— J'ai une question à te poser, dit-il. Tu n'es pas obligée d'y répondre. As-tu eu d'autres amants que moi ?

Elle leva les yeux vers lui et rougit jusqu'à la racine des cheveux avant de secouer négativement la tête.

Christian se sentit absurdement heureux.

— Très bien, annonça-t-il. Je vais te démontrer que je possède suffisamment de force de caractère pour ne pas te toucher. Ça ne me plaît guère, mais si c'est ce que tu veux…

— Merci.

Après avoir rapidement déjeuné dans une grande salle à manger ornée de nombreux portraits de famille, Christian consulta sa montre.

— Il faut que nous soyons à Paris en fin d'après-midi.

— Nous n'en aurons jamais le temps ! s'exclama-t-elle.

— En avion, si. Je vais te ramener chez toi pour que tu fasses tes bagages.

— Pourquoi es-tu soudain si pressé ? s'étonna-t-elle.

— J'ai pris rendez-vous pour Jake avec un spécialiste.

Puisqu'il s'agissait de la santé de son fils, la jeune femme ne songea pas à protester.

— Tu as pu obtenir ce rendez-vous très rapidement. L'argent simplifie la vie.

— Cette fois, il ne s'agit pas d'argent : ce spécialiste est un ami de la famille.

Ils retournèrent chez elle. Pendant que Tabitha préparait en hâte deux valises, Jake emballait avec gravité ses Lego dans un sac en plastique.

La jeune femme était en train de fermer sa valise sur son lit quand, se sentant observée, elle se retourna. Christian se tenait sur le seuil de sa chambre. Plus grand, plus séduisant que jamais.

Troublée, elle retint sa respiration.

— Tu ne vivras jamais ici, affirma-t-il.

Elle haussa les épaules avec une indifférence feinte.

— Tu vois, j'obtiens *toujours* ce que je veux, conclut-il.

Leurs regards se rencontrèrent et l'atmosphère se chargea soudain de tension.

— Vroum, vroum…

En bas, Jake s'amusait avec ses petites voitures.

Lorsque Christian s'approcha d'elle, Tabitha recula d'un pas.

— Non…, fit-elle d'une voix rauque.

— Un petit baiser ?

— On avait dit que…

Christian mit ses mains derrière son dos, se contentant de lui effleurer les lèvres d'un baiser léger.

Aussitôt, le désir s'empara d'elle.

— Christian…

— Conduis-toi correctement, dit-il avec ironie. Après tout, il s'agit de notre premier rendez-vous.

— Notre… notre premier rendez-vous ?

— Mais oui. Ecoute, c'est toi qui as voulu que ce soit ainsi, pas moi.

A la grande honte de la jeune femme, ce fut d'un ton moqueur qu'il ajouta :

— Tu dois respecter les règles que tu as toi-même établies. Tu veux une relation normale ? Tu veux que je te courtise ? Très bien. Mais, de ton côté, joue le jeu !

Déconcertée, elle recula encore d'un pas.

— Tu sais, je ne me plains pas, reprit-il. Cela va me donner l'occasion de faire convenablement ce que j'ai raté il y a quatre ans.

— C'est-à-dire ?

— Je te croyais très expérimentée. Je me suis conduit en véritable goujat.

Elle se sentit rougir.

— Je n'ai pas beaucoup résisté, murmura-t-elle.

— Disons que nous sommes tous les deux à blâmer.

— Nous étions jeunes…, soupira-t-elle.

Il éclata de rire.

— Nous le sommes toujours. Mais nous savons mieux nous conduire.

Il lui adressa un regard provocant.

— N'est-ce pas ?

— Oui, assura-t-elle.

Tabitha serra les poings derrière son dos. Elle l'aimait. Elle l'aimait de tout son cœur, de toute son âme… Et, lorsque son corps répondait au sien, à sa grande honte, elle oubliait tout le reste.

« Cela va être difficile de résister, pensa-t-elle. Serai-je assez forte ? »

9

Une longue voiture noire attendait les voyageurs à l'aéroport. Le chauffeur les conduisit directement chez le spécialiste, qui, après avoir examiné Jake, ne voulut pas donner tout de suite son diagnostic.

— Ramenez-le-moi demain à 11 heures pour des analyses plus poussées.

Christian sortit son agenda.

— A 11 heures ? Très bien.

Après avoir pris congé, ils sortirent de l'immeuble et remontèrent en voiture.

— A la maison, maintenant, indiqua Christian au chauffeur.

Jake éclata de rire.

— Papa a des maisons partout ! s'exclama-t-il avec une visible fierté.

— J'espère que cela ne va pas le rendre trop vaniteux, souffla Tabitha, déjà inquiète.

Christian possédait un hôtel particulier du XVIIe siècle, quai d'Orléans, dans l'île Saint-Louis. Des fenêtres de cette fabuleuse demeure, on avait une vue de carte postale sur la Seine, les vieux immeubles des quais, et sur Notre-Dame.

Une femme d'un certain âge, vêtue d'une blouse rayée bleu pâle et blanc, les accueillit avec une grande amabilité. Mais son plus grand sourire fut pour Jake.

— Voici donc le jeune homme que je vais faire dîner ? fit-elle dans un anglais parfait. J'espère qu'il aura assez d'appétit pour manger toutes les bonnes choses qui l'attendent dans la cuisine.

L'enfant, qui n'était pas timide — et très gourmand —, ne se fit pas prier pour la suivre.

— Pas de problème de ce côté, murmura Christian avec satisfaction. Par ici…

Déroutée par la vitesse à laquelle se succédaient les événements, la jeune femme le suivit sans protester dans un escalier monumental à la rampe de fer forgé.

— Voilà ta chambre, dit-il en ouvrant la porte d'une délicieuse pièce décorée dans des tons pastel. Et voici celle de Jake.

Avec étonnement, elle constata que les bagages étaient déjà là.

— J'ai quelques coups de téléphone à donner, annonça Christian. Prends tout ton temps pour te préparer. Tu me rejoindras dans le salon dans…

Il consulta sa montre en platine.

— Dans une heure ? Cela te suffit ?

— Largement.

De plus en plus désemparée, elle murmura :

— Mais… et Jake ?

— Tout est arrangé. Helen lui donnera son bain et le mettra au lit. Quant à nous, nous irons dîner au restaurant en amoureux.

En amoureux ! Consciente de l'ironie avec laquelle il avait prononcé ces mots, la jeune femme se contenta de hocher la tête en murmurant :

— D'accord.

Tout allait très vite — trop vite. Tabitha avait déjà franchi un grand pas en choisissant de venir vivre en France. Mais, alors, elle était la seule à prendre les décisions concernant son existence et celle de Jake. Maintenant, comme happée par une volonté inflexible, elle se sentait dépassée par les événements.

Après avoir pris un bain, elle revêtit une robe très simple en coton blanc.

« Pour Paris, cette tenue va être bien ordinaire », pensa-t-elle en vérifiant son reflet dans la glace d'un œil critique.

Elle compléta sa tenue d'une ceinture tressée en cuir naturel qu'elle laissa tomber souplement sur ses hanches. Puis elle alla embrasser son fils, qui, déjà au lit, fermait à moitié les yeux. La journée avait été longue et fertile en surprises pour lui aussi !

— Bonsoir, maman, dit-il dans un français hésitant.

Ensuite, Tabitha rejoignit Christian, plus séduisant que jamais dans son costume foncé à la coupe parfaite, dans le luxueux salon. Les hautes fenêtres donnaient sur la Seine qu'un bateau-mouche tout illuminé remontait lentement. A sa grande surprise, elle vit qu'un homme d'un certain âge se trouvait également là.

Christian la prit par la taille pour la conduire près d'une table basse où l'homme avait ouvert des coffrets chargés de bagues, dont les pierres étincelaient de tous leurs feux.

— J'aimerais que tu choisisses ta bague de fiançailles.

Ravie et étonnée, Tabitha murmura :

— C'est très conventionnel, dis-moi !

— N'est-ce pas ce que tu souhaites ?

La jeune femme s'approcha de la table et, en moins de cinq minutes, arrêta son choix sur une bague Art déco sertie de diamants.

Surpris par la rapidité avec laquelle elle s'était prononcée, Christian lui conseilla de prendre son temps.

— Ce n'est pas la peine, assura-t-elle. Celle-ci me plaît plus que toutes les autres. J'adore la période Art déco.

Après le départ du joaillier, Christian lui passa la bague à l'annulaire gauche. Ensuite, il l'emmena dîner dans un petit restaurant plein de charme de l'île Saint-Louis.

— Voilà comment j'aurais dû agir le premier soir, dit-il avec regret. J'ai eu tort de me montrer aussi impatient…

Le cœur battant à tout rompre, Tabitha se sentit émue.

— Ne parlons pas de cela.

— Je veux t'épouser, tu sais. J'y tiens absolument.

Elle lui adressa un sourire contraint, tout en retenant un petit soupir. Christian avait énoncé clairement les raisons pour lesquelles il souhaitait ce mariage. Pour leur fils. Et parce que, physiquement, ils s'entendaient à merveille.

« Ce n'est pas suffisant », pensa-t-elle.

Puis elle se dit qu'elle en demandait trop. Ne pouvait-elle pas se contenter de ce que Christian lui offrait ?

Le repas était délicieux, mais elle fit à peine attention à ce qu'elle mangeait. Elle n'avait d'yeux que pour l'homme qui lui faisait face. Soudain, une intense vague d'amour la submergea.

« Je l'aime tant que j'arriverai bien à faire en sorte qu'il m'aime lui aussi… ne serait-ce qu'un peu, un tout petit peu », pensa-t-elle soudain avec confiance.

— Veux-tu aller danser ? proposa-t-il après le café.

— Non, pas spécialement.

Elle s'imagina lovée contre lui, dansant un slow langoureux… Pourquoi refuser de prolonger ainsi la soirée alors qu'elle rêvait d'être dans ses bras ?

Hélas, il n'en serait pas question avant des semaines. Et elle ne pouvait s'en prendre qu'à elle. Qui avait établi ces règles très strictes qu'elle commençait déjà à regretter ?

Une fois de retour à l'hôtel particulier, ils se dirigèrent ensemble vers la chambre de Jake, qui dormait paisiblement.

Christian se pencha pour ramasser le petit mouton blanc avec lequel son fils dormait depuis qu'il était bébé.

— Je n'arrive pas à croire qu'il est à nous, murmura-t-il avec émotion. Quand je le vois, j'éprouve exactement les mêmes sentiments que lorsque je découvrais mes cadeaux sous l'arbre de Noël, autrefois.

Tabitha en eut les larmes aux yeux. Ainsi, elle n'était donc pas la seule à s'émouvoir devant cet enfant !

Une fois dans le couloir, Christian marqua un temps d'arrêt.

— Si j'avais su que tu portais mon fils, déclara-t-il avec gravité, j'aurais été là pour te protéger, pour t'aider…

— Ne parlons pas de ça, dit-elle encore une fois.

— Le jour de l'enquête, je t'ai repoussée et j'en ai encore honte. Mais je ne me sentais pas la force de me trouver seul avec toi.

— Pourquoi ?

Il haussa les épaules.

— Parce que j'étais furieux. J'étais persuadé que tu m'avais trompé.

— Jamais, affirma-t-elle avec force. Tu étais peut-être furieux, mais moi, j'étais profondément meurtrie. Je m'imaginais que tu m'en voulais d'être la fille du…

Elle baissa la tête.

— … Du responsable de l'accident, termina-t-elle au prix d'un effort.

— C'est toi qui as raison. Ne parlons plus de tout cela.

— D'accord.

Tabitha regarda scintiller sa bague dans la lumière.

— Merci, fit-elle avec émotion.

Puis, se haussant sur la pointe des pieds, elle noua ses bras autour du cou de Christian et leva vers lui des yeux étincelants de larmes.

— Merci pour tout.

Soudain submergée par le désir, elle se lova instinctivement contre lui. Mais il l'écarta.

— Tabitha, tu exagères ! protesta-t-il. Tu me demandes d'être sage et tu me provoques !

— Tu as raison, j'exagère, murmura-t-elle, confuse.

Après cela, Tabitha se rendit dans sa chambre et se mit à faire les cent pas. Ce n'était pas du sang qui coulait dans ses veines en cet instant, mais du feu. Se mettre au lit, tenter de dormir ? Elle savait déjà qu'elle n'y parviendrait pas.

Un peu plus tôt, quand Christian lui avait fait visiter sa demeure, elle avait été stupéfaite de découvrir, au sous-sol, une petite piscine privée. Pourquoi n'irait-elle pas nager un peu ? Cela la calmerait.

Elle descendit. Dès qu'elle appuya sur l'un des interrupteurs, la piscine s'éclaira dans l'obscurité, telle une opale géante. C'était tout simplement magique ! Jugeant inutile d'allumer d'autres lumières, elle se débarrassa de ses vêtements, et, après les avoir posés sur une chaise longue, se laissa glisser voluptueusement dans l'eau tiède.

Après plusieurs allers et retours, elle se sentit un peu plus calme. Elle fit la planche, les yeux clos.

— Attention !

Elle sursauta et faillit boire une tasse.

— Un petit bain pour remplacer une douche froide, lança Christian, debout au bord de la piscine. Je respecte le règlement… mais, crois-moi, c'est dur !

Si elle était nue, lui portait un maillot. Dans la semi-pénombre, elle pouvait distinguer son corps d'athlète… et même le désir qu'il avait d'elle.

L'eau l'avait apaisée, mais la présence de Christian l'enfiévrait de nouveau. Le cœur battant à tout rompre, elle sortit de l'eau et, du regard, chercha une serviette pour s'en envelopper.

— Comme tu es belle, fit-il d'une voix rauque.

— Je… je ne pensais pas que tu allais venir, balbutia-t-elle en tentant de se dissimuler pudiquement avec ses mains. Je te le jure !

— Laisse-moi te regarder.

Comme hypnotisée, elle laissa retomber ses bras. Dans la seule lumière diffusée par la piscine, son corps étincelait de mille gouttelettes.

— C'est… c'est notre premier rendez-vous, lui rappela-t-elle.

— On ne se promène pas nue le soir de son premier rendez-vous.

— Je… je me croyais seule.

— Tu l'étais jusqu'à ce qu'il me vienne la même idée que toi.

A pas lents, il s'approcha d'elle, tel un félin. Mais elle n'avait pas peur. Oh non, bien au contraire ! Si elle s'était écoutée, elle se serait jetée dans ses bras. Seul son amour-propre la retint.

— Premier rendez-vous ou pas, impossible de te résister, déclara-t-il d'une voix sourde.

« Je ne peux pas non plus lui résister davantage », pensa-t-elle, le cœur battant, attendant l'instant où il l'enlacerait.

Dans un geste possessif, il l'attira contre lui et l'embrassa presque sauvagement. Tremblante de désir, elle se laissa soulever et porter jusqu'à l'une des chaises longues.

— Christian…, murmura-t-elle.

Christian embrassa la pointe d'un de ses seins.

— Tu me désires autant que je te désire, murmura-t-il tandis que sa bouche descendait lentement sur le ventre plat de la jeune femme.

Plus bas. Encore plus bas… Elle laissa échapper un gémissement de plaisir.

Il leva les yeux vers le visage extasié de Tabitha.

— Une raison de plus de nous marier. Quand on pense qu'on a tous les deux besoin de se jeter dans l'eau froide pour calmer nos sens enfiévrés… Dans ces conditions, pourquoi faire chambre à part ? C'est ridicule, non ?

Il continua à l'embrasser, jusqu'à ce qu'elle s'arque contre lui en criant de plaisir tout en lui agrippant la tête à deux mains.

— Viens ! supplia-t-elle, haletante. Oh, viens !

Il releva la tête.

— Tu en es sûre ? Tu ne me reprocheras pas, ensuite, d'avoir rompu notre pacte ?

Elle l'enlaça passionnément.

— Viens ! répéta-t-elle.

« Je t'aime », faillit-elle ajouter. Mais elle réussit, à la dernière minute, à retenir l'aveu qui était sur ses lèvres.

Un peu plus tard, étroitement enlacés sur la chaise longue, leurs sens enfin apaisés, ils reprenaient leur souffle. Dans un geste plein de tendresse, Christian caressa les cheveux de la jeune femme.

— Cette nuit, nous dormirons ensemble, déclara-t-il d'un ton sans réplique.

— Mais…

— Imagine un peu que l'un de nous meure demain ? Que de regrets, alors !

Elle pâlit.

— Ne dis pas des choses pareilles.

— Il faut envisager toutes les éventualités.

— Je t'en supplie, ne me dis pas que tu vas mourir ! s'écria-t-elle avec horreur.

— Tu sais bien que je plaisante, dit-il, surpris par sa réaction.

— On ne plaisante pas avec ces choses-là.

Tabitha frissonna.

— Et un accident est si vite arrivé !

Cela, tous les deux le savaient mieux que quiconque. Christian la serra contre lui.

— Nous sommes désormais ensemble, c'est le principal.

Il se remit à l'embrasser.

— Vite, allons dans ta chambre, fit-il d'une voix rauque.

— Oui, murmura-t-elle, déjà vaincue.

Ils refirent l'amour. Cette fois lentement, sensuellement, prenant le temps de découvrir des lèvres et des mains chaque parcelle du corps de l'autre. Enfin, ils s'endormirent enlacés.

Christian s'éveilla le premier, pour trouver Jake debout près de lui. Les yeux ronds, l'enfant demanda :

— Que fais-tu dans le lit de maman ?

— Elle a eu un cauchemar.

— Où est sa chemise de nuit ?

— Euh… elle est tombée pendant ce mauvais rêve.

Tabitha, qui venait de se réveiller, éclata de rire.

— Au lieu de rire, tu pourrais abonder dans mon sens ! s'exclama Christian, vexé.

— Quand tu auras plus d'imagination !

Et elle rit de plus belle. Jake, qui semblait trouver cela très drôle lui aussi, s'esclaffa. Et Christian succomba à son tour.

Tout en étreignant Tabitha d'un côté et Jake de l'autre, il se sentait en cet instant plus heureux qu'il ne l'avait été depuis longtemps.

Brusquement, le visage triste de sa mère s'imposa à lui et il reprit instantanément son sérieux.

« Mon Dieu, comment réagira-t-elle quand je lui apprendrai que j'épouse la fille de Gerry Burnside ? » se demanda-t-il. Peut-être valait-il mieux lui envoyer un mot au lieu de lui téléphoner ? Cela lui laisserait le temps de se calmer.

Impossible ! Il fallait absolument la mettre au courant avant tout le monde, lui présenter Tabitha et Jake… Une brève visite. Cinq minutes, pas davantage. Il espérait qu'elle réussirait à se dominer.

Il soupira. Tout cela n'allait pas être facile !

Dans l'après-midi, Christian emmena Tabitha et Jake chez sa mère, qui habitait près du Trocadéro un vaste appartement dont les volets étaient restés à moitié baissés depuis la mort de son mari.

Cette fois, au grand étonnement de Christian, les volets étaient grands ouverts et le soleil pénétrait à flots dans les pièces meublées de manière très classique — trop, selon lui.

Lorsque Matilde Laroche vint les accueillir, sa stupeur décupla. Elle qui, depuis quatre ans, ne portait que du noir était ce jour-là vêtue de bleu. Et elle souriait !

Mais il n'était pas au bout de ses surprises…

— Bonjour, madame, dit Tabitha en l'embrassant.

— Bonjour, ma chère Tabitha. Je vous en prie, appelez-moi Matilde.

Lorsqu'elle se baissa pour embrasser Jake, ce dernier lui sauta au cou.

Christian n'en croyait ni ses yeux ni ses oreilles. Comment

était-il possible que sa mère accueille aussi aimablement la fille de Gerry Burnside ?

Mme Laroche admirait maintenant la bague de fiançailles de la jeune femme. Christian s'éclaircit la voix avant de s'exclamer :

— Vous vous connaissiez déjà !

Le rire cristallin de Tabitha retentit.

— Tu crois ?

Christian se souvint de l'accueil dénué de chaleur que sa mère avait réservé à Véronique, lorsqu'il était venu lui annoncer leurs fiançailles.

Sans réfléchir, il ajouta soudain :

— Tu n'aimais pas Véronique.

Marilde Laroche haussa les sourcils.

— Quel manque de tact, Christian ! fit-elle d'un ton plein de reproches.

Après un silence, elle reprit pourtant :

— Non, je ne l'aimais guère. Même lorsqu'elle était enfant, je la trouvais sournoise.

— Sournoise ? répéta-t-il, déstabilisé. Et… et comment se fait-il que tu connaisses Tabitha ?

— Ah ! C'est notre petit secret.

— J'ai l'intention d'organiser une réception à Duvernay pour célébrer vos fiançailles, dit Matilde. Qu'en penses-tu ?

Christian accueillit cette diversion avec soulagement. Mieux valait parler d'autre chose ! D'autant plus que Jake essayait maintenant d'expliquer à Matilde que sa mère avait fait un cauchemar si terrible qu'elle avait perdu sa chemise de nuit…

Et cette visite que Christian redoutait tant se déroula merveilleusement bien.

Une heure plus tard, en regagnant la voiture, Tabitha lui demanda :

— Véronique… Est-ce la Véronique que j'ai rencontrée il y a quatre ans ?

En guise de réponse, Christian se contenta d'un bref hochement de la tête.

Tabitha devina alors que cette femme avait tenu une grande place dans la vie de Christian. Soit, elle était très belle, très sophistiquée, très sûre d'elle… mais quelle hypocrite ! Elle l'avait découvert à ses dépens — trop tard, hélas !

Elle demanda :

— Tu… tu étais avec elle ? Ce n'est pas à cause de moi que vous avez rompu, j'espère ?

— Quelle idée !

Christian fronça les sourcils. Dire la vérité à Tabitha ? Il décida qu'il ne le ferait pas. A quoi bon lui faire de la peine quand elle paraissait si heureuse ?

Le soir de la réception organisée par Matilde, Tabitha virevoltait devant l'un des miroirs du grand salon.

Sa longue robe en moire couleur rubis était superbe ! Elle se sentait si féminine, si élégante… Toute seule, jamais elle n'aurait osé pousser la porte de l'un des grands couturiers parisiens. Mais Matilde, qui avait tenu à lui offrir cette robe, l'avait accompagnée.

De son côté, Christian lui avait passé autour du cou une véritable merveille : un collier Cartier tout en diamants, datant de l'époque Art déco.

Tabitha avait l'impression de vivre un rêve. Entre Christian, Jake et Matilde, elle avait retrouvé une vraie famille, et c'était merveilleux.

Au cours des jours précédents, Christian lui avait fait visiter Paris : le Louvre, Notre-Dame, la tour Eiffel, les Champs-Elysées, les grands magasins… Ils avaient emmené Jake au zoo et à Disneyland, ils s'étaient embrassés sur les quais de la Seine, ils avaient flâné dans les rues du vieux Paris… Christian se montrait le plus attentif, le plus tendre des hommes. Il lui envoyait même des fleurs. C'était si romantique ! Bref, l'enchantement ne cessait pas.

Bientôt, ils se marieraient et ils pourraient enfin s'aimer sans contraintes.

Car, après avoir été surpris par Jake dans le même lit, ce qui avait été horriblement embarrassant, ils avaient décidé, d'un commun accord, d'attendre leur mariage pour partager la même chambre.

Ainsi, ils pourraient expliquer à l'enfant que deux personnes mariées dormaient dans le même lit.

La jeune femme tournoya de nouveau sur ses sandales à hauts talons. Quand elle surprit la silhouette de Christian dans la glace, elle crut que son cœur allait cesser de battre.

Son fiancé — bientôt son mari ! — était le plus beau des hommes dans ce costume Armani.

— Tu es superbe ! murmura Christian.

Les invités, pour la plupart des gens d'un certain âge, commencèrent à arriver. Tabitha avait convié une seule personne : Sean Wendell, l'Anglais qui l'avait si gentiment aidée au cours de son installation. Sa tante Alison et Edward, son ami, viendraient plus tard pour le mariage. Quant à Pippa, sa meilleure amie, elle aurait certes bien voulu être présente, mais il lui était impossible de quitter son père invalide.

— Je ne suis pas très surpris d'apprendre que tout cela se termine par un mariage, dit Sean avec bonne humeur. Il suffisait de vous voir ensemble pour comprendre que vous ne pouviez pas vous passer l'un de l'autre.

Matilde avait commandé un somptueux buffet et le champagne millésimé coulait à flots. Jake, surexcité, courait partout et sa mère dut le réprimander une ou deux fois.

La fête battait son plein quand Véronique Giraud fit une entrée spectaculaire. Vêtue d'une longue robe noire, elle demeura quelques instants sur le seuil du salon : un grand silence se fit.

Etonnée, Tabitha retint une exclamation de stupeur. Elle

ignorait que l'ex-fiancée de Christian avait été invitée. Soit, c'était une amie de la famille. Malgré tout…

Véronique traversa enfin le salon, se dirigeant droit vers Christian. Elle esquissa quelques pas au rythme de la musique avant de lui tendre la main, l'invitant à danser.

Tabitha, elle, ne savait pas danser. Christian avait voulu lui apprendre avant la réception, mais elle avait refusé, craignant de se rendre ridicule. La vue de Véronique évoluant gracieusement dans les bras de Christian lui fit mal.

Cela suffit à la ramener dcs années en arrière, quand elle n'était encore qu'une adolescente timide de dix-sept ans…

Le jour où elle devait rentrer en Angleterre avec sa belle-mère, elle avait tenté une dernière fois de renouer avec Christian. Prenant son courage à deux mains, elle était allée sonner à la porte de la grande villa des Laroche. Une femme de chambre, suivie par Véronique, lui avait ouvert.

— Laissez, Gisèle, avait dit la belle femme brune à l'employée. Je m'en occupe.

Après le départ de la femme de chambre, elle avait toisé Tabitha d'un air méprisant.

— Que voulez-vous ? avait-elle demandé d'un ton dur.

Cette attitude hostile avait beaucoup blessé Tabitha, d'autant plus que, jusqu'à ce moment-là, Véronique lui avait toujours témoigné beaucoup de gentillesse.

— Je… je voudrais voir Christian.

Véronique avait eu un mouvement d'impatience.

— Oh, ce n'est pas possible ! Vous n'avez pas encore compris que c'était fini ? Qu'il ne veut plus entendre parler de vous ?

D'un ton plus cinglant que jamais, elle avait ajouté :

— Ce que vous pouvez être collante ! Quand je pense qu'il a dû changer son numéro de portable pour éviter de recevoir vos appels !

Tabitha avait porté les mains à son estomac comme si elle avait reçu un coup.

Véronique l'avait examinée avec une satisfaction évidente.

— Vous ne vous imaginiez tout de même pas que Christian allait prendre au sérieux une aventure avec une traînée de rien du tout comme vous ?

Sur cette dernière phrase, elle avait tourné les talons, et la grille s'était refermée devant Tabitha, désespérée.

S'efforçant de chasser ce mauvais souvenir, celle-ci se redressa fièrement. Après tout, elle n'était plus l'adolescente d'autrefois, mais une femme adulte. Une mère. Et, dans quelques jours, elle épouserait Christian, l'homme qu'elle n'avait jamais cessé d'aimer.

Que cela lui plaise ou non, elle serait sans doute amenée à revoir Véronique de temps en temps. Elle devait s'y habituer dès maintenant.

Après avoir fait quelques pas de danse avec son ex-fiancée, Christian s'interrompit pour accueillir l'un de ses amis, qui venait d'arriver. Avec appréhension, Tabitha vit alors Véronique se diriger vers elle. Au prix d'un immense effort, elle réussit à lui sourire.

— Oh ! Montrez-moi votre bague ! s'exclama Véronique.

— Ne me dites pas que cela vous intéresse.

— Mais si. J'ai hâte de faire la comparaison.

Elle leva sa main gauche. A son doigt étincelait un énorme solitaire.

— Une… une comparaison ? Comment ça ?

— Voici la bague de fiançailles que Christian m'a offerte. Bientôt, je la porterai de nouveau… Mais à mon annulaire !

Elle eut un petit rire sarcastique.

— Cela ne devrait pas tarder, d'ailleurs. A mon avis, Christian se rendra très vite compte qu'il a commis une terrible erreur en épousant quelqu'un comme vous.

« Quelqu'un comme vous… » Elle avait prononcé ces mots avec un tel mépris !

— Alors il divorcera et me reviendra, conclut-elle avec un air de défi.

— Christian et vous étiez fiancés ? demanda Tabitha avec stupeur. Jusqu'à quelle date ?

— Jusqu'à ce qu'une petite traînée arrive avec son bâtard. C'est rentable d'être fertile, n'est-ce pas ?

10

Se sentant mal, Tabitha s'éloigna de Véronique d'un pas chancelant.

« Elle ment, pensa-t-elle. Christian n'était pas fiancé lorsque je suis revenue en France. Si cela avait été le cas, il me l'aurait forcément dit, lui qui est la franchise même. »

Un serveur lui présenta un plateau sur lequel s'alignaient des coupes de champagne. D'une main tremblante, elle en saisit une et la but presque d'un trait.

Christian était allé raccompagner un invité âgé jusqu'en bas du perron. Elle attendit qu'il revienne pour l'arrêter entre deux portes.

— Véronique vient de me montrer sa bague de fiançailles, fit-elle d'une voix blanche.

Christian jura entre ses dents.

— J'avais l'intention de te parler de tout ça après le mariage.

Elle recula d'un pas.

— C'est… c'est donc la vérité ? Et… et quand as-tu rompu ?

— Je t'expliquerai tout plus tard.

— Quand as-tu rompu ? insista-t-elle.

Ses grands yeux émeraude étaient douloureux, accusateurs.

Christian la prit doucement par les épaules pour la rassurer.

— Calme-toi. Le moment est vraiment mal choisi pour une discussion. Tâche d'oublier Véronique.

Elle laissa échapper un rire qui ressemblait à un sanglot.

— Facile à dire ! L'oublier, quand elle vient, pour la

seconde fois, de me traiter de traînée ? Et qu'elle appelle Jake un bâtard ?

Christian retint sa respiration.

— Ce n'est pas possible. Tu as dû mal comprendre.

— Pas du tout. Je ne suis pas sourde. Et j'ai de la mémoire. « Petite traînée… » Il y a quatre ans, Véronique m'a déjà insultée, en employant les mêmes termes.

Submergée par la colère et le désespoir, Tabitha poursuivit :

— Elle vient aussi de me dire que tu lui reviendrais, le jour où tu comprendrais enfin avoir commis une terrible erreur en m'épousant. Et qu'elle pourrait alors remettre sa bague de fiançailles à son annulaire. Alors, tu peux aller la retrouver ! Car, entre nous, tout est fini !

Elle tourna les talons et s'enfuit à l'étage.

Furieux, Christian alla trouver Véronique. Après l'avoir écouté, cette dernière laissa échapper un léger rire.

— La pauvre ! s'exclama-t-elle avec une feinte compassion. Elle est jalouse et raconte n'importe quoi. Je suppose que cela a dû lui déplaire de me voir ici, et elle a prétendu que je l'avais insultée dans l'espoir de détruire notre amitié. Ne sois pas trop sévère, ce n'est pas vraiment sa faute. Elle se sent mal à l'aise dans notre milieu, elle n'est pas très sûre d'elle.

Christian examina la jeune femme sans mot dire. « Sournoise », avait dit sa mère en parlant d'elle ?

— C'est toi qui mens, en ce moment, ce n'est pas Tabitha. Méfie-toi. Si tu dis la moindre chose contre elle ou mon fils, je n'hésiterai pas à te poursuivre en justice pour diffamation.

Menaçant, il ajouta :

— Et, je te préviens : je peux devenir un ennemi terrible. Sur ce, je te prierai de quitter cette demeure et de ne jamais y revenir. Tu entends ? Jamais.

Et, sans accorder à Véronique un regard de plus, il se mit à la recherche de sa future épouse.

Tabitha était redescendue dans le salon. Après avoir bu une seconde coupe de champagne, elle en avait pris une troisième.

Elle espérait que l'alcool lui permettrait de faire face jusqu'à la fin de la soirée. Les apparences ne devaient-elles pas être sauvegardées à tout prix ?

« Ce serait tellement décevant pour Matilde de nous voir nous disputer le jour de nos fiançailles ! »

Elle prit une quatrième coupe de champagne et alla se réfugier sur la terrasse, où Christian la retrouva cinq minutes plus tard.

— Sache que Véronique n'avait pas été invitée ce soir, dit-il. J'ai eu la bêtise de penser qu'elle était venue par grandeur d'âme. Je l'ai mise à la porte.

— Va-t'en. Je te déteste ! répliqua Tabitha.

— Ecoute…

— Quand tu m'as fait l'amour, le premier jour où je suis arrivée en France, étais-tu fiancé ?

Comme il ne répondait pas, elle poursuivit avec fièvre :

— Oui, n'est-ce pas ? Tu n'es qu'un tricheur ! Quand je pense que tu m'as traitée de menteuse, il y a quatre ans ! Et toi…

Elle frissonna.

— Tout cela me dégoûte.

Il la saisit par les épaules.

— Je ne t'ai rien dit pour Véronique parce que… parce que ce n'était pas le moment. Par ailleurs, j'estimais que cela n'avait rien à voir avec nous.

Elle se débattit.

— Lâche-moi.

— Je ne vais pas te laisser partir dans cet état.

— Si tu ne me lâches pas, je hurle.

Il la libéra.

— Tu perds la tête. Ce que nous partageons est si spécial… Dès le premier instant où nous nous sommes revus, j'ai compris que rien d'autre ne comptait. Tu serais prête à détruire une telle relation ?

— Qu'avons-nous de si spécial ? A part le sexe, il n'y a rien. Rien !

Elle tourna les talons et regagna le salon en s'efforçant de retenir ses larmes… et de marcher droit en dépit de tout le champagne qu'elle avait bu.

Sean se matérialisa soudain devant elle.

— Ça va ? demanda-t-il avec inquiétude.

On venait de mettre un slow. Elle noua ses bras autour du cou de Sean.

— Danse avec moi.

— Je ne sais pas danser.

— Moi non plus. Tu n'as qu'à tourner lentement en traînant les pieds.

— Tu t'es disputée avec Christian ?

— Pourquoi dis-tu ça ?

— Parce que je le vois près de la porte-fenêtre. Il a l'air furieux et j'ai peur qu'il ne me saute dessus pour me tuer sauvagement.

— Ne fais pas attention à lui.

— Facile à dire… Je n'ai pas très envie de me battre avec lui, il est trop jaloux. Alors, je t'en supplie, tiens-toi correctement.

— Jaloux, Christian ? Tu es fou ! Pourquoi serait-il jaloux ?

— Parce qu'il est amoureux fou, bien sûr !

— Amoureux, lui ? lança Tabitha avec un rire amer.

— Ne ris pas ! Ça va le mettre encore plus en colère.

Sean tenait la jeune femme le plus loin possible de lui.

Dès que la musique s'interrompit, Christian se posta près d'eux. Avec un soulagement évident, Sean lui abandonna Tabitha.

Christian enlaça la jeune femme.

— Je sais que tu es fâchée contre moi, commença-t-il. Ce n'est pas une raison pour te mettre à flirter avec d'autres.

— Je fais ce qui me plaît, riposta-t-elle.

Grâce aux nombreuses coupes de champagne qu'elle avait bues, elle se sentait toutes les audaces…

Il resserra encore son étreinte.

— Calme-toi.

— Je… j'ai envie de crier.

— Crie si tu veux, fit-il d'un ton résigné. Mais ne flirte pas. Ça me rend fou de jalousie.

— Après la manière dont tu t'es comporté ?

— On parlera de ça quand tu auras l'esprit plus clair.

— Suggérerais-tu que je suis ivre ?

— Disons que tu as un peu forcé sur le champagne.

— Il faut bien oublier…, murmura-t-elle avec amertume. J'ai peut-être trop bu, mais je n'ai pas perdu le fil de mes pensées. Alors, dis-moi depuis combien de temps vous étiez fiancés, Véronique et toi ?

— Depuis six mois. Il s'agissait de…

Tabitha se dégagea brusquement et s'éloigna, très droite. Grâce au ciel, la fête touchait à sa fin ! Mais, pendant près d'une heure encore, elle dut s'obliger à sourire pour dire au revoir à des gens qu'elle ne reverrait probablement jamais.

Dès que les derniers invités se furent éloignés, Christian la prit par le poignet et, presque de force, l'entraîna vers son bureau.

Une fois seule avec lui, Tabitha le fixa droit dans les yeux.

— Il est hors de question que je t'épouse, déclara-t-elle.

Elle le vit pâlir.

— Je t'aurais parlé de Véronique, mais plus tard. Même si j'estime ce sujet sans importance.

Elle frémit.

— Tu es… tu es…

Incapable de trouver l'épithète appropriée, elle s'interrompit. Quelques secondes plus tard, elle reprit avec véhémence :

— Ainsi, tu considères que tes fiançailles ne comptaient pas ? Tu ne te sentais pas obligé de lui rester fidèle ? Ni de me dire la vérité ? Crois-tu que je serais tombée aussi facilement dans tes bras si j'avais su que tu appartenais à une autre ?

— Moi ? Appartenir à quelqu'un ? Tu plaisantes ! Au lieu de faire un drame à propos de rien, écoute-moi. Ces prétendues fiançailles qui te choquent tant n'étaient en réalité qu'un arrangement. Cela nous convenait, à l'un comme à l'autre, d'avoir un partenaire pour des sorties ou des dîners d'affaires, tout en menant notre carrière chacun de notre côté. Nous avions décidé de nous marier un de ces jours, mais rien ne pressait. Aucune passion, aucun sentiment n'entraient dans nos calculs.

— Comment peut-on envisager une telle union ? murmura-t-elle, presque horrifiée.

— Par ailleurs, Véronique ne me demandait pas d'être fidèle. Si je te dis cela, c'est pour que tu ne te sentes pas gênée…

— Gênée, moi ? C'est toi qui devrais l'être.

Patiemment, il reprit :

— … que tu ne te sentes pas gênée d'avoir passé ta première nuit en France avec moi.

— Tu étais toujours fiancé à ce moment-là ?

— J'ai rompu le surlendemain.

— Et Véronique trouvait naturel que tu ailles avec d'autres femmes ?

— Oui. C'est une cérébrale, pas une sensuelle.

— On peut être les deux, remarqua machinalement la jeune femme.

Soudain, elle haussa les épaules.

— Au fond, c'est aussi bien que nous nous séparions à temps, fit-elle avec amertume. Car, si tu t'étais amusé à me tromper à tout bout de champ, je t'assure que tu l'aurais regretté !

Elle frissonna.

— Tout cela est dégoûtant.

Car elle comprenait tout maintenant. Si Jake n'avait pas été là, jamais Christian ne lui aurait proposé ce mariage. Sans leur fils, il aurait voulu d'elle comme maîtresse, et l'aurait installée dans la maison près de Saumur, où elle aurait été à son entière disposition. Et, dans le même temps, il aurait poursuivi ses relations avec Véronique, qu'il aurait probablement fini par épouser.

— Oui, c'est dégoûtant, répéta-t-elle.

— Je suis désolé que tu sois bouleversée par cette histoire. Il n'y a aucune raison, je t'assure. Entre Véronique et moi, il n'a jamais été question d'amour. C'est une femme très orgueilleuse. Je me rends compte qu'elle a souffert dans son amour-propre quand je lui ai dit que tout était fini. Mais son cœur est loin d'être brisé.

A mi-voix, comme pour lui-même, il ajouta :

— D'ailleurs, je me demande si elle a un cœur…

— Tu n'es pas tendre avec tes ex.

Sans tenir compte de l'interruption, il poursuivit :

— Pour nous deux, Tabitha, c'est tellement différent !

Elle partit d'un rire ironique.

— Oh oui ! C'est seulement le côté physique de notre relation qui compte.

— Ne dis pas ça !

Elle serra les poings.

— Je n'oublierai jamais la manière dont tu m'as laissée tomber il y a quatre ans. Tu n'as même pas eu le courage de me dire en face que tu ne voulais plus de moi. Quand je pense que je me suis abaissée à sonner à ta porte, et que tu as refusé de me voir…

— Moi ? J'aurais refusé de te voir ? Quand ça ?

— Le jour où je devais repartir pour l'Angleterre avec ma belle-mère. Je suis allée chez toi. C'est Véronique qui m'a reçue, et elle m'a insultée.

— Véronique ?

— Je me souviens de chacune de ses paroles : « Vous n'avez pas encore compris que c'était fini ? Qu'il ne veut plus entendre parler de vous ? Ce que vous pouvez être collante ! Quand je pense qu'il a dû changer son numéro de portable pour éviter de recevoir vos appels ! »

Stupéfait, Christian prit les mains de la jeune femme.

— Comment a-t-elle pu te dire des choses pareilles ? Elle n'en avait pas le droit. Jamais je ne lui avais parlé de toi.

Il soupira.

— Par ailleurs, n'oublie pas qu'à l'époque j'étais persuadé que tu sortais avec ce motard…

Retenant à grand-peine ses larmes, Tabitha réussit à dire :

— Je ne te pardonnerai jamais tout le mal que tu m'as fait.

— Ecoute-moi, Tabitha, je ne te l'ai encore jamais dit, mais, si je ne t'avais pas vue avec ce garçon, je t'aurais proposé de m'épouser, cet été-là.

— Quoi ? s'écria-t-elle, médusée. Il y a quatre ans, tu…

— Oui, je souhaitais t'épouser. Mais j'ai cru que tu me trompais, puis il y a eu l'accident, puis…

Il secoua la tête, l'air accablé.

— Mon Dieu, quel gâchis ! murmura-t-il.

— Tu voulais m'épouser il y a quatre ans ? demanda encore Tabitha avec incrédulité.

— Oui. Et, quand Solange t'a laissé cette maison, j'ai tout de suite saisi ce prétexte pour aller te voir à Londres…

— Mais tu as voulu m'empêcher de m'installer en France. Alors que ma décision était déjà prise. Tu ne peux pas comprendre… Je ne pouvais plus rester chez Alison, il fallait que je m'installe ailleurs. Mais où ? Je n'avais pas suffisamment d'argent pour louer un appartement. A Londres, les locations sont hors de prix. Et ne parlons pas d'acheter ! Pour moi, cet héritage tombait à pic. Une maison à moi ! Une maison à la campagne ! Pour Jake, c'était l'idéal. L'air de Londres, j'en suis persuadée, ne lui réussissait pas.

— Jake guérira, fit Christian avec confiance.

Le spécialiste parisien consulté au sujet de l'enfant avait rendu son diagnostic quelques jours plus tôt. Rien de vraiment grave. Selon lui, les crises devaient s'estomper peu à peu.

— Pourvu que tu dises vrai !

Il serra plus fort les mains de Tabitha.

— Quand je t'ai retrouvée, j'ai oublié tout le reste. Même que j'étais fiancé. Et, je te le répète, j'ai rompu immédiatement avec Véronique.

Soudain, il l'enlaça.

— Je t'aime. Je t'aime comme un fou ! Et cela dure depuis quatre ans !

Sidérée par cet aveu inattendu, Tabitha balbutia :

— Pourquoi ne me l'as-tu pas dit avant ?

— Je ne sais pas. J'étais complètement dépassé. Jamais je n'avais ressenti cela, jamais je n'avais éprouvé de tels sentiments. Il m'a fallu longtemps avant d'admettre que je t'aimais. Et puis…

— Je… je pensais que tu voulais m'épouser seulement à cause de Jake.

— Pour Jake, oui, et aussi parce que je t'aime. Parce que tu es la femme de ma vie. Parce que… parce que la vie sans toi ne vaut pas la peine d'être vécue. Je veux que tu m'appartiennes…

— Moi, appartenir à quelqu'un ? Tu plaisantes ! lança-t-elle d'un ton taquin.

Il lui sourit tendrement.

— Oui, tu es mon trophée. Mon magnifique, mon merveilleux trophée.

Elle se lova contre lui.

— Je t'aime, Christian. Je t'aime à la folie. Je t'aimais il y a quatre ans et je t'aime toujours.

— Quand je pense que nous avons perdu quatre longues années !

Elle lui tendit ses lèvres.

— Nous les rattraperons.

Le jour de son mariage, Tabitha portait un élégant ensemble de soie ivoire que Matilde l'avait aidée à choisir. La mère de Christian l'avait poussée à prendre celui-ci, en dépit de son prix extravagant.

— N'hésitez pas. Ainsi vêtue, vous avez l'air d'une princesse, avait-elle dit avec chaleur à sa future belle-fille.

Avec son collier de diamants, les boucles d'oreilles, également en diamants — encore un cadeau de Christian —, et cet étroit diadème que Matilde avait absolument tenu à poser sur sa tête, Tabitha devait reconnaître que c'était la vérité. Oui, elle avait l'air d'une princesse !

Une princesse heureuse…

Dans la mairie où eut lieu le mariage civil, Christian ne parvint pas à la quitter du regard. Il en alla de même dans la petite église où le prêtre, un ami des Laroche, célébra un office aussi bref qu'émouvant.

Seuls leurs proches avaient été conviés à assister à ces deux cérémonies. En revanche, les invités se comptèrent par centaines à la grande réception qui suivit au Ritz, place de la Concorde.

Mais Christian et Tabitha avaient hâte de se retrouver seuls. Au bout d'une heure, ils s'éclipsèrent discrètement, après avoir confié Jake à Matilda.

La limousine qui les attendait devant le palace les conduisit jusqu'à l'aéroport. Le jet privé de Christian allait les emmener en Toscane, où ils passeraient leur lune de miel dans un hôtel de charme isolé.

— Enfin seuls ! s'exclama Tabitha en s'adossant au confortable fauteuil de cuir.

— Oui, enfin seuls…, fit Christian en écho.

Elle l'examina soudain, les sourcils froncés.

— Tu sembles soucieux…

Il secoua la tête avec un petit sourire.

— Figure-toi que, juste avant la réception au Ritz, on m'a apporté une lettre de la part de ma grand-tante Solange.

Tabitha ouvrit de grands yeux.

— Ta tante Solange ? Mais… ce n'est pas possible.

— Elle m'a écrit le jour où elle a décidé de te léguer la petite maison, tout au bout du domaine familial. Elle avait en même temps laissé à son notaire des instructions très précises : cette lettre ne devait m'être remise que le jour de notre mariage.

— Quoi ?

Christian tendit une enveloppe à Tabitha.

— Tiens, tu veux la lire ?

— Même si j'ai fait quelques progrès, mon français n'est pas suffisamment bon pour cela, dit-elle avec regret.

— Ne t'inquiète pas, tu parleras bientôt couramment.

Il reprit la missive.

— Tout d'abord, Solange me prie de lui pardonner pour avoir laissé à une personne étrangère à la famille une parcelle du domaine Duvernay.

Il eut un sourire attendri.

— Puis elle me félicite de t'avoir épousée : ainsi, cette parcelle se trouve de nouveau dans le patrimoine familial.

— Je comprends tout ! s'exclama Tabitha en riant. Tu m'as épousée uniquement dans le but de récupérer ce terrain !

— Tu sais bien que oui, fit-il en riant lui aussi.

Il reprit la lecture de la lettre.

— Et, enfin, elle nous adresse toutes ses félicitations, et espère que nous serons très heureux. Elle ajoute avoir toujours pensé que nous étions faits l'un pour l'autre !

Des larmes perlèrent aux paupières de Tabitha.

— C'est grâce à elle que nous sommes réunis, murmura-t-elle avec émotion. Elle savait que je t'aimais.

— Et elle avait dû deviner que je t'aimais, moi aussi.

Ils échangèrent un regard plein de passion, d'amour et de tendresse.

— Je t'aime, chuchotèrent-ils, d'une même voix. Oh, comme je t'aime !

LYNNE GRAHAM

Coup de foudre pour un séducteur

INTÉGRALE

CŒURS À PRENDRE

Traduction française de
MARIE CHABIN

SAGAS

HARLEQUIN

Titre original :
THE ITALIAN BOSS'S MISTRESS

Ce roman a déjà été publié en 2011

1

Une équipe de cadres était venue tout spécialement à Naples pour présenter à Andreo sa dernière acquisition, l'entreprise Venstar.

L'ambiance était tendue car tous ceux qui avaient fait le déplacement se savaient sur la sellette. Andreo d'Alessio était en effet connu pour son impitoyable sens des affaires et pour sa réactivité.

— Ceci vous aidera à mettre un visage sur les noms des membres de notre équipe, lorsque vous viendrez nous rendre visite, déclara l'un des dirigeants.

Avec un petit rire nerveux, l'homme lui tendit un exemplaire du bulletin de l'entreprise dans lequel figurait une photo des principaux chefs de service et de leurs assistants.

Andreo d'Alessio examina la page de garde avec la plus grande attention. Il n'y avait qu'une seule femme dans le petit groupe. Apparemment très grande, elle se tenait légèrement courbée comme si elle espérait passer inaperçue au milieu de ses collègues. Des lunettes cerclées d'une épaisse monture mangeaient son visage fin, empreint de sérieux. Mais c'était surtout son allure négligée qui retint l'attention d'Andreo. Ainsi, quelques boucles rebelles s'échappaient de son épaisse chevelure qui aurait eu besoin d'un bon coup de peigne. Sourcils froncés, il remarqua qu'il manquait un bouton à sa veste de tailleur mal coupée.

Il en frémit presque. D'une élégance à la fois naturelle et raffinée, Andreo ne supportait pas qu'on néglige son apparence.

— Qui est cette femme ? demanda-t-il.

— Quelle femme ? reprirent en chœur ses interlocuteurs, perplexes.

Il pointa l'index sur la frêle silhouette.

— Oh, vous voulez dire… *Pippa !* s'exclama finalement l'un des cadres, comme s'il venait de découvrir que le personnel dirigeant de Venstar comptait effectivement une femme dans ses rangs. Pippa est notre directrice financière adjointe.

— On ne peut pas vraiment dire que ce soit une femme, renchérit un autre, mais plutôt que c'est une vraie machine à calculer. Elle est bardée de diplômes et passe le plus clair de son temps au bureau. En trois ans, elle n'a pas pris le moindre jour de congé…

— Ce n'est pas bon, coupa Andreo. Les employés stressés et fatigués s'avèrent statistiquement moins efficaces que les autres. Ils sont également plus enclins à commettre des erreurs. Je tiens donc à ce qu'elle prenne des vacances. J'aimerais aussi que le directeur des ressources humaines la prie de remédier à son style vestimentaire pour le moins négligé.

Autour de lui, les hommes restèrent bouche bée. Certains rentrèrent leur bedaine naissante tandis que d'autres lissaient discrètement les pans de leurs vestes, redoutant tous d'essuyer les reproches d'Andreo d'Alessio. Un silence pesant s'était abattu dans la pièce. Négligée ? Pippa était-elle vraiment négligée ? A dire vrai, aucun d'eux ne l'avait regardée assez longtemps pour avoir un avis sur la question. Qu'elle soit un prodige en sciences économiques et un bourreau de travail, voilà tout ce qui comptait pour eux.

Andreo continua à observer la photo, à l'affût du moindre signe de laisser-aller.

— Je ne veux pas voir de jean dans les bureaux. Il me semble important que tous les employés prennent soin de leur apparence, c'est une question de respect envers soi-même et envers les clients. Cet homme-là par exemple, continua-t-il en faisant glisser son doigt sur le cliché. Il aurait besoin d'une bonne coupe de cheveux et d'une nouvelle chemise.

Il conclut avec une pointe de contrariété dans la voix.

— On a tout à gagner d'une présentation soignée.

Presque tous les hommes présents dans la salle de réunion décidèrent de se mettre au régime sur-le-champ, de prendre rendez-vous chez le coiffeur et de s'offrir un nouveau costume.

— La direction des ressources humaines devra également se fixer de nouveaux objectifs dans les plus brefs délais, poursuivit Andreo. Je veux que Venstar rattrape au plus vite son retard en ce qui concerne la promotion des femmes à des postes clés de l'entreprise.

Du haut de son mètre quatre-vingt-cinq, Andreo d'Alessio suivait manifestement à la lettre les conseils qu'il prodiguait aux autres. Il était mince, athlétique et portait avec une élégance naturelle un costume Armani, bien évidemment taillé sur mesure. En plus de son apparence irréprochable, il dégageait une assurance et une autorité impressionnantes. Nul doute qu'il servait de modèle à tous les jeunes gens qui rêvaient de faire carrière dans le dur monde des affaires. Tous, sauf peut-être Ricky Brownlow.

Celui-ci dissimulait à grand-peine un sourire satisfait. En effet, Andreo d'Alessio venait de lui offrir sur un plateau l'occasion de promouvoir sa maîtresse à la place de Pippa, et ce sans éveiller le moindre soupçon de la part de ses collaborateurs…

Quand elle fut convoquée dans le bureau de Ricky Brownlow, son supérieur direct, et que ce dernier lui annonça qu'elle n'aurait pas la promotion qu'elle avait tant espérée, Pippa ne put retenir une exclamation dépitée.

— Vous voulez dire que Cheryl… qu'elle a été nommée au poste de directrice financière ?

Ricky acquiesça d'un signe de tête.

Cheryl Long ? La jolie brune sans cervelle, qui lui servait actuellement d'assistante, allait bientôt devenir sa *patronne* ? Pippa n'en croyait pas ses oreilles. Cela faisait bientôt trois mois qu'elle occupait le poste de directrice financière adjointe et, pendant tout ce temps, elle avait nourri de sérieux espoirs de promotion. C'était tout simplement incroyable... Elle n'était même pas au courant que Cheryl avait postulé pour cette place !

— Je préférais vous faire part de la nouvelle avant que la D.R.H. ne vous l'annonce officiellement, ajouta Ricky d'un ton mielleux.

— Mais Cheryl n'a pas les diplômes requis. Et elle n'a que deux mois d'expérience dans le service, argua Pippa, sous le choc.

— Un peu de sang neuf, c'est toujours un plus pour l'entreprise, répliqua Ricky Brownlow en fronçant les sourcils d'un air réprobateur.

Pippa s'empourpra et sentit les larmes lui piquer les yeux. Sans un mot de plus, elle regagna son bureau.

Elle aurait parfaitement supporté de se voir damer le pion par quelqu'un de plus compétent qu'elle, là n'était pas la question. Mais Cheryl... Au fond, n'était-elle pas mauvaise perdante ? Cette pensée l'emplit de honte. A l'évidence, Cheryl Long possédait des qualités qu'elle n'avait pas été capable de discerner, voilà tout.

L'atmosphère animée qui régnait à l'étage la ramena brusquement à la réalité. Sous le coup de l'émotion, elle avait bien failli oublier la soirée qu'organisait le personnel de Venstar en l'honneur d'Andreo d'Alessio.

Elle étouffa un soupir. Elle n'avait jamais aimé les mondanités et détestait par-dessus tout les réceptions d'entreprise. Vu les circonstances, hélas, elle avait tout intérêt à faire acte de présence, fût-ce brièvement, si elle ne voulait pas qu'on la soupçonne de jalouser Cheryl.

Car c'était ainsi, elle n'y pouvait rien : dans quelques jours,

Cheryl serait sa supérieure… Pippa ravala péniblement la boule qui lui nouait la gorge. Quelle erreur avait-elle bien pu commettre pour qu'on l'évince ainsi, sans autre forme de procès ? A Venstar, tout le monde pressentait qu'elle finirait tôt ou tard à la tête du service financier. Que s'était-il passé ? Si elle avait effectivement commis une erreur, pourquoi ne l'avait-on pas mise en garde sur le coup ?

Mais à quoi bon toutes ces questions qui ne faisaient qu'attiser sa déception et son incompréhension ? Cheryl serait bientôt sa chef, voilà, c'était un fait. Cheryl, à qui elle avait récemment reproché de prendre des pauses trop longues à l'heure du déjeuner, ce qui l'obligeait ensuite à bâcler son travail. Cheryl, qui passait la moitié de la journée à bavarder avec ses collègues et l'autre moitié à flirter avec le premier homme qui lui tombait sous la main. Cheryl, qui était en congé ce jour-là, comme par hasard…

Plus elle y pensait, plus elle avait du mal à y croire. Et elle avait encore plus de mal à encaisser la nouvelle. Depuis la maternelle jusqu'à l'université, Pippa avait toujours brillé par ses résultats exceptionnels. La simple idée d'essuyer un échec l'emplissait d'effroi. Et pourtant, il fallait bien se rendre à l'évidence : quelque part, d'une manière ou d'une autre, elle avait déçu les espoirs qu'on avait placés en elle au sein de l'entreprise.

— Quel dommage qu'il déteste à ce point les mondanités, j'aurais bien voulu voir une photo de lui avant de le découvrir en chair et en os, se lamenta Jonelle, chef de projet adjointe, avec une petite voix mielleuse qui irrita Pippa au plus haut point. Enfin, on verra bien ce soir s'il est à la hauteur de l'incroyable réputation qui le précède.

Jonelle gloussa.

— Il paraît qu'il a offert une paire de menottes incrustées de diamants à sa dernière conquête…

Inutile de leur demander de qui elle parlait. Les exploits d'Andreo d'Alessio, tour à tour play-boy cosmopolite et génie des affaires, faisaient l'objet de spéculations infinies alors même qu'il déployait des trésors d'ingéniosité pour éviter les flashs des photographes.

Une moue écœurée s'afficha sur les lèvres de Pippa. Des menottes… Elle plaignait celui qui aurait le toupet de lui faire ce genre de cadeau… Le pauvre se verrait propulsé dans les airs sans parachute ! Enfin, ce jour-là n'était pas près d'arriver. Et, à la vérité, elle se réjouissait plutôt de ne pas attirer ce style d'attention plutôt perverse. Elle ne comprenait pas que des femmes puissent fantasmer sur de tels accessoires. Ne voyaient-elles pas qu'ils étaient destinés à les avilir, pour le bon plaisir d'hommes imbus de leur petite personne ? Non, franchement, toutes ces histoires la dépassaient.

— Il est sûrement beau comme un dieu, susurra Jonelle d'un air rêveur. Et sexy en diable…

— Moi, je parie qu'il est petit et gros, intervint Pippa avec ironie. Et c'est précisément la raison pour laquelle Andreo d'Alessio fuit les photographes : il préfère passer pour un mystérieux bellâtre, ça flatte son ego.

— Le pauvre en a peut-être plus qu'assez de se faire pourchasser pour son argent, objecta Jonelle.

— C'est sûr, aucune femme ne poserait les yeux sur lui s'il n'était pas riche à millions, rétorqua Pippa.

En milieu de matinée, le directeur des ressources humaines la fit appeler dans son bureau. Quand ce dernier lui confirma qu'elle n'aurait pas le poste qu'elle convoitait depuis quelques mois, elle ne put s'empêcher d'éprouver un zeste de reconnaissance pour Ricky Brownlow. Préparée au choc, elle parvint à ne pas perdre la face. Elle eut même le courage de demander ce qu'on lui reprochait au juste. Son interlocuteur s'empressa de la rassurer : on ne lui reprochait rien du tout, son travail était absolument impeccable.

— Et c'est tout à votre honneur, compte tenu des récents événements, conclut-il d'un ton plein de sollicitude.

L'allusion à son père disparu au printemps la fit pâlir.

— Mon travail m'a beaucoup aidée à surmonter cette épreuve, confessa-t-elle. Grâce à lui, je n'ai pas eu le temps de broyer du noir.

— Savez-vous que cela fait plusieurs années que vous ne prenez pas vos congés payés ?

Elle fronça les sourcils puis haussa les épaules.

— Oui.

— On m'a prié de veiller à ce que vous preniez au moins trois semaines de vacances à la fin du mois.

— Trois semaines de vacances ? répéta Pippa, incrédule.

— Oui. J'ai même l'autorisation de vous proposer un congé sabbatique de six ou douze mois, à votre guise.

— Un… un congé sabbatique ! C'est une blague ? balbutia la jeune femme, de plus en plus perplexe.

Indifférent à son manque d'enthousiasme manifeste, son interlocuteur lui exposa avec entrain tous les avantages d'une telle opportunité. Il souligna qu'elle était directement entrée à l'université après le lycée puis avait été embauchée par Venstar quelques jours après avoir décroché son diplôme.

— Vous arrivez la première au bureau et vous êtes la dernière à en partir, conclut-il.

— Mais j'aime mon travail !

— Là n'est pas la question. Ecoutez, je suis sûr que ces trois semaines de vacances vous feront le plus grand bien et je ne serais pas étonné que vous décidiez de prolonger ce moment de détente en acceptant le congé sabbatique que l'on vous propose. Plus de stress, plus d'énervement… Songez un peu à la sérénité que vous aurez recouvrée lorsque vous reviendrez travailler.

Plus de stress ? Le sang de Pippa ne fit qu'un tour : était-ce ce qu'on lui reprochait implicitement ? Etait-ce pour cette raison que le poste lui avait été refusé ? Ses collègues la jugeaient-ils stressée ? Irritable ? Ou alors manquait-elle d'autorité pour gérer une équipe ? Il devait bien y avoir une raison à son échec… Forcément ! Et, à présent, voilà qu'on l'envoyait en vacances sans lui demander son avis. Pourquoi maintenant, précisément ? Craignait-on qu'elle ait du mal à s'adapter à sa nouvelle supérieure ?

En proie à une multitude de doutes et d'incertitudes sur ses capacités professionnelles, Pippa ne prit même pas le temps d'aller déjeuner. Il était à peu près 15 heures lorsque, levant les yeux de ses dossiers, elle se rendit compte que les autres bureaux étaient déserts. Fronçant les sourcils, elle aperçut Ricky Brownlow sur le seuil de son bureau.

— Où sont les autres ? demanda-t-elle, intriguée.

— Ils sont partis plus tôt pour avoir le temps de se préparer pour la soirée. Vous devriez en faire autant, d'ailleurs.

En général, Pippa n'abandonnait jamais un dossier en cours. Mais ne lui avait-on pas signifié à demi-mot, quelques heures plus tôt, qu'elle n'était pas indispensable au bon fonctionnement de la boîte ? La mort dans l'âme, elle se leva et ramassa son sac à main.

Ce ne fut qu'en sortant de l'ascenseur, au rez-de-chaussée de l'immeuble, qu'elle vit qu'il pleuvait dehors. Dans sa précipitation, elle avait oublié de prendre son manteau.

Trop pressée pour attendre l'ascenseur, elle remonta par l'escalier. Le silence régnait à l'étage du service financier. Elle approchait de la pièce qui servait de vestiaire lorsqu'elle entendit la voix de Ricky Brownlow venant de son bureau.

— Quand nous lui avons rendu visite à Naples, Andreo d'Alessio n'a pas caché son faible pour les femmes sexy et désirables, disait-il d'un ton contrit. Vous auriez dû voir son air horrifié quand il a posé les yeux sur la photo de notre Pippa passe-partout, dans le bulletin de l'entreprise. Il était très clair que, pour lui, elle n'avait pas sa place au sein de la direction. C'est pour cette raison que j'ai décidé d'appuyer la candidature de Cheryl. Elle est moins qualifiée pour le poste, je vous l'accorde, mais elle est nettement plus présentable.

Pippa s'était arrêtée net, comme frappée par la foudre. *Pippa passe-partout ?*

— Pippa Stevenson est une employée exemplaire, objecta froidement une voix qui appartenait à l'un des plus anciens directeurs de Venstar.

— Elle est excellente en coulisse, mais avouez tout de même qu'elle n'a rien d'une femme fatale. On la remarque à peine, elle est presque invisible, rétorqua perfidement Ricky Brownlow. Non, très franchement, je ne pense pas que ce soit une bonne chose d'ignorer les goûts d'Andreo d'Alessio en lui présentant Pippa passe-partout le jour même de son arrivée !

Bouleversée par les propos de Ricky, et redoutant que les deux hommes ne la surprennent dans le couloir, Pippa rebroussa rapidement chemin.

Elle savait désormais pourquoi Cheryl avait été nommée à sa place à la tête du service financier. *Pippa passe-partout ?* Une sensation de nausée la submergea. Ricky Brownlow s'était montré on ne peut plus clair : contrairement à elle, Cheryl, une ravissante brune aux courbes voluptueuses, rencontrait un franc succès auprès de ses collègues masculins. Et son physique séduisant avait prévalu sur ses compétences…

Blessée dans son orgueil, Pippa déglutit avec peine et cligna plusieurs fois des yeux pour refouler les larmes qui piquaient ses paupières. Ce n'était pas juste ! Elle était faite pour ce poste, elle avait travaillé d'arrache-pied pour obtenir cette promotion. C'était de la discrimination pure et simple de juger quelqu'un sur son physique et elle pourrait facilement invoquer ce motif pour intenter un procès à l'entreprise. L'espace d'un instant, elle s'imagina à la barre d'un tribunal, forcée de rapporter les propos méprisants de Ricky. Elle esquissa une grimace. Non, il était hors de question qu'elle rende publique l'humiliation cuisante qu'elle venait de subir, hors de question qu'elle attire la pitié mal intentionnée de ses collègues.

« Elle n'a rien d'une femme fatale… Etait-ce la réalité ? » se demanda Pippa. Pourtant, Ricky serait tombé des nues s'il avait appris qu'à l'âge de quinze ans, une agence de mannequins lui avait proposé un contrat plus qu'intéressant. Evidemment, son père s'était aussitôt insurgé contre ce qu'il considérait comme un métier peu gratifiant. Mais combien de fois, au cours des huit dernières années, Pippa avait-elle repensé avec bonheur à cette journée de rébellion contre les ordres stricts de son père ?

Dans un élan d'audace, elle s'était rendue en secret à l'agence de mannequins où, livrée aux mains expertes d'un bataillon de coiffeurs et de maquilleurs, elle avait assisté, émerveillée, à la stupéfiante métamorphose d'une grande jeune fille mal dans sa peau en une superbe créature tout en jambes. Le rêve avait pris fin brusquement, hélas : le photographe aux mains baladeuses s'était montré un peu trop entreprenant et la pauvre Pippa avait pris ses jambes à son cou. Ainsi, son père avait eu raison de la mettre en garde contre les dangereux écueils du mannequinat. Ce secteur regorgeait de vieux requins avides de chair fraîche…

Un pâle sourire étira les lèvres de la jeune femme. Et si ce soir elle faisait revivre la créature de rêve qu'elle avait été l'espace de quelques heures ? Juste pour donner une bonne leçon à Ricky Brownlow et à ce misogyne d'Andreo d'Alessio. Comment pouvait-on être assez bête pour privilégier la beauté physique au détriment de l'intelligence, a fortiori dans un contexte professionnel ?

Plantée sur le trottoir, trempée jusqu'aux os, Pippa fouilla dans son sac et en sortit son portable. Elle composa le numéro de son amie Hilary, qui était coiffeuse. Lorsque Pippa demanda à celle-ci si elle pouvait la recevoir sans rendez-vous, la jeune femme ne cacha pas son étonnement.

— Te déciderais-tu enfin à être un peu futile ? lança Hilary d'un ton taquin. C'est Noël ou quoi ?

— En quelque sorte, oui… En fait, je sors ce soir et c'est important pour moi.

— Tu n'as qu'à passer maintenant, proposa Hilary sans l'ombre d'une hésitation. Je suis presque vexée que tu aies jugé nécessaire de m'appeler d'abord. On est amies, non ? Et puis, ce n'est pas si souvent que tu daignes t'occuper de tes cheveux. Ça doit faire un an que tu n'as pas mis les pieds dans le salon, je me trompe ?

Pippa prit le métro en direction de Hounslow, à l'ouest de Londres. Pressée contre les autres passagers entassés dans la rame, elle laissa vagabonder ses pensées. C'était triste à admettre, mais elle était presque soulagée que son père ne soit plus de ce monde… Il aurait été tellement déçu, tellement contrarié qu'elle n'ait pas réussi à décrocher ce poste de directrice. Avait-elle une fois dans sa vie répondu aux attentes de ses parents ? Son père avait-il eu l'occasion d'être fier d'elle ? Une bouffée de culpabilité l'envahit en même temps que d'autres souvenirs la rattrapaient, infiniment douloureux.

Elle se rappela le funeste été, six ans plus tôt, qui avait irrémédiablement brisé leur famille. Elle avait tout juste dix-sept ans lorsque ses parents avaient décidé de se joindre, comme tous les ans, à trois couples d'amis pour passer des vacances dans le sud-ouest de la France. Hilary Ross et sa famille faisaient partie du petit groupe qui partait chaque année en Dordogne. Qui aurait pu soupçonner que, cet été-là, leurs vacances tourneraient au cauchemar ?

A peine étaient-ils arrivés en Dordogne que la meilleure amie de Pippa, Tabby, s'était amourachée d'un Français qui vivait dans le voisinage, Christian Laroche. Sa liaison aussi passionnée que secrète l'avait tellement accaparée qu'elle n'avait plus accordé la moindre attention à son amie pendant toute la durée du séjour.

Ces vacances mal commencées s'étaient terminées par le terrible accident de voiture qui avait coûté la vie à la mère de Pippa et cloué son père dans un fauteuil roulant pour le restant de ses jours… En état d'ébriété avancée, Gerry Burnside, le père de Tabby, avait pris le volant de sa voiture et brisé la vie de tous ses amis.

Très proche de sa mère qui tempérait de bonne grâce le caractère dur et exigeant de son père, Pippa s'était effondrée en apprenant le décès de celle-ci. Professeur de sciences et sportif assidu, son père n'avait jamais accepté son handicap et son caractère s'était encore durci après l'accident.

Plus jeune, Martin Stevenson avait caressé le rêve de devenir médecin. Hélas, il avait échoué de peu aux examens finaux. En devenant père, il avait reporté toutes ses ambitions frustrées sur sa fille Pippa. Dès sa plus tendre enfance, cette dernière avait dû donner le meilleur d'elle-même pour satisfaire les espoirs qu'il avait placés en elle. Bouleversée par cet accident de voiture fatal qui avait également coûté la vie au père de Tabby, aux parents d'Hilary et à la mère de Jen, Pippa avait fini par avouer à son père qu'elle n'aurait plus le courage de se lancer dans une carrière médicale.

La jeune fille avait supporté tant bien que mal l'amère déception de son père qui lui avait fait payer cher ce qu'il considérait comme une trahison. Durant presque six ans, elle s'était occupée de lui avec amour et dévouement. Malgré ses résultats brillants à l'université, malgré la maîtrise avec mention qu'elle avait décrochée en sciences économiques, toute l'attention, tous les soins qu'elle lui avait prodigués, ce dernier ne lui avait jamais pardonné de ne pas avoir réalisé ses propres rêves.

Tenaillée par la culpabilité, Pippa s'était souvent reproché de ne pas avoir eu la force de caractère nécessaire pour entreprendre des études de médecine. Elle n'avait pas su rendre son père heureux, c'était sa faute…

Malgré l'amour qu'elle portait à la France, le pays d'origine de sa mère, elle n'y avait plus remis les pieds depuis ce triste été. Elle avait même inventé une excuse pour éviter de se rendre au mariage de son amie Tabby. Heureusement, celle-ci venait régulièrement à Londres en compagnie de Christian, qui était devenu son mari, et les deux jeunes femmes se voyaient à chacune de ses visites. Tout de même, n'était-il pas grand temps qu'elle fasse le deuil dc sa mère et rende enfin visite au jeune couple à Duvernay, le magnifique château que possédait la famille Laroche en Bretagne ? Combien de fois son amie l'y avait-elle invitée ? Ne devrait-elle pas passer une partie des vacances qu'on l'obligeait à prendre, en France, chez Tabby ?

— Oh non, j'ai complètement oublié que c'était le jour où tu fermais à midi ! s'exclama Pippa lorsque Hilary, après avoir ouvert la porte de son petit appartement, l'entraîna dans le couloir qui donnait sur le salon, plongé dans un silence peu habituel. Pourquoi ne m'as-tu rien dit, enfin ?

Petite et menue, Hilary était une jolie bonde aux yeux gris clair. Elle n'avait qu'un an de moins que Pippa, mais on lui donnait à peine dix-huit ans. Un sourire espiègle éclaira son ravissant visage de poupée.

— Tu rigoles ou quoi ? C'est le grand soir, Pippa, et autant te prévenir tout de suite : je brûle d'envie de connaître l'identité de l'heureux élu !

Pippa se raidit.

— Il n'y a pas d'heureux élu. La boîte donne une grande soirée en l'honneur du nouveau P.-D.G.

— Mais tu étais tout excitée au téléphone…

— Je dirais plutôt contrariée, rectifia Pippa. Je me suis complètement plantée au boulot. Je me suis ridiculisée.

— Pourquoi ? Qu'est-ce que tu veux dire ?

— Je n'ai pas eu la promotion que j'espérais, expliqua Pippa d'une voix sourde avant de raconter sa déconvenue à son amie.

Dans la petite pièce réservée au personnel du salon, Hilary l'écouta sans mot dire en s'efforçant de rester impassible. Puis, elle servit à Pippa un verre de brandy qu'une cliente lui avait offert à Noël.

— Tu sais bien que je ne bois pas d'alcool, protesta la jeune femme en repoussant le verre.

— Tu es pâle comme un linge, tu as besoin d'un petit remontant, insista Hilary.

Elle fit signe à Pippa de la suivre vers les fauteuils qui s'alignaient sous les lavabos.

— Alors comme ça, tu as décidé de tous les bluffer ce soir, enchaîna-t-elle, sans doute dans l'espoir de détendre un peu l'atmosphère.

— Tu parles !

Plissant le nez, Pippa porta le verre à ses lèvres et but une grande gorgée. L'alcool coula comme un sillon de feu le long de sa gorge jusque dans son ventre vide. Comme la gentillesse de son amie, il lui procura sur-le-champ une sensation de réconfort bien agréable.

Une fois encore, elle se félicita d'avoir ignoré les sarcasmes de son père et d'avoir voulu coûte que coûte assister à la réunion des anciens élèves de son lycée, quelques mois plus tôt. Car elle avait eu la joie d'y retrouver Hilary, qui habitait aussi à Londres. Après le tragique accident de voiture, six ans plus tôt, leurs chemins s'étaient éloignés : Tabby et Pippa avaient perdu de vue Hilary et Jen Tarbert, l'autre jeune fille de leur quatuor d'adolescentes.

— Ils vont tous tomber à tes pieds, affirma Hilary d'un ton déterminé.

En entendant son amie essayer de la réconforter, Pippa s'efforça de chasser les pensées négatives qu'elle nourrissait à l'égard de son père disparu. Elle n'y pouvait rien, c'était hélas la triste réalité : enfant, elle avait beaucoup souffert à cause de ce père autoritaire, presque tyrannique qui, par ses paroles blessantes et son attitude souvent dédaigneuse, avait réduit à néant l'estime de soi de sa fille.

Pendant qu'Hilary lui lavait les cheveux, elle lui demanda des nouvelles de sa jeune sœur Emma.

— Dis-moi, que devient-elle ?

Son amie lui raconta avec entrain les derniers exploits de sa sœur encore adolescente, qu'elle adorait.

— Tu me donnes l'autorisation de te maquiller, j'espère ? demanda-t-elle après avoir terminé son récit.

— Eh bien… Peut-être… Si ça ne te dérange pas…

— Arrête tes bêtises ! J'adore maquiller les autres, tu le sais bien !

— Alors c'est d'accord. Enfin, tu n'auras qu'à faire de ton mieux.

— Avec ton visage d'ange, Pippa, ce ne sera pas trop difficile, crois-moi.

Comme Pippa se raidissait de nouveau sous les compliments, Hilary lui servit un autre verre de brandy en l'invitant à se détendre. Puis, ignorant les protestations de son amie, elle l'entraîna à sa suite au premier étage de son petit appartement encombré.

— Il va falloir que je file chez moi pour me changer, fit observer Pippa.

— Tu n'auras pas le temps. Tu vas déjà être suffisamment en retard comme ça, non ?

Hilary se dirigea vers la chambre de sa sœur. Là, elle ouvrit la penderie pleine à craquer et s'empara d'une robe à bretelles coupée dans un satin de soie bleu turquoise aux reflets chatoyants.

— Je ne peux tout de même pas emprunter les vêtements de ta sœur ! protesta Pippa.

— Emma a décrété que cette robe la vieillissait trop et tu

sais comment sont les ados d'aujourd'hui… Tellement butés ! Elle ne la portera plus jamais, c'est clair.

— Je ne serais pas à l'aise dans ce genre de robe.

— Allez, Pippa, laisse-toi faire, je t'en prie, insista Hilary. Tu es jeune et belle, tu as une silhouette de rêve… Tu peux tout te permettre enfin ! En plus, cette robe n'a absolument rien d'indécent. Puis-je savoir ce que tu lui reproches, au juste ?

Aux yeux de Pippa, n'importe quelle tenue qui dévoilait ses épaules, ses bras frêles et les courbes de sa poitrine menue, était indécente… D'un autre côté, Hilary s'était montrée si gentille, si réconfortante, qu'elle répugnait à refuser son offre généreuse.

Toutes deux avaient la même pointure mais, là encore, leurs goûts en matière de chaussures divergeaient considérablement. Hilary affectionnait les talons aiguilles, tandis que, du haut de son mètre soixante-dix-huit, Pippa préférait les chaussures plates. C'est pourtant une paire de sandales en cuir doré, dotées de talons vertigineux, qui vint bientôt rejoindre la robe turquoise posée sur le lit. Puis Hilary escorta son amie jusqu'à la salle de bains pour qu'elle prenne une douche avant sa métamorphose.

Deux heures plus tard, après avoir insisté pour que Pippa troque ses lunettes contre les lentilles de contact qu'elle gardait dans son sac mais qu'elle utilisait rarement, Hilary conduisit son amie devant le miroir en pied.

— Tu es superbe, absolument magnifique et si tu n'es pas de cet avis, je te préviens tout de suite, je vais me fâcher !

Muette de stupeur, Pippa contemplait son reflet.

— On dirait que ce n'est pas moi…

— Sans vouloir te vexer, rétorqua Hilary, c'est sans doute parce que le « moi » en question se fiche pas mal de ses cheveux, ne prend jamais le temps de se maquiller et n'accorde pas la moindre importance à ses vêtements !

Pippa dit d'un ton bourru :

— Merci. Au moins, je n'ai plus l'air d'une pauvre fille

qui loupe tout ce qu'elle entreprend. Et tu ne peux pas savoir à quel point c'est important pour moi.

Andreo d'Alessio s'ennuyait à mourir. Pour couronner le tout, il était d'une humeur massacrante.

Il n'avait rien demandé, lui, il n'avait aucune envie d'assister à ce genre de soirée. *Primo*, il détestait les surprises et, *secundo,* il ne pensait pas que ces petites fêtes avaient leur place dans la sphère des affaires. Il n'appréciait pas non plus les longs discours et encore moins les flatteries d'employés surexcités — surtout quand il était évident que la grande majorité d'entre eux avait abusé de la boisson avant de venir.

Prétendant avoir un coup de téléphone urgent à passer, il quitta la salle de conférences et traversa la réception de l'hôtel. A cet instant, il aperçut la ravissante jeune femme rousse. Ravissante ? Sublime, oui. Belle à damner un saint. Il s'arrêta net, sous le charme.

De longs cheveux brillant comme la soie, d'une teinte chaude et sensuelle qui rappelait celle de la cannelle, cascadaient en vagues souples sur ses épaules, encadrant l'ovale parfait de son visage diaphane. Ses yeux étaient d'un bleu vif comme un ciel d'été, ses lèvres pleines, rose corail, à la fois douces et tentatrices, invitaient au baiser. Elle était très grande — à peu près un mètre quatre-vingts, estima-t-il — et suffisamment sûre d'elle pour porter des hauts talons.

Avec sa stature imposante et sa carrure d'athlète, Andreo s'était toujours senti mal à l'aise au bras des femmes petites, trop fluettes et menues à son goût. Nul doute que cette rousse flamboyante avec ses épaules lisses et nacrées, ses courbes féminines et ses jambes sublimes, interminables, épouserait à la perfection sa propre anatomie…

Son désir s'éveilla aussitôt tandis que des images érotiques se superposaient à celle de la splendide créature qu'il contemplait. Cette femme serait sa prochaine maîtresse, décida-t-il.

Pippa balaya du regard la salle de conférences, prise d'assaut par le personnel de Venstar. La reconnaîtrait-on seulement ? Elle avait subi une telle métamorphose entre les mains expertes de Hilary ! Les boucles de ses cheveux qu'elle détestait tant avaient été soigneusement lissées à l'aide d'une brosse chauffante, les lentilles de contact avaient avantageusement remplacé les lunettes qui lui mangeaient d'ordinaire le visage, et son tailleur-pantalon mal coupé avait cédé la place à une tenue d'un raffinement tout féminin. Elle avait pris conscience de tout ça dès son arrivée dans le hall de l'hôtel, lorsque de nombreux regards masculins s'étaient attardés sur elle.

Seul hic : elle se sentait horriblement mal à l'aise dans cette robe qui épousait trop étroitement à son goût les courbes de sa silhouette. Elle n'était pas habituée à ce que les hommes se retournent sur son passage et, dépourvue de l'uniforme neutre et froid qui la protégeait d'ordinaire, elle se sentait incroyablement vulnérable. Au prix d'un grand effort, elle releva le menton. Il était grand temps qu'elle assume son image.

Elle s'apprêtait à entrer dans la salle de conférences lorsque le silence se fit. Un homme se dirigea vers l'estrade d'un pas décidé et Pippa préféra rester à l'entrée jusqu'à ce qu'il ait terminé son discours. En le regardant s'approcher du pupitre, elle ne put s'empêcher de rire tout haut. Jonelle et toutes les employées de Venstar qui fantasmaient sur le nouveau P.-D.G. italien risquaient d'être terriblement déçues !

— Puis-je rire avec vous ? demanda une voix chaude derrière elle.

Pippa se raidit. Elle n'avait pas entendu cet homme s'approcher d'elle. Prise au dépourvu, elle répondit sans oser se tourner vers lui.

— J'étais simplement en train de songer qu'Andreo d'Alessio risquait de décevoir beaucoup de monde.

— Et pourquoi ça ?

Quelque chose dans son intonation rauque, légèrement

traînante, fit frissonner Pippa. Elle se serait sans doute tue si elle ne s'était pas sentie d'humeur belliqueuse — une première chez elle.

— Je devrais peut-être préciser que ce sont surtout les femmes qui vont tomber des nues. Le pauvre n'a absolument aucun charme, expliqua-t-elle avec une pointe de satisfaction dans la voix.

— Vous trouvez ?

A quoi jouait cette femme ? Elle le narguait sans vergogne en feignant de ne pas savoir qui il était, songea Andreo avec étonnement. La soirée Venstar avait débuté une heure plus tôt et il avait été le centre de toutes les attentions : personne dans cette salle ne pouvait ignorer son identité. Décidément, cette ravissante rousse était étonnante à bien des égards !

— Il est tout petit, regardez-moi ça, reprit Pippa. On dirait un nain de jardin. Il ne lui manque qu'un costume en feutre vert et une maison champignon pour parfaire le tableau !

Suivant son regard, Andreo réprima de justesse un éclat de rire. Elle parlait de Salvatore Rissone qui discourait avec verve en cet instant précis… C'était à cet homme qu'Andreo voulait confier le poste de directeur général dès que la restructuration de l'entreprise serait terminée.

— La taille ne fait pas tout, observa-t-il.

— Peut-être… Mais il me semble un peu trop gourmand aussi, répliqua Pippa d'un ton perfide qui ne lui ressemblait guère. En plus, il perd ses cheveux. Rien d'étonnant à ce qu'il fuie les photographes comme la peste. Il n'a franchement rien du séducteur italien qu'on se plaît à imaginer, vous ne trouvez pas ?

— Il n'est pas nécessaire de ressembler à un acteur de cinéma pour exceller dans le monde des affaires, rétorqua Andreo, agacé par ces attaques injustes contre Salvatore. C'est un homme droit et bon…

— Faux, coupa Pippa avec véhémence. Andreo d'Alessio

est riche à millions et les gens le craignent et le respectent uniquement pour ça et parce que…

Emportée par le ressentiment qu'elle nourrissait à l'égard du nouveau P.-D.G. de Venstar, Pippa se tourna enfin vers son interlocuteur… et oublia aussitôt ce qu'elle avait eu l'intention de dire.

C'était rare qu'elle soit obligée de lever les yeux pour regarder un homme… Et, de plus, cet homme-là était d'une beauté à couper le souffle ! Sa peau mate mettait en valeur les traits volontaires de son visage, ses pommettes saillantes et sa mâchoire carrée, incroyablement virile. Il avait une grande bouche aux lèvres fermes et d'épais sourcils noirs, noirs comme ses cheveux coupés court qui brillaient sous la lumière des lustres. Mais ce furent ses yeux d'encre, vifs et perçants, ourlés de cils sombres et fournis, qui la troublèrent le plus.

— Parce que… ? insista-t-il.

Andreo plongea le regard dans celui de la jeune femme. A son grand désarroi, sa légère irritation fondit comme neige au soleil face à ces yeux si clairs qu'on les eût dit transparents. Elle continuait à le toiser sans mot dire. Avec un mélange de satisfaction et d'amusement, il nota qu'elle semblait troublée.

Ainsi, elle ignorait vraiment qui il était. Elle croyait sincèrement que Salvatore Rissone était Andreo d'Alessio, le nouveau P.-D.G. de Venstar ! Totalement inédite, l'expérience promettait d'être riche d'enseignements… Il décida de ne pas la détromper. Au contraire, il avait envie de jouer le jeu encore un peu, juste pour voir jusqu'où cela les mènerait. Au moins, cela le changerait des flatteries et des compliments mielleux qu'on lui servait depuis le début de la soirée.

— Parce que…, répéta Pippa, incapable de mettre de l'ordre dans ses pensées tant la proximité de cet homme la perturbait.

— Vous disiez que les gens craignent et respectent Andreo d'Alessio uniquement parce qu'il est riche à millions et *parce que…*

— Oh ! ils sont tous morts de peur parce qu'il a de l'argent, c'est tout, compléta Pippa d'une voix mal assurée.

— Qu'avez-vous contre lui ?

— Vous êtes italien, n'est-ce pas ?

Un peu tardivement, Pippa avait noté l'intonation traînante, si charmante, de son interlocuteur. Charmante ? Le timbre légèrement enroué de sa voix basse était incroyablement sexy, oui ! Interloquée par le tour surprenant que prenaient ses pensées, elle baissa les yeux. Sans qu'elle puisse rien faire pour l'empêcher, ses tétons se durcirent sous la fine étoffe de sa robe, tandis qu'elle s'empourprait. Pour l'amour du ciel, que lui arrivait-il ?

— C'est exact, répondit-il enfin.

Andreo ne se lassait pas de la contempler. Le rosissement soudain des pommettes de la jeune femme le fascina et le ravit tout à la fois. Pouvait-on rêver de spectacle plus enchanteur que ce joli visage au teint nacré, rosi par l'émotion, auréolé de cheveux auburn, lisses et soyeux, dans lequel brillaient des yeux d'un magnifique bleu turquoise ? Cela faisait une éternité qu'une femme n'avait pas rougi devant lui…

— Vous travaillez pour Venstar ? demanda-t-il.

Pippa acquiesça d'un signe de tête avant d'ajouter d'un ton hésitant :

— Vous parlez d'Andreo d'Alessio comme si vous le connaissiez personnellement.

Ainsi, il était italien, songea-t-elle, en proie à un malaise grandissant. Il travaillait forcément pour d'Alessio et, s'il faisait partie du premier groupe d'employés intégrés à Venstar, il occupait forcément un poste à responsabilité. Elle passa nerveusement le bout de sa langue sur ses lèvres.

Les pensées d'Andreo s'emballèrent aussitôt. Il imagina le bout de cette langue en train de tracer un chemin infiniment érotique sur sa peau nue, frissonnante. Incapable de maîtriser la force de son désir, il se rappela l'adolescent fougueux qu'il avait été, à l'époque où garder son sang-froid en présence d'une jolie fille relevait de l'exploit.

— Disons que je suis simplement curieux de savoir ce que vous avez contre un homme que vous n'avez jamais rencontré, répondit-il d'une voix suave.

Pippa rejeta la tête en arrière. Ses longues mèches glissèrent le long de ses épaules satinées. L'alcool qu'elle avait bu chez son amie annihilait sa réserve naturelle, et elle se sentait habitée par une audace inaccoutumée.

— Qu'est-ce qui vous fait dire que je ne l'ai jamais rencontré ?

Andreo arqua un sourcil noir.

— Oh… parce que je me trompe ?

— Non, vous avez raison, avoua-t-elle. Cela dit, je n'ai pas besoin de le connaître personnellement pour savoir que cet homme n'est qu'un sale macho qui traite les femmes de manière sexiste au sein de son entreprise. Et ce dans le simple but de renforcer son pouvoir !

2

Andreo fronça les sourcils, décontenancé par le jugement sévère que portait sur lui la jeune femme. Il dut se contenir pour ne pas la remettre à sa place.

— *Dio mio*… C'est une accusation grave que vous portez là… A fortiori contre un homme que vous ne connaissez même pas.

Pippa baissa les yeux, assaillie par une soudaine vague de culpabilité.

— Si vous voulez bien m'excuser, murmura-t-elle, soudain pressée d'échapper au regard pénétrant de son interlocuteur.

Il lui barra le passage.

— Ne vous enfuyez pas comme ça.

Que lui arrivait-il, à la fin ? se demanda Pippa, mortifiée par son propre comportement. Fallait-il qu'elle ait perdu la tête pour critiquer vertement son nouveau patron à une soirée d'entreprise ? C'était la faute du brandy qu'elle avait bu chez son amie. Nul doute que l'alcool lui était monté à la tête… Certes, elle était extrêmement déçue de ne pas avoir obtenu la promotion qu'elle espérait — déçue et un brin amère, à quoi bon le nier ? — mais, puisqu'elle n'avait pas l'intention de se plaindre officiellement, elle avait tout intérêt à se taire : son avenir au sein de Venstar en dépendait.

— Ecoutez, je…

— Je ne sais même pas comment vous vous appelez, coupa-t-il.

Après ce qu'elle venait de dire, il serait tout bonnement suicidaire de lui révéler sa véritable identité, songea Pippa. Qu'allait-elle répondre ? « Pippa passe-partout » ? Tout à coup, elle pensa au petit surnom affectueux que lui donnait sa mère quand elle était enfant.

— Je m'appelle Philly, répondit-elle.

— Philly, répéta-t-il d'une voix caressante, comme s'il savourait chaque syllabe. C'est un joli prénom. Laissez-moi vous offrir un verre, Philly. J'en profiterai pour vous persuader que le nouveau propriétaire de Venstar est un vrai saint, même en dehors du travail.

— Est-il à ce point sûr de lui ?

— Pourquoi, vous n'aimez pas les hommes sûrs d'eux ? répliqua-t-il en fronçant les sourcils.

— Quand l'assurance est synonyme d'arrogance, non, je n'aime pas les hommes sûrs d'eux.

— Andreo n'est pas arrogant. Il sait ce qu'il vaut et c'est une qualité importante quand on veut avancer dans la vie, expliqua-t-il en posant une main légère dans le creux des reins de la jeune femme pour l'entraîner vers le bar de l'hôtel. Cela dit, j'aimerais beaucoup savoir pourquoi vous l'accusez de sexisme. Parce que franchement…

Désireuse d'éviter cet épineux sujet, Pippa l'interrompit.

— Vous non plus, vous ne m'avez pas dit comment vous vous appeliez.

Il la gratifia d'un sourire étincelant qui fit battre son cœur à coups redoublés. Puis, cherchant son regard, il déclara d'un ton amusé :

— Andreo, j'en ai peur.

— Oh… ça doit être un… un prénom courant en Italie, n'est-ce pas ?

— Très courant, en effet. Il y a énormément d'Andreo là-bas, murmura-t-il en la fixant entre ses longs cils noirs.

Un curieux mélange de sentiments habitait Pippa : elle se sentait à la fois fascinée, grisée et légèrement angoissée. Elle n'entendit même pas son compagnon passer la commande et, lorsqu'un serveur posa devant elle un cocktail servi dans un joli verre en cristal, elle l'accepta sans protester. Le breuvage sucré, légèrement pétillant, rafraîchit agréablement sa gorge nouée.

— Etes-vous marié ? s'entendit-elle demander d'un ton très désinvolte.

A entendre ses collègues, c'était « la » question qu'il fallait poser sans tarder lorsqu'on faisait la connaissance d'un homme. Andreo rit de bon cœur.

— C'est très direct, vraiment… Bien sûr que non, je ne suis pas marié. Je vous en prie, dites-moi pourquoi vous avez une si mauvaise opinion d'Andreo d'Alessio.

— Je ne veux plus parler de ça.

— Moi si, insista-t-il en l'enveloppant d'un regard intense.

— Eh bien moi, non…

Pippa avait parlé d'une voix à peine audible, prise au piège de ces yeux noirs qui la fixaient sans ciller.

— Tant pis. Je finirai bien par éclaircir ce mystère, conclut-il avec l'assurance de ceux à qui rien ni personne ne résiste.

Il enchaîna sans transition.

— Avez-vous pour habitude de tirer profit de votre beauté ?

Pippa manqua s'étrangler avec la gorgée qu'elle venait de boire.

— Pardon ? balbutia-t-elle en posant sur lui un regard incrédule.

Il flirtait avec elle, il n'y avait aucun doute possible. Cet homme qui devait avoir toute une cour d'admiratrices à ses pieds était en train de lui faire des avances… Elle n'en croyait pas ses oreilles ! Ignorant tout des règles du jeu de la séduction, elle ne put que lui offrir son plus beau sourire, terrifiée à l'idée qu'il change d'avis et l'abandonne comme ça, sans crier gare. Après tout, se dit-elle, elle aussi avait le droit de goûter au bonheur d'être une femme ! Elle était jeune, elle était célibataire, il était temps qu'elle profite un peu de la vie… Et l'admiration qu'elle lisait dans le regard sombre de son compagnon était comme une bouffée d'adrénaline dans ses veines, un baume apaisant pour son ego blessé. « Pippa passe-partout » ? *Qui ça ?*

Son sourire enjôleur, tellement féminin, attisa encore le désir d'Andreo. Cela faisait une éternité qu'il n'avait pas eu envie d'une femme aussi intensément et son corps tendu comme un arc l'encourageait à franchir toutes les limites… Oui, il se voyait assez bien en train de pousser cette sensuelle créature contre le comptoir du bar : il emprisonnerait alors ses lèvres pleines et l'embrasserait avec fougue avant de l'entraîner dans un endroit plus intime. Mais, tandis que son tempérament méditerranéen le poussait à céder à ses pulsions charnelles, sa raison, elle, lui criait de garder le contrôle de ses actes. Et, comme d'habitude, cette dernière l'emporta. Il aimait rester maître de ses actes, en toutes circonstances.

— *Santo cielo…*

L'intonation de sa voix rauque la fit frissonner. Elle rencontra son regard voilé par le désir et sa bouche s'assécha tandis qu'une onde électrique la parcourait de part en part. Pour la première fois en vingt-trois ans d'existence, elle expérimentait la délicieuse, la troublante sensation d'être désirée par un homme. Et instinctivement, alors même qu'elle venait à peine de le rencontrer, elle se sentait au diapason de son désir. Chaque fibre de son être, chaque centimètre carré de sa peau aspirait à ses caresses… et ces sensations inédites l'enivraient en même temps qu'elles la terrifiaient.

— Partons d'ici, chuchota Andreo, décidé à invoquer n'importe quel prétexte pour quitter la soirée au plus vite.

Il tendit la main vers elle. Incapable de résister à l'envie de le toucher, Pippa lui donna la sienne. Un léger frisson la traversa et elle baissa les yeux sur leurs mains entrelacées.

— C'est complètement fou, murmura-t-elle d'une voix étranglée.

Au même instant retentit la sonnerie d'un téléphone portable.

Andreo fronça les sourcils : il s'agissait de la chanson que son jeune frère avait téléchargée sur son téléphone pour le prévenir de ses appels. C'eût été n'importe qui d'autre, il ne se serait pas donné la peine de répondre. Mais pour Marco, quatorze ans, il jouait aussi bien le rôle de frère que celui de père et, à ce titre, il se tenait toujours à son entière disposition — même dans les situations les plus délicates.

Etouffant un juron, il lâcha la main de Pippa pour extirper son portable de la poche de sa veste. Sans préambule, son jeune frère débita l'énoncé d'un problème de mathématiques qu'il peinait à résoudre. Sourcils froncés, Andreo s'empara d'un prospectus qui traînait sur le comptoir du bar et inscrivit au verso les données du problème.

— C'est mon petit frère, murmura-t-il à l'adresse de Pippa. Il est pensionnaire et il m'appelle souvent à l'aide pour ses devoirs…

Pippa cligna des yeux. Emergeant lentement de l'étrange torpeur qui s'était emparée d'elle, elle vint se poster à côté de lui. Dire qu'elle avait été à deux doigts de suivre Andreo Dieu sait où… Elle avait encore du mal à le croire ! Un homme qu'elle venait à peine de rencontrer, un homme dont elle ne savait pratiquement rien ! C'était une pure folie…

Andreo perçut le changement d'humeur de Pippa. C'était comme si elle venait de lui fermer la porte au nez et il dut faire un effort pour ne pas laisser transparaître son agacement en répondant à Marco. A l'autre bout du fil, celui-ci, toujours aussi impatient, lui demandait combien de temps il mettrait pour résoudre le problème.

Encore sous le choc et inquiète quant à la suite des événements — pourrait-elle revoir cet homme si elle refusait de le suivre ce soir ? —, Pippa remarqua qu'il était en train de batailler avec les chiffres d'une formule trigonométrique qu'il venait de griffonner au dos d'un prospectus.

— Vous avez fait une erreur ici, murmura-t-elle en se rapprochant de lui.

Andreo se figea.

— Vraiment ? fit-il d'un ton incrédule.

Sans mot dire, Pippa lui prit le stylo des mains et, à la vitesse de l'éclair, entreprit de résoudre l'équation tout en lui expliquant succinctement pourquoi il s'était trompé dans ses calculs.

Andreo inspira puis expira très lentement. En toute objectivité, il était meilleur que quatre-vingt-dix-neuf pour cent des gens en maths : il venait donc de rencontrer le « pour cent » manquant sous les traits — qui l'eût cru ? — d'une sublime jeune femme rousse. Avait-elle raison, ne put-il s'empêcher de se demander. Etait-il vraiment un sale macho sexiste ?

— Andreo ! dit Marco à l'autre bout du fil. J'ignore qui elle est, mais une chose est sûre : c'est une crack en maths ! Ça change des écervelées que tu choisis d'habitude. Surtout, n'oublie pas de lui demander son numéro de téléphone, ça peut toujours être utile !

Au moment où il coupait son portable, Andreo aperçut deux de ses collaborateurs à l'entrée de la salle de conférences. Les deux hommes désiraient visiblement qu'il rejoigne le reste de la troupe, mais ils hésitaient à venir le déranger alors qu'il n'était pas seul. D'un geste ferme, Andreo entraîna Pippa au bout du bar, à l'abri des regards indiscrets.

— Nous allons regagner la salle de conférences chacun de notre côté, expliqua-t-il sur le ton de la conspiration. Nous ferons acte de présence une quinzaine de minutes.

Il parlait tout en admirant son ravissant visage, émerveillé par tant de beauté. L'idée de devoir la quitter, fût-ce pour un bref moment, lui répugnait.

— Je ne veux en aucun cas vous perdre de vue, *cara*. Je n'ai aucune envie que vous m'échappiez…

Pippa laissa échapper un petit rire nerveux, peu habituée à attirer ainsi la convoitise masculine. Soudain, Andreo la saisit par les bras et la poussa sans ménagement vers la cabine de téléphone qui se trouvait derrière elle.

— Que… que faites-vous ? bredouilla-t-elle, interdite.

— Qu'aimeriez-vous que je fasse, dites-moi ?

Plaquée contre le grand corps musclé d'Andreo, Pippa se perdit dans la profondeur de son regard chargé de sensuelles promesses. Les battements de son cœur se précipitèrent tandis que sa poitrine s'écrasait contre le torse puissant. Un flot de sang envahit son visage. C'était comme si son corps lui échappait, électrisé par une onde de désir d'une intensité inouïe.

— Philly…

Cédant aux sensations de plus en plus pressantes qui la consumaient, Pippa noua ses mains sur la nuque d'Andreo et s'arqua contre lui. Murmurant quelques mots d'italien, ce dernier accepta l'invitation avec fougue.

C'était la première fois que Pippa goûtait avec délice au plaisir des sens et elle savoura chaque instant de cet intermède magique. La bouche d'Andreo captura la sienne. D'abord douce et légère, presque aérienne, elle se fit rapidement plus exigeante. Sa langue franchit bientôt le barrage de ses lèvres et un violent frisson parcourut Pippa sous la caresse langoureuse. C'était comme si son corps sortait d'un long sommeil : vibrant de désir, il réclamait d'autres caresses, d'autres baisers qu'il devinait sans les avoir jamais connus.

Au prix d'un effort surhumain, Andreo mit un terme à leur étreinte et s'écarta d'un pas, craignant de ne pas pouvoir résister à l'appel de ses sens s'il n'installait pas entre eux une distance physique. Assombri par le désir, son regard s'attarda sur le visage de Pippa, légèrement hagard, et sur le doux renflement de ses lèvres charnues.

— Dix minutes… Et faites en sorte de rester dans mon champ de vision, murmura-t-il d'une voix sourde. Puis nous partirons ensemble.

Clignant des yeux comme quelqu'un qui reprend conscience après s'être évanoui, Pippa se laissa entraîner en direction de la salle de conférences. Là, les petits groupes de convives qui conversaient avec animation s'écartèrent sur leur passage comme par enchantement.

Finalement, Andreo s'immobilisa devant une table libre, nichée dans un coin de la pièce, puis il héla un serveur qui passait à quelques pas et lui commanda quelque chose à boire.

— Attendez-moi là, *cara mia*, ordonna-t-il ensuite à voix basse. Je ne veux surtout pas vous perdre.

— Valez-vous la peine que je vous attende sagement ? répliqua Pippa, d'humeur taquine.

— Ne riez pas. Je suis très sérieux.

Elle vit dans son regard qu'il ne plaisantait pas, en effet. Il avait envie d'elle et, de toute évidence, le désir qui le tenaillait le mettait à la torture. Son téléphone portable sonna de nouveau : la même chanson que tout à l'heure, reconnaissable entre mille. Un soupir échappa à Andreo.

— Pouvez-vous répondre à mon frère pendant que je prends congé de mes collaborateurs ? Il parle couramment anglais, ne vous inquiétez pas.

Touchée par ce qu'elle considérait comme une marque de confiance, Pippa prit le téléphone. Tout en sirotant son verre d'eau, elle aida Marco à terminer ses devoirs de mathématiques. De temps en temps, son regard cherchait celui d'Andreo, posté de l'autre côté de la salle. Et chaque fois qu'elle le voyait se tourner dans sa direction, chaque fois qu'elle sentait peser sur elle son regard perçant, sa bouche s'asséchait et son cœur s'emballait. Il était entouré des cadres supérieurs de Venstar. Le petit homme rondouillard qu'elle avait identifié un moment plus tôt comme étant le nouveau dirigeant de l'entreprise, Andreo d'Alessio, se tenait également à son côté. Perdue dans la foule, elle ne prêtait attention qu'à un seul homme : Andreo.

Ces émotions qui l'assaillaient, ces sensations qui l'enivraient, tout était tellement nouveau pour elle ! Elle avait l'impression de vivre un conte de fées… Car se pouvait-il qu'un homme comme lui, un homme si séduisant, si… parfait, s'intéresse réellement à elle ?

Mille petits frissons lui parcoururent l'échine au souvenir du baiser qu'ils avaient échangé quelques minutes plus tôt. Elle s'était abandonnée sans pudeur aux caresses de ses lèvres audacieuses, elle avait même attisé le désir qui couvait entre eux en s'arquant contre son corps vigoureux, totalement offerte.

Tandis qu'elle contemplait l'objet de ses pensées, un sourire rêveur aux lèvres, ce dernier se tourna brusquement vers elle, comme guidé par un sixième sens. Le sourire qu'il lui adressa, lourd de sous-entendus, la fit chavirer.

— Pourriez-vous me laisser votre numéro de téléphone ? demanda Marco d'une voix enjôleuse. Vous êtes drôlement plus douée qu'Andreo pour expliquer ce genre de truc…

Nonchalamment appuyée contre la table, son beau visage diaphane auréolé par sa splendide chevelure rousse, sa silhouette longiligne, tout en jambes, sobrement mise en valeur par la robe de soie turquoise, Pippa attirait de nombreux regards. Mais aucun homme présent dans la salle n'aurait osé l'aborder, dissuadé par les regards possessifs dont l'enveloppait Andreo d'Alessio ainsi que par le sourire entendu, un tantinet provocant, qu'il arborait chaque fois qu'il la cherchait des yeux.

Pippa venait à peine de raccrocher lorsque Andreo la rejoignit. Sans mot dire, il la prit par la main et l'entraîna vers la sortie d'un pas assuré. Des murmures parcoururent l'assistance, mais elle n'en avait cure. Sans ses boucles folles, ses lunettes et son tailleur gris, il y avait de grandes chances pour qu'aucun de ses collègues ne l'ait reconnue…

Lorsque les portes de l'ascenseur se refermèrent sur eux, elle s'adossa à la paroi métallique.

— Vous ne m'avez toujours pas dit ce qui vous fait croire qu'Andreo d'Alessio se comporte comme un misogyne de la pire espèce, dit Andreo.

Elle secoua la tête.

— Je croyais que vous aviez oublié cette histoire…

— Je n'oublie jamais rien.

— Eh bien, faites un effort. Mes paroles ont dépassé ma pensée.

— Allez, vous pouvez me faire confiance, je ne répéterai rien.

— Mon petit doigt m'a dit que votre homonyme…

— Mon homonyme ? Le petit homme rond qui vous fait penser à un nain de jardin, c'est ça ?

Rassurée par son ton goguenard, Pippa acquiesça d'un signe de tête.

— Lui-même, oui. Eh bien, le bruit court que le *big boss* n'offre des promotions qu'aux jolies jeunes femmes, si vous voyez ce que je veux dire.

— C'est faux ! protesta Andreo.

Pippa ne put qu'apprécier la loyauté qu'il témoignait à l'égard de son patron. Impatiente de changer de sujet, elle murmura :

— Vous avez sans doute raison…

— Je suis *sûr* d'avoir raison, déclara Andreo avec force.

Pippa réprima de justesse un sourire. Il semblait si sûr de lui qu'il en était touchant. Tout à coup, il la saisit par les mains et l'attira contre lui.

— J'aime vous sentir tout près de moi, *carissima*…

Elle se laissa aller contre lui, grisée par le contact de son corps chaud et vigoureux.

— Moi aussi… je veux dire, j'aime être tout près de vous.

Avec un petit rire rauque, Andreo glissa les doigts dans son épaisse chevelure et, emprisonnant sa nuque, la força à rejeter la tête en arrière. Un désir brut, presque primitif, assombrissait les prunelles turquoise de la jeune femme. Incapable de se contenir plus longtemps, il captura sa bouche dans un baiser fiévreux qui les laissa tous deux pantelants de désir.

L'ascenseur s'immobilisa, les portes coulissèrent sans bruit. En proie à un délicieux vertige, Pippa suivit docilement son compagnon jusqu'à une double porte qu'il ouvrit à l'aide d'une carte magnétique. L'instant d'après, ils pénétraient dans une magnifique suite.

Pippa retint son souffle. Eperdue de désir, grisée par les sensations inédites que cet homme avait fait naître en elle, elle l'avait suivi sans même se poser de question sur leur destination… Et, à présent, elle se trouvait dans sa chambre d'hôtel.

— Croyez-vous vraiment que je vais passer la nuit avec vous ? demanda-t-elle, partagée entre la stupeur et la contrariété.

3

Andreo soutint son regard.

— La décision vous appartient.

A son grand désarroi, Pippa sentit de nouveau ses joues s'empourprer. Bien sûr que la décision lui appartenait ! Cela faisait un bon demi-siècle que les femmes avaient cessé de courber l'échine devant leurs compagnons ! Irritée par sa propre naïveté, elle se dirigea vers la baie vitrée qui offrait une vue spectaculaire du quartier des affaires londonien. Elle devait lui paraître bien timorée… une parfaite petite idiote… une jeune vierge effarouchée qui se retrouve, par mégarde, seule dans une chambre d'hôtel en compagnie d'un homme qui ne lui a jamais caché ses intentions… Soudain, Pippa se sentit pâlir. Des souvenirs douloureux profitèrent de son trouble pour resurgir : elle se revit à dix-sept ans, amoureuse d'un garçon qui l'avait humiliée peu de temps après leur rencontre. Depuis cette mésaventure, sa fierté blessée était devenue son arme la plus sûre.

Certes, le temps avait passé, mais Pippa n'avait pas oublié la cuisante leçon. Méfiante, elle avait pris soin de garder ses distances avec les hommes. A vrai dire, ça n'avait pas été trop difficile : elle travaillait comme un forçat et passait le plus clair de son temps libre à s'occuper de son père, cloué dans son fauteuil roulant. Et puis, qui se serait intéressé à une « grande perche » dans son genre, comme se plaisait à le lui rappeler ce dernier, avec tout le tact qui le caractérisait ?

Mais, pour la première fois, Pippa balaya ces tristes souvenirs sans difficulté. Andreo la trouvait à son goût, lui. Glissant un coup d'œil furtif dans sa direction, elle rencontra son regard. Sa gorge se noua. Dieu qu'il était séduisant !

Andreo la contemplait en silence. Ainsi immobile, elle ressemblait à une statue de marbre. Elle avait baissé les yeux et ses longs cils caressaient le haut de ses pommettes diaphanes. En cet instant précis, elle dégageait une impression de vulnérabilité et de fragilité qui le toucha profondément. Il la sentait hésitante et, au risque de la perdre, il déclara d'une voix sourde :

— Je ferais peut-être mieux de vous ramener chez vous.

Il la vit se raidir et, emporté dans son élan, posa la question qui le tenaillait depuis quelques minutes :

— Y a-t-il quelqu'un dans votre vie ?

— Non, murmura-t-elle dans un soupir. Et vous ?

— Non plus.

La sculpturale jeune femme blonde qui partageait son lit depuis quelque temps était partie faire des photos au Mexique. Pour Andreo, leur liaison avait pris fin dès l'instant où il avait posé les yeux sur Pippa.

L'atmosphère se chargea d'électricité.

— Jamais encore je n'ai désiré une femme autant que vous, *bella mia*, confessa-t-il.

— J'ai très envie de rester, avoua-t-elle à son tour.

— Vous ne le regretterez pas.

A ces mots, le cœur de Pippa s'emballa tandis qu'un doux vertige s'emparait d'elle. Andreo était sans conteste l'homme le plus séduisant qu'elle ait jamais rencontré. Lorsque son regard noir, irisé de reflets ambrés, se posait sur elle, un véritable miracle se produisait : elle se sentait belle, oui, belle et attirante… Elle se sentait femme, en somme.

Ses jambes vacillèrent légèrement lorsqu'elle s'approcha de lui. Et ce fut d'une main tremblante qu'elle entreprit de dénouer sa cravate qui, hélas, refusa de coopérer.

Andreo vint à son secours. D'un geste habile, il se débarrassa de l'accessoire récalcitrant et, emprisonnant les mains de Pippa dans les siennes, il l'attira contre lui, enfouit les doigts dans la masse soyeuse de ses cheveux et réclama ses lèvres dans un baiser passionné. Elle répondit avec bonheur aux caresses audacieuses de sa bouche, accrochée à ses larges épaules.

Dans un soupir, il s'arracha à ses lèvres et la souleva dans ses bras.

— Je ne suis pas trop lourde ? chuchota-t-elle en se laissant aller contre son torse puissant.

Une certitude troublante, inexplicable, avait germé dans son esprit : Andreo était l'homme de sa vie, celui qu'elle attendait inconsciemment depuis longtemps, l'homme qu'elle aimerait éperdument… et qui l'aimerait en retour avec la même ferveur. Et, s'il ne l'aimait qu'un tout petit peu, elle saurait s'en contenter, songea-t-elle confusément.

— Vous êtes légère comme une plume, *cara mia,* fit Andreo en poussant la porte d'une élégante chambre de style contemporain.

Là, il relâcha délicatement son étreinte. Pippa avait perdu une chaussure en chemin et elle s'empressa d'ôter l'autre. Reculant d'un pas, Andreo commença à déboutonner sa chemise. Les yeux agrandis de surprise et d'émerveillement, elle le contemplait sans mot dire. Le vêtement ne tarda pas à glisser au sol, révélant un torse cuivré, puissamment musclé. Une discrète toison brune courait entre ses pectoraux parfaitement dessinés. Devant cet affolant spectacle, elle sentit son ventre se liquéfier. Elle recula d'un pas, heurta le lit et, chancelante, se laissa tomber sur l'épais matelas.

Un sourire suave joua sur les lèvres d'Andreo.

— Vous auriez préféré me déshabiller vous-même ? demanda-t-il d'un ton taquin.

Pippa déglutit péniblement.

— Je… non… je ne suis pas très adroite pour ce genre d'exercice, balbutia-t-elle.

— Vous pourrez toujours vous entraîner sur moi, *cara,* suggéra Andreo, attendri par sa maladresse.

— Est-ce une invitation ? répliqua Pippa en s'efforçant de se mettre au diapason de son humeur espiègle.

— Oui… et c'est quand vous voulez, murmura-t-il en s'approchant d'elle d'un pas félin, comme un tigre fond sur sa proie.

Posté devant elle, il la prit par les mains et l'aida à se relever. Pippa tressaillit. Il était à demi dévêtu, et l'odeur épicée de son eau de toilette l'enveloppa comme une caresse. Débarrassée de ses talons, elle le trouva soudain très grand, terriblement imposant.

— *Santo cielo,* on dirait que vous avez légèrement rapetissé, plaisanta-t-il. Promettez-moi de porter des talons chaque fois que nous sortirons ensemble. Je trouve ça terriblement excitant de vous voir dominer tous ces hommes…

— Vraiment ?

— *Si.* Vous aviez l'air d'une reine inaccessible… J'ai adoré, conclut-il en passant les mains dans son dos pour lui ôter sa robe.

— On ne pourrait pas éteindre la lumière ? murmura Pippa, tétanisée à l'idée de se retrouver nue devant lui.

Andreo partit d'un éclat de rire.

— Vous plaisantez, j'espère, *bella mia !*

Elle esquissa un sourire embarrassé.

— Si vous le dites…

Il souleva légèrement les fines bretelles de sa robe et les fit glisser le long de ses bras frissonnants. La soie turquoise s'écrasa sur l'épaisse moquette dans un bruissement délicat. Les yeux rivés aux siens, il prit son visage en coupe.

— Vous êtes magnifique…

Pippa ferma les yeux, étourdie par l'admiration qui voilait son regard sombre, légèrement ambré. Ne la trouvait-il pas trop mince, trop plate ?

Lorsqu'il l'entraîna avec lui sur le lit, elle gémit puis frémit au contact de ses cuisses musclées qui l'enlaçaient dans une étreinte sensuelle. Andreo reprit ses lèvres et cette fois, il l'embrassa avec une lenteur délibérée, comme pour attiser le feu qui couvait en eux.

— Magnifique et sexy…, murmura-t-il en promenant ses longs doigts sur sa peau.

Pippa ouvrit les yeux, interloquée.

— Sexy ?

— Oui… Infiniment sexy…, répondit Andreo.

Tout lui plaisait chez elle, tout éveillait en lui une faim primitive, parfaitement incontrôlable : les chauds reflets de sa chevelure, douce comme la soie, ses yeux bleu vif, son sourire éblouissant, sa silhouette déliée et cette espèce de fragilité qui émanait d'elle et qui lui donnait envie de la protéger, de la couvrir de mille et une attentions.

Hypnotisée par l'intensité de son regard, Pippa ne s'aperçut même pas qu'il l'avait débarrassée de son soutien-gorge.

— Vous le pensez vraiment ?

Andreo retint son souffle en apercevant ses seins semblables à deux petits globes d'albâtre, parfaitement ronds et lisses. Durcis par le désir, ses tétons pointaient fièrement. Soudain, la jeune femme porta les mains à sa poitrine dénudée.

— La lumière…, implora-t-elle d'une voix tremblante.

— J'aime votre corps…

Les joues empourprées, Pippa se glissa fébrilement entre les draps, pressée d'échapper à son regard perçant. Andreo fronça les sourcils, visiblement décontenancé par sa soudaine pudeur.

— Je… puis-je avoir quelque chose à boire ? balbutia-t-elle pour gagner du temps.

Il se dirigea aussitôt vers le minibar d'où il sortit une bouteille d'eau minérale. Une main crispée sur le drap, Pippa accepta le verre qu'il lui apporta quelques instants plus tard.

— Vous me trouvez sans doute un peu bizarre, n'est-ce pas ?

— Pourquoi dites-vous ça ?

Appuyé contre la table de chevet, il but à la bouteille une grande gorgée d'eau avant de reporter son attention sur elle. Le silence s'étira. En proie à un malaise grandissant, Pippa se redressa tout en prenant soin de ne pas se dévoiler.

— J'ai quelque chose à vous dire…

Le visage d'Andreo s'assombrit.

— Laissez vos amants où ils sont. Je n'ai aucune envie d'en entendre parler.

— Oh ! il ne s'agit pas de ça… Pas du tout, justement. En fait, je…

Elle s'interrompit et prit une inspiration avant de se jeter à l'eau.

— Je voulais simplement vous prévenir que je n'ai pas beaucoup d'expérience dans ce domaine.

Andreo réprima de justesse un sourire indulgent. Sa confession était touchante et il eût été indélicat de sa part de souligner qu'il s'en était déjà aperçu. Toujours est-il que cela ne le dérangeait pas le moins du monde. Au contraire.

— En fait…

Pippa hésita de nouveau et se mordit nerveusement la lèvre inférieure avant de reprendre d'une voix si basse qu'il fut obligé de se pencher vers elle pour l'entendre.

— Pour être tout à fait franche… je n'ai même jamais fait ça du tout…

Andreo fronça les sourcils.

— Redites-moi ça.

— Jamais de la vie, murmura-t-elle.

— Ce que vous essayez de me dire, c'est que vous n'avez jamais passé la nuit avec un homme que vous veniez tout juste de rencontrer, c'est ça ?

— Oui, mais pas seulement. Vous comprenez, je ne… je n'ai encore jamais couché avec un homme… je suis, enfin, vous savez… je suis vierge, conclut Pippa en forçant son courage pour ne pas baisser les yeux.

— Pardon ?

Un mélange de stupéfaction et d'incrédulité s'inscrivit sur le visage de son compagnon.

— Ai-je bien entendu ?

Mortifiée, Pippa hocha la tête en rougissant comme une écolière. A la vérité, elle ne s'attendait pas à une telle réaction.

Andreo était frappé de stupeur. Vierge… La sublime créature assise dans son lit était encore pure et innocente, telle une madone échappée d'un tableau médiéval. Bouleversé par sa confession et son embarras manifeste, il alla s'asseoir à côté d'elle.

— Ce n'est pas un souci, murmura-t-il enfin en l'attirant dans ses bras avec davantage de précautions.

« Non, ce n'est pas un souci, se répéta-t-il *in petto.* Pourquoi en serait-ce un, d'ailleurs ? »

— C'est vrai ? demanda-t-elle d'une petite voix.

Andreo hocha la tête. Puis, effleurant ses cheveux d'une caresse aérienne, il reprit :

— Simplement, il me semble que vous devriez peut-être y réfléchir un peu avant de…

— Non, c'est inutile.

Tout en prononçant ces mots d'un ton catégorique, Pippa referma les bras autour de lui. Elle eut soudain envie de crier qu'elle avait passé sa vie à ça, justement… Réfléchir, réfléchir, toujours réfléchir au lieu d'agir ! Le contact de leurs peaux précipita les battements de son cœur. Parcourue d'un long frisson, elle plongea dans son regard d'encre, prête à s'abandonner totalement au désir qui la consumait.

— Pourquoi moi ? murmura Andreo en posant ses lèvres sur la courbe délicate de son épaule.

Grisé par le parfum vanillé de sa peau, il sema quelques baisers légers jusqu'à l'endroit où son pouls battait à coups redoublés.

Le souffle court, Pippa enfouit son visage dans les épais cheveux bruns de son compagnon. Ses pensées se faisaient confuses, son corps s'embrasait. Plus rien ne comptait que le désir qui les enveloppait tous les deux, exquis et irrésistible.

— Je ne sais pas…

— Si, vous le savez forcément, objecta Andreo entre deux baisers.

Il avait raison, songea-t-elle confusément. Jamais encore elle n'avait désiré quelqu'un ou quelque chose avec une telle force. L'attirance qu'elle éprouvait pour lui relevait d'un désir fondamental, purement instinctif.

Tout doucement, Andreo écarta le drap qui couvrait sa poitrine et se délecta du charmant spectacle qui s'offrait à lui : semblables à deux perles roses, ses tétons se dressaient vers lui, délicieusement tentateurs. N'y tenant plus, il les titilla du bout des doigts avant de les capturer tour à tour entre ses lèvres avides.

Lorsque sa langue s'enroula lascivement autour du premier téton, Pippa se blottit contre lui en gémissant. Jamais encore elle n'avait éprouvé de sensations aussi intenses… Ses doigts plongèrent avec délice dans les cheveux d'Andreo l'implorant en silence de continuer. La bouche de ce dernier se fit plus exigeante, plus pressante, ses caresses plus érotiques encore. Soudain, il se redressa et la serra tout contre lui, le regard voilé d'un désir fiévreux. Electrisée par ses baisers, Pippa promena ses mains le long de ses bras puis sur ses épaules avant de s'aventurer dans son dos puissamment musclé.

— Vous ne le regretterez pas, *cara,* je vous le promets, déclara-t-il avec ferveur avant de la relâcher.

Il se leva d'un bond et ôta son pantalon. Les lèvres légèrement entrouvertes, Pippa l'observa avec émerveillement. Depuis son torse vigoureux jusqu'à son ventre plat et lisse en passant par ses hanches étroites et ses jambes longues, magnifiquement dessinées, son corps était l'archétype de la virilité. Son caleçon dissimulait mal la preuve du désir qui le consumait. Avec désinvolture, il s'en débarrassa et les yeux de Pippa s'arrondirent tandis qu'elle rougissait de plus belle. Assaillie par un tumulte d'émotions, elle baissa vivement la tête.

Andreo rabattit le drap sous lequel elle s'était réfugiée. Leurs regards se nouèrent et l'envie de se blottir contre lui, de sentir sa peau sur la sienne la submergea soudain. De nouveau, son corps avide de plaisir lui échappait.

— Vous êtes vierge, d'accord, mais… complètement ? murmura-t-il en l'attirant dans ses bras.

— Sur une échelle de un à dix, disons que je me positionne à peine en dessous de dix, j'imagine, chuchota-t-elle avec un petit sourire gêné.

— Votre peau est aussi blanche que de la porcelaine.

Andreo caressa de nouveau ses petits seins haut perchés. Très vite, ses lèvres remplacèrent ses mains.

— *Cara mia*… Vous êtes tellement sensible, tellement délicate. J'adore ça…

Incapable de rester immobile sous les sensuels assauts de sa langue, Pippa s'arc-bouta fiévreusement, impatiente de pénétrer plus avant le monde de volupté dont Andreo lui ouvrait les portes.

— Embrassez-moi…

Il savoura ses lèvres à la manière d'un fruit mûr, mêla sa langue à la sienne et laissa échapper un rire rauque lorsqu'elle voulut l'attirer sur elle.

Pippa entrouvrit les paupières, surprise.

— Un peu de patience, ordonna-t-il en glissant une main sous ses fesses pour lui retirer son slip de soie. Nous avons toute la nuit, *bella mia*.

Ses hanches ondulèrent sensuellement sous le drap comme elle tentait de maîtriser le feu qui couvait dans son ventre. Chaque partie de son corps était devenue ultrasensible : ses tétons, encore humides des caresses éminemment érotiques qu'Andreo leur avait prodiguées, ses lèvres frémissantes et l'intérieur de ses cuisses, moite et palpitant. N'y tenant plus, elle se plaqua contre lui et gémit au contact de son grand corps souple, de sa peau douce et chaude, de sa virilité exacerbée par le désir.

Les yeux étincelants, Andreo s'écarta vivement. Un muscle tressauta sur sa joue.

— J'aimerais que cette nuit soit exceptionnelle.

Sourde à son avertissement, Pippa se redressa et posa ses lèvres sur l'épaule ferme de son compagnon. Comme mues par une volonté propre, elles glissèrent jusqu'à son torse et s'y attardèrent quelques instants, un peu timides mais gagnant de l'assurance au fil des secondes. Lorsqu'elle entreprit d'enrouler sa langue autour d'un téton brun, Andreo l'attrapa par les cheveux et l'obligea à se redresser.

— Comme ça, mademoiselle n'en fait qu'à sa tête, murmura-t-il d'une voix rauque.

Cet homme possédait un sang-froid absolument inébranlable… mais il était beau comme un dieu, songea Pippa confusément. Elle ne pouvait s'empêcher d'admirer les épais cheveux noirs qu'elle avait ébouriffés, les yeux perçants, les pommettes hautes, le nez droit et cette bouche aux lèvres fermes et volontaires, tellement sensuelle… Une nouvelle vague de désir l'emporta.

— Si je comprends bien, je suis censée m'allonger et me laisser faire sagement en pensant à…

— A moi, coupa Andreo. A moi et à personne d'autre.

Sans lui laisser le temps de répliquer, il l'embrassa de nouveau tandis que ses mains parcouraient les courbes délicates de son corps délié. Hors d'haleine, Pippa sombra avec bonheur dans un abîme de plaisir. Andreo avait vu juste : elle ne pensait à rien d'autre qu'à lui et aux sensations incroyables qui déferlaient en elle. Et, lorsque ses doigts effleurèrent le triangle humide qui couronnait ses cuisses, elle laissa échapper un long gémissement.

— Oh oui, s'il vous plaît… !

Les doigts d'Andreo s'aventurèrent dans la chaleur moite de sa féminité, ouvrant délicatement le passage à ses caresses expertes, titillant, effleurant jusqu'à ce qu'elle ait l'impression de se liquéfier. C'était une torture délicieuse, la plus exquise qu'elle ait jamais connue. Alors qu'elle croyait atteindre le sommet de l'extase, Andreo en repoussait chaque fois les limites, l'entraînant toujours plus haut, toujours plus loin, dans un univers de sensations intenses, vertigineuses.

— J'ai trop envie de vous, murmura-t-il en la repoussant sur le lit en même temps qu'il s'allongeait sur elle.

Tout à coup, elle le sentit en elle, dur et conquérant. Sous le coup d'une douleur aussi vive qu'éphémère, elle ouvrit de grands yeux stupéfaits.

Andreo se figea lorsqu'une faible plainte s'échappa de ses lèvres.

— Voulez-vous que j'arrête ?

— Non…

Il la possédait, et elle n'avait pas envie qu'il l'abandonne. Elle ferma les yeux, pressée que la douleur s'atténue pour pouvoir savourer pleinement cette intrusion tellement virile, tellement érotique…

— Vous êtes sûre ? insista-t-il. Je ne veux surtout pas vous faire de mal.

Pippa esquissa un sourire attendri tandis qu'une évidence s'imposait à elle, stupéfiante : s'il continuait à se montrer aussi attentionné, elle tomberait forcément amoureuse de lui… Si ce n'était pas déjà fait.

— Oui, j'en suis sûre…, assura-t-elle d'une voix tremblante.

— *Amore…*

Il déposa un baiser sur son front moite.

— J'ai très envie de vous, moi aussi, confessa-t-elle avec une moue enfantine.

Comme pour prouver qu'elle ne mentait pas, elle plaqua ses hanches contre les siennes dans une langoureuse invitation.

Andreo la pénétra plus profondément. Cette fois, Pippa s'arqua contre lui en soupirant de plaisir, emportée par un tourbillon de volupté. La brûlure qu'elle avait ressentie quelques minutes plus tôt avait cédé la place à une excitation diffuse. Le cœur battant la chamade, elle s'accrocha aux épaules d'Andreo tandis qu'il l'entraînait toujours plus haut, vers les cimes d'un plaisir dont elle n'avait jamais soupçonné l'existence. Et, lorsqu'ils en atteignirent ensemble le sommet, elle trembla violemment et Andreo émit un long gémissement. Elle le serra dans ses bras, envahie d'une étrange fierté, le cœur empli d'allégresse. Elle avait pris un plaisir immense à lui offrir sa virginité et n'éprouvait pas l'ombre d'un regret.

Gagnée par une douce torpeur, elle s'assoupit sans même s'en apercevoir. Au bout de quelques minutes, Andreo la secoua gentiment.

— Il n'est que minuit, déclara-t-il d'un ton faussement réprobateur. Ne me dites pas que vous êtes déjà fatiguée…

Pippa se lova contre lui en rougissant. Sans doute était-ce l'effet de l'alcool qu'elle avait bu chez son amie alors qu'elle n'en consommait jamais d'habitude.

— Désolée…

Andreo la repoussa contre les oreillers et écarta les mèches rebelles qui lui masquaient le visage.

— Je viens de vivre un moment merveilleux dans vos bras, Philly, mais je dois vous avouer quelque chose…

Devant la gravité qui voilait son beau visage, Pippa sentit son cœur chavirer.

— Vous êtes marié, c'est ça ?

— *Dio mio…*

L'expression contrariée d'Andreo balaya ses craintes… momentanément du moins. Car, déjà, une autre question s'échappait de ses lèvres :

— Vous avez une petite amie…

— Je suis résolument monogame, affirma-t-il.

— Alors qu'y a-t-il ?

Il esquissa une grimace.

— Le préservatif a craqué. Un excès d'enthousiasme de ma part, sans doute… Je préférais malgré tout vous prévenir.

Pippa se figea.

— Le… euh… il a *craqué ?*

Andreo se chargea de lui expliquer ce qui s'était passé par des formules imagées qui la firent rougir d'embarras.

— Je suis en bonne santé, conclut-il d'un ton pragmatique. Vous n'avez aucun souci à vous faire de ce côté-là. J'ai toujours pris mes précautions. En revanche, la possibilité que vous tombiez enceinte n'est pas à exclure…

Ce petit mot-là, « enceinte », lui fit l'effet d'une gifle. Un rire nerveux s'échappa de ses lèvres. Non, Andreo dramatisait, c'était tout simplement impossible.

— Il n'y a rien à craindre, affirma-t-elle avec une assurance forcée. Ce n'est pas si facile que ça de faire un bébé. De plus en plus de couples rencontrent des problèmes de stérilité, vous savez.

Devant l'air dubitatif de son compagnon, elle demanda d'un ton léger, pressée de changer de sujet :

— Vous aimez les enfants ?

— J'ai quatre sœurs et frère… à votre avis ?

Il avait éludé sa question, mais Pippa préféra ne pas insister de peur qu'il l'interroge à son tour. Elle n'avait que dix ans lorsqu'elle avait décidé qu'elle n'aurait pas d'enfant. C'était un sujet sensible pour elle car il réveillait forcément les souvenirs de sa propre enfance — une enfance pas très heureuse, marquée par un père dominateur et exigeant.

Et elle, aimait-elle les enfants ? La question surgit dans l'esprit d'Andreo qui tenta de trouver une réponse sur le beau visage de la jeune femme. Visiblement épuisée, celle-ci s'était rendormie. Il se souvint de la patience qu'elle avait témoignée à l'égard de son jeune frère et un sourire étira ses lèvres. Elle adorait les enfants, il en aurait mis sa main à couper.

La sonnerie de son téléphone portable réveilla brusquement Pippa qui ouvrit péniblement les yeux. Une douleur lancinante martelait ses tempes et elle se sentait fourbue, comme après une séance de sport intense. Elle chercha à tâtons l'appareil posé sur la table de chevet.

— Allô !

— Avez-vous bien dormi, *bella mia ?* demanda une voix caressante à l'autre bout du fil.

Au même instant, Pippa se rendit compte qu'elle se trouvait dans une chambre d'hôtel vaguement familière… Et complètement nue.

— Pardon ? balbutia-t-elle.

— J'ai commandé un petit déjeuner pour vous, poursuivit Andreo. Il vous attend dans la pièce voisine.

Les yeux de Pippa s'arrondirent de surprise.

— Je croyais que… que j'avais rêvé la nuit passée, confessa-t-elle d'une voix mal assurée.

— Vos rêves sont-ils toujours aussi excitants ? plaisanta-t-il.

Andreo ne put retenir un sourire, tout en ignorant délibérément les signes de ses collaborateurs qui l'invitaient à se diriger vers la salle de réunion.

— Mais enfin… quelle heure est-il ?

— Il est 9 h 30, chère marmotte… pas de panique, c'est avec grand plaisir que je vous accorde un jour de congé.

Andreo esquissa un sourire rêveur tandis que l'image de la jeune femme se dessinait dans son esprit, telle qu'il l'avait vue avant de partir : cheveux emmêlés, joues rosies, belle à croquer, même dans son sommeil.

— 9 h 30 ? s'écria Pippa, incrédule. Un jour de congé ? Vous plaisantez, j'espère !

— Je vous invite à dîner ce soir et j'aimerais vous trouver fraîche et dispose.

Pippa secoua la tête, décontenancée.

— Andreo… j'apprécie votre sollicitude, mais je ne suis pas du genre à m'accorder des jours de congé simplement parce que je suis fatiguée…

— Aujourd'hui sera donc l'exception qui confirme la règle,

cara, insista-t-il en adressant un geste impatient aux cadres qui l'attendaient dans le couloir.

— Pourquoi devrais-je vous obéir ?

— Pourquoi ? répéta-t-il, un instant désarçonné. Pour me faire plaisir, quelle question !

Le cerveau en ébullition, Pippa leva les yeux au ciel. Faire plaisir à un homme ne faisait pas partie de ses priorités, c'était clair. Sauf quand cet homme était grand, brun, infiniment séduisant, terriblement sûr de lui… et qu'elle éprouvait pour lui des sentiments troublants, bien plus forts qu'une simple attirance physique.

— Ecoutez, je vais devoir vous quitter, dit encore Andreo. Mais j'aurai une surprise pour vous ce soir. Je crois qu'elle vous plaira. Laissez-moi votre adresse pour que je puisse venir vous chercher.

Quand elle eut raccroché, Pippa fixa l'appareil d'un air hébété. Une surprise… Quel genre de surprise pouvait-il bien lui réserver ? Dans l'immédiat en tout cas, elle n'avait pas une seconde à perdre : il était hors de question qu'elle n'aille pas au bureau le jour où Cheryl allait prendre ses fonctions de directrice du service financier !

Tout à fait réveillée à présent, elle sauta du lit et se précipita dans la salle de bains où elle prit une douche revigorante. Elle n'aurait pas le temps de rentrer chez elle pour se changer, c'était évident. Qu'à cela ne tienne, elle achèterait des vêtements et des chaussures en ville !

Très vite, ses pensées vagabondèrent vers Andreo et les moments inoubliables qu'elle avait vécus entre ses bras. Tout endolori, son corps portait encore l'empreinte de ses caresses. Partagée entre un vague sentiment de honte et une joie presque coupable, elle se rappela les effleurements sensuels, les baisers avides, la fusion à la fois délicate et passionnée de leurs deux corps…

En sortant de la douche, Pippa attrapa une grande serviette moelleuse et surprit son reflet dans le miroir en pied. Un sourire béat flottait sur ses lèvres. « Reprends-toi, enfin ! », s'exhorta-t-elle en plissant le nez. Certes, il était beau comme un dieu, mais ce n'était pas une raison pour perdre la tête… au contraire !

Une fois habillée et coiffée, elle inscrivit son adresse sur le bloc-notes posé près du lit et poussa la porte qui donnait sur l'élégant salon qu'ils n'avaient fait que traverser la veille au soir. Elle s'arrêta net, le souffle coupé. Un somptueux bouquet de roses trônait sur la table basse. Le parfum délicat des boutons rose pâle l'enveloppa lorsqu'elle se pencha pour lire la petite carte adressée à « Philly », posée contre le vase.

Ignorant ce qu'elle prenait au petit déjeuner, Andreo avait visiblement préféré commander un peu de tout… En proie à une vive émotion — jamais personne ne s'était donné autant de mal pour elle ! —, Pippa se tourna vers la table du salon et retint son souffle. C'était un vrai festin qui l'attendait ! Décidément, Andreo était un homme à part, songea-t-elle en se servant un verre de jus d'orange. Perdue dans ses pensées, elle grignota un petit pain au lait. Ces marques d'attention la touchaient profondément. Grâce à lui, elle avait l'impression d'exister enfin !

En proie à une douce euphorie, Pippa entra dans la première boutique de vêtements qu'elle trouva sur le chemin. Elle acheta à la hâte une parure de lingerie, un tailleur-pantalon noir et une paire de ballerines.

A peine une demi-heure plus tard, la tête haute et le sourire aux lèvres, elle poussa la porte de l'immeuble Venstar et se dirigea vers l'ascenseur qui l'emmena rapidement au troisième étage. La salle de réunion était bondée. Elle se glissa discrètement dans le fond, au moment où l'un des dirigeants levait la main en annonçant :

— Andreo d'Alessio, notre nouveau P.-D.G. !

Pippa vit alors Andreo, *son* Andreo, se lever. Il lui sembla encore plus séduisant dans son costume gris perle, impeccablement coupé, assorti d'une chemise de soie bleu nuit et d'une cravate dans les mêmes tons. Son beau visage était empreint de solennité. Aussitôt, une onde de chaleur se répandit dans son ventre. Réprimant à grand-peine le sourire idiot qui menaçait d'étirer ses lèvres, elle se laissa submerger d'un sentiment de fierté ridicule. Oui, c'était *son* Andreo qui s'approchait du pupitre d'un pas décidé et qui, d'un geste autoritaire, fit taire les applaudissements enthousiastes de l'assistance.

Pendant quelques secondes, Pippa crut qu'il s'apprêtait à prendre la parole au nom du nouveau P.-D.G., retenu par une affaire urgente. Mais, lorsque le directeur s'adressa à lui en l'appelant « monsieur d'Alessio », son cœur cogna à grands coups désordonnés dans sa poitrine. Frappée de stupeur, elle le considéra d'un air éperdu, la gorge sèche.

Jonelle, sa collègue, se rapprocha légèrement d'elle.

— Alors, sois honnête… Si Andreo d'Alessio t'offrait une paire de menottes incrustées de diamants, tu te plierais volontiers à ses fantasmes, non ? Tu ne le ferais tout de même pas dormir dans ta baignoire, rassure-moi…

Pippa essaya de rire, mais aucun son ne sortit de ses lèvres.

4

Son Andreo n'était autre que le nouveau P.-D.G. de Venstar, l'homme d'affaires multimillionnaire !

Sous le choc, Pippa écouta distraitement le discours clair et concis dans lequel Andreo exposa ses projets concernant l'avenir de l'entreprise. *Son* Andreo ? Ce n'était pas possible ! Un frisson glacé parcourut son corps. Elle se sentait trahie, blessée une fois encore dans son amour-propre. Pourquoi lui avait-il menti ? Pourquoi lui avait-il laissé croire qu'il n'était qu'un simple employé parmi d'autres au sein de Venstar ?

De l'autre côté de la salle, l'attention d'Andreo fut attirée par l'éclat flamboyant d'une chevelure rousse. Il la reconnut aussitôt, malgré la queue-de-cheval toute simple qui lui donnait des airs d'adolescente et son visage dépourvu de toute trace de maquillage. Sa présence le désarçonna. Ne lui avait-il pas conseillé de prendre un jour de congé ? Un pli barra son front. Pourquoi n'était-elle pas restée à l'hôtel ?

Il eut à peine le temps de croiser son regard : pivotant sur ses talons, elle quitta la pièce à la vitesse de l'éclair. Elle était furieuse, cela ne faisait aucun doute. Mais c'était sa faute : si elle l'avait écouté, si elle était restée sagement à l'hôtel, il lui aurait annoncé la nouvelle tranquillement devant un délicieux repas aux chandelles… Mais, évidemment, elle n'en avait fait qu'à sa tête. Résistant tant bien que mal à l'envie de se lancer à sa poursuite, il reporta son attention sur les membres du personnel qui, déjà, l'assaillaient de questions.

— Excuse-moi, mais j'ai du mal à croire que ton retard d'aujourd'hui n'ait pas été intentionnel, lança Cheryl Long à Pippa lorsque celle-ci rejoignit le service financier. Je n'ai pas pu montrer les chiffres du projet Kelvedon à la direction parce que j'ignorais que tu avais renvoyé le dossier au service des acquisitions. Ton absence m'a causé pas mal de désagréments, crois-moi !

Si ses collègues se renfrognèrent en entendant les reproches injustifiés de Cheryl, Pippa, elle, n'y prêta qu'une attention distraite tant elle était bouleversée par ce qu'elle venait d'apprendre. Devant son silence, Cheryl reprit d'un ton dédaigneux :

— A partir d'aujourd'hui, j'aimerais que tu t'installes à mon ancien bureau.

— Très bien, murmura Pippa en rassemblant ses affaires d'un air absent.

Un sourire satisfait étira les lèvres pourpres de Cheryl qui ajouta d'un ton radouci, presque amical :

— Oh ! j'aurais également besoin d'un exemplaire de la présentation que tu devais faire à l'attention de M. d'Alessio, cet après-midi.

— J'ai bien peur de n'avoir rien préparé, répliqua Pippa.

Le sourire de Cheryl s'évanouit instantanément.

— Tu as bien dû rédiger quelques lignes.

— Non, je n'ai pas eu le temps, déclara Pippa en se gardant de préciser qu'elle aurait passé la journée à préparer cette présentation si on lui avait accordé le poste de directrice.

Sur une œillade assassine, Cheryl tourna les talons et alla se réfugier dans le bureau de Ricky Brownlow.

— La vie va devenir un enfer, prédit Jonelle d'un ton lugubre.

— Je n'aurais jamais cru qu'elle se transformerait en sale petite peste, renchérit une secrétaire. Je veux dire, elle n'était pas la dernière à vouloir s'amuser, avant sa promotion.

— Je n'arrive pas à comprendre pourquoi elle…

Jonelle s'interrompit brusquement, comme si elle venait de se souvenir de la présence de Pippa. Dans le silence gêné qui suivit, celle-ci déposa ses affaires sur son nouveau bureau.

— Alors, comment as-tu trouvé la fiancée d'Andreo d'Alessio hier soir ? demanda une autre employée à l'attention de Jonelle.

— La rousse ? Cette fille était à tomber par terre. Tous les types bavaient sur elle, c'était absolument ignoble, gémit Jonelle. Ça nous laisse assez peu d'espoir à nous autres, pauvres créatures ordinaires…

— Aucun espoir, oui ! renchérit sa collègue en riant. Si tu veux mon avis, ces deux-là forment un couple parfaitement assorti.

— Assorti ? Ils sont grands tous les deux, d'accord, mais ça ne fait pas tout, fit Jonelle en esquissant une moue dépitée.

— Arrête… Il n'a pas arrêté de la couver des yeux, c'était impressionnant. Non, elle l'a bel et bien épinglé et il ne nous reste plus qu'à leur souhaiter bonne chance. Au fait, elle ne te rappelait pas quelqu'un ?

— Pas vraiment, non…

— C'est drôle, son visage me semblait familier. J'ai dû voir des photos d'elle dans un magazine de mode, un truc comme ça.

Au grand soulagement de Pippa, le sujet fut vite abandonné. Personne ne la reconnaîtrait, elle pouvait être tranquille, songea-t-elle en se plongeant dans les dossiers qu'elle avait elle-même confiés à Cheryl la semaine précédente. La tâche s'avéra nettement au-dessous de ses compétences et, bientôt désœuvrée, elle ne put s'empêcher de ressasser sa mésaventure.

Quelle cuisante humiliation, vraiment ! Andreo l'avait trompée de la manière la plus cruelle, la plus méprisable qui soit ! Il lui avait menti, il avait trahi sa confiance. D'accord, elle était en partie responsable de ce qui était arrivé. Après tout, il fallait être stupide pour accorder sa confiance à un homme qu'on venait à peine de rencontrer, non ? Ce qu'elle avait pris pour un conte de fées, ce qu'elle considérait déjà comme le début d'une idylle passionnée, s'avérait en réalité une vile mascarade. Un douloureux mélange de honte et de rancœur la submergea. Andreo d'Alessio était un séducteur de renommée internationale… Fallait-il qu'elle soit aveugle pour ne pas l'avoir senti sur-le-champ !

La gorge nouée, elle se leva et battit en retraite aux toilettes. Là, elle fixa son reflet jusqu'à ce que les larmes qui embuaient son regard disparaissent enfin. Pourquoi souffrait-elle autant ? Le conte de fées avait volé en éclats, d'accord… Mais était-ce si surprenant que ça ? Son père ne lui avait-il pas assez souvent répété que la vie n'avait rien d'une partie de plaisir ? Il fallait absolument qu'elle se ressaisisse, qu'elle tourne la page pour repartir de zéro. Sa décision fut prise quasi instantanément : elle prendrait ses trois semaines de congé puis donnerait sa démission. C'était le seul moyen de rebondir. Mais, avant, elle irait demander des explications à Andreo. Sa tranquillité d'esprit en dépendait.

Mue par un élan de colère et de détermination mêlées, elle prit l'ascenseur jusqu'à l'étage de la direction. L'heure du déjeuner approchait, les employés se pressaient dans les couloirs. Indifférente à l'animation ambiante, Pippa se dirigea vers le bureau du P.-D.G., frappa un coup bref et entra sans attendre de réponse.

Surpris, Andreo leva les yeux de son ordinateur. Il sourit largement. Ainsi, elle s'était décidée à venir le voir. A la bonne heure ! Mais pourquoi diable portait-elle un tailleur trop grand pour elle ?

Son sourire irrésistible ébranla la détermination de Pippa qui s'arrêta net, captivée par la beauté virile de son visage et l'éclat mordoré de ses yeux noirs. Des images infiniment érotiques noyèrent sa colère et elle se retrouva comme la veille au soir, rougissante et chavirée comme une adolescente.

— Philly…

Andreo se leva souplement et tendit la main vers elle.

Le prénom qu'il avait murmuré de sa voix profonde suffit à rompre le charme.

— Je m'appelle Pippa, corrigea-t-elle d'un ton sec. Pippa Stevenson. Andreo… Pourquoi m'avez-vous menti ?

Il laissa retomber sa main.

— Je ne vous ai pas menti.

— Vous ne m'avez pas détrompée quand vous avez compris que j'ignorais qui vous étiez. Vous auriez mieux fait de me laisser tranquille.

— Vous n'aviez pas très envie que je vous laisse tranquille, *cara mia*…

Exaspérée, Pippa releva le menton et inspira profondément.

— Vous êtes mon patron. Il me semble que j'avais le droit de le savoir.

— *Dio mio*… Pourquoi faire tant d'histoires pour si peu ?

— Si peu ? répéta Pippa, piquée dans son orgueil.

Andreo l'enveloppa d'un regard ardent.

— Après ce qui s'est passé entre nous la nuit dernière, *carissima*, ce léger quiproquo n'est qu'un détail, il me semble, déclara-t-il en s'avançant vers elle.

Il tendit une main vers elle, mais Pippa feignit d'ignorer l'invitation.

— Décidément, vous êtes encore pire que ce que je croyais ! lança-t-elle, furieuse contre Andreo qui s'était amusé à ses dépens, furieuse contre elle qui s'était naïvement jetée dans la gueule du loup.

Le visage d'Andreo s'assombrit.

— Que voulez-vous dire par là ?

Pippa fixa un point invisible sur le mur, redoutant que les larmes qui picotaient de nouveau ses paupières jaillissent sans crier gare. Des larmes de rage et de déception. Ainsi, elle s'était trompée, Andreo n'était pas celui qu'elle croyait.

— Je n'aurais jamais passé la nuit avec vous si j'avais su que vous étiez mon patron. Ça peut vous paraître ridicule, mais je n'ai pas l'habitude de mêler le plaisir au travail.

Andreo exhala un long soupir.

— Moi non plus, figurez-vous. Cela dit, je ne regrette absolument pas ce qui s'est passé. J'ai passé une nuit magique dans vos bras, *cara.* Je n'ai pas l'impression d'avoir commis une erreur. Le fait que je sois pour le moment votre employeur n'a absolument rien à voir avec ce que nous avons vécu. Je dirige de nombreuses entreprises, vous savez, des milliers de salariés travaillent pour moi et je ne resterai pas longtemps à la tête de Venstar. Notre relation n'influencera aucunement votre avenir au sein de l'entreprise, soyez sans crainte.

Pippa laissa échapper un rire ironique.

— Ah oui, vous croyez ? A votre avis, quelle sera la réaction de mes collègues si l'un d'entre eux fait le rapprochement entre moi et la mystérieuse jeune femme rousse qui vous servait de cavalière hier soir ? Heureusement que personne ne m'a reconnue, ajouta-t-elle d'une voix teintée d'amertume. Je me suis vraiment comportée comme une idiote !

Vif comme l'éclair, Andreo referma les mains sur celles de la jeune femme, l'obligeant à rester tout près de lui.

— C'est faux, et je ne comprends pas pourquoi vous dites ça. Ça ne s'est pas passé ainsi entre nous. Nous avons fait connaissance, nous avons succombé au désir…

— Ce n'est pas si simple, hélas…

Andreo plongea son regard dans le sien.

— Ça pourrait l'être si vous le souhaitiez vraiment, *cara.*

Sentant sa volonté fondre comme neige au soleil, Pippa retira brusquement ses mains.

— Vous ne comprenez pas ce que je ressens, Andreo ! Vous vous êtes fait passer pour un autre ! L'homme que j'ai suivi dans sa chambre d'hôtel n'existe pas. Croyez-moi, jamais je n'aurais cédé à un play-boy arrogant et sexiste !

Elle fit un pas vers la porte, mais Andreo lui barra le passage. Ses yeux sombres lançaient des éclairs.

— Vous feriez bien de développer un peu vos attaques car je ne suis pas sûr de vous suivre.

La gorge sèche, Pippa soutint son regard sans ciller. La douleur qui lui étreignait le cœur renforça son ressentiment et sa détermination à exprimer le fond de sa pensée.

— Je n'ai pas eu la promotion que j'espérais à cause de vous, débita-t-elle d'un trait. J'ai entendu un des cadres que vous avez rencontrés à Naples dire à un autre que ma photo vous avait fortement déplu. Vous savez, la photo de groupe parue dans le bulletin d'entreprise. Toujours d'après lui, vous jugez préférable d'attribuer les postes clés à de jeunes créatures sexy.

— C'est un tissu de mensonges, déclara Andreo avec véhémence.

Pippa Stevenson ? Ce nom ne lui était pas inconnu, en effet. Elle avait mentionné le bulletin d'entreprise… Sourcils froncés, il feuilleta les documents étalés sur son bureau à la recherche de l'exemplaire qu'il avait conservé.

— J'avais postulé au titre de directrice du service financier, poursuivit Pippa d'un ton moins assuré. Dans les faits, cela faisait plusieurs mois que j'occupais cette fonction et j'avais toutes les raisons d'espérer que le poste me serait officiellement confié à court terme. Au lieu de quoi, c'est une autre qui l'a décroché… Mon assistante… qui n'a pas les compétences requises, mais qui est mille fois plus attrayante que moi, c'est évident…

— *Dio mio…* Avouez tout de même que cette photo ne joue pas en votre faveur ! Pour être franc, je ne sais pas si je vous aurais reconnue là-dessus, confia Andreo, incrédule. Cela dit, je me suis simplement contenté de formuler une remarque sur votre tenue vestimentaire, ce fameux jour, à Naples. Je n'ai jamais dit que je préférais voir des femmes sexy aux postes d'encadrement, je vous en donne ma parole. J'ai seulement fait remarquer que votre tenue était un peu négligée à mon goût…

— Pardon ? s'écria Pippa, interloquée.

— Je suis désolé, mais c'est la vérité. Votre apparence

n'est pas des plus soignées sur cette photo, répéta Andreo en examinant le cliché, sourcils froncés.

En quelques enjambées, Pippa fut près de lui et, d'un geste sec, elle lui arracha le journal des mains. Négligée, sa tenue ? Elle n'en croyait pas ses oreilles !

— Que me reprochez-vous, au juste ?

— Je ne devrais même pas avoir besoin de vous le dire. Vos cheveux, d'abord… Regardez-moi ça… Ils partent dans tous les sens, fit Andreo en pointant le doigt sur les boucles rebelles qui auréolaient son visage.

— Négligée…, répéta Pippa d'une voix sourde.

Andreo opina du chef.

— Il manque un bouton à votre veste et votre pantalon est tout froissé… A croire que vous aviez dormi tout habillée ! Je suis navré de vous dire ça, mais vous n'êtes pas très élégante sur cette photo. C'est tout ce que j'ai dit lors de notre réunion à Naples.

En entendant ces reproches, Pippa avait blêmi. Son cœur se serra douloureusement. La photo avait été prise à peine une semaine après le décès de son père et elle se souvenait encore s'être jointe en toute hâte au petit groupe, sans avoir eu le temps de reprendre son souffle après avoir été retenue par un important coup de fil. Elle portait ce jour-là un vieux tailleur-pantalon, pas très seyant, elle en convenait. Malgré tout, les critiques d'Andreo la blessaient profondément.

— Je vous assure que je n'ai rien dit d'autre, insista Andreo en se jurant *in petto* qu'il ne formulerait plus jamais de critique de ce genre sans avoir tourné sept fois sa langue dans sa bouche. Je vous demande de me croire, conclut-il d'un ton solennel.

Un rire sans joie s'échappa des lèvres de Pippa.

— Ce n'est pas si simple que ça, désolée. Vous êtes mon patron et il ne se serait rien passé entre nous si je l'avais su, répéta-t-elle en essayant en vain de se dérober à son regard magnétique. Et puis, pour votre information, le terme « négligé » désigne quelqu'un de pas très propre sur lui. Or j'ai toujours eu une hygiène irréprochable et…

— Je n'ai jamais prétendu le contraire, coupa Andreo avec une pointe d'amusement dans la voix. Si j'ai choisi le mauvais qualificatif, je vous prie de bien vouloir m'excuser. Peut-être aurais-je dû dire… « débraillée »… ?

— C'est encore pire ! protesta Pippa. Mais… que faites-vous ?

Elle frissonna violemment lorsque les bras d'Andreo se refermèrent sur elle.

— Dites-moi en me regardant dans les yeux que vous n'en avez pas envie, murmura-t-il en l'attirant contre lui.

Les joues en feu, Pippa sentit sa poitrine frémir de plaisir au contact du torse vigoureux d'Andreo.

— Ne me regardez pas comme ça, fit-elle d'une voix implorante.

Avec un rire rauque, il inclina le visage et força le barrage de ses lèvres.

— Il faut que nous parlions, tous les deux, chuchota-t-il contre sa bouche. Si nous remplacions notre dîner par un déjeuner, *cara*…

— Non…

— Je n'aurai pas la patience d'attendre jusqu'à ce soir, murmura-t-il avant de dessiner du bout de la langue le contour des lèvres tremblantes de la jeune femme.

— Arrêtez, je vous en supplie… ma carrière et ma réputation sont en jeu, vous comprenez…, protesta Pippa d'une voix entrecoupée.

Le parfum musqué de sa peau, terriblement enivrant, lui donnait le vertige et elle dut fournir un effort surhumain pour se retenir de répondre aux caresses exquises de sa bouche tentatrice.

— *Amore*… il n'y a vraiment pas de quoi en faire une montagne… Qu'en pensez-vous ?

Les intonations sensuelles de son accent italien attisèrent le désir qui bouillonnait en elle.

— Tout au fond de vous, vous savez déjà que vous finirez par pardonner les fautes que j'ai soi-disant commises.

Pippa se raidit. Quelle arrogance, vraiment ! Des larmes de frustration et de fureur mêlées jaillirent brusquement de ses yeux. Sans réfléchir, elle les essuya d'un revers de main.

— Oh, non ! gémit-elle soudain. Ne bougez surtout pas… J'ai perdu une lentille de contact !

Andreo s'accroupit à son tour. L'instant d'après, il ramassait la lentille, égarée sur une lame du parquet ciré.

— Je l'ai, murmura-t-il en déposant le minuscule objet sur une feuille de papier qu'il replia soigneusement. Alors comme ça, vous portez des lentilles…

Ce petit intermède avait permis à Pippa de se ressaisir. Elle releva la tête, le menton fièrement pointé en avant.

— Je n'ai aucune intention de vous pardonner, déclara-t-elle d'un ton ferme. Je ne veux plus jamais vous revoir. En fait, j'aimerais effacer de ma mémoire tout ce qui s'est passé la nuit dernière.

— Ne soyez pas ridicule, enfin. Pensez plutôt aux moments de plaisir intense qui nous attendent encore si vous acceptez mon invitation à dîner ce soir, *bella mia*.

— Pourquoi refusez-vous systématiquement de m'écouter ? demanda Pippa, toujours accroupie, en rangeant l'enveloppe improvisée dans la poche de sa veste.

— Que cela vous plaise ou non, sachez que vous vous êtes engagée dans une aventure à long terme lorsque vous avez accepté de partager mon lit la nuit dernière, déclara Andreo en dardant sur elle un regard implacable. Les choses sont pourtant simples, il me semble : j'ai envie de vous, et vous avez envie de moi. Bien que je n'arrive pas à croire que vos collègues ne vous aient pas reconnue à la soirée d'hier, je suis d'accord pour observer la plus grande discrétion sur le lieu de travail, si c'est ce que vous souhaitez.

— Ne me tentez pas, je vous en prie, coupa Pippa d'un ton réprobateur tandis qu'imperceptiblement, son corps se rapprochait de celui d'Andreo, comme attiré par un aimant. Il est hors de question que je perde mon temps avec un homme qui ne trouve rien de mieux que d'offrir à ses conquêtes des accessoires érotiques totalement avilissants !

Andreo fronça les sourcils, visiblement perplexe.

— Des accessoires érotiques ? répéta-t-il tandis qu'un sourire amusé se dessinait sur ses lèvres.

Submergée par une nouvelle bouffée de colère, Pippa le gratifia d'une œillade assassine.

— Vous savez parfaitement de quoi je parle... Souvenez-vous, la paire de menottes incrustées de diamants... J'ai lu vos exploits dans un journal, conclut-elle d'un ton guindé.

— Vous devriez avoir honte de lire de genre de torchon, *cara mia,* répliqua Andreo, impassible.

Un sourire espiègle aux lèvres, il se redressa en lui tendant la main pour l'aider à se lever. Au même moment, la porte du bureau s'ouvrit et une voix masculine s'adressa à Andreo dans sa langue maternelle. Horrifiée, Pippa se jeta sous le bureau où elle se recroquevilla sur elle-même à la manière d'un chat qui se roule en boule.

Au prix d'un effort, Salvatore Rissone feignit de ne pas remarquer la jeune femme qui se cachait désespérément sous le bureau de verre fumé d'Andreo.

— Fais comme si elle était invisible, lança Andreo en italien.

— Puis-je te demander ce qu'elle fabrique ici ? risqua son ami d'enfance, imperturbable.

— Elle essaie juste de s'épargner la honte qui s'abattrait sur elle si quelqu'un la surprenait dans mon bureau. Elle est d'une nature très angoissée, enchaîna-t-il. C'est une hypersensible.

Son instinct commanda à Salvatore de ne pas s'appesantir sur la situation plutôt cocasse. A l'évidence, Andreo trouvait attirante la « nature très angoissée » de sa compagne et son hypersensibilité. Ce bourreau des cœurs tentait visiblement de justifier avec véhémence le comportement plutôt étrange de la charmante créature tapie sous son bureau... Salvatore réprima à grand-peine un sourire. Il avait hâte d'appeler son épouse pour lui raconter tout ça !

Quelques secondes après son départ, Pippa consentit à sortir de sa cachette. Elle lissa son tailleur d'une main tremblante et, la tête haute, se dirigea vers la porte sans le moindre regard pour Andreo. A quoi bon s'éterniser ? Tout était dit, elle avait exprimé clairement ses sentiments. En outre, elle doutait sérieusement de sa capacité à résister plus longtemps au sex-appeal ravageur de son patron… Il valait mieux fuir, et le plus vite possible !

Au milieu de l'après-midi, incapable de se concentrer sur son travail, elle feuilleta ses dossiers d'un air absent. Malgré ses efforts pour le chasser de son esprit, Andreo occupait toutes ses pensées. Elle était furieuse contre sa propre naïveté, furieuse contre lui qui refusait d'admettre qu'il s'était conduit comme un goujat égoïste en dissimulant à dessein son identité. Ainsi, c'était ça la surprise qu'il avait eu l'intention de lui faire, au cours d'un romantique dîner en tête à tête…

Dire qu'elle n'avait pas hésité à lui offrir sa virginité ! Cette pensée la fit pâlir. Comment avait-elle pu accorder sa confiance à un homme qu'elle venait à peine de rencontrer ? Avec du recul, la légèreté de sa conduite la stupéfiait. N'avait-elle donc rien retenu de la douloureuse déconvenue qu'elle avait subie à l'âge de dix-sept ans ?

C'était au cours du dernier été qu'ils avaient passé en France. Pour la première fois de sa vie, Pippa était tombée éperdument amoureuse. Il s'appelait Pete. De quatre ans son aîné, il faisait ses études en France et habitait dans le village voisin de la vieille ferme qu'ils louaient pour les vacances. Il était blond, rieur, plein de charme. C'était aussi un passionné de motos. Pendant tout un mois, Hilary, Jen et elle étaient sorties avec Pete et sa bande de copains. Tabby avait également fait leur connaissance mais, à partir du moment où celle-ci avait rencontré Christian, la jeune fille avait passé tout son temps en compagnie de l'élu de son cœur.

Follement éprise de Pete, Pippa avait savouré chaque instant passé avec lui. Main dans la main, ils sillonnaient les villages alentours et échangeaient de fiévreux baisers dès qu'ils se retrouvaient seuls. Pete l'écoutait avec intérêt parler de sa vie en Angleterre. En sa présence, elle se sentait belle, vivante. Sans doute aurait-elle dû se demander pourquoi il l'encourageait souvent à exprimer l'inquiétude qu'elle éprouvait pour Tabby, embarquée dans sa sulfureuse aventure avec Christian. Avec son opulente chevelure couleur caramel et sa silhouette aux courbes voluptueuses, Tabby plaisait aux hommes, mais elle n'en avait cure. Seul Christian comptait à ses yeux.

Un jour où ce dernier s'était absenté pour régler une affaire urgente, Tabby avait accepté de partir en balade avec leur petit groupe. Ce jour-là, Pete l'avait prise à l'arrière de sa moto. S'efforçant de ne rien laisser paraître de sa contrariété, Pippa avait suivi le reste de la troupe. Pete voulait juste se montrer gentil avec son amie, il n'y avait vraiment pas de quoi s'inquiéter, s'était-elle dit. Mais, lorsque celui-ci avait embrassé Tabby devant elle, elle avait eu l'horrible impression que la terre s'arrêtait de tourner. Au prix d'un effort surhumain, elle avait tout de même réussi à masquer son chagrin. C'était une question de fierté.

De son côté, Tabby ignorait que son amie s'était amourachée de Pete. « Je me suis sentie très gênée quand il m'a fait des avances, avait-elle confié plus tard. Il m'a avoué qu'il avait attendu ce moment-là tout l'été. Sur le coup, ce pauvre garçon m'a fait de la peine… Il n'y a qu'un seul homme dans ma vie, tu sais, et c'est Christian. »

Le plus dur pour Pippa avait été de feindre l'indifférence face à l'humiliation que lui avait infligée Pete. Il ne s'était intéressé à elle que dans l'espoir de se rapprocher de Tabby. Après cette mésaventure, le peu de confiance que Pippa plaçait dans les hommes s'était considérablement amoindri…

Emergeant lentement de ces tristes souvenirs, Pippa posa un regard éberlué sur le livreur qui se tenait devant elle, les bras chargés d'une gigantesque corbeille de fleurs.

— Dis donc ! s'écria Jonelle avec entrain. C'est ton anniversaire ou quoi ?

La bouche sèche, Pippa se redressa pour détacher l'enveloppe agrafée à l'anse de la corbeille. Elle l'ouvrit d'une main tremblante.

« Envoyez-moi votre adresse par SMS. Pouvez-vous finir + tôt ? »

Il n'y avait pas de signature, c'était inutile. En proie à des émotions contradictoires, Pippa se rassit. Mieux valait ignorer le geste et le message. Pourtant, l'envie d'attraper son portable pour lui envoyer son adresse la démangeait horriblement. Jamais encore un homme ne s'était donné autant de mal pour la conquérir !

— Un appel pour toi, Pippa, annonça Jonelle en lui tendant le combiné qui se trouvait à présent sur le bureau de Cheryl.

— Sommes-nous vraiment obligés de jouer à cache-cache ? dit Andreo sans ambages. Ma grand-mère anglaise avait coutume de dire : « Il faut dire la vérité et au diable ses conséquences ! »

— Quel dommage que sa sagesse n'ait pas déteint sur vous, railla Pippa en enroulant nerveusement une boucle de cheveux autour de son index.

— J'ai chassé toute mon équipe de la salle du conseil d'administration pour pouvoir vous appeler tranquillement…

— Je ne vous ai pas demandé de le faire, coupa Pippa tandis qu'un sourire satisfait naissait sur ses lèvres.

— Rends-moi *mon* téléphone, j'en ai besoin !

Sans ménagement, Cheryl lui arracha le combiné et coupa la communication d'un geste rageur.

Pippa se tourna vers elle, interdite.

— Tu n'avais aucune raison de faire ça…

— Ah oui, tu crois ? répliqua Cheryl en la foudroyant du regard. Grâce à toi, je viens de subir la pire humiliation de ma vie !

— Pardon ?

A cet instant, Pippa remarqua les joues en feu de la jolie brune et ses yeux pleins de larmes.

— Je viens de terminer ma présentation et ce sale prétentieux d'Andreo d'Alessio m'a bombardée de questions tellement pointues que j'étais incapable de lui répondre... Il m'a fait passer pour une véritable idiote... Tout ça, c'est ta faute : tu n'as rien fait pour m'aider ! conclut-elle avant de fondre en larmes.

Dans le silence gêné qui suivit sa diatribe, Ricky Brownlow fit son apparition. Une expression mi-gênée, mi-compatissante se lisait sur son visage.

— Mlle Long est contrariée, elle ne sait pas ce qu'elle dit. Pippa... euh... je suis désolé. Je ne doute pas un instant que Cheryl vienne vous présenter ses excuses dès qu'elle aura recouvré son calme.

Sur ce, il entraîna la jolie brune éplorée dans son bureau.

— Depuis quand Ricky se préoccupe-t-il tant des états d'âme de Cheryl ? demanda une voix goguenarde.

— Elle vient enfin de découvrir qu'elle n'est pas qualifiée pour le poste de Pippa... bien fait pour elle ! lança Jonelle. Pour être franche, je n'arrive toujours pas à comprendre ce qui lui a pris de poser sa candidature !

Au même instant, le téléphone portable de Pippa sonna, mais elle s'empressa de l'éteindre. C'était très probablement Andreo et elle ne se sentait pas la force de lui répondre. Enfouissant l'appareil au fond de son sac, elle retourna à ses dossiers. Une heure plus tard, alors qu'elle était sur le point de quitter le bureau, Cheryl s'approcha d'elle, le nez et les yeux encore rougis par les larmes. D'une voix qui dissimulait mal son amertume, elle murmura quelques paroles d'excuse.

Pippa les accepta de bonne grâce. De toute façon, sa

décision était prise et elle serait irrémédiable : ses jours au sein de Venstar étaient comptés, elle ne ferait bientôt plus partie de l'entreprise.

En entrant dans la jolie maison mitoyenne que lui avait léguée son père, Pippa commença par commander une pizza. Puis elle libéra ses cheveux, passa une main dans ses boucles et troqua son tailleur contre un jean et un T-shirt. Après s'être préparé une tasse de thé, elle téléphona à son amie Tabby pour lui demander si elle pouvait passer quelque temps avec elle et son mari dans leur propriété en Bretagne.

— Je n'arrive pas à croire que tu te sois enfin décidée à prendre des vacances ! s'écria Tabby, ravie. Tu es la bienvenue chez nous, Pippa, ce n'est pas nouveau, tu le sais bien ! Tout à fait franchement, je commençais à désespérer de te voir ici un jour…

Après la journée éprouvante qu'elle avait passée au bureau, l'enthousiasme de son amie réchauffa le cœur de Pippa. Lorsqu'elle eut raccroché, elle promena son regard sur les meubles familiers, les tableaux qu'elle connaissait depuis toujours. Une évidence la frappa de plein fouet : l'existence qu'elle menait ne lui apportait aucune satisfaction. Elle en avait assez de cet aliénant train-train. Sans doute était-ce précisément pour cela qu'elle s'était jetée dans les bras d'Andreo d'Alessio, oubliant tous les principes qui régentaient jusqu'alors sa petite vie étriquée. Il y avait ça et le brandy qu'elle avait bu chez Hilary… Et puis l'attirance irrésistible, presque animale qu'elle avait éprouvée à l'instant même où elle avait posé les yeux sur lui.

Pour la première fois de sa vie, elle avait eu envie d'aventure, de folie, d'inédit. Pour la première fois de sa vie, elle s'était senti poussée par un incroyable vent d'audace. Jusque-là, tout était tellement raisonnable, tellement carré !

Un soupir s'échappa de ses lèvres. Dans douze jours, elle

serait en Bretagne, chez Tabby. Une idée germa dans son esprit. Pourquoi ne profiterait-elle pas de son séjour pour chercher du travail en France ? Elle pourrait peut-être démarrer une nouvelle vie là-bas, sur la terre natale de sa mère…

Aussitôt, ses pensées s'emballèrent. Après tout, rien ne la retenait ici, elle était libre de ses mouvements, libre de ses choix. Elle pourrait toujours louer sa maison à Londres en attendant d'avoir complètement tourné la page. Grâce à sa mère, elle était parfaitement bilingue, autant exploiter cette chance. En toute objectivité, repartir de zéro de l'autre côté de la Manche serait, somme toute, assez facile pour elle.

Le carillon de la porte d'entrée l'arracha à ses spéculations. Salivant déjà à l'idée de savourer une délicieuse part de pizza, elle alla ouvrir d'un pas léger. Mais à peine eut-elle ouvert la porte que son sourire se figea. Sous le coup de la surprise, elle recula d'un pas.

Profitant de sa stupeur, Andreo poussa la porte et pénétra dans l'entrée. Plus imposant que jamais, il promena son regard acéré autour de lui et esquissa un sourire en apercevant la corbeille de fleurs qu'elle avait posée sur la console de l'entrée. Puis, il reporta son attention sur elle et fronça les sourcils.

— Vous n'êtes pas encore prête, *cara*, observa-t-il de sa voix profonde.

— Je ne suis pas prête parce que… parce que je n'ai pas l'intention de sortir, balbutia Pippa, sentant une fois de plus ses joues s'enflammer sous son regard pénétrant. Je vous ai déjà dit que… C'est incroyable, tout de même, pourquoi êtes-vous aussi têtu ?

5

Andreo se retint d'éclater de rire. C'était elle qui lui posait cette question ? Elle ne manquait décidément pas de toupet !

Son regard glissa sur la jeune femme et instantanément une vague de désir le submergea. Elle ne ressemblait pourtant en rien aux créatures élégantes et sophistiquées qu'il appréciait d'habitude, non. Pippa possédait une beauté naturelle, sans fard, qui le bouleversait. Ses boucles en désordre encadraient son visage dépourvu de maquillage, elle était pieds nus, simplement vêtue d'un jean délavé et d'un vieux T-shirt qui épousait divinement les courbes de sa silhouette longiligne. Ses yeux brillaient comme deux saphirs, ses lèvres rappelaient de délicats pétales de rose. En voyant ses tétons pointer sous la fine étoffe du T-shirt, il tressaillit, luttant à grand-peine contre l'envie de la soulever dans ses bras et de l'emmener jusqu'au lit le plus proche.

— J'ai très envie de vous, *bella mia*.

Pippa retint son souffle.

— Pourquoi dites-vous ça ? murmura-t-elle en défaillant légèrement.

Elle posa une main contre le mur pour y prendre appui et vit les pupilles d'Andreo se rétrécir.

— Alors je recommence : j'ai une faim de loup, déclara-t-il d'un ton faussement guindé.

— Menteur ! s'écria Pippa.

Il esquissa un sourire.

— J'essayais simplement de faire preuve d'un peu de patience. C'est la règle de base d'une bonne éducation, n'est-ce pas ?

Soutenant son regard brûlant, Pippa haussa les épaules.

— Ne vous donnez pas cette peine pour moi.

Andreo arqua un sourcil ironique.

— Préférez-vous que je vous dise la vérité, toute la vérité, rien que la vérité ? Depuis ce matin, je ne pense qu'à une seule chose : vous entraîner dans mon lit pour satisfaire enfin le désir qui me consume à petit feu… Vous me faites tourncr la tête, *amore*…

— J'ai du mal à le croire, désolée.

— C'est pourtant la vérité. Ce que j'ai découvert dans vos bras la nuit dernière était tout simplement…

— Sexuel, compléta-t-elle avec un détachement qu'elle était loin d'éprouver.

Le beau visage d'Andreo s'assombrit et Pippa sentit son cœur se serrer. Avait-elle dépassé les bornes ? Elle n'arrivait pas à le croire. Après tout, sa réputation de séducteur devançait Andreo partout où il passait.

— C'est faux ! objecta-t-il avec véhémence. Nous avons vécu un moment exceptionnel, tous les deux. Vous étiez vierge et…

Pippa pâlit, assaillie par un mélange de colère et d'embarras.

— Est-il vraiment nécessaire de me le rappeler ?

— Oui. Après tout, vous m'avez *choisi* comme premier amant et c'est important pour moi, déclara Andreo en l'enveloppant d'un regard intense.

Comme le visage de Pippa reprenait de jolies couleurs, il poursuivit :

— Sur le moment, j'ai eu peur que vous ne regrettiez votre décision, mais il est un peu tard à présent. Ne nous embarrassons pas de vaines querelles, *cara mia*.

— Vous êtes le premier, c'est vrai, mais cela ne signifie rien pour moi, mentit Pippa avec un aplomb dont elle ne se serait pas crue capable.

En moins de vingt-quatre heures, grâce à la ravissante jeune femme rousse qui se tenait devant lui, Andreo avait appris à passer de la fureur à l'attendrissement en quelques secondes et ces brusques revirements d'humeur ne cessaient de le surprendre. En cet instant, il lut distinctement dans ses grands yeux tristes qu'elle ne disait pas la vérité.

— Dans ce cas, pourquoi me regardez-vous comme ça ? risqua-t-il à mi-voix.

Pippa ne répondit pas, gagnée par un trouble grandissant. Un sourire enjôleur se dessina sur les lèvres d'Andreo.

— Votre regard trahit tout le désir que vous éprouvez pour moi, *bella mia*.

— C'est bien ce que je disais : il ne s'agit là que d'une attraction purement physique, rien que je ne puisse étouffer sur commande ! riposta la jeune femme.

Comme un félin fond sur sa proie, Andreo s'approcha d'elle. Ses yeux noirs étincelaient dans son visage aux traits nobles et volontaires.

— Allez-y… Etouffez-moi, murmura-t-il en penchant la tête pour s'emparer de ses lèvres.

Pendant une fraction de seconde, Pippa demeura sans réaction, telle une poupée de chiffon, entre ses bras vigoureux. Puis, incapable de résister plus longtemps à l'appel de ses sens, tremblant violemment, elle posa les mains sur ses larges épaules et se plaqua contre lui pour mieux goûter les caresses de sa bouche sensuelle.

Andreo s'écarta légèrement. A bout de souffle, il murmura quelques mots d'italien. Ses yeux noirs pailletés d'ambre cherchèrent les siens avant de glisser sur ses lèvres frémissantes.

— Que disiez-vous ? dit-il dans un murmure.

En proie à un terrible sentiment d'abandon, Pippa émit un gémissement implorant. Ses doigts se perdirent dans la masse de ses cheveux de jais, comme elle le forçait à incliner la tête vers elle.

— Embrassez-moi encore, ordonna-t-elle d'une voix langoureuse qu'elle reconnut à peine.

Ils gémirent à l'unisson lorsque leurs lèvres se rencontrèrent de nouveau dans un baiser à la fois tendre et passionné. Le temps suspendit son vol. Il n'y avait plus qu'eux, étroitement enlacés, unis par un désir d'une intensité inouïe. Pippa laissa échapper un petit cri de protestation lorsque la sonnerie du téléphone retentit tout près d'eux. Non… C'était si bon et si frustrant à la fois de devoir s'arracher aux lèvres d'Andreo…

— C'est douloureux, n'est-ce pas ? chuchota ce dernier en croisant son regard embué.

Pippa hocha la tête, émerveillée par l'intensité des sensations qu'il faisait naître en elle. Il effleura sa nuque d'une douce caresse, comme pour la consoler. Au même instant, le répondeur se déclencha et une voix d'homme, profonde et posée, s'exprima en français.

— Pippa ? C'est Christian à l'appareil. J'aimerais beaucoup te parler…

Pippa releva aussitôt la tête, au comble de l'étonnement. Le mari de Tabby n'avait pas pour habitude de l'appeler personnellement… En fait, c'était même une première ! Gagnée par une sourde angoisse, elle se libéra de l'étreinte d'Andreo et se précipita sur le téléphone.

— Christian ?

Ce dernier la rassura sur-le-champ : il appelait uniquement pour régler quelques détails concernant son prochain séjour en France. Ayant prévu de se rendre à Londres le jour où elle devait quitter la capitale anglaise, il proposait de la ramener en Bretagne dans la soirée.

Il avait également une faveur à lui demander : accepterait-elle de l'aider à choisir quelques vêtements de grossesse pour Tabby dans la boutique préférée de celle-ci ? Incarnation vivante du chic parisien, Christian n'avait encore jamais réussi à offrir à son épouse une tenue qui puisse correspondre à son style fantaisiste…

— Tabby est encore enceinte ? Dieu du ciel…, s'exclama Pippa en s'efforçant de garder un ton neutre.

Etait-ce bien raisonnable ? Agée de vingt-trois ans, son amie était déjà l'heureuse maman de deux bambins ! Après tout, songea Pippa en retenant une moue réprobatrice, cela ne la regardait pas. Si Tabby était heureuse comme ça… et elle l'était, cela ne faisait aucun doute. Heureuse, choyée, cajolée par un mari tendre et aimant… N'était-ce pas l'essentiel ?

— Elle te racontera tout ça quand tu seras à la maison, répondit Christian avec son calme coutumier.

Il ajouta avec un humour pince-sans-rire :

— Et j'espère qu'une virée shopping en ma seule compagnie ne t'effraie pas trop.

Sous le regard inquisiteur d'Andreo, Pippa s'empourpra violemment. Tabby était encore adolescente lorsque Christian l'avait séduite, avant de lui briser le cœur. Si les malentendus et les désaccords du passé s'étaient définitivement dissipés deux ans plus tôt, Pippa n'avait jamais, jusqu'à présent, réussi à vraiment sympathiser avec l'époux de son amie. Mais jamais elle n'aurait imaginé que Christian avait deviné ses réticences à son égard.

— Ne sois pas idiot, enfin. Ta femme est mon amie, tu le sais bien…

— Absolument ! Tu n'auras qu'à penser très fort que c'est pour elle et uniquement pour elle que tu endures cette épreuve, répliqua-t-il d'un ton légèrement sarcastique. Ne t'inquiète pas, Pippa, je sais très bien que ton hostilité n'a rien de personnel. Tu te méfies des hommes en général, me semble-t-il.

Blessée dans son orgueil, Pippa se précipita dans la cuisine afin de lui clouer le bec sans qu'Andreo puisse l'entendre.

— Pour ta gouverne, sache que je vis en ce moment une liaison passionnée avec un bel Italien ! lança-t-elle avec insolence.

Un rire amusé lui répondit. Après lui avoir assuré qu'il était ravi pour elle et que Tabby avait hâte de la voir, Christian lui fixa rendez-vous le jour convenu et raccrocha. Consternée par son emportement puéril, Pippa regagna le hall d'entrée.

Andreo l'attendait, en proie à des émotions à la fois violentes et mitigées. Il avait suivi une bonne partie de la conversation. D'abord surpris d'entendre Pippa s'exprimer dans un français irréprochable, sans aucune trace d'accent, son humeur s'était vite assombrie. Qui donc était ce Français avec qui elle bavardait familièrement ? Pourquoi diable avait-elle pris cet air coupable au beau milieu de leur conversation ? D'après ce qu'il avait entendu, ce fameux Christian était l'époux de son amie. Alors, pourquoi avait-elle paru contrariée en apprenant que celle-ci était de nouveau enceinte ? N'était-ce pas au contraire le genre de nouvelle dont on se réjouissait ?

Une sombre idée lui traversa l'esprit : était-il possible qu'elle soit secrètement amoureuse du mari de son amie ? A partir de là, tout s'enchaîna très vite et sa colère alla crescendo. *Dio mio…* Andreo serra les poings tandis que ses pensées prenaient un tour insupportable. L'avait-elle choisi lui, Andreo d'Alessio, dans le simple espoir de se venger de cet homme qui la berçait d'illusions sans avoir le courage d'aller au bout de ses promesses ?

Le cœur battant, la gorge nouée, Pippa contempla le profil fier et ténébreux d'Andreo. Quelques minutes plus tôt, elle avait imploré ses baisers, en proie à un désir incontrôlable…

La voix sèche de son compagnon sonna comme un coup de fouet.

— Y a-t-il quelqu'un dans votre vie ? demanda-t-il.

— Pourquoi me posez-vous cette question ? murmura Pippa, interdite.

Andreo darda sur elle un regard pénétrant qui la fit tressaillir.

— Répondez à ma question ?

— Non… bien sûr que non… J'ignore pourquoi vous insistez, murmura-t-elle en souriant presque à l'idée qu'il semblait la prendre pour une grande séductrice — inexpérimentée, certes, mais femme fatale tout de même.

Andreo enfonça ses poings dans les poches de son pantalon en toile. Elle lui mentait… D'un autre côté, son regard trahissait une telle candeur, une telle innocence ! Comme il la fixait sans ciller, elle rougit et finit par baisser les yeux. A son grand désarroi, une nouvelle bouffée de désir monta en lui.

Les joues en feu, Pippa avoua dans un souffle :

— Je… Vous me plaisez beaucoup…

Andreo haussa les épaules. Un petit muscle tressauta sur sa mâchoire tandis que son regard se durcissait.

— Vous venez de dire que c'était une histoire purement sexuelle entre nous, *amore*. Je m'en contenterai volontiers.

Pippa blêmit. Pour sa part, elle désirait davantage. Elle rêvait d'une idylle tendre et passionnée, d'un avenir plein de promesses et de sérénité… d'un grand mariage… Elle secoua la tête, rattrapée par la réalité. Que lui arrivait-il, bon sang ? En présence d'Andreo, son esprit divaguait, son imagination s'emballait de manière tout à fait grotesque ! Exaspérée par sa propre faiblesse, elle se dirigea vers la porte qu'elle ouvrit à toute volée.

— Vous êtes mon patron. Nous ferions mieux d'en rester là, déclara-t-elle d'un ton glacial qui la surprit elle-même.

Le visage d'Andreo se ferma. L'espace d'un instant, elle crut qu'il allait la prendre dans ses bras pour l'obliger à regarder la vérité en face : aucun d'eux ne pouvait ignorer l'incroyable attirance qu'ils éprouvaient l'un pour l'autre. C'était une pure illusion de vouloir prétendre le contraire. Déjà, ses lèvres s'entrouvraient tandis que de délicieux frissons lui parcouraient le dos… Elle réprima à grand-peine un cri de protestation en voyant Andreo se diriger vers la porte. L'instant d'après, il avait disparu.

Une fois seule, Pippa se laissa glisser contre le mur, terrassée par un horrible sentiment de perte.

— Je dois absolument étudier les dossiers en cours, déclara Cheryl le lendemain matin.

La jeune femme était visiblement remise de ses émotions, se dit Pippa.

— Il va donc falloir que tu me remplaces à la réunion d'aujourd'hui, acheva Cheryl.

A présent qu'elle avait décidé de donner sa démission, Pippa acceptait de bonne grâce les exigences de sa supérieure. Dans quelques jours, elle quitterait l'ambiance irrespirable de ce bureau pour ne jamais y remettre les pieds ! Rassérénée par cette perspective, elle ramassa ses notes et se dirigea vers l'ascenseur, bientôt rejointe par Ricky Brownlow. Celui-ci s'éclaircit la gorge.

— C'est la direction qui a exigé que ce soit vous qui veniez présenter le financement des derniers projets, expliqua-t-il. Mlle Long était très intimidée, hier, et M. d'Alessio n'a pas caché sa contrariété.

Pippa retint son souffle. Ainsi, Andreo présiderait la réunion…

Elle l'aperçut dès qu'elle entra dans la pièce, aussi séduisant qu'intimidant dans un costume bleu marine qui accentuait encore sa carrure athlétique. Une chemise de soie gris perle et une cravate ornée de discrets motifs bordeaux complétaient sa tenue. Il dépassait d'une bonne tête les cadres et les directeurs qui l'entouraient.

Les talons des escarpins que Pippa avait retrouvés au fond de sa penderie cliquetèrent sur le parquet ciré.

Andreo se retourna aussitôt et suivit sa progression comme elle se dirigeait vers la grande table ronde. Ce qu'il vit l'enchanta et il dut faire un effort surhumain pour ne rien trahir des émotions troublantes qui l'envahirent : une grande jeune femme mince et gracieuse, dotée d'un visage aux traits ciselés… un teint de porcelaine… une cascade de boucles auburn qui flottait librement sur ses épaules et des yeux d'un bleu vif et perçant, qui brillaient comme deux pierres précieuses derrière les montures de ses lunettes.

Lorsque tout le monde fut installé, un silence chargé d'électricité s'abattit sur la pièce.

Sous le regard indéchiffrable d'Andreo, Pippa faillit perdre tous ses moyens. Heureusement, l'un des directeurs vint à son secours en lui posant une question précise et, recouvrant instinctivement son calme et son professionnalisme, elle se lança dans un exposé clair et détaillé des chiffres sur lesquels avait buté Cheryl.

Son intervention terminée, Pippa répondit de bonne grâce à toutes les questions qu'on lui posa puis, dans le silence qui suivit ses explications solidement argumentées, elle risqua un coup d'œil en direction d'Andreo. A son grand désarroi, une bouffée de désir l'envahit et elle se surprit à prier pour qu'il pose enfin son regard sur elle. Son indifférence et sa froideur la mettaient à la torture. Comme s'il avait deviné ses pensées, ses yeux noirs glissèrent brièvement sur elle. Pippa eut l'impression de recevoir une décharge électrique. Elle faillit sourire et elle baissa vivement les yeux. C'était une réunion de travail, il fallait absolument qu'elle reste concentrée jusqu'au bout !

— Vous possédez une parfaite maîtrise du domaine financier, déclara Andreo d'un ton approbateur.

Le compliment la fit rosir de plaisir. Il se leva enfin, bientôt imité par ses compagnons. Comme elle s'apprêtait à quitter la pièce, il lui ordonna de rester d'un petit signe de la main. Consciente de la curiosité à peine masquée de ses collègues, Pippa attendit qu'Andreo l'ait rejointe près de la porte.

— J'aimerais que nous dînions ensemble ce soir afin de discuter de votre avenir au sein de Venstar. Nous partirions directement du bureau… si cela vous convient, bien sûr.

— Euh… oui, c'est parfait, bredouilla Pippa avant de quitter la pièce en priant pour que ses jambes ne se dérobent pas sous elle.

De quoi s'agissait-il, au juste ? D'un dîner purement professionnel ? Après tout, n'était-ce pas elle qui avait insisté pour que leurs rapports se limitent à ça ? En l'occurrence, elle ne pouvait guère reprocher à Andreo de l'avoir mise mal à l'aise pendant la réunion. Il l'avait à peine regardée. Mais c'était encore pire que ce qu'elle avait imaginé… il se conduisait en patron et sa réserve la plongeait dans un désarroi indicible ! A quoi bon se voiler la face ? Elle ne supportait pas qu'il la traite comme n'importe quel autre employé. Un froid glacial l'enveloppait dès qu'il cessait de la regarder, de lui sourire.

En même temps, elle savait que la balle était dans son camp et c'était à elle de cerner ses envies, ses désirs profonds. D'accord, Andreo était un homme à femmes, un séducteur invétéré, un bourreau des cœurs… et alors ? Ne pouvait-elle pas savourer l'instant présent sans songer systématiquement au lendemain ? Et même s'ils vivaient une aventure uniquement charnelle… quelle importance, au fond ? Quelques heures de bonheur grappillées de-ci de-là valaient toujours mieux que le désert, non ?

Dans dix jours, elle ferait ses valises pour commencer une nouvelle vie en France. Pourquoi ne pas profiter pleinement du temps qu'il lui restait à passer ici ?

Si c'était elle qui posait les conditions, si c'était elle qui contrôlait la situation, elle ne souffrirait pas lorsque leur histoire toucherait à sa fin. Elle aurait vécu une parenthèse magique en connaissance de cause, il lui suffirait de tourner la page et le tour serait joué ! Involontairement, son menton se releva et ses yeux clairs pétillèrent de joie et d'excitation. Oui, voilà, elle savourerait Andreo comme on savoure une boîte de chocolats fondants avant de retourner à un régime plus équilibré !

« Vous aviez raison. J'ai envie de vous moi aussi. » Tel fut le texte du SMS qu'elle adressa à Andreo. Vite, très vite… avant que son courage l'abandonne.

Andreo traversait la ville à l'arrière d'une luxueuse limousine lorsqu'il reçut le message. Il lut le texte, sourcils froncés. Pour quelle raison avait-elle brusquement changé d'avis ?

En même temps, l'image de Pippa telle qu'elle lui était apparue un peu plus tôt, en salle de réunion, jaillit dans son esprit : son opulente chevelure embrasée par un rayon de soleil, ses yeux clairs et brillants, sa peau nacrée, opalescente... Il se raidit, tenaillé par le désir.

« A la bonne heure. Je vous vois à 19 heures », s'empressa-t-il de répondre.

L'assistante d'Andreo appela Pippa pour l'informer que ce dernier l'attendrait devant l'entrée située à l'arrière du bâtiment.

Pour la première fois de toute sa vie, Pippa passa le reste de l'après-midi à rêvasser béatement. Dix minutes avant l'heure du rendez-vous, elle se réfugia aux toilettes pour se recoiffer. Quelques minutes plus tard, elle émergeait de l'immeuble, en proie à un curieux mélange d'angoisse et d'euphorie. A peine eut-elle fait un pas sur le trottoir que le chauffeur d'une luxueuse limousine gris métallisé surgit pour lui ouvrir la portière. Contenant à grand-peine son étonnement, Pippa se glissa sur la banquette arrière.

Aussitôt, elle se sentit assaillie d'un doux vertige. Andreo l'enveloppait d'un regard brûlant. Il était beau comme un dieu, nonchalamment adossé au cuir fauve de la banquette.

— Alors comme ça, vous avez demandé à me voir, *bella mia,* chuchota-t-il d'une voix suave qui l'électrisa.

Sans attendre de réponse, il la prit dans ses bras et réclama ses lèvres pour un baiser avide, empreint de fièvre.

— Nous devons parler affaires, murmura-t-il en relâchant légèrement son étreinte, quelques minutes plus tard.

— Comment ça ?

La limousine s'immobilisa.

Andreo attendit d'être attablé en face d'elle, dans la charmante alcôve d'un restaurant à la mode, pour poursuivre leur conversation.

— Vous avez été victime d'une injustice flagrante au sein de Venstar. Si je suis responsable de cette bévue, fût-ce indirectement, je vous présente mes plus plates excuses. Malheureusement, la direction ne peut rétrograder un employé, même incapable d'assumer ses fonctions, que si elle possède des preuves solides de son incapacité à occuper le poste qui lui a été confié. Naturellement, un tel processus demande du temps et de la patience.

Il ponctua ces dernières paroles d'un sourire contrit.

— Dans l'immédiat, je ne vois donc qu'une seule solution : j'aimerais vous confier un poste à responsabilité dans une autre de mes entreprises.

A ces mots, Pippa se rembrunit.

— Je n'ai pas besoin de votre aide…

Il exhala un soupir impatient.

— Il ne s'agit pas de ça, figurez-vous. J'essaie simplement de réparer les torts qu'on vous a causés. Nuance.

Pippa sentit son visage s'enflammer. S'il se montrait aussi généreux, aussi prévenant, c'était uniquement parce qu'ils avaient couché ensemble et cette idée l'emplissait de honte. Il était hors de question qu'elle accepte d'être rétribuée d'une manière ou d'une autre en échange de ses faveurs, c'était tout simplement odieux !

— Ce qui est fait est fait. Je me débrouillerai très bien toute seule.

— Vous excellez dans votre domaine, Pippa, j'aimerais sincèrement que vous trouviez un poste à la hauteur de vos compétences, insista Andreo.

— Douteriez-vous de mes capacités à décrocher un tel poste toute seule ? rétorqua-t-elle, en proie à une colère grandissante. Vous ne me devez rien, Andreo. Vous n'êtes pas responsable de moi, que je sache !

Andreo la considéra un long moment sans mot dire, parfaitement impassible. Finalement, un soupir résigné s'échappa de ses lèvres.

— Très bien, si c'est ce que vous souhaitez. Je respecterai vos décisions.

Contre toute attente, l'irritation de Pippa céda la place à un certain amusement.

— Ah oui, vraiment ? Même si vous les jugez totalement infondées et que vous détestez qu'on vous tienne tête ? Devrais-je ramper à vos pieds si je change d'avis ?

Le regard appréciateur d'Andreo s'embrasa d'un éclat possessif.

— Contentez-vous de me donner du plaisir, *amore*. Je ne pense qu'à ça depuis que nous nous sommes quittés.

Pippa sentit sa gorge se nouer en même temps qu'une onde de chaleur courait dans ses veines.

— Vous avez faim ? reprit Andreo d'un ton lourd de sous-entendus.

— Pas vraiment mais…

Sa voix se brisa. D'un mouvement souple, Andreo se leva et l'entraîna à sa suite. Trois minutes plus tard, ils sortaient du restaurant et se glissaient à l'arrière de la limousine. L'atmosphère se chargea d'électricité. A compter de cet instant, rien ni personne ne pourrait les empêcher d'assouvir le désir qui les tourmentait délicieusement.

6

Pour profiter pleinement de son séjour à Londres, Andreo avait loué un appartement au dernier étage d'un immeuble cossu du quartier des affaires.

Il ouvrit la porte d'entrée et, mêlant ses doigts à ceux de Pippa, l'entraîna jusqu'à la chambre à coucher, aussi grande que le rez-de-chaussée de sa propre maison. Elle s'immobilisa au milieu de la pièce, soudain embarrassée.

— Chaque fois que je pose les yeux sur vous, je brûle d'envie de vous déshabiller, confia Andreo en se débarrassant promptement de sa veste et de sa cravate.

Pippa rougit jusqu'à la racine des cheveux.

— Heureusement que vous ne m'avez pas dit ça avant la réunion de ce matin. Vous aviez l'air tellement distant !

Andreo émit un rire suave.

— Vous savez pourquoi, à présent… J'ai une imagination extrêmement fertile. Comme tous les hommes, *cara mia.*

D'un pas souple, il s'avança vers Pippa et, se postant derrière elle, dénoua son cache-cœur qu'il fit glisser le long de ses bras. Le souffle court, elle ôta ses chaussures tandis qu'il baissait la fermeture Eclair de sa jupe. Lorsqu'elle en fut débarrassée, il la retourna sans ménagement, la serra contre lui et prit sa bouche dans un baiser enfiévré.

Cédant aux assauts érotiques de sa langue, Pippa s'accrocha à lui. Elle tremblait comme une feuille balayée par le vent, étourdie de volupté.

— J'ignorais que de telles sensations pouvaient exister, murmura-t-elle dans un souffle.

Le beau visage halé d'Andreo était empreint de gravité. Il déboutonna sa chemise, dévoilant son torse cuivré, et reprit les lèvres de Pippa en dégrafant son soutien-gorge d'un geste adroit. Lorsqu'il releva la tête pour l'envelopper d'un regard appréciateur, elle cacha instinctivement sa poitrine. Avec une délicatesse infinie, Andreo écarta ses mains et les porta à ses lèvres.

— Je veux pouvoir te contempler à ma guise, dit-il d'une voix caressante.

Jamais encore Pippa n'avait été à ce point consciente de sa féminité. Sous son regard sombre, débordant de désir et d'admiration, elle se sentit tout à coup sereine. Belle, épanouie... femme. A cette pensée, ses tétons dardèrent leurs pointes durcies en direction d'Andreo.

— *Dio mio*... Tu es encore plus belle que dans mes souvenirs, murmura-t-il en l'entraînant sur le lit.

Ses mains coururent délicatement sur le ventre frémissant de Pippa qui soupira de bonheur. Glissant un doigt sous sa culotte en dentelle, il explora le cœur moite de sa féminité jusqu'à ce qu'elle s'arc-boute en gémissant.

— Sais-tu ce que j'aime par-dessus tout ? J'aime l'idée d'être le premier, le seul à qui tu t'abandonnes, confessa-t-il avec ferveur. Tu n'imagines pas à quel point je trouve ça excitant, *carissima*.

Pippa esquissa un sourire, submergée par un océan d'exquises sensations. Touchantes, les paroles d'Andreo décuplèrent la force déjà inouïe de son désir. Elle avait faim de lui. Elle brûlait d'envie de caresser, de titiller du bout de la langue chaque centimètre carré de son grand corps viril. Elle avait envie de le sentir en elle, d'onduler sous lui jusqu'à ce que le plaisir ultime les foudroie et qu'ils recouvrent lentement leurs esprits, épuisés, alanguis.

Dans les heures qui suivirent, Andreo lui offrit tout cela et bien d'autres encore…

— Je me sens incroyablement bien dans tes bras, *amore,* murmura-t-il lorsque, repus de caresses, ils se blottirent l'un contre l'autre et fermèrent les yeux.

— Moi aussi…

En proie à une douce torpeur, Pippa se lova contre lui tandis qu'il caressait tendrement ses boucles emmêlées. Un sourire heureux flottait sur ses lèvres. Ainsi, c'était ça, le bonheur…

Teintée d'espièglerie, la voix d'Andreo l'arracha à sa langueur.

— Dis-moi, petite cachottière, où as-tu appris à parler un français aussi impeccable ?

— Ma mère était française.

Il y eut un bref silence. Finalement, Andreo demanda d'un ton détaché :

— Le Français qui t'a téléphoné fait donc partie de ta famille ?

Pippa fronça les sourcils. Puis elle se souvint : Andreo faisait allusion à Christian.

— Oh, non ! C'est le mari d'une amie. A la vérité, nous n'avons guère d'affinités, tous les deux. C'est drôle, je…

— Tu dois pourtant le voir la semaine prochaine, non ?

— Il m'a demandé de choisir quelques vêtements de grossesse pour Tabby, expliqua Pippa. Je ne savais même pas qu'elle était enceinte. Ce sera son troisième enfant et elle n'a que vingt-trois ans…

Les doutes et les soupçons d'Andreo s'envolèrent sur-le-champ, cédant la place à la culpabilité. Sans doute avait-il fréquenté trop de femmes cupides et calculatrices, prêtes à tout pour capturer dans leurs filets les hommes les plus riches de la planète… Dieu merci, Pippa n'était pas de celles-ci et il s'en voulait terriblement d'avoir douté de son intégrité.

Posant un doux baiser dans le creux de son cou, il déclara :

— Je vais commander quelque chose à manger, d'accord ? Je préfère te garder entièrement pour moi ce soir… et toute la nuit.

Pippa se rembrunit.

— Je ne passerai pas la nuit ici, décréta-t-elle, soudain effrayée à l'idée de se réveiller à son côté le lendemain matin.

C'était trop soudain, trop intime…

— Pourquoi ? fit Andreo qui s'était redressé pour attraper le téléphone posé sur la table de chevet.

Pippa secoua la tête.

— Je préfère rentrer chez moi, c'est tout.

Blessé dans son orgueil, Andreo composa le numéro du service d'étage. En règle générale, il ne proposait pas à ses maîtresses de passer la nuit avec lui, redoutant de s'embarquer dans une aventure plus sérieuse en franchissant cette étape importante à ses yeux. Dans ce cas, pourquoi avait-il invité Pippa à dormir ici ?

— Très bien, déclara-t-il d'un ton faussement désinvolte avant de commander un assortiment de plats thaïlandais sans lui demander son avis.

Par chance, Pippa adorait la cuisine asiatique et elle mangea de bon appétit, assise en tailleur dans le sofa en cuir, enveloppée dans un épais peignoir en éponge.

— Comment cela se fait-il que tu aies un frère aussi jeune ? demanda-t-elle au cours de la conversation.

— Marco est arrivé par surprise alors que ma mère avait la quarantaine passée. Il avait cinq ans quand mon père est décédé, ce qui explique pourquoi il compte autant sur moi. Nous avons trois sœurs aînées, toutes mariées, toutes enclines à chouchouter le petit dernier de la famille. Il devenait vraiment insupportable, aussi ai-je persuadé ma mère de l'envoyer dans un pensionnat. Son comportement s'est nettement amélioré depuis qu'il y est.

— Qu'est-ce que ça fait d'appartenir à une fratrie de cinq enfants ? demanda Pippa avec curiosité.

— C'est plutôt sympa… Mais ç'aurait été encore plus amusant si une ou deux de mes sœurs avaient été des garçons, ajouta-t-il d'un ton gentiment moqueur. J'aimerais fonder une grande famille, moi aussi.

Pippa le gratifia d'une œillade surprise.

— Personnellement, je ne veux pas d'enfants, confia-t-elle sans réfléchir.

Andreo fronça les sourcils.

— Tu ne veux pas d'enfants ? Même pas un ?

Mal à l'aise, elle répondit d'un ton faussement léger :

— Disons que je préfère privilégier ma carrière professionnelle.

Un silence tendu accueillit ses paroles. Au bout d'un moment, Andreo demanda avec brusquerie :

— Que décideras-tu si tu apprends que tu es enceinte ?

Pippa pâlit.

— Ça n'arrivera pas. Pourquoi poses-tu cette question ?

— Parce qu'il existe malgré tout un risque après ce qui s'est passé avant-hier. Il me semble que je suis en droit de savoir quelles sont tes intentions si tu tombes enceinte, conclut-il d'un ton irrité.

Pippa repoussa son assiette et se leva. D'un geste nerveux, elle tritura les manches trop longues du peignoir.

— Je n'ai pas envie de parler de ça.

— *Per meraviglia !* Je n'en ai pas envie non plus, figure-toi… Mais il me semble plus raisonnable d'aborder la question tout de suite, de manière à pouvoir agir sans précipitation le moment venu !

Dans un accès de panique incontrôlée, Pippa tourna les talons, ramassa fébrilement ses vêtements et battit en retraite dans la salle de bains.

— Je veux juste une réponse !

La voix d'Andreo résonna durement à ses oreilles lorsqu'elle ferma la porte à clé, les yeux embués de larmes. C'était un sujet sensible pour elle, ne le comprenait-il donc pas ? Son insistance, son attitude inflexible la blessaient profondément.

Avec des gestes d'automate, elle prit une douche et s'habilla. Quel gâchis, songea-t-elle en repensant aux merveilleux moments qu'ils avaient passés en début de soirée. La magie s'était envolée, hélas, et la réalité reprenait durement ses droits. D'un revers de main, elle essuya ses yeux humides, aspira une grande bouffée d'air et quitta la salle de bains.

Andreo s'était habillé, lui aussi. Plus séduisant que jamais dans une chemise gris perle et un pantalon en toile noir, il s'avança vers elle. Un mélange d'exaspération et de regret se lisait dans son regard brillant.

— C'est ridicule, *cara*…

— Ne me regarde pas comme ça, d'accord ? Je veux rentrer chez moi… j'ai déjà appelé un taxi avec mon portable.

Avant qu'il ait le temps de réagir, elle s'élança vers le hall d'entrée.

— Je ne peux pas te laisser partir comme ça. D'accord, je le reconnais, je n'aurais peut-être pas dû aborder cette question… Mais comment aurais-je pu savoir que c'était un sujet difficile pour toi ? ajouta-t-il en levant les mains au ciel dans un geste d'impuissance. La plupart des femmes adorent les bébés !

Pippa eut l'impression de recevoir une gifle.

— J'aime les bébés, figure-toi… simplement, je n'en veux pas, c'est tout !

Andreo la rejoignit en quelques enjambées. Posant les mains sur ses épaules contractées, il plongea son regard dans le sien.

— Tu changeras probablement d'avis…

— Non ! coupa-t-elle avec force.

Parcourue d'un violent tremblement, elle se libéra de son étreinte et tourna les talons. Déjà, de douloureux souvenirs affluaient à son esprit… En proie à une vive émotion, elle revit sa mère en larmes, se reprochant entre deux sanglots d'être une mauvaise mère, incapable de faire le bonheur de sa famille.

Perplexe, Andreo étudiait le profil diaphane de Pippa. Une tristesse indicible figeait les traits délicats de la jeune femme. La sonnerie de l'Interphone rompit le silence tendu.

— C'est sûrement mon taxi.

— Si tu pars, je ne t'appellerai pas demain, lança Andreo sans l'ombre d'une hésitation. Si tu pars, tout est fini entre nous.

Presque malgré elle, Pippa s'arrêta net. Andreo s'approcha de l'Interphone et demanda au concierge de patienter quelques minutes.

Puis il s'avança et, s'immobilisant derrière elle, l'enveloppa de ses bras puissants. Elle se raidit, résistant de toutes ses forces au flot de sensations qui montaient en elle. Elle désirait cet homme. Elle avait envie de rester près de lui, de savourer sa présence physique à son côté. Mais elle voulait aussi qu'il soit fier d'elle, qu'il approuve ses opinions et le regard qu'elle portait sur le monde. Allait-elle tout gâcher à cause d'une grossesse parfaitement improbable ?

— Je te l'ai déjà dit, murmura-t-elle d'une voix étranglée. Ce n'est pas si facile que ça de tomber enceinte… Tu m'écoutes ?

— *Si*. Je t'écoute.

— Ma mère n'a jamais pu avoir d'autre enfant après moi et ma grand-mère a attendu dix ans avant de donner naissance à ma mère…

— Chut… N'en parlons plus, fit Andreo en l'obligeant à lui faire face.

Il caressa du bout des doigts son front puis ses joues, effleura tendrement ses lèvres tremblantes. Incapable de contenir les émotions qui se bousculaient en elle, Pippa fondit en larmes.

Andreo resserra son étreinte, bouleversé par la fragilité qui émanait d'elle. Etait-ce la même femme qui, quelques instants plus tôt, lui tenait tête avec virulence ?

— Ne pleure pas, je t'en prie… Retournons au lit, tu veux… Laisse-moi te consoler, *cara*…

— Mon taxi…

Enfonçant le bouton de l'Interphone, Andreo pria le concierge de décommander le taxi. Puis il chercha le regard de Pippa, encore tremblante d'émotion. Lorsqu'il commença à lui ôter ses vêtements, elle secoua la tête d'un air égaré.

— Je veux rentrer chez moi…

Avec une délicatesse infinie, Andreo la prit par les épaules et l'attira contre lui.

— Non, ce n'est pas vrai. Tu as très envie de rester auprès de moi, *amore*. C'est la mort dans l'âme que tu serais partie…

Et, sans lui laisser le temps de protester, il la souleva dans ses bras et la ramena dans la chambre.

— Tu auras la permission de rentrer chez toi les soirs de semaine. Le week-end, en revanche, tu es à moi du matin au soir et du soir au matin. Désolé, c'est comme ça.

— Nous sommes jeudi, fit observer Pippa en appuyant ses lèvres contre son épaule mate.

— Pardon ? Je n'ai pas entendu…

— Nous sommes jeudi.

D'une main, Andreo tira les draps froissés en fronçant les sourcils d'un air faussement incrédule.

— Tu aurais bien besoin d'un calendrier, *cara mia*.

— Mmm… C'est vrai qu'on se croirait vendredi, susurra-t-elle, rattrapée par le désir.

Sa reddition fut aussitôt récompensée d'un sourire ensorceleur.

Dans le dernier bouquet que lui avait envoyé Andreo, Pippa choisit une rose couleur corail qu'elle glissa délicatement dans la boutonnière de sa nouvelle veste de tailleur. La jupe courte et moulante mettait en valeur sa taille fine et ses jambes interminables.

Toutes les pièces de sa maison étaient envahies de fleurs qui distillaient un parfum léger et délicat. Un jour sur deux, aux premières lueurs de l'aube, elle s'était arrachée aux bras possessifs d'Andreo pour regagner son domicile, prendre une douche et se changer. Elle en profitait alors pour disposer dans des vases les somptueux bouquets qu'Andreo lui offrait chaque jour.

Pippa examina son reflet dans le miroir en pied de l'entrée. Ses yeux pétillaient et un sourire béat flottait sur ses lèvres… Voilà l'effet que produisait sur elle Andreo. Il suffisait qu'elle pense à lui, fût-ce un quart de seconde, pour… Son visage s'assombrit soudainement. Dans un peu moins de quarante-huit heures, elle s'envolerait pour la France, pas simplement pour passer d'agréables vacances en compagnie de son amie Tabby et de son mari mais aussi, et surtout, pour prendre un nouveau départ dans la vie. Quitter Andreo lui fendrait le cœur, elle en était douloureusement consciente. D'autant que ce dernier ignorait tout de ses projets…

Pourquoi avait-elle choisi de ne rien lui dire ? Avait-elle eu peur qu'il ne mette un terme à leur histoire en apprenant qu'elle ne resterait pas longtemps à Londres ? Quoi qu'il en soit, elle n'était pas naïve au point de croire qu'Andreo ait envisagé un seul instant de passer le restant de ses jours auprès d'elle. Elle n'avait certes pas beaucoup d'expérience dans ce domaine, mais elle n'avait pas oublié la réputation de grand séducteur de son amant…

Une limousine était garée le long du trottoir, juste devant chez elle. Indifférente aux rideaux des voisins qui bougeaient discrètement derrière les vitres, Pippa monta dans la voiture et appela aussitôt Andreo sur son portable.

— Je t'avais dit que je prendrais le métro, le rabroua-t-elle gentiment.

— Je préfère que tu économises tes forces pour moi… Rendez-vous à 13 heures pour déjeuner.

Les intonations rauques et caressantes de sa belle voix grave la firent frissonner.

— Mmm… J'ai hâte d'y être, murmura-t-elle en songeant

aux restaurants exotiques, pleins de charme et de fantaisie, qu'Andreo lui avait fait découvrir ces jours derniers.

Une demi-heure plus tard, elle entrait dans les locaux du service financier. Un étrange silence s'abattit autour d'elle tandis qu'elle gagnait son bureau. Pippa réprima à grand-peine un sourire amusé. L'étonnement de ses collègues était somme toute assez compréhensible : en l'espace de quelques jours, elle avait cessé d'être la première arrivée et la dernière partie. A présent, elle avait totalement inversé la tendance ! En outre, les tâches qu'on lui confiait étaient tellement au-dessous de ses compétences qu'elle passait le plus clair de son temps à rêvasser, la tête pleine de jolies histoires où l'amour rimait avec toujours…

— J'adore ton tailleur… Il est très tendance ! s'écria Jonelle d'un ton admiratif.

Pippa gratifia sa collègue d'un sourire chaleureux.

— Il est joli, n'est-ce pas ?

Jonelle s'éclaircit la gorge.

— On dirait le tailleur Versace que j'ai vu dans une vitrine la semaine dernière. C'en est un… Je veux dire, un Versace ?

Pippa haussa les épaules. La mode ne l'avait jamais beaucoup intéressée.

— Pour être franche, je n'en sais rien. Je n'ai pas fait attention à l'étiquette.

Ce qu'elle avait retenu, en revanche, c'est qu'Andreo lui avait offert ce tailleur pour la simple et bonne raison qu'il était exactement de la même couleur que ses yeux. N'était-ce pas adorable ?

Sa désinvolture ne fit qu'attiser la curiosité de ses collègues qui l'observaient à présent d'un air ahuri.

— Oh, mais tu as également craqué pour des chaussures Jimmy Choo ! reprit Jonelle en lorgnant avec envie les escarpins délicatement ouvragés qui paraient ses pieds fins.

— J'ai cassé un talon en allant déjeuner hier, expliqua

Pippa. J'ai bien été obligée de m'acheter une autre paire de chaussures…

— Et, bien sûr, il n'y avait que des boutiques de luxe dans la rue que tu arpentais, lança Cheryl d'un ton acide avant de quitter le bureau en trombe.

Avec un petit haussement d'épaules, Pippa se plongea dans les dossiers qui l'attendaient sur son bureau. Quelques minutes plus tard, son téléphone portable sonna. C'était Marco, le jeune frère d'Andreo qui l'appelait de nouveau à son secours. Au fil des conversations, leurs rapports étaient devenus amicaux et il n'hésitait plus désormais à l'appeler pour toute autre chose que des conseils éclairés en mathématiques. En l'occurrence, il désirait savoir ce qu'il pourrait bien offrir à sa nièce qui s'apprêtait à souffler six bougies.

Dix minutes plus tard, Jonelle décrocha le téléphone qui sonnait dans le vide sur le bureau de Cheryl. Comme celle-ci demeurait invisible, Pippa fut priée de se présenter à l'étage de la direction pour accueillir un nouveau client à la place de sa supérieure.

Au moment où elle montait dans l'ascenseur, Andreo en sortait. Ils étaient encore ensemble quelques heures plus tôt et, pourtant, Pippa ne put s'empêcher de contempler son beau visage volontaire, et de se perdre avec bonheur dans son regard noir.

— C'est encore loin, l'heure du déjeuner ? demanda-t-elle à mi-voix.

D'un geste empreint de tendresse, Andreo repoussa la boucle de cheveux qui dansait sur sa joue.

— Trop loin à mon goût, si tu veux tout savoir. Où vas-tu ?

— Je suis attendue en salle de réunion. Lester Saunders doit arriver d'un instant à l'autre et Mlle Long est introuvable.

— Une chance pour Venstar, railla Andreo en remontant avec elle dans l'ascenseur.

Quelques minutes plus tard, Andreo poussa la porte et

s'effaça pour laisser entrer Pippa dans la pièce décorée avec goût, réservée aux rendez-vous importants.

Pippa fit quelques pas avant de s'arrêter net, frappée de stupeur. Etroitement enlacé, un couple soupirait dans le sofa en cuir. Ricky Brownlow se redressa tant bien que mal, visiblement gêné, mais sa compagne, quant à elle, gratifia Pippa d'un regard ulcéré.

— Décidément, tu feras tout pour me pourrir la vie, hein ?

— Vous le prenez ainsi, mademoiselle Long ?

La voix doucereuse d'Andreo résonna dangereusement dans la pièce comme il avançait vers le couple pris en flagrant délit. En quelques mots coupants et implacables, il leur signifia leur congé pour faute grave et les pria de disparaître sur-le-champ.

Pippa assista à la scène, abasourdie. Pas une seule fois elle n'avait soupçonné Ricky — un homme marié, qui plus est… — d'entretenir une liaison avec Cheryl ! Après leur départ, elle remit la pièce en ordre avec des gestes mécaniques.

— On dirait que tu tombes des nues, je me trompe ? murmura Andreo d'un ton indulgent. Tu ne prêtes donc pas l'oreille aux rumeurs ? Je viens à peine d'arriver et, pourtant, je savais déjà que Brownlow était soupçonné d'avoir appuyé la candidature de Cheryl au poste que tu briguais dans le simple but de passer davantage de temps avec elle. Maintenant, il ne me reste plus qu'à te nommer directrice du service financier…

Pippa se figea.

— Non ! Je veux dire… Non, attendons encore un peu. C'est encore tout frais et puis… vu les rapports que nous entretenons, tous les deux…

Andreo arqua un sourcil perplexe.

— Cela n'entre pas en ligne de compte.

— Pour moi, si.

— Je croyais que le travail passait avant toute autre considération, *cara,* riposta Andreo avec une pointe de sarcasme dans la voix.

Sans lui laisser le temps de répondre, il quitta la pièce,

laissant Pippa en proie à un profond désarroi. Pourquoi diable avait-elle refusé ce poste dont elle rêvait encore deux semaines auparavant ? Etait-elle à ce point attachée aux projets qu'elle venait tout juste d'ébaucher ? Ou bien l'attitude de Cheryl l'avait-elle définitivement dissuadée de rester au sein de l'entreprise ? Quelle que soit la réponse, elle devait une explication à Andreo. Après tout, ne l'avait-elle pas accusé de l'avoir privée du poste qu'elle convoitait ?

Sitôt la réunion terminée, Pippa se dirigea vers le bureau d'Andreo, bien décidée à tirer les choses au clair. Hélas, il était occupé et la standardiste la pria de bien vouloir patienter quelques minutes. Elle s'assit à contrecœur, regrettant déjà de s'être déplacée. Elle aurait dû l'appeler sur sa ligne directe, c'eût été plus simple.

Au bout de quelques instants, la jeune femme se pencha au-dessus du bureau et déclara sur le ton de la confidence :

— Je ne devrais pas vous le dire, mais M. d'Alessio est avec sa petite amie. Il semblerait qu'elle rentre tout juste de l'étranger où elle était allée faire des photos.

— Ah bon ? fit Pippa, cédant pour la première fois à l'envie d'en savoir davantage sur les bruits de couloir qui alimentaient sans cesse les potins internes. Racontez-moi tout…

— C'est Lili Richards, vous savez… le top model. Elle est encore plus belle qu'en photo, c'est incroyable !

Pippa écarquilla les yeux.

— Lili Richards…

Ce nom lui était totalement inconnu.

— Ça a l'air très sérieux entre eux, reprit la standardiste à mi-voix.

Le sourire de Pippa se figea légèrement.

— Ah oui ?

— Oui… Elle s'est jetée dans ses bras dès qu'elle l'a aperçu, vous auriez dû voir ça ! A sa décharge, je comprends assez bien son enthousiasme. M. d'Alessio est le plus bel homme qu'il m'ait été donné de rencontrer sur cette terre ! expliqua la jeune femme d'un ton rêveur. Et, avec sa réputation de Casanova, elle devait être morte de peur qu'il lui ait trouvé une remplaçante pendant son absence !

Le portable de Pippa vibra dans la poche de sa veste. Elle s'en empara et réprima de justesse un soupir de soulagement. C'était Andreo. N'était-ce tout de même pas incroyable ? Il suffisait qu'une jolie jeune femme lui rende visite pour que toute l'entreprise lui prête une aventure torride avec elle !

— Désolé, je ne serai pas libre pour déjeuner, déclara-t-il sans préambule.

Pippa fronça les sourcils.

— Mais je voulais te parler…

— J'ai une affaire urgente à régler. Je t'appelle tout à l'heure… d'accord ?

Elle ouvrit la bouche, mais aucun son n'en sortit.

— D'accord ? répéta-t-il d'un ton empreint d'impatience.

— D'accord, articula-t-elle avec peine.

Il raccrocha. D'une main tremblante, Pippa enfouit l'appareil dans sa poche puis se leva.

— Le *big boss* et Lili Richards vont bientôt sortir du bureau ! chuchota la standardiste à l'adresse d'une collègue.

Pippa sentit son estomac chavirer. Non, elle ne resterait pas plantée là, à l'épier comme une fiancée jalouse et possessive, incapable de lui faire confiance. Le cœur lourd, elle s'éloigna d'un pas hésitant. Déjà, des visages curieux émergeaient dans l'entrebâillement des portes. Sur une impulsion, Pippa se réfugia dans un recoin sombre du couloir et attendit l'arrivée du « patron et de sa petite amie ». C'était ridicule… Il lui avait dit qu'il avait une affaire urgente à régler, et elle ne mettrait pas sa parole en doute car elle lui faisait entièrement confiance.

Au même instant, Andreo fit son apparition et se dirigea vers l'ascenseur. Il n'était pas seul. Une créature de rêve était pendue à son bras. Chevelure blonde comme les blés, visage de poupée, corps de déesse, elle était absolument sublime. Sa beauté était presque irréelle tant elle approchait de la perfection. Irréelle et totalement naturelle, ce qui était encore plus incroyable…

Depuis sa cachette, Pippa observa Lili Richards, en proie à une angoisse grandissante. Peu habituée à essuyer un refus, la jeune femme avait probablement supplié Andreo de l'emmener déjeuner. Peut-être était-ce une cliente… ou une amie proche de la famille d'Alessio, une cousine lointaine, qui sait… ? Andreo avait cédé à contrecœur… elle ne lui avait pas laissé le choix.

Sous les yeux éberlués de Pippa, Lili glissa ses mains sous la veste d'Andreo avec l'assurance d'une maîtresse certaine de ses charmes. Puis elle se colla à lui et, se hissant sur la pointe des pieds, l'embrassa avec le même entrain. Incapable d'en supporter davantage, Pippa baissa vivement les yeux.

— Vite, vite, un lit ! plaisanta quelqu'un d'un ton goguenard.

En proie à une terrible nausée, Pippa se précipita aux toilettes. L'image d'Andreo et de sa compagne dansait devant ses yeux embués de larmes. Ils formaient un couple magnifique, tous les deux. A cette pensée, son cœur se serra douloureusement. Doux Jésus, comment avait-elle pu lui faire confiance ? Le surnom dont l'avait affublée Ricky Brownlow lui revint à la mémoire et elle laissa échapper un gémissement de détresse. Pippa passe-partout… comment s'était-elle débrouillée pour l'oublier ?

Avec des gestes d'automate, elle s'aspergea le visage d'eau fraîche, remit un peu d'ordre dans ses boucles emmêlées et regagna son bureau.

— Il paraît que Ricky et Cheryl ont été virés, c'est vrai ? demanda Jonelle en l'apercevant.

— Oui.

— Alors tu vas pouvoir prendre sa place.

— Je n'en veux plus.

— Bien sûr… Maintenant que tu sors avec M. d'Alessio, murmura sa collègue d'un ton envieux.

Pippa se raidit.

— Le jour où tu as reçu le deuxième bouquet de fleurs, on a fini par comprendre que c'était toi, la rousse sublime de la soirée de bienvenue, confia Jonelle en gloussant.

— C'est sûr… je viens juste de rompre, si ça t'intéresse, répliqua Pippa d'un ton faussement laconique.

Nul doute que la visite de la belle Lili ferait le tour de tous les services d'ici la fin de la journée…

Dès qu'elle fut rentrée chez elle, Pippa appela la direction des ressources humaines pour les informer qu'elle ne voulait plus du poste et qu'elle avait l'intention de donner sa démission. Puis elle se déshabilla et enfouit le précieux tailleur, les escarpins, les fleurs dégoulinantes d'eau et toutes les cartes qu'elle avait conservées, dans un grand sac-poubelle. Elle ouvrit ensuite deux valises qu'elle entreprit de remplir méthodiquement. Puis, elle décrocha son téléphone et réserva une chambre d'hôtel pour la nuit, craignant qu'Andreo ne vienne lui demander des explications au sujet de sa démission.

Avant de quitter son domicile, elle s'occupa de faire livrer le sac-poubelle à l'appartement d'Andreo.

Bien sûr, il n'y avait aucun risque que Lili ou lui se donne la peine de répondre au livreur… Ils étaient sans nul doute bien trop occupés…

7

Appuyée contre la balustrade en pierre de la terrasse ombragée, Pippa cherchait à se perdre dans la contemplation du paysage champêtre qui s'étendait à perte de vue autour du château.

Les jardins à la française étaient encerclés de prés verdoyants qui cédaient à leur tour la place à de vastes vergers ayant la réputation de produire le meilleur cidre du monde. Le reste de la propriété des Duvernay, demeure ancestrale de Christian Laroche, l'époux de Tabby, couvrait plusieurs hectares de bois et de forêts classés réserve naturelle. A quelques encablures en direction de l'Ouest, la côte bretonne présentait son relief accidenté de falaises rocheuses, de criques sablonneuses et de charmants petits ports de pêche.

La chambre qui lui avait été réservée était décorée avec beaucoup de raffinement et Tabby lui avait concocté un programme aussi chargé que divertissant. Depuis deux semaines, Pippa s'efforçait de faire bonne figure, mais elle se sentait de plus en plus seule, de plus en plus triste, face au bonheur éclatant de ses hôtes.

Christian se montrait extrêmement gentil avec elle. A vrai dire, il n'avait plus rien à voir avec l'homme hautain et arrogant dont elle gardait le souvenir. Pippa le soupçonnait même d'avoir deviné son chagrin.

Car à quoi bon le nier ? Elle était tombée amoureuse d'Andreo. Follement, passionnément amoureuse. Alors même qu'elle avait cru rester maîtresse de ses émotions, la situation lui avait totalement échappé et c'est le cœur brisé qu'elle avait fui Londres et les douloureux souvenirs de leurs nuits brûlantes.

Andreo lui avait menti en prétendant être libre de tout engagement. C'était là le seul vrai reproche qu'elle pouvait lui adresser. Après tout, il ne lui avait jamais fait de déclarations enflammées ni de belles promesses.

Mais alors, pourquoi avait-il essayé de la joindre à plusieurs reprises depuis qu'elle avait quitté Londres ? Il devait savoir qu'elle était au courant au sujet de Lili… Et, pourtant, il lui avait envoyé d'innombrables textos auxquels elle n'avait bien sûr pas répondu. Puis, devant son silence obstiné, Andreo avait inondé de messages sa boîte vocale. Très bizarrement, sa voix trahissait une inquiétude sincère. Où était-elle passée ? demandait-il. Pourquoi avait-elle disparu sans crier gare ?

Pippa secoua la tête, le regard perdu dans le vide. A quoi jouait-il, à la fin ? N'avait-il pas compris en recevant le sac qui contenait toutes les affaires qu'il lui avait offertes ?

De guerre lasse, elle avait même changé de numéro de portable. Mais lorsque le jeune Marco l'avait suppliée de lui communiquer son nouveau numéro, arguant avec toute la fougue d'un adolescent de quatorze ans qu'il ne pouvait être tenu responsable de la conduite de son frère, Pippa avait cédé…

Tabby la rejoignit sur la terrasse, une adorable fillette dans les bras. Alors que Jake, son fils de cinq ans, avait hérité de la beauté ténébreuse de son père, Jolie, un an tout juste, possédait les yeux verts et la chevelure couleur caramel de sa mère.

— J'adore cette robe, déclara Tabby en lissant du plat de la main la robe de grossesse qu'avait choisie Pippa dans sa boutique préférée de Londres. Je suis ravie que tu aies accepté de faire quelques emplettes avec Christian. Tout seul, il aurait jeté son dévolu sur des vêtements certes élégants, mais hyperclassiques, je le connais. Personnellement, je préfère les tenues plus décontractées, surtout l'été.

— C'est vrai qu'il fait chaud ici, renchérit Pippa en soulevant légèrement la masse de ses cheveux bouclés pour rafraîchir sa nuque.

Rejetant la tête en arrière, elle fut assaillie d'un curieux vertige qui l'obligea à s'agripper des deux mains à la balustrade. « Mon Dieu, non », songea-t-elle en fermant brièvement les yeux, submergée par une vague d'angoisse. Elle aurait dû avoir ses règles deux semaines plus tôt. Couplé aux vertiges et aux nausées dont elle souffrait depuis quelque temps, ce retard tout à fait inhabituel commençait à l'inquiéter sérieusement.

— On dirait que tu apprécies davantage Christian qu'avant, je me trompe ? s'enquit Tabby avec une pointe d'amusement dans la voix.

S'arrachant à ses sombres pensées, Pippa esquissa un sourire.

— Disons que j'ai appris à le connaître depuis que je suis ici.

— Le pauvre était persuadé que tu le détestais ! Cela dit, je comprends ta méfiance à l'égard des hommes. Ton père ne vous a pas épargnées, ta mère et toi, conclut-elle en ponctuant ses paroles d'un soupir compatissant.

Pippa resta coite. Tabby était-elle au courant des problèmes conjugaux de ses parents ? Elle qui avait toujours cru qu'il s'agissait là d'un secret de famille !

Intriguée par son silence, Tabby glissa un regard furtif en direction de son amie et esquissa une grimace contrite.

— Oh non… ! Tu ne savais pas que j'étais au courant…

— Que mon père trompait régulièrement ma mère ? compléta Pippa en s'efforçant de prendre un ton désinvolte.

Tabby grimaça de nouveau.

— Ma belle-mère m'avait tout raconté lors de ces vacances cauchemardesques. Il faut dire que son petit manège avec ton père ne faisait rien pour égayer l'atmosphère. Ta mère me faisait beaucoup de peine.

— C'était une femme adorable. Elle a beaucoup souffert à cause de mon père.

Pippa éprouvait un soulagement immense à confier ainsi

à son amie le chagrin qui pesait, encore aujourd'hui, sur son cœur. Jamais elle n'oublierait le jour où son père avait brutalement déclaré que ses infidélités étaient tout à fait justifiées… puisque son épouse faisait tellement peu d'efforts pour rester séduisante !

— Il tenait des propos extrêmement cruels à son encontre, ajouta-t-elle d'une voix tremblante.

— J'imagine que c'était sa façon à lui de vous tenir sous son joug, fit Tabby. C'est complètement ridicule… Un homme peut tenir son rôle sans avoir besoin d'humilier son épouse.

— Je le sais bien.

— C'est vrai ? murmura Tabby en posant sur elle un regard perplexe. J'espère que l'ombre de ton père tyrannique n'a pas nui à ta relation avec cet Italien dont tu ne veux même pas me parler.

— Disons que… Andreo et moi avons eu une petite dispute… rien de grave, mentit Pippa avec une légèreté feinte.

— Lui as-tu seulement laissé l'occasion de te présenter des excuses ?

Troublée par la perspicacité de son amie, Pippa sentit ses joues s'empourprer. Mieux valait un petit mensonge plutôt que de longues et douloureuses explications.

— En fait, nous sommes sur la bonne voie… il m'a téléphoné hier soir…

— Alors tant mieux ! s'écria Tabby en l'enlaçant affectueusement par les épaules. J'aimerais tellement faire sa connaissance. Christian serait ravi de le rencontrer, lui aussi.

Au même instant, Jolie tendit les bras à Pippa et Jake déboula sur la terrasse en criant :

— Pippa, viens jouer aux petites voitures avec moi, d'accord ? Jolie n'aura qu'à nous regarder…

Trop heureuse de mettre un terme à la conversation qui s'engageait sur un terrain glissant, Pippa partit avec les enfants, feignant d'ignorer les protestations de son amie.

Ce soir-là, après qu'ils eurent terminé de dîner, Pippa

remercia chaleureusement le jeune couple de son hospitalité. Elle devait prendre le train le lendemain matin pour se rendre en Dordogne où elle désirait se recueillir sur la tombe de sa mère. C'était la première fois qu'elle y retournait depuis l'enterrement. Puis elle remonterait à Paris où elle chercherait du travail et un logement. Christian avait proposé de lui prêter l'appartement qu'il possédait en plein cœur de la capitale et lui avait même fait une offre d'emploi plus qu'intéressante, mais Pippa avait gentiment refusé, arguant qu'il était important pour elle de se débrouiller seule.

— Crois-tu que j'arriverais à persuader Hilary de venir passer quelques jours ici ? demanda Tabby depuis le seuil de sa chambre à coucher, un moment plus tard.

— Elle adorerait venir, mais elle est très prise, tu sais, entre le salon de coiffure et sa petite sœur, expliqua Pippa en haussant les épaules. Comme j'aimerais avoir des nouvelles de Jen ! Elle semble avoir complètement disparu de la circulation, c'est tout de même incroyable, tu ne trouves pas ?

— Elle était très timide, très réservée, souviens-toi. Mais je suis sûre qu'elle finira bien par reprendre contact avec nous, un de ces jours. En attendant, nous devrions organiser une véritable réunion au sommet, toi, Hilary et moi, disons pour le prochain réveillon du jour de l'an. Qu'en dis-tu ? suggéra Tabby avant de souhaiter bonne nuit à son amie.

Pippa sortait de la douche lorsqu'elle entendit le vrombissement d'un hélicoptère qui atterrissait derrière la propriété. Il n'y avait là rien d'étonnant : propriétaire d'une compagnie aérienne internationale, Christian se déplaçait souvent en hélicoptère et les membres de son entourage en faisaient autant.

Après avoir revêtu une chemise de nuit en fine cotonnade blanche, Pippa entreprit de préparer les vêtements qu'elle mettrait le lendemain matin pour voyager. Un petit coup fut frappé à sa porte et l'instant d'après, Tabby fit son apparition, le visage éclairé d'un large sourire.

— J'ai une merveilleuse surprise pour toi ! s'écria-t-elle avec entrain. Ferme les yeux !

Réprimant un soupir, Pippa se plia au caprice de son amie.

— Ça y est, je peux les rouvrir ?

— Pas avant d'avoir entendu la porte se refermer… et, surtout, ne te presse pas pour descendre prendre ton petit déjeuner demain matin ! ajouta-t-elle en gloussant comme une écolière.

Tandis que la porte se refermait doucement, Pippa imaginait déjà une tasse de chocolat chaud recouverte de guimauve fondue comme elles aimaient en boire plus jeunes… ou un autre clin d'œil à leur enfance que Tabby avait voulu lui offrir avant son départ. Mais, lorsqu'elle se décida enfin à ouvrir les yeux, elle crut que son cœur allait cesser de battre. Car ce n'était pas une boisson chaude que lui avait apportée Tabby pour lui souhaiter bonne nuit, non… C'était un homme sexy en diable, plus imposant que jamais dans un costume gris anthracite qui mettait en valeur sa carrure athlétique, ses hanches étroites et ses jambes longues, puissamment musclées.

— Tabby est adorable, murmura-t-il d'une voix douce en guise de préambule.

Pippa secoua la tête, la gorge sèche.

— Co… Comment m'as-tu retrouvée ? balbutia-t-elle. Personne ne sait que je suis ici !

— La dernière fois que Marco t'a appelée, il a entendu quelqu'un parler français à côté de toi.

— Je ne lui pardonnerai jamais de m'avoir trahie !

— Un peu de clémence, *bella mia*. Tu lui as interdit de me communiquer ton nouveau numéro et il a tenu parole. Crois-moi, j'ai dû faire pression sur lui avant qu'il me livre ce petit secret…

Pippa le gratifia d'un regard réprobateur.

— Tu es ignoble… Il n'a que quatorze ans, le pauvre !

— Oui. Et déjà, railla Andreo, il se sent investi d'une loyauté sans bornes envers sa famille.

— Tu ne m'as toujours pas expliqué comment tu as retrouvé ma trace !

— J'ai mené ma petite enquête.

Les yeux de Pippa s'arrondirent de stupeur.

— Pardon ?

— Cela n'a pas été difficile. Ta mère était française, tu es très attachée à ce pays. Ton amitié pour Tabby et Christian était aussi à prendre en compte…

— Je n'arrive pas à croire que tu aies eu l'audace de venir jusqu'ici !

— J'ai toutes les audaces… Crois-moi, *amore*.

— Je n'ose même pas imaginer les mensonges que tu as racontés pour convaincre Tabby de te laisser entrer.

Andreo la considéra avec un certain dédain.

— Figure-toi que je n'ai même pas eu besoin de mentir. Ton amie n'a pas semblé surprise de me voir, déclara-t-il d'un ton satisfait. *Santo cielo…* Je n'ai eu qu'à décliner mon identité pour qu'elle me conduise jusqu'à toi !

Pippa baissa les yeux, mortifiée. Comment aurait-elle pu imaginer que le pieux mensonge qu'elle avait fait à Tabby quelques heures plus tôt sur leur pseudo-réconciliation aurait eu pour conséquence l'apparition surprise d'Andreo dans sa chambre à coucher ?

Au prix d'un grand effort, elle affronta le regard sombre d'Andreo.

— C'est incroyable, n'est-ce pas ? dit-il d'un ton sarcastique. Reçoit-elle aussi chaleureusement tous les hommes qui demandent à te voir ?

— Je ne te permets pas ! s'indigna Pippa en se dirigeant d'un pas raide vers la porte. Si tu es venu pour m'insulter, tu peux repartir tout de suite, je ne supporterai pas ta présence une minute de plus !

Au moment où elle posait la main sur la poignée de la porte, Andreo la saisit par le bras sans ménagement.

— Je crois que tu ne te rends pas compte à quel point je suis furieux contre toi, gronda-t-il en l'obligeant à lui faire face. Tu me dois des explications et des excuses, Pippa…

Electrisée par son contact, elle se libéra et croisa les bras sur sa poitrine comme pour se protéger.

— Des excuses ? C'est le monde à l'envers, décidément ! s'écria-t-elle d'un ton rageur, aiguillonnée par la jalousie qui lui transperçait le cœur. Si mes souvenirs sont bons, c'est toi qui me dois des excuses, toi qui as trahi ma confiance en flirtant ouvertement avec ta poupée Barbie !

Andreo la considéra d'un air perplexe.

— Rectificatif : c'est elle qui flirtait avec moi. Ainsi, tu m'as vu en compagnie de Lili. Je me suis bel et bien posé la question…

— Tu as annulé notre déjeuner sous prétexte que tu avais une affaire urgente à régler… Quelle affaire, en effet !

— Lili était dans mon bureau quand je t'ai appelée. Je pouvais difficilement t'expliquer que je l'emmenais déjeuner pour lui dire que tout était fini et lui annoncer mon intention de rompre.

Tout était fini ? *Tout était fini entre eux ?* Ces quelques mots résonnèrent comme une incantation magique dans l'esprit enfiévré de Pippa. Ainsi, Andreo avait eu l'intention de rompre avec Lili Richards le jour où elle les avait surpris tous les deux…

Andreo la gratifia d'un regard lourd de reproches.

— Si tu n'étais pas partie comme une voleuse te réfugier de l'autre côté de la Manche, je t'aurais tranquillement expliqué la situation le soir même.

Pippa ne réagit pas tout de suite. Tout semblait trop simple, tout à coup.

— Tu m'as menti, lança-t-elle dans un dernier soubresaut

de fierté. Le jour de notre rencontre, tu m'as affirmé que tu étais libre comme l'air.

— C'était la vérité. Lili était partie travailler à l'étranger, elle ne devait pas rentrer avant un ou deux mois. Notre relation n'avait rien d'officiel, nous étions convenus que si l'un de nous rencontrait quelqu'un d'autre, nous avions parfaitement le droit de mettre un terme à notre histoire pour vivre une nouvelle aventure. Je t'ai rencontrée. Lili m'a affirmé qu'elle n'avait rencontré personne mais, dans son langage à elle, cela signifie personne qui vaille la peine d'être mentionné, conclut Andreo avec un certain cynisme.

Pippa demeura silencieuse, en proie à des sentiments contradictoires. Comment faire confiance à un homme qui, malgré ce qu'il prétendait, lui avait caché une partie de la vérité ? Combien de fois son père avait-il affirmé à sa mère qu'il ne voyait plus sa maîtresse alors qu'il continuait à lui être infidèle ? Combien de fois lui avait-il proposé de repartir sur de nouvelles bases alors qu'il n'avait aucune intention de mettre un terme à sa double vie ?

— Tu perds ton temps, Andreo, déclara-t-elle, consciente du regard sombre fixé sur elle.

Andreo fronça les sourcils.

— C'est tout de même incroyable… Tu ne sembles même pas prête à reconnaître tes torts !

— Mes torts ? répéta Pippa d'un ton incrédule.

— *Si,* tu as parfaitement entendu. Tu as disparu dans la nature sans la moindre explication, sans le moindre signal d'alerte.

— J'ai donné ma démission et j'ai renvoyé les cadeaux que tu m'avais faits. Ça ne t'a pas suffi, comme explication ?

Andreo exhala un soupir impatient.

— Je me suis fait un sang d'encre pour toi !

Elle haussa les épaules.

— Tu n'avais aucune raison de t'inquiéter.

Les prunelles d'Andreo se rétrécirent dangereusement.

— Nous vivions quelque chose de fort, tous les deux. Je ne crois pas avoir fait quoi que ce soit qui ait pu te faire croire que j'allais te blesser ou te trahir. *Dio mio*… tu m'avais même donné une clé de ta maison !

La gorge nouée par les larmes, Pippa fixa sur le mur un point invisible. Elle ne voulait pas qu'il lui rappelle l'immense naïveté dont elle avait fait preuve en lui accordant sa confiance !

— Comme tu ne répondais pas à mes messages, poursuivit-il, je suis allé chez toi pour m'assurer que tu n'étais pas malade, clouée au lit. Il m'a alors paru évident que tu avais plié bagage en toute hâte, ce qui n'a rien fait pour apaiser mes craintes, au contraire.

Involontairement, Pippa leva les yeux et rencontra le regard d'Andreo, glacial et accusateur.

— J'ignorais encore que tu avais donné ta démission. Un type moins scrupuleux que moi n'aurait pas hésité à ouvrir ton journal intime pour connaître le fond de tes pensées !

Pippa poussa un petit cri de surprise.

— Mon journal intime ? Comment sais-tu que j'en tiens un ?

— Tu l'as laissé sur ta table de chevet… Excuse-moi, mais il n'est pas franchement discret avec sa couverture rose fluo ornée de grosses lettres dorées et le minuscule cadenas que j'aurais pu forcer d'un seul doigt, conclut-il d'un ton railleur. Rassure-toi, je l'ai pris dans mes mains, je l'ai soupesé mais…

— Mais ?

— Mais je ne me suis pas permis de l'ouvrir. Je l'ai emporté, cela dit…

— Tu l'as ici, avec toi ?

Il acquiesça en silence.

— Rends-le-moi, s'il te plaît, implora Pippa en s'efforçant de garder son sang-froid.

A son grand désarroi, Andreo secoua la tête.

— Pas encore, *cara*. Pour le moment, ton agenda est un instrument de négociation, la garantie pour moi que tu ne chercheras pas à me fausser de nouveau compagnie. En attendant, il se fait tard, nous ne sommes pas chez nous et tu t'apprêtais manifestement à aller te coucher. Nous parlerons demain, si tu veux bien…

— Je pars en Dordogne demain matin.

— Je sais. Tabby m'a dit qu'il était temps que j'arrive. Un jour de plus et tu n'étais plus là… Par chance, il se trouve que je possède une maison en Dordogne. Nous ferons le voyage ensemble, d'accord ?

Pippa retint son souffle. Voyager avec Andreo ? C'était tout simplement impensable ! Au moment où elle ouvrait la bouche pour protester, ce dernier demanda avec un naturel déconcertant :

— Ça ne te dérange pas si je prends une douche ?

Déjà, il ouvrait la porte de la chambre et attrapait la valise qu'il avait laissée dans le couloir.

— Il est hors de question que tu dormes ici ! s'écria Pippa.

— Dans ce cas, je te laisse le soin de demander à notre hôtesse de préparer une autre chambre.

Pippa baissa les yeux. Le piège se refermait lentement sur elle et c'était une impression très désagréable.

— Très bien, tu n'as qu'à passer la nuit ici. Le lit est immense, de toute façon. Christian et Tabby sont probablement couchés, je n'ai pas envie de les déranger, marmonna-t-elle en triturant nerveusement les manches de sa chemise de nuit.

Il réprima un sourire.

— Tu es sûre que ça ne te dérange pas ?

— Ça va aller. Après tout, c'est juste l'affaire d'une nuit, répondit-elle d'un ton faussement désinvolte.

Après avoir ôté sa veste et sa cravate, Andreo entreprit de déboutonner sa chemise. Il se sentait furieux en arrivant — il l'était encore, d'ailleurs — mais là, tout à coup, il était saisi d'une irrépressible envie de rire. La situation était assez drôle : vêtue d'une chemise de nuit informe qui la couvrait de la tête aux pieds, la mine boudeuse, Pippa se glissa entre les draps en évitant soigneusement de croiser son regard.

Haussant les épaules, il acheva de se déshabiller et poussa la porte de la salle de bains.

Les yeux rivés au mur, Pippa entendit l'eau ruisseler dans la douche attenante. D'affolantes images défilèrent dans son esprit confus et elle ferma les paupières, maudissant la faiblesse de son corps !

Les souvenirs des dix jours merveilleux qu'elle avait passés en compagnie d'Andreo assaillaient sa mémoire. Elle avait l'impression d'avoir vécu un rêve éveillé tant elle s'était sentie heureuse et épanouie auprès de lui. Un tel bonheur ne pouvait pas durer, elle aurait dû le savoir ! Que disait le dicton ? « Chassez le naturel, il revient au galop »… Andreo était un séducteur-né, rien ni personne ne pourrait jamais le changer. Pour couronner le tout, elle attendait peut-être un enfant de lui…

Luttant contre la panique qu'elle sentait monter en elle, Pippa se retourna dans le lit. Au même instant, Andreo émergea de la salle de bains, uniquement vêtu d'un caleçon moulant signé Armani. Comme hypnotisée, elle contempla son corps cuivré et parfaitement musclé. Sa beauté virile, quasi animale, réveilla aussitôt les sensations grisantes qu'elle avait savourées entre ses bras quelques semaines plus tôt. Inconsciemment, elle passa la langue sur ses lèvres.

— Non, murmura Andreo.

Pippa cligna des yeux, arrachée au doux vertige qui l'enveloppait.

— Pardon ?

— Je ne suis pas d'humeur à ça. Il faudrait que tu me supplies à genoux pour que j'accepte de te pardonner et…

— Que je te supplie à genoux ? répéta Pippa, interdite. Pour quoi faire ?

— Pour que nous fassions l'amour… tous les deux, *amore,* répondit-il.

Il rabattit le drap pour s'allonger à côté d'elle.

— Tu as envie de moi, *cara,* je le lis dans tes yeux, ajouta-t-il d'une voix suave qui la fit frissonner.

Les joues en feu, Pippa s'empara d'un oreiller et le lui jeta à la figure.

— Ne raconte pas n'importe quoi !

— Ce que tu peux être violente quand tu n'obtiens pas ce que tu veux, susurra-t-il en glissant l'oreiller sous sa nuque dans un geste fluide.

Pippa se redressa, exaspérée par le sourire satisfait qui flottait sur les lèvres d'Andreo.

— Tu ne sais rien de moi !

— Je sais que tu as gardé toutes les fleurs et toutes les cartes que je t'ai envoyées, même les boutons fanés, répliqua Andreo.

— Et alors ? Je n'aime pas le gâchis !

— Tabby m'a confié que tu étais très triste depuis ton arrivée ici mais que tu essayais, tant bien que mal, de faire bonne figure pour ne pas les inquiéter, ajouta-t-il.

Furieuse, Pippa se pencha vers lui.

— Ça m'étonnerait beaucoup de Tabby… Je la connais bien, tu sais, c'est une de mes meilleures amies !

Rapide comme l'éclair, Andreo la saisit par les bras et la plaqua contre lui. Un silence chargé d'électricité s'abattit sur eux. Pippa avait posé les mains sur son torse pour garder une certaine distance. Leurs regards se nouèrent.

Enfonçant une main dans la masse de boucles rousses qui cascadaient sur ses épaules, Andreo captura ses lèvres dans un baiser aussi bref que passionné. Le souffle court, il libéra sa bouche frémissante et l'obligea à reprendre sa place initiale, à côté de lui, à une distance raisonnable.

Consumée par le désir, Pippa se colla à lui pour réclamer les baisers et les caresses qui sauraient apaiser le feu qui couvait en elle. A son grand désarroi, Andreo la repoussa gentiment mais fermement.

— Je suis encore trop en colère contre toi.

— En colère ? répéta-t-elle, incrédule.

Le regard d'Andreo devint grave.

— Oui. Si j'avais rencontré quelqu'un d'autre, je te l'aurais dit. Je déteste le mensonge, je ne supporte pas les cachotteries. J'ai connu pas mal de femmes, certes, mais aucune d'entre elles ne peut m'accuser d'avoir été malhonnête ou infidèle.

— Lili Richards t'a embrassé sans retenue… Pour moi, c'est ça, l'infidélité ! protesta Pippa avec force.

Les traits d'Andreo se détendirent.

— Tu crois, vraiment ? Sache que j'ai horreur qu'on me touche en public, je trouve ça terriblement vulgaire. Tu ne m'as donc pas vu la repousser en la priant de bien vouloir se calmer ?

— Non. Surtout, ne va pas t'imaginer que j'ai quitté Londres parce que j'avais le cœur brisé, ajouta-t-elle en lui tournant résolument le dos. Notre histoire touchait à sa fin, c'était inéluctable. J'avais décidé de partir en France bien avant que tout cela n'arrive et je n'aurais changé d'avis pour rien au monde !

Dans le silence pesant qui suivit sa tirade, Pippa plissa les yeux pour tenter de retenir les larmes qui brûlaient ses paupières. Peine perdue. Jamais elle n'arriverait à s'endormir alors qu'Andreo se trouvait tout à côté d'elle…

8

A bout de forces après une nuit sans sommeil, Pippa finit par s'assoupir vers 7 heures du matin et se réveilla en sursaut une heure plus tard. Des effluves de café lui soulevèrent le cœur et elle se leva d'un bond, contourna tant bien que mal Andreo qui se tenait au milieu de la pièce, les bras chargés d'un plateau. Elle se précipita dans la salle de bains. Dieu merci, la sensation de nausée se dissipa rapidement.

— Ça va ? s'enquit Andreo de l'autre côté de la porte.

— Mmm. Tout va bien, je n'ai pas besoin de ton aide, répondit-elle sèchement avant de se réfugier dans la cabine de douche.

Une fois prête — elle mit un temps fou à essayer de discipliner ses boucles rebelles et finit par renoncer, passablement agacée —, elle poussa la porte de la salle de bains, prête à répondre aux questions d'Andreo. Mais la pièce était déserte et, pour une raison qu'elle ne put s'expliquer, ce constat l'irrita encore plus.

Tabby l'attendait en bas, dans la salle à manger où l'on prenait le petit déjeuner.

— Andreo m'a dit que tu n'étais pas très en forme. Il était inquiet à ton sujet. Dis-moi, il est beau comme un dieu, ajouta-t-elle d'un ton complice. Christian et lui s'entendent comme larrons en foire, figure-toi !

— Ça ne m'étonne pas du tout, avoua Pippa. Où sont-ils ?

— Ils voulaient soi-disant parler affaires tous les deux mais il y a fort à parier qu'ils ne tarderont pas à visiter la cave… s'ils ne décident pas d'aller faire un tour avec le bolide que Christian vient de s'offrir ! conclut Tabby en riant.

— Quel est le moyen le plus rapide de savoir si l'on est enceinte ? demanda Pippa tout de go.

Tabby cligna des yeux, interloquée. Au bout d'un silence qui parut durer une éternité, elle déclara :

— Je peux prendre rendez-vous avec mon médecin, si tu veux. Il te prescrira une analyse de sang sur-le-champ.

Pendant que Tabby s'occupait de contacter le cabinet médical, Pippa sirota une tasse de thé, trop anxieuse pour avaler quoi que ce soit. Lorsqu'elles prirent la voiture un moment plus tard, son amie se tourna vers elle avec un sourire reconnaissant.

— Merci de me faire confiance, Pippa.

Deux heures plus tard, le doute n'était plus permis : elle attendait un bébé.

— Que comptes-tu faire ? s'enquit Tabby sur le chemin du retour.

— Je ne sais pas, avoua Pippa, incapable de démêler l'écheveau de ses pensées confuses.

— Commence par en parler avec Andreo. C'est bien lui le père du bébé, n'est-ce pas ? risqua Tabby en lui jetant un coup d'œil furtif.

Pippa hocha la tête en silence.

— En tout cas, il est formidable avec les enfants, reprit son amie. Jake et Jolie ont monopolisé son attention toute la matinée et il s'est occupé d'eux avec beaucoup d'enthousiasme ! Tu es sous le choc, Pippa, il te faut un peu de temps pour t'habituer à l'idée mais, tu verras, tout rentrera dans l'ordre naturellement.

— Oui, sans doute, murmura Pippa d'une voix mal assurée.

La simple idée qu'une vie était en train de germer en elle la bouleversait profondément. C'était une chose extraordinaire, un vrai petit miracle… un événement digne d'être fêté ! En même temps, sa relation avec Andreo était loin d'être simple et elle ne pouvait ne pas en tenir compte.

— Personnellement, j'adore les bébés, déclara Tabby en garant la voiture devant l'imposante demeure familiale. Christian voulait qu'on attende encore un peu avant d'agrandir la famille, mais j'ai tellement insisté qu'il a fini par céder ! Je ne voulais pas qu'il y ait trop d'écart d'âge entre nos enfants.

Christian et Andreo apparurent sur le perron. En apercevant ce dernier, infiniment séduisant dans une chemise bleu ciel et un pantalon de toile beige, Pippa sentit les battements de son cœur se précipiter.

— Tu as oublié de me prévenir que tu sortais, chérie, lança Christian à l'adresse de son épouse.

— Et toi, tu ne m'as pas dit que tu emmenais Andreo à bord de ta McLaren pour lui faire faire le tour de la propriété, riposta Tabby d'un ton espiègle.

— Tes bagages sont déjà à bord de l'hélicoptère, intervint Andreo en se tournant vers Pippa.

La jeune femme réprima un sourire. N'ayant pas réussi à l'enlever, elle, il s'était rabattu sur ses valises et son journal intime !

Après avoir pris congé de leurs hôtes, tous deux se dirigèrent côte à côte vers l'héliport.

— Comment te sens-tu ? demanda-t-il.

— Très bien, merci. J'ai eu un petit malaise, rien de grave, répondit Pippa d'un ton évasif. Où se trouve ta maison, au juste ?

— Près de Bourdeilles. J'ai eu un coup de cœur pour cette région, le paysage me rappelait un peu la Toscane, avec ses forêts, ses champs et ses prairies verdoyantes. Ma maison te plaira, je crois. Le cadre est très paisible.

— Je n'en doute pas une seconde. Je prendrai une chambre à Brantôme. Ma mère est enterrée dans un village voisin. J'avais dix-sept ans la dernière fois que je suis venue en France.

Elle se tut un instant avant de continuer.

— Un accident de voiture a coûté la vie à ma mère et à plusieurs amis de mes parents, cet été-là, expliqua-t-elle d'une voix blanche. C'est une sorte de pèlerinage pour moi et je crains de ne pas être d'excellente compagnie.

Andreo s'abstint de tout commentaire. Les circonstances de l'accident figuraient dans le rapport d'enquête que lui avait remis le détective privé qu'il avait engagé après la disparition subite de Pippa. Après avoir donné quelques instructions au pilote de l'hélicoptère, il aida la jeune femme à attacher sa ceinture. Très pâle, son visage trahissait le mélange d'angoisse et d'appréhension qui l'habitait.

Ils atterrirent bientôt sur un aérodrome privé et poursuivirent leur voyage à bord du 4x4 Mercedes qui les attendait en bout de piste.

Murée dans le silence, Pippa contemplait le paysage familier qui l'entourait. Les souvenirs de cet été tragique l'assaillirent brutalement et elle ferma les yeux pour tenter de leur échapper…

— Nous sommes arrivés.

En entendant la voix grave d'Andreo, elle émergea lentement du profond sommeil qui l'avait happée. Telle une somnambule, elle descendit de voiture et promena autour d'elle un regard hébété. Une petite église de campagne se dressait devant elle.

— Je me suis souvenu des indications portées dans le rapport d'enquête, expliqua Andreo en prenant dans le coffre un magnifique bouquet de fleurs. Je me suis arrêté chez un fleuriste en chemin. J'aurais peut-être dû te réveiller pour que tu choisisses…

— Non, c'est parfait, murmura Pippa, touchée par sa sollicitude.

Andreo glissa un bras autour de sa taille. Malgré le soleil qui réchauffait la campagne, il la sentit frissonner. Ensemble, ils remontèrent l'allée principale du petit cimetière soigneusement entretenu.

Une fois devant la tombe de sa mère, Pippa s'agenouilla et posa délicatement les fleurs sur le marbre gris.

— Nous séjournions dans un petit village pas très loin d'ici, raconta-t-elle, rattrapée par ses souvenirs. On ignorait encore que nos vacances tourneraient au cauchemar. Tabby passait le plus clair de son temps avec Christian pendant que sa belle-mère, Lisa, faisait les yeux doux à mon père sans se soucier de ma pauvre mère. Je me suis disputée avec maman à ce sujet, le jour de l'accident. Furieuse contre la terre entière, je l'ai suppliée de rentrer à la maison, de laisser papa flirter librement avec Lisa, si c'était ce qu'il désirait… Maman s'est mise en colère, bien sûr. Je lui ai dit que j'avais honte d'elle parce qu'elle se laissait traîner dans la boue sans réagir !

Un sanglot s'échappa de ses lèvres et elle conclut d'une voix à peine audible :

— Nous nous sommes réconciliées, Dieu merci, mais je regrette encore de lui avoir parlé ainsi.

Andreo considéra d'un air grave son joli visage crispé par le chagrin.

— C'était ta mère, *cara mia*. Je suis sûr qu'elle a très bien compris ta réaction.

Les larmes roulaient librement sur les joues de Pippa à présent. Agenouillée devant la tombe fleurie, elle baissa la tête et resta là un long moment, secouée de sanglots. Lorsqu'elle recouvra son calme, Andreo l'aida à se relever et la conduisit jusqu'à la voiture en la serrant tendrement contre lui.

Une fois installée à l'avant du véhicule, Pippa se sentit à la fois vidée de ses forces et habitée d'une curieuse sérénité. Pour la première fois depuis le début de la journée, elle remarqua le soleil éclatant qui brillait dans un ciel limpide, d'un bleu azuré.

La Mercedes traversa plusieurs villages où les vieilles maisons de pierre sommeillaient paisiblement, gorgées de chaleur. En ces premiers jours d'été, la campagne se parait encore d'une végétation luxuriante. Ils atteignirent bientôt Bourdeilles, petite bourgade plantée au bord d'une charmante rivière. Pippa se souvint avoir visité l'imposant château qui surplombait les autres bâtisses.

— Tu t'es trompé de direction, il me semble…

— Je t'emmène chez moi, *amore.*

— Je devrais protester, mais je n'en ai pas la force, déclara-t-elle avec un petit sourire contrit.

Vu les circonstances, elle avait plus que jamais besoin de la présence rassurante d'Andreo à ses côtés, autant l'admettre. A la sortie du bourg, ce dernier engagea la voiture dans un petit chemin sablonneux puis il s'arrêta.

— C'est là…

Au-delà d'un champ de tournesols se dressait fièrement une vieille bâtisse en pierre ocre, ornée d'une tour et chapeautée de tuiles canal rougeoyantes. On eût dit qu'elle se tenait là, au milieu des bois et des prairies, depuis la nuit des temps.

— C'est magnifique, murmura Pippa tandis qu'Andreo appuyait sur l'accélérateur. A quelle époque a-t-elle été construite ?

— Au XIVe siècle. C'est un ancien prieuré. J'avais dix-huit ans quand je l'ai acheté.

— Dix-huit ans ? répéta Pippa, surprise.

Un sourire étira les lèvres d'Andreo.

— Je m'étais enfui de chez moi parce que mes parents s'obstinaient à me traiter comme un adolescent…

— On *est* adolescent, à dix-huit ans !

Andreo la gratifia d'une œillade moqueuse.

— Nous échangerons plus tard nos conceptions divergentes sur la jeunesse.

Il gara la voiture sous un bosquet de châtaigniers majestueux. Au pied de la colline, un ruisseau serpentait tranquillement au milieu d'un pré piqueté de fleurs champêtres. Le calme qui régnait alentour était presque palpable, infiniment relaxant.

Devançant Andreo de quelques enjambées, Pippa s'avança vers la vieille porte de bois brut, ouverte sur une vaste entrée peinte d'un bleu aussi intense que celui du ciel.

— Du bleu…

— C'est ma couleur préférée, murmura Andreo juste derrière elle. Comme tes yeux.

Si elle n'avait pas déjà été amoureuse de lui, Pippa serait tombée sous le charme en cet instant précis !

— Quelqu'un habite ici ?

— J'ai demandé à ma femme de ménage d'aérer la maison et de faire quelques courses avant mon arrivée, expliqua Andreo. Elle habite dans une ferme voisine.

— Tu prévois toujours tout, n'est-ce pas ?

— Pas toi ?

Pippa ne répondit pas, prise au dépourvu. Andreo avait raison : elle aussi prévoyait tout, elle aussi avait l'habitude de programmer son emploi du temps à la minute près… Mais elle n'avait prévu ni son arrivée intempestive dans sa petite vie bien réglée, ni celle du bébé qui grandissait en elle, fruit du désir, petit être entièrement dépendant d'eux. A cette pensée, sa gorge se serra. Elle aimait déjà cet enfant…

— Tu restes, n'est-ce pas, *cara ?*

S'arrachant à sa rêverie, elle rencontra le regard pénétrant d'Andreo.

— A condition que…, commença-t-elle.

Andreo posa son index sur ses lèvres entrouvertes.

— Il n'y a pas de condition. Je déteste les conditions. Fais-moi confiance, c'est tout ce que je te demande, ajouta-t-il en la prenant par la main pour l'entraîner vers l'escalier en pierre qui menait à l'étage.

Dans la chambre à coucher, Pippa s'approcha de l'immense fenêtre voûtée qui offrait une vue spectaculaire sur la vallée verdoyante. Tel un serpent argenté, la rivière zigzaguait entre les herbes folles. La jeune femme ferma les yeux, éblouie par la luminosité. Andreo vint se poster derrière elle. Avec une délicatesse infinie, il baissa la fermeture Eclair de sa robe et posa ses lèvres chaudes à la jonction si sensible de son cou et son épaule.

Parcourue d'un frisson exquis, elle retint son souffle et rejeta la tête en arrière en signe de reddition. Sa robe glissa par terre dans un doux bruissement. Lorsque Andreo la souleva dans ses bras pour la conduire jusqu'au lit, elle s'accrocha à son cou en murmurant :

— Je ne devrais pas te céder aussi facilement…

Andreo laissa échapper un rire rauque.

— C'est précisément ce que tu aimes chez moi… je te fais perdre la tête…

Pippa chercha son regard.

— Qu'est-ce qui te permet de dire ça ?

— Tu n'es pas d'une nature audacieuse, Pippa. Tes vêtements sont tous de la même couleur, tes livres sont classés par ordre alphabétique dans ta bibliothèque, ton bureau est impeccablement rangé.

A ces mots prononcés d'un ton malicieux, le cœur de Pippa fit un bond dans sa poitrine.

— Rends-moi mon journal intime.

Le rire d'Andreo résonna de nouveau.

— Tu sais parfaitement que je ne le lirai pas. C'était juste un moyen de pression et j'avoue que je me suis bien amusé, hier soir.

Il se tut un instant. Lorsqu'il reprit la parole, son visage trahissait le plus grand sérieux.

— Mais ne t'avise surtout pas de disparaître de nouveau, *amore*. Je ne le supporterai pas.

Pippa baissa les yeux, troublée par son expression à la fois grave et tourmentée. Sans en être réellement consciente, elle avait fait un choix : à demi nue dans le grand lit de sa demeure française, elle se sentait de nouveau vivante, sereine, après tous ces jours passés à se morfondre.

— Embrasse-moi, murmura-t-elle d'une voix étranglée.

Andreo ne se fit pas prier. Leurs bouches s'unirent dans un baiser avide et enfiévré.

— Tu es si belle, *cara*… Je passerais ma vie à te caresser…

Avec des gestes fébriles, ils achevèrent de se déshabiller. Trop longtemps refoulé, le désir qui jaillissait entre eux les entraîna dans un tourbillon de volupté.

— Je ne peux pas attendre plus longtemps, murmura Andreo en promenant ses mains impatientes sur le corps de Pippa, totalement abandonnée.

Plongeant ses yeux clairs dans ceux d'Andreo, elle écarta les cuisses et leva ses hanches vers lui. Infiniment érotique, l'invitation arracha un gémissement à son compagnon qui la pénétra d'un mouvement souple. Pippa ferma les yeux, électrisée par mille et une sensations plus grisantes les unes que les autres. Pour la première fois depuis qu'elle connaissait Andreo, elle sentait qu'il n'était plus maître de ses actes et ce constat attisait encore le désir qui l'embrasait tout entière.

— Andreo…

Aiguillonné par son ton implorant, il plongea en elle encore et encore, de plus en plus vite. Pippa n'écoutait plus que son corps et celui d'Andreo qui ne faisaient qu'un, soudés par le désir. Son cœur cognait si fort dans sa poitrine qu'elle avait l'impression d'être propulsée dans les airs. Au bord de l'extase, elle noua ses jambes autour des hanches d'Andreo et cria de nouveau son prénom. L'instant d'après, il la rejoignit en laissant échapper un long gémissement.

Pippa redescendit lentement sur terre. Elle était agrippée à Andreo comme à une bouée, bras et jambes noués autour de lui dans une étreinte possessive. L'entraînant avec lui, il roula sur le dos et l'embrassa longuement.

— Repose-toi, *amore*.

Pippa enfouit son visage dans le creux de son cou, inhalant avec bonheur son parfum épicé.

— Je vais te rendre ton journal, reprit-il d'un ton amusé.

Tu viens tout juste de te faire pardonner. C'était absolument incroyable…

Elle se lova contre lui, bien décidée à savourer chaque instant. Comment réagirait-il lorsqu'elle lui annoncerait qu'elle était enceinte ? Le retour à la réalité serait brutal, la magie de leur histoire se dissiperait d'un coup, c'était évident. Il se sentirait piégé, acculé… trahi, peut-être.

— Tellement incroyable, reprit Andreo d'un ton rêveur, qu'il est grand temps de tirer quelques détails au clair…

Elle se raidit.

— A quel sujet ?

— Hier soir, tu as dit que tu avais des projets en France et que tu avais bien l'intention de les mener à bien… Comme si notre histoire ne comptait pas plus que ça pour toi. Est-ce la vérité ?

Il la coucha prestement sur le dos et s'allongea sur elle. Son regard sombre, pailleté d'or, se souda au sien.

— Notre relation est-elle purement sexuelle pour toi ? insista-t-il en considérant avec attention son visage empourpré.

Pippa avala sa salive, hésitante. Devait-elle lui dire la vérité, toute la vérité… ou devait-elle continuer à lui mentir ? Dans les deux cas, les risques existaient bel et bien, lourds de conséquences. Andreo laissa échapper un petit rire.

— Dire que je me suis donné tant de mal à dénicher chaque jour des fleurs fraîches et des cartes originales…

— C'était adorable, vraiment…

— Ne te donne pas cette peine, *cara*.

Avec la souplesse d'un félin, Andreo se glissa entre ses cuisses et, se penchant sur elle, captura ses lèvres. Un long frisson parcourut Pippa. Elle aurait dû protester, rétablir la vérité, s'expliquer… mais déjà, une nouvelle vague de désir montait en elle. Et, lorsque la langue d'Andreo se mêla lascivement à la sienne, elle perdit le fil de ses pensées et sombra avec délice dans le monde de volupté que lui offrait son amant.

Pippa se réveilla et s'étira langoureusement entre les draps froissés. Fidèle à ses habitudes, Andreo, lui, s'était levé aux premières lueurs de l'aube.

Soudain, Pippa sentit son estomac chavirer et elle se leva d'un bond pour courir jusqu'à la salle de bains. Depuis deux jours, ses nausées étaient moins violentes. Sans doute ne tarderaient-elles pas à disparaître complètement, songea-t-elle, d'humeur légère, en s'enveloppant dans un peignoir.

Le rez-de-chaussée était désert, la Mercedes n'était pas dans l'allée. Elle trouva un petit mot sur la console de l'entrée : Andreo était allé chercher des pains au chocolat au village voisin. Un sourire radieux éclaira le visage de Pippa. C'étaient ses viennoiseries préférées… Andreo la gâtait comme jamais personne ne l'avait encore fait.

« J'aime te surprendre… J'aime t'entendre rire, *amore* », lui avait-il avoué la veille avec ce sourire enjôleur qui la bouleversait.

Pippa décida d'aller prendre une douche. Cinq jours s'étaient écoulés depuis leur arrivée, cinq jours merveilleux qui avaient passé à une vitesse prodigieuse. Grâce à Andreo, elle laissait enfin s'exprimer sa nature rieuse et insouciante, libérée de toute contrainte, de toute inhibition. Auprès de lui, elle goûtait à tous les plaisirs de la vie en s'émerveillant de recevoir autant de bonheur.

Elle aimait par-dessus tout les longues soirées passées sur la terrasse, lorsque les ombres commençaient à s'allonger et qu'il faisait moins chaud ; après un repas léger et savoureux servi par la pétulante Jeanne, femme de ménage et véritable cordon-bleu, ils s'asseyaient côte à côte sur le banc de pierre et discutaient avec entrain jusqu'à ce que la nuit enveloppe le paysage bucolique qui s'offrait à leurs yeux.

Pippa était en train de démêler ses cheveux humides lorsqu'elle entendit un bruit de moteur. Croyant qu'il s'agissait de la Mercedes, elle courut à la fenêtre où elle ne vit que Guillaume, le mari de Jeanne, manœuvrant un tracteur dans le champ voisin. Au même instant, le téléphone sonna et elle alla décrocher.

— Pippa ? C'est Tabby. J'ai essayé de te joindre sur ton portable mais…

— La batterie est vide, coupa Pippa d'un ton contrit. J'ai oublié de le recharger.

— Heureusement, Andreo avait laissé son numéro à Christian. Pour être franche, j'étais assez surprise de ne pas avoir de nouvelles…

— Je sais, Tabby. J'aurais dû t'appeler, ce n'est pas très sympa de ma part.

— Alors vite, dis-moi tout, implora son amie. Comment ça se passe, entre vous ?

Il y eut un cliquètement sur la ligne et Pippa haussa la voix pour se faire entendre.

— Oh ! tu sais, il n'y a pas grand-chose à dire…

— Dois-je comprendre que tu ne lui as toujours pas dit que tu étais enceinte ? demanda Tabby d'un ton incrédule.

Pippa esquissa une grimace.

— Tabby, je t'en prie… essaie de comprendre…

— Excuse-moi, je ne suis pas en train de te jeter la pierre, tu sais… Simplement, je me fais un peu de souci pour toi.

Un bruit de pas dans l'escalier fit soudain sursauter Pippa. Pivotant sur ses talons, elle découvrit Andreo dans l'embrasure de la porte. Vêtu d'un jean délavé et d'une chemise noire, il dégageait une beauté sombre, presque inquiétante. Son regard noir étincelait dangereusement. Elle retint un petit cri en apercevant le deuxième combiné téléphonique qu'il tenait à la main. Son sang ne fit qu'un tour : Andreo avait sûrement entendu le début de leur conversation.

— Excuse-moi, Tabby, je dois te laisser, murmura Pippa d'une voix blanche. Je te rappellerai plus tard.

9

— Je te croyais encore au lit, dit Andreo. J'ai décroché le téléphone du bas pour appeler Marco. Ai-je bien entendu ? Est-ce que c'est vrai ?

Pâle comme un linge, Pippa feignit de ne pas comprendre.

— De quoi parles-tu ?

Andreo la fixa sans ciller.

— Tu es enceinte, c'est vrai ?

Elle expira lentement. Il fallait absolument qu'elle domine ses émotions.

— Oui…, admit-elle tandis que ses mains se joignaient nerveusement.

— Et je suis le père de l'enfant que tu portes ?

Un flot de sang envahit son visage.

— Comment oses-tu me poser une question pareille ? s'indigna-t-elle.

Andreo resta de marbre.

— Je viens de découvrir que tu n'es pas la femme droite et franche que je croyais connaître, répliqua-t-il, cinglant. A partir de là, permets-moi de mettre ta parole en doute.

Pippa vacilla, profondément blessée par ses insinuations.

— C'est ton bébé, affirma-t-elle avec véhémence, les yeux rivés à ceux d'Andreo. Je… ce n'est pas ainsi que je souhaitais t'annoncer ma… mon état.

Andreo eut un rire dédaigneux.

— Tu n'avais pas l'intention de m'en parler, voilà la triste vérité. Pourquoi aurais-tu attendu tout ce temps, sinon ? Je ne suis pas né de la dernière pluie, contrairement à ce que tu sembles croire. Tes intentions sont aussi limpides que méprisables. C'est pour cela que tu as quitté Londres précipitamment, n'est-ce pas ? Tu ne voulais pas m'en parler et tu ne m'aurais rien dit si je n'avais pas surpris ta conversation avec Tabby. Pourquoi refuses-tu de l'admettre ?

Pippa leva les yeux au ciel.

— Parce que c'est complètement faux ! Jamais je n'aurais fait ça, tu te trompes !

Le doute se lisait encore dans les yeux noirs d'Andreo.

— J'ai du mal à te croire, excuse-moi…

— Pourquoi refuses-tu de m'écouter ? s'insurgea-t-elle, en proie à une frustration grandissante. Pour commencer, tu sais pertinemment pourquoi j'ai quitté Londres sans te prévenir. En te voyant avec Lili Richards, j'ai cru que tu m'avais trahie et j'ai préféré m'éclipser pour éviter de subir un autre affront. Mais je ne savais pas encore que j'étais enceinte, je ne l'ai appris que le lendemain de ton arrivée en France !

Elle soutint le regard noir qui semblait vouloir la transpercer.

— J'avais l'intention de t'en parler, je t'assure…

Andreo haussa les épaules.

— Permets-moi d'en douter. Tu n'aimes pas les enfants, tu n'en veux pas, tu me l'as dit l'autre jour.

— Je n'ai jamais dit que je n'aimais pas les enfants, protesta Pippa, piquée au vif.

La bouche sensuelle d'Andreo prit un pli dur.

— En tout cas, tu n'en veux pas…

— Qu'est-ce que tu en sais ? Mes envies ont peut-être changé depuis que je porte un bébé.

Un silence tendu accueillit ses paroles. Finalement, il laissa échapper un soupir.

— Parlons-en calmement, d'accord ? Après tout, nous sommes deux adultes capables de dialoguer et de prendre des décisions mûrement réfléchies, il me semble.

— Très bien, fit Pippa avec un petit rire forcé. Sais-tu changer une couche ?

Devant l'expression décontenancée de son compagnon, elle leva les yeux au ciel.

— Apparemment, tu n'as aucune expérience en la matière, quel dommage ! Qu'en est-il des biberons et des terreurs nocturnes ?

Cette fois, Andreo fronça les sourcils.

— Nous pourrions engager une nounou.

Pippa émit une exclamation dédaigneuse.

— Evidemment, c'est tellement plus simple de confier à une tierce personne l'éducation de son enfant ! Désolée, mais ce n'est pas ma conception de la maternité. Personnellement, je…

— Un instant, veux-tu ? coupa Andreo, de plus en plus perplexe. Qu'attends-tu de moi, au juste ?

Elle le considéra longuement, en proie à des émotions contradictoires.

— Davantage qu'une nounou et de l'argent à profusion, en tout cas, répondit-elle sèchement.

Les yeux d'Andreo étincelèrent de colère.

— Je suis prêt à t'offrir beaucoup plus… Je commencerai par t'épouser.

Pippa eut l'impression qu'une main glacée lui enserrait le cœur. Ce n'était pas ainsi qu'elle avait rêvé sa demande en mariage… Jamais elle ne pourrait se résoudre à épouser Andreo dans ces conditions-là ! Elle l'aimait de tout son cœur, de toute son âme et c'était précisément au nom de cet amour qu'elle refusait de l'entraîner dans un mariage contraint. Mieux que quiconque, elle connaissait les douloureux écueils de ce genre d'union où la raison prévalait sur les sentiments, inexistants.

Percevant ses réticences, Andreo reprit avec ferveur :

— Nous nous entendons merveilleusement bien au lit, *cara mia*. J'ai constamment envie de toi, je sais que tu ressens la même chose pour moi. Et je veux cet enfant… notre enfant.

Ravalant ses larmes, Pippa quitta la pièce et dévala l'escalier.

— J'appelle un taxi, lança-t-elle par-dessus son épaule. Peux-tu me donner l'adresse exacte de la maison ?

Andreo la rejoignit rapidement. Son visage sombre ne trahissait aucune émotion.

— Tu ne partiras pas…

— Tu crois ça ? fit Pippa avec une assurance feinte.

— Je t'ai demandée en mariage…

Pippa émit un rire sans joie.

— Oui et ce fut une demande tellement romantique qu'elle restera à jamais gravée dans ma mémoire !

Elle marqua une pause avant de conclure en martelant chaque syllabe :

— Sache que je n'ai besoin de personne, Andreo !

Sur ce, elle voulut sortir, pressée d'échapper au regard scrutateur de son compagnon. Plus rapide qu'elle, il la stoppa dans son élan.

— Cesse de faire l'enfant, je t'en prie.

Vexée, Pippa fit volte-face, prête à répliquer vertement. Prise d'un vertige incontrôlable, elle releva le menton comme pour mieux résister à l'espèce de torpeur qui l'assaillait. Chancelante, elle se sentit glisser dans un long tunnel sombre.

Lorsqu'elle reprit connaissance, Pippa était allongée sur le grand lit de la chambre à coucher. Penché au-dessus d'elle, Andreo lui essuyait délicatement le visage à l'aide d'un gant de toilette humide. Agacée par ce corps qui ne cessait de la trahir, elle marmonna entre ses dents :

— J'ai toujours l'intention de partir.

— Si le médecin donne son accord, murmura Andreo d'un ton neutre.

— Quel médecin ?

— Celui que je viens d'appeler. Tu as été très malade, tu sais…

Pippa haussa les épaules.

— Ce ne sont que de banales nausées. J'ai l'habitude, maintenant.

Mais, lorsqu'elle voulut se redresser, la pièce sembla de nouveau basculer et elle ferma les yeux.

— Reste tranquille, tu veux ? murmura Andreo en effleurant son front d'une caresse aérienne. Ça ne sert à rien de t'emporter comme ça.

— Je ne m'emporte pas, protesta-t-elle d'un air buté.

— Il faut que tu saches que je ne te regarderai pas partir les bras ballants, *carissima,* déclara Andreo. Je te suivrai partout jusqu'à ce que tu admettes enfin que tu as autant besoin de moi que j'ai besoin de toi. Il n'y a pas de mal à ça, tu sais.

Pippa n'eut pas le loisir de s'attarder sur les paroles d'Andreo : le médecin choisit ce moment précis pour faire son apparition. Après un rapide examen, il lui recommanda du calme, du repos et une alimentation équilibrée. Dès qu'il fut parti, Andreo lui apporta un délicieux repas qu'elle mangea de bon appétit, contre toute attente.

— C'est drôle, je n'ai pas entendu la voiture de Jeanne. Elle cuisine divinement bien, n'est-ce pas ?

— Jeanne n'est pas encore arrivée. C'est moi qui ai préparé le repas.

— C'est vrai ? s'exclama Pippa, stupéfaite.

— J'ai vécu ici six mois tout seul. Soit je me laissais mourir de faim, soit je prenais les choses en main, c'était aussi simple que ça.

Terrassée par une vague de fatigue, Pippa appuya sa tête contre l'oreiller. Empreint de noblesse, le profil d'Andreo se découpait sur le mur de pierre.

— C'était après que tu t'es enfui de chez toi, c'est ça ? demanda-t-elle. Que fabriquais-tu, ici ?

— J'étais en pleine crise de rébellion, répondit Andreo en laissant échapper un petit rire teinté d'amertume. J'étais tombé amoureux d'un mannequin en Italie. Elle s'appelait Fia et elle avait cinq ans de plus que moi. Mon père voyait notre idylle d'un très mauvais œil. Il avait même menacé de me déshériter si je ne mettais pas un terme à notre histoire. Fia et moi avons fui en France dans l'espoir de vivre notre amour en toute liberté. Malheureusement, les choses ont pris une tournure beaucoup plus triviale. Avant même que je décide d'acheter ce prieuré, l'élue de mon cœur avait accepté une somme d'argent conséquente de la part de mon père, qui exigeait qu'elle me quitte en retour.

Pippa esquissa une moue désolée. Même si la simple idée qu'il ait connu d'autres femmes avant elle la rendait folle de jalousie, elle ne pouvait s'empêcher d'éprouver un élan de compassion pour le jeune homme naïf et plein d'illusions qu'il avait été autrefois.

— Je suis resté ici pour panser mes blessures, reprit-il. Je n'étais pas à la rue : mes grands-parents m'avaient légué une jolie somme… Pas assez alléchante pour retenir Fia, mais suffisante pour subvenir à mes besoins.

Pippa tendit la main vers lui.

— Andreo…

— Chut… Repose-toi.

Il se leva et resta près d'elle, la dominant de toute sa hauteur.

— Je ne veux pas que tu te sentes obligé de m'épouser parce que je suis enceinte, dit-elle à mi-voix.

— Ne sois pas ridicule, *amore*. Que ferais-tu sans moi ? Tu es incapable de prendre soin de toi.

Pippa leva le menton vers lui d'un air menaçant.

— Je ne te permets pas !

— C'est pourtant la vérité. Regarde, poursuivit-il en comptant sur ses doigts : *primo,* tu refuses une promotion et tu renonces sur un coup de tête à une brillante carrière ; *secundo,* tu jettes aux orties une belle histoire prometteuse ; *tertio,* tu es tellement têtue que tu ne prends même pas le temps de t'asseoir alors que tu es au bord de l'évanouissement. Je vais arrêter là, je crois que ça suffit pour le moment. Après ça, permets-moi de rire doucement quand tu prétends pouvoir tout assumer seule…

Excédée, Pippa secoua vigoureusement la tête.

— Rira bien qui rira le dernier ! Je vais me reposer un peu et puis je partirai. En attendant, je te serais reconnaissante de bien vouloir commander un taxi pour 15 heures.

Andreo l'enveloppa d'un regard impénétrable.

— Non.

— J'ai bien l'intention de garder notre bébé. Je ne te dirai rien de plus pour le moment. Si j'ai besoin de ton aide, je te contacterai, conclut-elle en glissant entre les draps.

Andreo exhala un soupir impatient. Quelques instants plus tard, quelque chose atterrit sur le lit et elle ouvrit les yeux pour apercevoir la couverture rose de son journal intime.

— Je ne l'ai pas ouvert, assura Andreo.

Pippa rougit.

— Je sais.

— J'ai rendez-vous chez le notaire cet après-midi pour négocier l'achat d'un terrain, expliqua-t-il, mais je vais annuler.

— Ne te donne pas cette peine, c'est idiot, dit Pippa en évitant délibérément de le regarder. Je suis très fatiguée, je vais profiter de ton absence pour me reposer.

Andreo s'accroupit devant elle et elle n'eut d'autre choix que de plonger ses yeux dans les siens.

— Je vais demander à Jeanne de te surveiller.

— Je t'en prie, ne me traite pas comme une gamine…

Un sourire éclaira brièvement le visage d'Andreo. Avec une grande douceur, il prit sa main et la porta à ses lèvres.

— D'accord. Mais tu dois me promettre d'être raisonnable et de ne pas surestimer tes forces si tu te lèves.

Touchée par sa sollicitude, Pippa ne put s'empêcher de sourire.

— D'accord…

Inclinant sa tête brune vers elle, il fit courir sa langue sur ses lèvres dans une caresse infiniment sensuelle.

— Promets-moi aussi de manger tout ce que Jeanne t'apportera.

— Tu peux partir tranquille, murmura-t-elle contre sa bouche, traversée d'une onde de chaleur exquise.

— Et, si tu es vraiment très sage, tu auras des pains au chocolat au goûter… Repose-toi bien, j'ai très envie de te faire l'amour à mon retour, murmura-t-il entre deux baisers langoureux. Mais, si je te trouve encore un peu fatiguée, je m'abstiendrai…

Il se libéra de son étreinte avec un petit rire espiègle et elle le regarda partir, pantelante de désir. Comme elle l'aimait… Un sourire béat aux lèvres, elle s'assoupit.

Lorsqu'elle se réveilla, il lui sembla que la porte de la chambre venait à peine de se refermer. Pourtant, il était presque 14 heures. Elle avait dormi deux heures.

Quelques minutes plus tard, elle entendit le moteur de la Mercedes ronronner dans la cour. Andreo s'en allait chez le notaire. Elle ne serait pas là quand il rentrerait. Résistant à l'envie puérile de courir à la fenêtre pour le regarder partir, elle fixa le mur devant elle, s'obligeant à songer à toutes les raisons pour lesquelles, malgré l'amour qu'elle portait à Andreo, elle ne pouvait l'épouser. L'idée qu'il puisse lui reprocher un jour, comme son père l'avait fait avec sa mère, de l'avoir piégé dans un mariage sans amour en tombant enceinte l'emplissait d'effroi. Elle ne supporterait ni son mépris ni ses accusations.

Perdue dans ses sombres pensées, elle se leva et s'habilla mécaniquement. Il était encore temps de partir. Avec un peu de chance, le chagrin qui lui étreignait déjà le cœur s'estomperait avec le temps… Oui, avec un peu de chance…

Jeanne émergea de la cuisine au moment où elle descendait le grand escalier de pierre, sa valise à la main. Après avoir échangé quelques plaisanteries avec la femme de ménage, Pippa annonça son intention d'appeler un taxi pour se rendre à Bourdeilles. Dissimulant mal son étonnement, Jeanne proposa de l'accompagner : elle devait aller faire quelques courses en ville.

Un moment plus tard, elle montait à bord de la vieille guimbarde de Jeanne. La voiture s'élança bientôt à toute allure sur l'étroite route de campagne. Soudain, Pippa se souvint d'avoir entendu Andreo se moquer gentiment de la conduite de sa femme de ménage. Accrochée à son siège, elle tenta de se rassurer : c'était une toute petite route que personne n'empruntait, ou presque. Un petit cri lui échappa lorsque Jeanne vira brusquement à gauche.

Surgie de nulle part, une camionnette se matérialisa devant elles. Un long coup de Klaxon couvrit le bruit du moteur tandis que Jeanne tournait fébrilement le volant pour tenter d'éviter le véhicule qui fonçait droit sur elles.

« J'aurais dû accepter de l'épouser… » Ce fut la toute dernière pensée de Pippa avant que la petite voiture ne bascule dans le fossé.

10

Pippa ouvrit prudemment les yeux.

La voiture était piteusement plantée dans le bas-côté. Les mains encore crispées sur le volant, Jeanne sanglotait, sous le choc. Dieu merci, elles n'étaient pas blessées. Quant à la camionnette responsable de leur brusque embardée, elle avait disparu.

D'une main tremblante, Pippa tourna la clé de contact pour éteindre le moteur. Après s'être assurée que Jeanne ne souffrait d'aucune blessure, elle l'invita à sortir du véhicule, arguant qu'elles seraient plus en sécurité à l'extérieur. En s'extirpant de la voiture, Pippa déchira sa veste qui resta coincée dans la portière. Avec un soupir impatient, elle s'en débarrassa pour aider sa compagne à sortir à son tour.

Quelques minutes plus tard, un vieux fourgon s'immobilisa sur la chaussée. Guillaume, le mari de Jeanne, descendit prestement, suivi de près par leur fils. Les voisins avaient vu l'accident et s'étaient empressés d'alerter Guillaume qui travaillait dans le champ d'à côté.

Après avoir expliqué les circonstances de leur mésaventure, Pippa monta à bord de la fourgonnette en compagnie de Jeanne, de son mari et de son fils.

— Je vous conduirai en ville tout à l'heure, dès que vous serez remise de vos émotions, lui proposa ce dernier.

— C'est gentil, mais j'ai changé d'avis. Je n'irai nulle part aujourd'hui, déclara Pippa d'une voix tremblante.

Elle releva le menton pour donner du poids à ses paroles. C'était surprenant comme un accident pouvait remettre certaines choses en perspective, songea-t-elle lorsqu'elle se retrouva seule au prieuré. Curieusement, le ciel ne lui avait jamais paru plus bleu ni le soleil plus éclatant. Autour d'elle, la nature déployait une palette de couleurs intenses, éblouissantes.

Comment avait-elle pu songer un seul instant à quitter Andreo une deuxième fois ? Un sentiment de honte et de culpabilité l'habitait, en même temps qu'elle s'émerveillait d'avoir ouvert les yeux à temps… Pourquoi diable avait-elle mis tant de temps à réaliser qu'il ne ressemblait aucunement à son père ?

Andreo reprit le chemin du prieuré après avoir abrégé son rendez-vous chez le notaire. En apercevant la voiture de Jeanne dans le fossé et la veste de Pippa coincée dans la portière, à moitié déchirée, son sang ne fit qu'un tour. Glacé jusqu'aux os, il appuya sur l'accélérateur.

En arrivant devant le prieuré, il vit Pippa dans l'encadrement de la porte du salon. La lumière ambrée qui entrait à flots par les élégantes portes-fenêtres irisait de reflets cuivrés sa chevelure flamboyante et accentuait encore la pâleur de son teint.

Andreo pénétra dans la maison à grandes enjambées.

— *Per meraviglia !* Tu es là ! Tu n'es pas blessée, n'est-ce pas ? Quand j'ai aperçu ta veste coincée dans la portière de la voiture accidentée, j'ai imaginé le pire… Je te croyais à l'hôpital… Je ne savais même pas où l'on t'avait transportée.

Sa voix se brisa.

— Nous… nous avons failli percuter une camionnette, expliqua Pippa, troublée par l'angoisse qui voilait le beau visage d'Andreo.

Murmurant une phrase en italien, ce dernier la prit dans ses bras et l'étreignit fébrilement.

— *Porca miseria*… Je n'ai jamais eu aussi peur de ma vie. Tu fais tellement partie de moi à présent que je me sens mal dès que nous sommes séparés. Je ne m'en serais pas remis s'il t'était arrivé quelque chose, *bella mia*.

Bouleversée par l'émotion d'Andreo, Pippa leva sur lui de grands yeux étonnés. Ainsi, elle comptait pour lui. Elle comptait vraiment…

Forçant son courage, elle prit la parole à son tour :

— Je suppose que tu as déjà deviné que j'étais en train de fuir une fois de plus.

— *Si*… Mais je l'avais bien cherché. Tu avais besoin d'être rassurée et moi, j'étais trop fier pour écouter mon cœur, trop orgueilleux pour exprimer ce que je ressens pour toi…

Un silence électrique s'abattit sur eux et Andreo baissa les yeux, en proie à un embarras inaccoutumé.

— Que… que ressens-tu pour moi ? osa Pippa.

— Je suis en train d'y réfléchir, justement, répondit-il d'une voix rauque en faisant courir ses longs doigts sur le visage et le cou de la jeune femme. Je me serais lancé à ta poursuite, tu sais. Autant de fois que cela se serait avéré nécessaire… Jusqu'à ce que tu m'accordes enfin ta confiance.

Ils se contemplèrent longuement sans mot dire, conscients de vivre un moment unique, exceptionnel.

— J'ignore pourquoi j'ai eu tant de mal à admettre que tu occupais une place de choix dans ma vie, *cara,* confia-t-il finalement.

Le cœur de Pippa fit un bond dans sa poitrine.

— Une place de choix ? Vraiment ?

Il hocha gravement la tête.

— S'il vous était arrivé quelque chose aujourd'hui, à toi ou à notre bébé, je ne me serais jamais pardonné de ne pas t'avoir confié ce que j'éprouvais pour toi, déclara-t-il avec ferveur.

— Je ressens exactement la même chose, murmura-t-elle tendrement.

— Ma vie repose entre tes mains depuis le soir de notre rencontre, *cara*. Jamais encore je n'avais éprouvé un tel désir pour une femme.

Rougissante, Pippa baissa timidement les yeux. Etait-ce tout ce qu'il éprouvait pour elle, un simple désir charnel, si intense fût-il ? Pouvait-on bâtir une relation durable et solide sur de telles fondations ?

Capturant son menton entre le pouce et l'index, Andreo l'obligea à le regarder.

— Je ne m'attendais pas à tomber amoureux, *cara*... C'est un sentiment douloureux quand il n'est pas partagé...

— Mais je t'aime, Andreo ! s'écria Pippa, le cœur gonflé d'allégresse. Je t'aime, je t'aime, je t'aime !

Une expression incrédule se lut sur le visage d'Andreo.

— Tu étais sur le point de partir... pour la deuxième fois... Alors que je venais de te demander en mariage.

Submergée par un flot d'émotions, elle fondit en larmes.

— Non, je t'en prie, ne pleure pas ! implora-t-il. Tout va bien, n'est-ce pas ? Je t'aime, tu m'aimes et je suis fou de joie à l'idée d'être bientôt papa... Je t'en prie, *amore,* ne pleure pas.

Un pâle sourire s'épanouit sur les lèvres de Pippa.

— C'est plus fort que moi... Mais ce sont des larmes de joie, Andreo, confessa-t-elle en riant. Je suis si heureuse !

Prenant son visage en coupe entre ses mains, il captura ses lèvres dans un baiser à la fois tendre et passionné.

— Oui, heureuse, heureuse, heureuse ! répéta-t-elle comme une litanie en se blottissant contre son grand corps viril.

Andreo la considéra avec attention. Un sourire radieux éclairait son visage.

— Acceptes-tu de devenir ma femme, à présent ?

Par jeu, Pippa fit mine d'hésiter.

— Je vais y réfléchir, minauda-t-elle en glissant une main sous sa chemise entrouverte.

Comme elle entreprenait de la déboutonner, Andreo

emprisonna ses doigts. Une lueur espiègle dansait dans ses yeux noirs.

— Si tu me veux dans ton lit, tu seras obligée de dire *oui, amore.*

Ivre de bonheur, Pippa éclata de rire.

— Si j'accepte de t'épouser, puis-je te poser une question en retour ? lança-t-elle pour le taquiner.

Sans la quitter des yeux, Andreo se débarrassa de sa chemise.

— Dois-je comprendre que c'est oui ?

Pippa ôta ses chaussures en soupirant de félicité.

— Oui… sans hésitation… Et voici ma question : tu as dit que tu m'aimais, n'est-ce pas ? Mais à quel point ? demanda-t-elle, brusquement rattrapée par sa timidité naturelle.

Andreo l'enveloppa d'un regard qui trahissait toute l'adoration qu'il lui portait.

— Je t'aime beaucoup, passionnément, à la folie, répondit-il avec ferveur.

Touchée par l'émotion qui perçait dans sa voix, Pippa noua ses mains sur sa nuque et, se hissant sur la pointe des pieds, posa ses lèvres contre les siennes.

— Je t'aime tout autant… au moins, chuchota-t-elle avant de l'embrasser.

Un mois plus tard, Pippa épousa l'Italien de ses rêves.

Les préparatifs du mariage la plongèrent dans un incessant tourbillon d'activités. Quand tout fut prêt, elle passa deux semaines en Italie pour faire la connaissance de la famille d'Andreo. Elle rencontra ainsi sa mère, Giuletta, Marco, son jeune frère d'un mètre quatre-vingt-cinq, ainsi que ses trois sœurs aînées avec leurs familles respectives. Le clan d'Alessio l'accueillit à bras ouverts. D'abord intimidée par cette famille aussi chaleureuse qu'exubérante, Pippa ne tarda pas à se sentir tout à fait bien parmi eux. L'affection que chacun lui témoigna lui réchauffa le cœur, elle qui avait été habituée à des rapports familiaux plutôt tendus.

Andreo et Pippa se marièrent à Rome. Tabby et Hilary avaient aidé leur amie à choisir sa tenue. Sur leurs conseils avisés, elle avait jeté son dévolu sur une longue robe composée d'un bustier délicatement cousu de perles minuscules et d'une jupe à godets, taillée dans une superbe soie sauvage, et ornée d'une traîne magnifiquement brodée. Coiffée de la somptueuse tiare de diamants que lui avait offerte Andreo, et d'un voile court ourlé de satin, Pippa ravit l'assistance par sa grâce, son élégance et sa beauté naturelle.

Elle choisit Tabby comme témoin et Hilary comme demoiselle d'honneur. Hélas, au dernier moment, celle-ci dut céder sa place à l'aînée des nièces d'Andreo. Elle avait en effet été rappelée de toute urgence en Angleterre où sa jeune sœur Emma avait été hospitalisée pour subir une intervention chirurgicale. Salvatore Rissone, l'ami d'enfance d'Andreo, fut aussi son témoin de mariage. Dans le petit discours qu'il prononça après la cérémonie, ce dernier confia qu'il avait commencé à se douter de quelque chose lorsque Andreo s'était mis à consulter l'horloge du bureau, et à s'enfermer pour passer de longs coups de fil…

— Tu es d'une beauté à couper le souffle, *bella mia,* déclara Andreo à sa jeune épouse lorsqu'ils ouvrirent le bal, tendrement enlacés.

Pippa rougit. Son cœur s'était affolé lorsque, un moment plus tôt, elle avait posé les yeux sur Andreo qui l'attendait devant l'autel. Tout simplement magnifique dans un costume noir rehaussé d'une chemise d'un blanc éclatant… Il la fixait d'un air à la fois tendre et possessif, empreint d'une touchante solennité.

— Je meurs d'envie d'être enfin seul avec toi, ajouta-t-il d'un ton suave qui la fit rougir de plus belle.

Pour leur lune de miel, Andreo l'emmena à Ischia, son île natale, nichée dans le golfe de Naples. Avant de franchir le seuil de la magnifique propriété qu'il considérait comme son fief, il la souleva dans ses bras et l'embrassa avec ferveur. C'était ici qu'il avait été élevé en compagnie de son frère et ses sœurs. Après le décès de son époux, leur mère avait décidé de s'installer à Rome.

Le lendemain de leur arrivée, Pippa sortit sur la terrasse baignée d'un soleil éclatant. La vue était enchanteresse : des essaims de maisonnettes blanches se détachaient entre de vieux murs de pierre qui séparaient des oliveraies au feuillage argenté et des vignes encore vertes. Au loin scintillait une mer d'un bleu profond, encore plus intense que le ciel limpide.

— C'est donc ici que nous allons vivre, murmura-t-elle en prenant appui contre son mari, débordante d'amour et de confiance.

Andreo l'enlaça et fit glisser ses mains sur son ventre légèrement rebondi.

— Oui, *cara*. Je voyagerai moins, maintenant que tu es là et que nous allons fonder une famille. La vie est tranquille, ici. C'est l'endroit rêvé pour élever des enfants.

Submergée par une vague de bonheur, Pippa se tourna vers lui. Une question la tourmentait pourtant et, après avoir inspiré profondément, elle se jeta à l'eau.

— Es-tu sûr que tu ne te lasseras jamais de moi ?

Andreo fronça les sourcils.

— *Dio mio,* d'où te vient cette drôle d'idée ? Comment pourrais-je me lasser d'une femme aussi jolie, aussi drôle, aussi intelligente que toi ? Aussi sexy, aussi attirante… aussi têtue…, continua-t-il en posant un baiser taquin sur le bout de son nez.

Il se tut avant de reprendre, le plus sérieusement du monde :

— Jamais je n'aurais cru qu'un tel bonheur soit possible, *carissima*. Tu es la femme de mes rêves et tu le resteras pour toujours.

Les yeux brillants, elle se blottit amoureusement contre lui.

— C'est vrai ?

D'un mouvement preste, il la souleva dans ses bras et la conduisit jusqu'au vaste lit tendu de draps immaculés.

— Vrai de vrai… Promis. Juré, murmura-t-il en scellant ses paroles d'un baiser passionné.

Sept mois plus tard, Pippa donna naissance à leur premier enfant. La grossesse s'était merveilleusement bien passée et l'accouchement se déroula sans souci. Ils baptisèrent leur fille Lucia. C'était un adorable bébé qui avait hérité des yeux noirs de son père et des boucles auburn de sa maman.

Tous trois partirent en France pour assister au baptême de Fabien, le deuxième fils de Tabby et Christian. Les deux couples avaient beaucoup sympathisé et ils essayaient de se voir le plus souvent possible, malgré leurs emplois du temps chargés. A l'occasion de leur premier anniversaire de mariage, Andreo avait même demandé à Tabby de réaliser un portrait miniature de la petite Lucia.

Cette même semaine, Pippa et Andreo confièrent leur fille bien-aimée à sa grand-mère Giuletta et partirent en amoureux dans leur prieuré de Dordogne. L'endroit occupait une place de choix dans leurs cœurs.

— M'épouserais-tu de nouveau si nous pouvions remonter le temps ? demanda Pippa le soir de leur arrivée.

— Je te sauterais dessus à la vitesse de l'éclair, *bella mia,* répondit Andreo d'un ton espiègle alors que son regard trahissait toute la sincérité de ses propos. Je t'aime, Pippa, j'apprécie ta présence chaque jour qui passe…

Il s'interrompit un instant avant de reprendre d'une voix enrouée par l'émotion.

— Et notre petite Lucia est un véritable rayon de soleil pour moi.

Plongeant dans les yeux noirs de son mari — des yeux qui

ne cesseraient de l'émerveiller, elle le savait avec certitude —, Pippa l'enlaça tendrement.

— Je t'aime aussi… de tout mon cœur, chuchota-t-elle en sentant son cœur s'emballer comme Andreo capturait ses lèvres avec une exquise délicatesse.

LYNNE GRAHAM

Un mariage plein de surprises

INTÉGRALE

CŒURS À PRENDRE

Traduction française de

MARIE CHABIN

SAGAS

HARLEQUIN

Titre original :
THE BANKER'S CONVENIENT WIFE

Ce roman a déjà été publié en 2011

1

— Evidemment, vous ne reconduirez pas son contrat : il n'y a pas de place pour les mauvais administrateurs de biens au sein de la banque Sabatino.

Roel Sabatino fronçait les sourcils sous l'effet de la contrariété. Banquier d'affaires réputé, il n'avait pas de temps à perdre en conversations inutiles et c'était précisément l'impression qu'il avait en cet instant.

A l'autre bout du fil, Stefan Weber, le directeur des ressources humaines de la banque Sabatino, s'éclaircit la gorge.

— Je pensais que… Peut-être qu'un entretien avec Rawlinson suffirait à le remettre sur les rails…

— Je ne crois pas en ce genre d'entretien et il n'est pas dans mes habitudes d'accorder une deuxième chance, répondit Roel d'un ton glacial. Nos clients sont aussi exigeants que moi, soit dit en passant. La réputation de notre banque repose précisément sur nos résultats financiers.

Stefan Weber s'abstint de tout commentaire. La réputation de la banque Sabatino reposait aussi, voire surtout, sur la renommée internationale de Roel Sabatino en tant que financier éclairé et expert incontesté en gestion des patrimoines privés.

Multimillionnaire suisse, Roel était le descendant de neuf générations de banquiers d'affaires, et certainement le plus brillant de tous. D'une intelligence aiguë, il faisait une brillante carrière dans le milieu de la finance. Revers de la médaille : il ne témoignait aucune compassion envers les employés qui avaient le malheur de rencontrer des problèmes d'ordre privé.

A la vérité, son absence totale d'états d'âme était autant redoutée qu'admirée par ses pairs.

Malgré tout, Stefan fit une dernière tentative.

— A la décharge de Rawlinson, sa femme l'a plaqué le mois dernier…

— Je suis son patron, pas son conseiller conjugal, trancha Roel.

Pour lui, le sujet était clos.

— Sa vie privée ne m'intéresse pas, conclut-il.

Après avoir pris congé de son directeur des ressources humaines, Roel quitta ensuite son bureau aux allures de palais, et s'engouffra dans l'ascenseur privé qui le conduisit directement au parking souterrain. Là, il se glissa au volant de sa Ferrari, une moue dédaigneuse aux lèvres. Comment un homme pouvait-il jeter aux orties une carrière prometteuse à cause d'une femme ? Fallait-il donc manquer de force de caractère et d'autodiscipline ! songea-t-il en secouant la tête d'un air sombre.

La vie n'était pas une partie plaisir, il l'avait appris dès son plus jeune âge, lorsque sa mère avait abandonné sans scrupule le domicile conjugal, le privant du même coup de l'amour maternel dont il avait besoin, comme tous les enfants du reste. Placé en pensionnat dès l'âge de cinq ans, il rentrait chez lui uniquement pour les vacances, si ses résultats scolaires correspondaient aux exigences inflexibles de son père.

Ainsi élevé dans le déni de ses propres émotions, Roel avait appris très jeune à ne compter que sur lui-même.

Son téléphone de voiture sonna alors qu'il était coincé dans les embouteillages genevois de la mi-journée. L'espace d'un instant, il regretta de ne pas avoir pris sa limousine avec chauffeur.

Il décrocha et la voix claire de Paul Correro, son avocat, résonna dans l'habitacle.

— Bonjour, Roel !

— Bonjour, Paul. Que me vaut l'honneur de ton appel ? répondit-il sur un ton amusé.

Son ami eut un petit rire.

— Eh bien, commença-t-il, en tant que conseiller juridique, il est de mon devoir de te rappeler qu'il serait peut-être temps de mettre un terme à une *certaine* relation.

Roel et Paul s'étaient rencontrés alors qu'ils étaient tous les deux étudiants et des liens d'amitié s'étaient vite noués entre les deux jeunes gens. En temps normal, Roel appréciait le sens de l'humour et le côté bon enfant de l'avocat qui était une des rares personnes à pouvoir se vanter d'avoir atteint un certain degré de familiarité avec lui.

Ce jour-là toutefois, il ne se sentait pas d'humeur à jouer aux devinettes.

— Va droit au but, Paul.

— Cela fait déjà un petit bout de temps que j'y pense, figure-toi, reprit son ami d'un ton hésitant, ce qui ne lui ressemblait guère. A dire vrai, j'attendais que tu soulèves la question le premier. Quatre années se sont presque écoulées… Le moment n'est-il pas venu de mettre un terme à ton mariage de convenance ?

Pris de court alors que les voitures qui le précédaient recommençaient à avancer, Roel lâcha brusquement la pédale d'embrayage. La Ferrari fit un bond en avant puis cala pitoyablement, déclenchant un concert de Klaxon impatients qui heurtèrent la fierté toute masculine de son conducteur.

Diffusée par les haut-parleurs de la voiture, la voix profonde de Paul poursuivit :

— J'aurais aimé te voir cette semaine si tu as un moment à m'accorder, parce que je pars en vacances lundi prochain.

— Impossible, répondit Roel. Je n'ai pas une minute à moi cette semaine.

— J'espère que je ne t'ai pas vexé en abordant la question, au moins…

— *Dio mio!* Pour être tout à fait franc avec toi, j'avais complètement oublié cette histoire. Tu me prends au dépourvu, si tu veux tout savoir ! conclut Roel en laissant échapper un rire rauque.

— Je n'aurais jamais cru que cela soit possible, répliqua Paul, ironique.

— Ecoute, je te rappellerai un peu plus tard… la circulation est infernale, expliqua Roel avant de raccrocher.

Sitôt qu'il eut raccroché, sa bouche aux contours sensuels prit un pli dur. Paul avait eu raison d'attirer son attention sur le mariage qu'il avait été obligé de contracter quatre ans plus tôt. Comment avait-il pu oublier de dissoudre légalement ce lien, si ténu soit-il, en entamant une procédure de divorce ? Mais le temps passait tellement vite, il n'avait jamais un moment à lui.

Inévitablement, ses pensées se tournèrent vers les circonstances qui l'avaient poussé à prendre une épouse, dans le simple but de contourner les clauses pour le moins extravagantes du testament de son grand-père.

Clemente Sabatino avait consacré toute sa vie et son énergie au développement de la banque familiale ; implacable en affaires, c'était un homme intègre et droit qui ne s'était jamais écarté de la ligne de conduite qu'il s'était fixée.

Mais, peu de temps après son départ à la retraite, Clemente s'était amouraché d'une très jeune femme qui avait réussi l'exploit de chambouler complètement sa conception quelque peu rigide de la vie. Libéré de tous les interdits qu'il s'était imposés jusqu'alors, Clemente était devenu un fervent adepte de la philosophie new age et avait même épousé — brièvement, certes — la jeune croqueuse d'héritage.

Son soudain changement de comportement l'avait éloigné de son fils pendant plusieurs années. Mais si le père de Roel, très à cheval sur les convenances, avait rompu tout lien avec le vieil homme, Roel, pour sa part, n'avait jamais cessé de donner des nouvelles à ce grand-père qu'il affectionnait particulièrement.

Clemente Sabatino était décédé quatre ans plus tôt. A la lecture de son testament, Roel était tombé des nues… Car son grand-père avait stipulé que le *castello* Sabatino, la majestueuse demeure familiale, transmise de génération en génération depuis plusieurs siècles, deviendrait propriété de l'Etat si son petit-fils ne se mariait pas avant une date fixée par ses soins.

Bien que Roel ait été élevé dans un environnement affectif très limité, il chérissait néanmoins les souvenirs des séjours qu'il avait faits, enfant, au *castello* Sabatino.

Certes, sa fortune lui aurait permis d'acquérir cent châteaux du même genre, s'il l'avait souhaité, mais celui-ci occupait une place spéciale dans son cœur, même s'il répugnait à l'admettre. Depuis des siècles, les Sabatino occupaient ce splendide château, perché au sommet d'une colline et surplombant une vallée verdoyante : la simple idée qu'il puisse quitter le patrimoine familial avait horrifié Roel.

Quelques mois après la lecture du testament, alors qu'il se trouvait à Londres pour affaires, Roel avait profité d'une pause chez le coiffeur pour évoquer le problème au téléphone avec son ami Paul. Il s'exprimait en italien et, certain que personne autour de lui ne comprenait un traître mot de ce qu'il disait, il se sentait aussi à l'aise que s'il s'était trouvé dans l'intimité de son bureau. Aussi avait-il été très surpris lorsque la jeune coiffeuse qui s'occupait de lui avait proposé de tenir le rôle de « fausse épouse » dont il avait besoin pour conserver le château auquel il tenait tant…

Et voilà comment Hilary Ross lui avait vendu sa main, en vertu d'un contrat en bonne et due forme.

Quel âge pouvait-elle bien avoir, à présent ? « Vingt-trois ans », lui répondit sans hésiter une petite voix moqueuse. Elle avait sans nul doute conservé son allure juvénile. A l'époque, c'était une ravissante jeune femme, tout en courbes délicieusement féminines, toujours vêtue de noir et un peu trop maquillée, se souvint Roel en esquissant un sourire indulgent. Et, surtout, elle était incroyablement sexy…

Avant que le feu passe au vert, Roel ouvrit son portefeuille et, d'un geste adroit, extirpa la photo qu'Hilary lui avait donnée quelques années plus tôt.

Au dos du cliché, elle avait écrit par espièglerie : « Ta femme, Hilary. » Suivait son numéro de téléphone.

— Comme ça, vous ne m'oublierez pas, avait-elle murmuré d'un ton léger alors même qu'elle savait pertinemment qu'il ne chercherait pas à la contacter, sauf en cas de nécessité absolue.

« Embrassez-moi », avaient silencieusement imploré ses grands yeux gris. Armé d'une volonté de fer, Roel avait résisté à la tentation. Le contrat qu'ils avaient conclu était d'une clarté limpide, il était hors de question qu'il se passe quelque chose entre eux. Paul l'avait averti : le moindre dérapage pouvait lui coûter une petite fortune.

Comment avait-il pu se sentir attiré par cette fille ? songea Roel en exhalant un soupir irrité. Issue d'un milieu plus que modeste, elle avait quitté l'école à seize ans pour suivre une formation de coiffeuse.

Dio mio… Une coiffeuse ! Une jeune femme qui, du haut de son mètre soixante, portait sur le monde un regard diamétralement opposé au sien.

Roel s'autorisa enfin à baisser les yeux sur le cliché qui sommeillait depuis si longtemps dans son portefeuille. Il se sentait exaspéré par le tour que prenaient ses pensées. Car il ne pouvait nier que le visage rieur d'Hilary, éclairé en permanence d'un regard espiègle et d'un sourire éclatant, continuait à le fasciner.

« Quand j'étais apprentie, je dépensais tout mon argent dans les chaussures », lui avait-elle confié un jour sans qu'il ait rien demandé. D'autres anecdotes avaient suivi, d'autres confessions qui avaient renforcé sa première impression : Hilary et lui vivaient sur deux planètes différentes.

« Quand ma grand-mère a rencontré mon grand-père, elle a tout de suite su que c'était l'homme de sa vie, avant même de lui adresser la parole… D'ailleurs, ils n'auraient pas pu se comprendre ! Elle ne parlait pas l'anglais et lui pas un traître mot d'italien. C'est fou ce que c'est romantique, vous ne trouvez pas ? »

Roel n'avait pas répondu.

A la vérité, il avait tout fait pour repousser les tentatives de rapprochement faites par Hilary. Certes, il était certainement passé pour le pire des snobs à ses yeux, mais à quoi bon se voiler la face ? Ils n'avaient rien en commun, tous les deux, absolument rien. Et puis, les mésaventures conjugales de son père et de son grand-père lui avaient appris à se méfier des créatures intéressées par l'argent. Non, vraiment, Hilary Ross n'était pas une femme pour lui.

Pourtant, il ne pouvait oublier sa dernière entrevue avec son épouse de convenance, le jour où ils avaient signé leur contrat de mariage. Elle lui avait dit au revoir d'un petit signe de la main, alors même que la mélancolie voilait son beau regard gris.

Avait-elle rencontré un homme ? se demanda-t-il soudain. Etait-ce elle qui, pour cette raison, avait contacté Paul pour demander le divorce ?

Plongé dans ses pensées, Roel aborda un virage serré.

Lorsqu'une fillette déboula sur la chaussée à la poursuite de son ballon, il dut freiner de toutes ses forces en braquant le volant pour l'éviter. La Ferrari alla s'écraser contre un mur dans un horrible fracas métallique.

Peut-être s'en serait-il sorti indemne si une autre voiture n'avait pas, ensuite, percuté de plein fouet la Ferrari accidentée. Aussitôt, une douleur fulgurante traversa la nuque de Roel, qui perdit aussitôt connaissance.

Ses doigts étaient encore crispés sur la photo d'Hilary lorsqu'on le transporta d'urgence à l'hôpital.

Sa tante Bautista fut appelée à son chevet. Cette belle femme brune au tempérament de feu, âgée de soixante ans — mais qui s'efforçait d'en paraître vingt de moins — se sentait très contrariée par ce changement de programme inopiné.

Elle était sûre que Roel allait s'en sortir. Il était invincible, à l'instar de tous les hommes du clan Sabatino. Mis à part le choc violent qu'il avait reçu à la tête, ses autres blessures étaient superficielles. Alors, pourquoi lui avait-on demandé de venir à l'hôpital ?

Demain, elle devait partir pour Milan où elle était conviée à l'inauguration d'une galerie d'art en compagnie de son fiancé, Dieter, un jeune et séduisant sculpteur. Et elle n'avait aucune intention de modifier son emploi du temps.

Dix jours plus tôt, Roel l'avait d'ailleurs profondément offensée en lui annonçant que Dieter, qu'elle projetait d'épouser, avait derrière lui un beau passé de gigolo. Son neveu avait fait preuve d'une indélicatesse inadmissible ! Et puis, il se trompait : Dieter l'aimait pour ce qu'elle était, à savoir une femme mûre et épanouie, encore très séduisante, qui possédait de surcroît une personnalité bien affirmée. Ses quatre ruineux divorces n'avaient pas suffi à entamer sa foi aveugle en l'amour éternel…

Quand un médecin vint lui annoncer que Roel avait enfin repris connaissance mais qu'il semblait souffrir d'amnésie, Bautista eut du mal à contenir sa contrariété.

— L'épouse de M. Sabatino va bientôt arriver, j'imagine ? ajouta le médecin.

— Mon neveu n'est pas marié, répliqua-t-elle.

D'un air perplexe, l'homme lui tendit une photo froissée.

— Alors, qui est cette femme ?

Bautista étudia le cliché avant de lire l'inscription au dos, pour le moins éloquente. Elle n'en croyait pas ses yeux. Ainsi, Roel avait épousé une Anglaise ? Dieu du ciel, son neveu cachait bien son jeu ! Mais n'était-il pas connu pour sa froide réserve et son détachement inébranlable ?

Bautista secoua légèrement la tête, intriguée malgré elle. Quand avait-il prévu d'annoncer la nouvelle à sa famille ? Au fond, cela n'avait guère d'importance… En revanche, cette révélation la libérait sur-le-champ de ses obligations familiales : si Roel avait une femme, c'était à cllc de veiller sur lui… n'est-ce pas ?

Recouvrant instantanément sa bonne humeur, Bautista se hâta de téléphoner à la mystérieuse épouse de son neveu.

Lorsque Hilary franchit le seuil de son appartement et aperçut l'expression troublée de sa jeune sœur Emma, un frisson glacial lui parcourut le dos.

— Que se passe-t-il ? demanda-t-elle en jetant sur la table le journal qu'elle venait d'acheter.

— Une femme a téléphoné pendant ton absence…, répondit Emma. Et j'aimerais que tu t'asseyes avant de t'en dire plus.

Sourcils froncés, Hilary fixa sa sœur cadette, une grande fille blonde de dix-sept ans, dont le regard gris trahissait déjà une bonne dose de maturité.

— Ne sois pas bête, rétorqua Hilary. Tu es là, sous mes yeux, en pleine forme, et tu es la seule famille qu'il me reste. Donc, rien de vraiment grave ne peut être arrivé. Dis-moi vite qui a appelé.

— Je ne suis pas ta seule famille, objecta sa sœur d'une voix tendue. Roel… Roel Sabatino a eu un accident de voiture.

Hilary sentit ses jambes se dérober sous elle.

— Il est… ?

— Il est vivant, ne t'inquiète pas, s'empressa d'ajouter Emma en guidant sa sœur vers le canapé. C'est la tante de Roel qui a téléphoné… Elle parle à peine anglais et la conversation n'a duré que deux minutes, montre en main…

— Est-il gravement blessé ? demanda Hilary, secouée de violents tremblements.

Une sensation de nausée la submergea tandis que son cerveau se mettait à fabriquer toute une série d'images plus effrayantes les unes que les autres.

— D'après ce que j'ai compris, répondit Emma, il souffre d'un traumatisme crânien. J'ai l'impression que c'est assez grave. On l'a transporté dans un autre hôpital… Ne t'inquiète pas, j'ai noté l'adresse et le numéro de téléphone.

La jeune fille serra affectueusement le bras de sa sœur.

— Inspire profondément, Hilary, poursuivit-elle. Concentre-toi sur le fait que Roel est encore en vie. Tu es sous le choc, c'est normal. Mais dis-toi que tu seras auprès de lui demain matin.

Prise de vertige, Hilary baissa la tête. Roel… Son amour secret, l'homme de sa vie — même si elle n'avait représenté à ses yeux qu'un moyen pratique de parvenir à ses fins. Roel, son mari bien-aimé qu'elle n'avait jamais embrassé… Roel, si grand, si fort, si séduisant… Il gisait en cet instant sur un lit d'hôpital.

Emplie d'angoisse, Hilary pria de tout son cœur pour qu'il se remette vite de ses blessures.

Pourtant, c'était difficile pour elle de se montrer optimiste dans ce genre de situation… Sept ans plus tôt, l'accident de voiture qui avait causé la mort de ses parents avait bouleversé le cours de sa vie et celui de sa jeune sœur. Et ce jour-là à l'hôpital, l'attente interminable, horriblement éprouvante, ne s'était pas conclue par une bonne nouvelle…

— Je serai demain auprès de lui ? répéta Hilary au bout de quelques minutes. Auprès de Roel ?

Etait-ce seulement envisageable… Oserait-elle se présenter à lui ? Une vague de fol espoir la submergea. Elle n'était sa femme que sur le papier, mais cela ne l'empêchait pas de s'inquiéter de sa santé. Après tout, la tante de Roel avait jugé utile de la prévenir… A l'évidence, leur mariage n'était pas aussi secret qu'elle le croyait.

— Je t'ai réservé une place dans le premier vol pour Genève, demain matin, dit Emma d'un ton rassurant.

Hilary se mordit la lèvre.

— J'ai très envie d'aller le voir, c'est vrai, mais…

— Il n'y a pas de mais qui tienne, coupa fermement Emma. Mets ta fierté de côté et va le rejoindre, je t'en prie ! Tu es sa femme et je suis sûre qu'il n'est pas trop tard pour vous réconcilier. Je suis assez mûre maintenant pour me rendre compte que ce sont mes caprices qui ont fichu en l'air votre couple.

Frappée de stupeur, Hilary regarda attentivement sa jeune sœur. Pas une seule fois elle n'avait soupçonné qu'Emma se reprochait l'échec de son mariage avec Roel.

— Notre couple n'a pas tenu le coup, mais tu n'as absolument rien à voir là-dedans, protesta-t-elle avec véhémence.

— Arrête de vouloir sans cesse me protéger, d'accord ? Je n'étais qu'une sale gamine égocentrique, à l'époque. On venait de perdre papa et maman et j'étais tellement possessive avec toi que tu n'as même pas osé me présenter Roel.

— Ecoute, ça ne s'est pas passé comme ça entre Roel et moi.

— Si, je le sais très bien. Tu m'as toujours fait passer en premier… J'ai gâché le jour de ton mariage, j'ai détruit votre couple avant même que vous ayez eu le temps de prendre vos marques. Souviens-toi, enfin ! J'ai même menacé de faire une fugue si tu m'obligeais à partir vivre à l'étranger. Bref, j'ai tout fichu en l'air… Ne dis pas le contraire !

Emma reprit son souffle avant de conclure d'un ton contrit :

— Tu l'aimais tellement… comment ai-je pu être aussi cruelle ?

Hilary secoua la tête. Le moment n'était pas aux explications, chaque chose en son temps. Pour l'instant, toute son attention était tournée vers Roel, cloué sur un lit d'hôpital quelque part en Suisse.

— Que t'a dit sa tante, au juste ? demanda-t-elle à sa sœur.

— Qu'il te voulait auprès de lui, prétendit Emma.

Roel la réclamait à son chevet ? s'étonna un instant Hilary. Mais la surprise céda vite la place à l'allégresse. Tout à coup, elle se sentait prête à relever le défi. Pour lui, elle aurait pu marcher sur des braises, traverser tous les océans à la nage et franchir des milliers de montagnes… Uniquement pour être à ses côtés. Roel avait *besoin* d'elle ! Cette simple idée lui donnait des ailes et un immense courage.

Soudain, elle fronça les sourcils. Si un homme aussi sûr de lui que Roel réclamait sa présence, cela signifiait forcément qu'il n'était pas dans son état normal…

Submergée par une nouvelle vague d'inquiétude, Hilary courut dans sa chambre pour préparer sa valise.

— Et le salon ? dit-elle tout en choisissant quelques vêtements avec des gestes mécaniques. Qui va s'en occuper ?

— Sally, suggéra sa sœur.

Sally Witherspoon était le bras droit d'Hilary : elle connaissait le salon et sa clientèle aussi bien qu'elle.

— Tu m'as dit toi-même qu'elle s'en était très bien sortie quand tu as eu la grippe, ajouta Emma.

Celle-ci regarda sa sœur se diriger d'un pas pressé vers la petite entrée de l'appartement.

Dans la pénombre, les yeux d'Hilary brillaient d'un éclat argenté. Son visage à l'ovale délicat était auréolé d'une chevelure d'un blond très clair, un blond platine qu'on obtient généralement à l'aide d'une teinture. Combien de fois avait-elle entendu Hilary expliquer à ses clientes incrédules qu'il s'agissait bel et bien de sa couleur naturelle ? Elle s'excusait presque de ne pas être obligée de recourir aux artifices qu'affectionnaient tant ses clientes.

Quand Hilary eut Sally au bout du fil, elle lui expliqua la situation et lui demanda de passer prendre les clés du salon.

Ensuite, elle appela une coiffeuse qui leur prêtait main-forte lorsque le carnet de rendez-vous était plein, et lui proposa de la remplacer pendant son absence.

Qu'importe ce que cela lui coûterait, elle n'avait plus qu'une idée en tête : rejoindre Roel au plus vite.

Hilary reporta son attention sur sa sœur et esquissa une grimace.

— Mais toi, je ne peux pas te laisser toute seule ici…, dit-elle.

— Mes vacances se terminent demain et je devais retourner à l'école en train. Je crois bien que je pourrais me débrouiller sans toi, répliqua Emma avec un soupçon d'ironie. J'ai dix-sept ans, tu sais.

Un sourire se peignit sur les lèvres d'Hilary. Une fois de plus, elle songea aux changements considérables que son mariage avec Roel avait opérés dans leurs vies. Elle lui devait tant…

Quatre ans auparavant, Emma et elle vivaient dans un petit appartement miteux, au cœur d'un quartier difficile de Londres. Les perspectives d'avenir n'étaient guère réjouissantes… Mais déjà, à l'époque, Hilary s'était rendu compte qu'Emma était dotée d'une intelligence remarquable, bien au-dessus de la moyenne, et elle se sentait prête à tout pour lui permettre d'exploiter au mieux son potentiel. Elle avait tellement envie d'offrir à sa sœur une vie meilleure…

Car l'existence ne leur avait pas fait de cadeaux, jusqu'alors. Orphelines de père et de mère, elles étaient pour ainsi dire livrées à elles-mêmes dans un environnement plutôt hostile.

Un horrible sentiment de culpabilité avait assailli Hilary lorsque Emma, poussée par de mauvaises fréquentations, s'était mise à sécher les cours. A l'époque, la jeune femme travaillait comme apprentie coiffeuse dans un salon où elle ne refusait jamais les heures supplémentaires. Malgré tout, elle n'avait ni les moyens de s'installer dans un quartier plus agréable ni le temps de surveiller sa sœur en pleine crise d'adolescence.

C'est Roel qui avait chamboulé leurs vies, et ce du jour au lendemain. Au début, Hilary n'avait pas eu l'intention d'accepter une rémunération en échange de leur « marché », mais elle avait vite compris que c'était là la seule façon de remettre Emma sur le droit chemin.

Grâce à l'argent de Roel, elle avait pu déménager avec Emma et ouvrir son propre salon de coiffure dans la banlieue de Hounslow.

Elle avait pris la bonne décision, se répétait-elle souvent. Pourtant, elle se demandait parfois si Roel ne lui aurait pas témoigné davantage de respect si, s'en tenant à son intention initiale, elle l'avait épousée sans rien accepter en échange.

Car tel avait été son désir : épouser Roel pour lui rendre service, tout simplement. Amoureuse de cet homme qui ne lui témoignait que fort peu d'intérêt, elle se sentait prête à tout ou presque pour lui faire plaisir. Hélas, elle sentait qu'en acceptant son argent, elle avait gâché leur relation, irrémédiablement.

« Je préfère payer les services qu'on me rend, avait déclaré Roel, non sans cynisme. De cette manière, il n'y a aucun risque de malentendu. »

Profondément humiliée, Hilary n'avait rien trouvé à répondre.

Le lendemain, alors que la matinée touchait à sa fin, le Dr Lether eut du mal à cacher sa surprise lorsque sa secrétaire fit entrer dans son bureau l'épouse de Roel Sabatino. Il ne s'attendait pas à ça, songea-t-il en étudiant la jeune femme blonde dont le regard d'un gris lumineux trahissait une inquiétude indicible.

— J'ai essayé d'appeler pour annoncer mon arrivée,

expliqua-t-elle d'un ton confus, mais personne n'a été capable de me donner le numéro de téléphone de cet établissement.

Impressionnée par le luxe et le raffinement de l'hôpital, Hilary expliqua qu'elle avait ensuite dû montrer patte blanche avant d'être admise à pénétrer dans le service où était soigné Roel.

— Vous êtes dans une clinique privée, madame Sabatino, répondit le Dr Lether en lui tendant la main. Nos patients apprécient la discrétion et l'intimité, ce qui explique pourquoi nos coordonnées ne figurent pas dans l'annuaire. Je suis heureux que vous ayez pu vous libérer aussi rapidement…

A ces mots, Hilary se sentit blêmir.

— Roel ? Il… ?

— Je suis désolé, je ne voulais pas vous inquiéter davantage. Sur le plan purement physique, si l'on excepte une grosse migraine et quelques contusions, votre mari se porte comme un charme, enchaîna le médecin en la gratifiant d'un sourire rassurant. Hélas, on ne peut pas en dire autant de sa mémoire.

En proie à un mélange de soulagement et d'appréhension, Hilary prit place dans le fauteuil en cuir que lui indiquait son interlocuteur.

— Sa… sa mémoire ?

— M. Sabatino a reçu un coup violent à la tête et il est resté sans connaissance pendant plusieurs heures. Il n'est pas rare de perdre quelque peu ses repères après un tel choc… Dans son cas, malheureusement, il semblerait que sa mémoire ait été endommagée.

Hilary se raidit, alertée par la gravité qui se lisait sur le visage du médecin.

— C'est-à-dire ? articula-t-elle avec peine.

— Un rapide examen effectué peu de temps après qu'il eut repris connaissance a montré une certaine confusion dans la perception des dates…

— Des dates ?

— Oui. D'après mes estimations, Roel ne garde aucun souvenir des cinq dernières années. Tout ce qui s'est passé depuis lui échappe totalement.

Hilary fixa son interlocuteur d'un air interdit.

— *Cinq années ?* Etes-vous sûr de cela ?

— Sûr et certain. Il ne garde aucun souvenir non plus de son accident.

— Mais… comment expliquez-vous ça ?

— En médecine, nous appelons ça de l'amnésie rétrograde. Cela intervient généralement après un traumatisme émotionnel ou un stress violent. Dans le cas de Roel, poursuivit le médecin avec assurance, je suis certain que ce ne sera qu'un état temporaire. Il recouvrera la mémoire, par bribes ou bien d'un seul coup, dans les jours voire les heures qui viennent.

— Comment a-t-il réagi à la nouvelle ? demanda Hilary d'une petite voix.

— Lorsqu'il a pris conscience de l'étendue de son amnésie, votre mari a subi un choc important.

— J'imagine, oui…

— Avant qu'on lui annonce la nouvelle, M. Sabatino s'apprêtait à regagner son bureau contre l'avis de l'équipe soignante, reprit le médecin avec un demi-sourire. Pour un homme aussi brillant, aussi sûr de lui, ce genre d'événement incontrôlable peut être source d'un grand malaise.

Un silence suivit ses paroles.

— C'est affreux…, murmura Hilary. Roel ne se souviendra même pas de moi !

— J'allais y venir, justement. Avant toute chose, je me réjouis de votre présence, madame Sabatino. Votre époux aura besoin de votre soutien pour surmonter cette épreuve.

— Sa tante n'est pas auprès de lui ? intervint Hilary en fronçant les sourcils.

— D'après ce que j'ai compris, elle a quitté le pays ce

matin. Elle avait pris un engagement qu'elle ne pouvait annuler, expliqua le Dr Lether.

Hilary réprima une exclamation de surprise. Ainsi, la tante de Roel n'avait pas jugé nécessaire de rester au chevet de ce dernier… Quel bel exemple d'esprit de famille !

Très vite, les pensées de la jeune femme s'emballèrent… Bien sûr, elle se sentait prête à aider Roel à traverser ce moment difficile. C'était même une idée assez séduisante. En revanche, ne serait-il pas malhonnête de jouer le rôle de l'épouse aimante et dévouée ? Elle portait son nom, certes, mais c'était là le seul lien qui l'attachait à lui. D'un autre côté, elle avait promis à Roel de ne jamais révéler la véritable nature de leur union.

Réprimant un soupir, Hilary se redressa légèrement dans son fauteuil. Un demi-mensonge suffirait sans doute à soulager sa conscience.

— Pour être franche, commença-t-elle d'un ton qui trahissait son embarras, nous nous sommes quelque peu… éloignés ces derniers temps, Roel et moi.

En face d'elle, le médecin hocha la tête d'un air compatissant.

— Je vous remercie de me faire confiance, madame Sabatino. Ne vous inquiétez pas, vos propos ne sortiront pas de cette pièce. Pour le bien-être de mon patient, en revanche, je vais être obligé de vous demander de ne rien dire qui puisse le perturber davantage. Bien que votre époux refuse de le reconnaître, il est encore sous le choc et certains propos touchant directement à sa vie privée pourraient nuire à son rétablissement.

Hilary acquiesça. Elle ne dirait rien qui puisse blesser ou contrarier Roel.

— En tant qu'épouse, vous êtes la personne la plus proche de lui et vous pourrez l'aider mieux que quiconque, fit observer le Dr Lether d'un ton plus léger. Bien sûr, il est très entouré, mais essentiellement par des personnes dont il est l'employeur. Or, votre mari a besoin de sentir à ses côtés la présence de quelqu'un en qui il a confiance. Veillez à ne pas commettre d'impair, je vous en prie. Son état actuel le rend extrêmement vulnérable.

— J'ai du mal à l'imaginer ainsi, murmura Hilary d'une voix étranglée.

Sentant les larmes lui monter aux yeux, elle détourna rapidement le regard. N'entrait-elle pas, elle aussi, dans la catégorie des personnes dont Roel était l'employeur ?

— Si ce n'est pas trop vous demander, poursuivit le Dr Lether, j'aimerais beaucoup que vous fassiez le lien entre Roel et tous les collaborateurs qui ne manqueront pas de vouloir le joindre. Sa santé en dépend. La banque Sabatino devra apprendre à fonctionner sans lui pendant quelque temps, je le crains. Roel a besoin de se reposer, de se détendre. D'autre part, je connais suffisamment le milieu de la finance pour savoir qu'on ne doit en aucun cas rendre public l'état de santé actuel de votre mari.

Un pli barra le front de la jeune femme. Ces considérations matérielles lui importaient peu. Pour elle, seule comptait la mission dont elle se sentait investie : veiller sur Roel jusqu'à ce que qu'il recouvre la mémoire.

— Puis-je le voir tout de suite ? demanda-t-elle.

A cet instant, le Dr Lether se souvint de la stupeur de son patient lorsqu'on lui avait annoncé qu'il était marié. Leurs retrouvailles n'allaient pas être un moment très agréable pour cette jeune femme. Mais, après tout, Hilary Sabatino était peut-être plus solide qu'il y paraissait à première vue…

Une fois dans le couloir, Hilary se força à prendre une longue inspiration avant d'emboîter le pas à l'infirmière qui devait la conduire au chevet de Roel.

Dans quelques minutes, elle se retrouverait face au seul homme qui ait jamais réussi à la faire pleurer…

2

Ainsi, il avait une femme, songeait Roel, d'une humeur massacrante.

N'était-ce pas un signe du destin que son cerveau ait décidé de balayer de sa mémoire l'acte le plus ridicule et le plus néfaste qu'un homme puisse faire dans sa vie ?

Il n'avait que trente ans, bon sang ! Pourquoi avait-il choisi de sacrifier sa liberté à une femme ? Pour quelle raison inexplicable avait-il marché dans les pas de son père et, avant lui, de son grand-père ? Tous deux s'étaient mariés jeunes et tous deux l'avaient amèrement regretté par la suite.

Lui-même ne s'était-il pas juré des centaines de fois qu'il ne commettrait pas la même erreur ?

Il avait toujours pris soin de ne jamais s'engager dans des relations trop sérieuses, préférant papillonner de maîtresse en maîtresse, pour de brèves aventures où le plaisir sensuel était roi. De toute façon, il ne croyait pas à l'amour ; il n'y avait jamais cru. Ce n'était donc sûrement pas ce sentiment ridicule et illusoire qui l'avait poussé à prendre une épouse.

De plus, il y avait certaines choses dont il se souvenait sans l'aide de sa mémoire, grâce à une sorte d'intuition, ou d'instinct, ancrée au plus profond de lui…

Par exemple, il était persuadé que celle qui allait bientôt se présenter à lui comme son épouse — et qu'il avait malencontreusement oubliée —, serait une belle femme brune, grande et d'une élégance raffinée. N'était-ce pas le genre de femmes qu'il avait toujours trouvées attirantes ?

Issue d'une famille aisée, elle posséderait cette assurance naturelle des femmes bien éduquées. Elle mènerait forcément une brillante carrière, probablement dans le milieu de la finance. Peut-être était-ce en parlant avec elle de la gestion du personnel et des stratégies d'investissement qu'il avait reconnu en elle l'âme sœur… Ce serait une femme assez froide, réservée en tout cas, qui accepterait sans rechigner son emploi du temps chargé et ses absences répétées.

Soudain, un coup fut frappé à la porte de sa chambre.

Debout devant la fenêtre, Roel fit volte-face. La porte s'entrebâilla.

— Tourne-toi et ferme les yeux avant que j'entre, d'accord ? lança alors une voix féminine à l'accent britannique.

Roel haussa les sourcils sous l'effet de l'étonnement. Première surprise : il avait épousé une étrangère… Deuxième surprise : elle s'exprimait comme une adolescente et formulait des demandes parfaitement puériles.

— Roel ? reprit la jeune femme, comme le silence s'éternisait, de plus en plus pesant.

Il serra les dents, submergé par une vague d'impatience. Avait-il d'autre choix que de se plier aux caprices de cette femme dont il n'avait gardé aucun souvenir ? *Sa propre femme…*

— Bien, c'est d'accord, répondit-il d'un ton légèrement agacé.

Il entendit la jeune femme poursuivre.

— C'est une situation assez troublante, j'en suis consciente. Mais, maintenant que je suis là, tu n'as plus à t'inquiéter.

Le dos tourné à la porte, Roel fronça les sourcils, incrédule. Ainsi, il faisait face à une *troisième* surprise : il semblait avoir épousé une femme capable, en l'espace de soixante petites secondes, de porter atteinte à son ego de mâle dominateur.

— J'ai été très touchée que tu m'appelles à ton chevet, reprit la jeune femme en refermant la porte.

Alors seulement, Hilary osa ouvrir les yeux qu'elle avait fermés par précaution. Car elle ne redoutait pas uniquement la réaction de Roel quand il allait se tourner vers elle — et découvrir son visage comme pour la première fois… —, elle craignait aussi de ne pas pouvoir contenir l'intense émotion qu'elle éprouvait à le revoir…

— Je t'ai appelée, moi ? fit Roel d'un ton perplexe. Comment serait-ce possible ? Je ne me souviens même pas de toi !

— Ça alors… mais que fais-tu debout ? s'écria Hilary, au bord de la panique.

— As-tu une liste de remarques idiotes à ta disposition ou bien te viennent-elles spontanément à l'esprit ? répliqua Roel d'un ton cinglant avant de lui faire face.

Aussitôt, Hilary sentit sa respiration se bloquer dans sa poitrine. Roel était si imposant — il mesurait au moins un mètre quatre-vingt-dix —, si élégant dans son costume Armani coupé sur mesure…

Rejetant la tête en arrière pour pouvoir étudier son visage, Hilary sentit son cœur s'emballer. Devant elle se tenait l'incarnation de tous ses rêves, de tous ses désirs.

La beauté virile des traits de Roel la bouleversa, comme quatre ans auparavant. Il était incroyablement séduisant et terriblement sexy. En plus de son physique irrésistible, il possédait un formidable charisme, une sorte d'autorité naturelle qui forçait le respect de tous ceux qu'il côtoyait.

Un frisson parcourut Hilary : la bouche ferme et sensuelle de Roel ne souriait pas…

A la vérité, elle n'en était guère surprise : les sourires n'éclairaient que rarement le beau visage de son mari. De plus, en cet instant, la situation et l'ambiance chargée d'électricité n'incitaient guère à la décontraction et à la bonne humeur.

Elle ne lui en voulait pas de se montrer si froid, si méfiant à son égard. N'était-il pas en train de vivre une épreuve particulièrement difficile ? Une partie de sa vie s'était évaporée à la suite du choc qu'il avait subi, et se retrouver face à une épouse dont il n'avait aucun souvenir devait être très déstabilisant.

Au prix d'un effort sur elle-même, Hilary chassa ces sombres pensées et releva fièrement le menton.

— En tous les cas, tu n'as pas perdu ton habitude de te montrer… mordant, lança-t-elle.

— J'ai horreur qu'on me pose des questions idiotes, rétorqua Roel en baissant les yeux pour examiner la femme qui se tenait devant lui.

Celle-ci soutenait son regard sans ciller, menton en avant, poings plantés sur des hanches aux courbes délicieusement féminines.

Elle n'était pas très grande, mais elle possédait une silhouette exquise, à la fois délicate et sensuelle.

Un T-shirt bleu moulait sa poitrine ronde et haut perchée, tandis que son jean accentuait la finesse de sa taille. Elle devait avoir une vingtaine d'années, vingt-deux ans, tout au plus, nota-t-il *in petto* en levant les yeux vers son visage. Ses yeux gris avaient la couleur de l'océan. Blonds comme les blés, ses cheveux étaient plutôt courts. Une pluie de taches de rousseur parsemait son petit nez.

Quant à ses lèvres pleines, sensuelles et légèrement brillantes, elles auraient tenté un saint…

Une onde de chaleur courut dans ses veines. Il ne se souvenait peut-être pas d'elle, mais le désir qu'elle allumait en lui était plus qu'éloquent…

Pour un homme comme Roel, toujours en quête d'explications cohérentes et rationnelles, c'était un constat réconfortant : il savait à présent pourquoi il avait épousé la jeune femme qui se tenait devant lui.

— Je voulais simplement dire que tu ferais mieux de te reposer, déclara posément celle-ci en plantant son regard gris dans le sien.

— Dois-je comprendre que tu as pour habitude de me dicter ma conduite ? demanda Roel d'une voix rauque.

Elle eut un petit rire.

— A ton avis ? lança-t-elle.

La bouche sèche, l'estomac noué, Hilary soutenait sans ciller le regard pénétrant de Roel. La tension entre eux était électrique, presque palpable, et elle sentit soudain son corps se tendre comme une arbalète, vibrant d'un désir qu'elle avait peur de ne pouvoir contrôler. Son pouls se mit à battre à petits coups affolés à la base de son cou.

Elle se força à inspirer profondément, paniquée à l'idée de perdre la maîtrise de la situation.

Ainsi, malgré le temps qui avait passé, malgré ces quatre longues années qu'ils avaient traversées, chacun de leur côté, Roel exerçait encore le même pouvoir sur elle. Un pouvoir quasi hypnotique qui semblait liquéfier son corps et son esprit.

Grâce à sa volonté de fer, Roel détacha les yeux de son épouse. Il comprenait mieux, à présent, ce qu'il l'avait poussé à se marier. C'était le désir charnel. Un désir d'une rare intensité, il devait le reconnaître, et aussi insidieux qu'irrésistible, songea-t-il tandis que sa bouche prenait un pli dur.

Comme la chair était faible…

— Il faudrait être stupide pour imaginer un seul instant que je peux obéir aux ordres d'une femme, murmura Roel. Et j'ai l'impression que tu ne l'es pas… stupide, je veux dire.

— Je ne suis peut-être pas stupide, mais je sais me faire obéir quand le besoin s'en fait sentir, rétorqua Hilary en se redressant fièrement, tandis qu'un flot de sang envahissait son visage. Désolée de te contrarier, mais tu devrais être au lit après le choc que tu as subi.

— Je n'ai plus besoin de soins médicaux. Il ne faut pas t'inquiéter. D'ailleurs, je retourne de ce pas au bureau.

Hilary écarquilla les yeux, incrédule.

— Tu plaisantes, j'espère ?

— Ce n'est pas mon genre, tu dois le savoir. Et ton opinion sur la question ne m'intéresse pas, conclut-il d'un ton glacial.

— Eh bien, je te la donne quand même ! répliqua Hilary, excédée par tant d'arrogance. C'est complètement ridicule de faire comme s'il ne s'était rien passé, comme si tout était normal. Tu risques de t'en mordre les doigts si tu ne te ménages pas. Et, ce jour-là, tu ne pourras pas dire que je ne t'avais pas prévenu !

La colère embrasa le regard sombre de Roel.

— Je…, commença-t-il.

— Tu souffres d'amnésie partielle, le coupa-t-elle. Ce n'est pas à prendre à la légère… Je crois que tu n'as pas pleinement mesuré la situation, tu devrais y réfléchir encore un peu.

Il darda sur elle un regard menaçant.

— Je prends toujours le temps de réfléchir avant d'agir, figure-toi.

Hilary croisa les bras sur sa poitrine.

— En retournant travailler, tu refuses d'accepter la situation telle qu'elle est, qu'elle te plaise ou non. Je suis navrée, mais je ne peux pas te laisser faire ça…

— Juste une petite chose, coupa Roel d'une voix teintée d'ironie. Etions-nous en instance de divorce avant l'accident ?

— Pas à ma connaissance, non ! répondit Hilary sans se démonter. Tu es peut-être quelqu'un de très intelligent, mais tu es aussi terriblement têtu, en plus d'être totalement dépourvu de sens pratique. En ce qui me concerne, j'ai la ferme intention de veiller à ce que tu n'entreprennes rien que tu puisses regretter par la suite. Je te conseille donc de retourner te coucher et d'essayer de te détendre !

Il l'observait comme si elle avait perdu la raison.

— Personne sur cette Terre n'a d'ordre à me donner, déclara-t-il. Pour être franc, je suis étonné que tu t'aventures sur ce terrain glissant, toi qui sembles plutôt bien me connaître, et pour cause…

Il soupira.

— Pour revenir au sujet qui nous intéresse, je me sens tout à fait bien. Je suis légèrement désorienté mais…

— Tu as oublié cinq années de ta vie, ce n'est pas rien, tout de même ! s'écria Hilary avec véhémence. Ce que tu sembles considérer comme un simple détail sera forcément source de gros problèmes, j'aimerais de tout cœur que tu t'en rendes compte.

Elle marqua une légère pause avant de poursuivre.

— Tu vas rencontrer des employés et des clients que tu ne reconnaîtras pas, tu vas vivre des situations qui t'échapperont totalement, au point que tu risques de tout fiche en l'air, y compris ta guérison. Tu as cinq ans de retard sur ton planning de travail, bon sang ! Comment vas-tu éviter de commettre des impairs irréparables ? A qui vas-tu demander de t'aider.

Elle le regarda droit dans les yeux.

— Parce que je sais une chose avec certitude, Roel : tu ne fais confiance à personne d'autre qu'à toi-même !

Hors d'haleine, tremblant d'émotion, Hilary se tut. Elle redoutait tant que Roel retourne travailler sans l'écouter…

Mais lorsqu'elle le vit froncer les sourcils, comme sous le coup d'une vive douleur fulgurante, ce fut une autre inquiétude qui s'empara d'elle. Il était très pâle, tout à coup. Et elle nota que la main qu'il porta à sa tempe tremblait légèrement.

— Assieds-toi…, dit-elle.

D'un geste autoritaire, Hilary lui prit les mains et l'obligea à s'asseoir dans le fauteuil.

Malgré son état de faiblesse manifeste, Roel essaya de protester :

— Je n'ai pas besoin de…

— Tais-toi et assieds-toi, ordonna-t-elle en appuyant sur ses épaules pour le maintenir assis.

— *Per meraviglia…*, maugréa Roel. Ce n'est qu'un petit mal de tête !

Mais elle avait déjà enfoncé le bouton d'appel.

L'arrivée de l'infirmière, suivie de près par le Dr Lether, empêcha Roel de donner libre cours à sa colère.

En observant son épouse du coin de l'œil, il constata avec étonnement qu'elle paraissait sincèrement inquiète à son sujet. L'anxiété voilait son regard gris tandis qu'elle observait le médecin l'examiner.

Sans doute était-ce parce que son état de santé la préoccupait réellement qu'elle s'était emportée contre lui… N'était-ce pas une réaction naturelle quand on avait peur ? On aurait presque dit qu'elle se souciait de lui… comme une femme amoureuse.

Roel réprima de justesse une moue cynique. Amoureuse de son immense fortune, oui, sans aucun doute… Pourtant, pour une raison qui lui échappait, il sentait qu'Hilary était différente des autres femmes.

Pour couronner le tout, elle se révélait beaucoup plus complexe et beaucoup moins prévisible que ce qu'il avait imaginé de prime abord. Le feu et l'insolence couvaient sous ses dehors de poupée au regard candide. Etait-ce son caractère bien trempé qui l'avait séduit, en plus de ses courbes harmonieuses ? se demanda-t-il.

Légèrement en retrait, Hilary évitait soigneusement de croiser le regard de Roel. Un horrible sentiment de culpabilité la tenaillait. Comment avait-elle pu perdre son sang-froid de la sorte ? C'était tout simplement impardonnable !

Roel était encore sous le choc du traumatisme qu'il avait subi et elle ne trouvait rien de mieux que de le tancer comme un enfant capricieux !

Elle prit une grande inspiration et, forçant son courage, leva les yeux sur lui. Son cœur bondit dans sa poitrine. Avec ses cheveux noirs en bataille, son profil droit empreint de noblesse et ses cils fournis, délicatement recourbés, qui projetaient une ombre légère sur ses pommettes hautes, il dégageait un charme extraordinaire, une intense beauté virile, presque indécente, qui ne laissait aucune femme indifférente.

Les battements de son cœur se précipitaient chaque fois qu'elle posait les yeux sur lui, comme le jour de leur rencontre, quatre ans plus tôt.

Aussitôt, ce moment inoubliable surgit dans son esprit…

Téléphone portable collé à l'oreille, Roel avait franchi le seuil du salon de coiffure où elle travaillait alors comme apprentie. Brusquement, il s'était immobilisé et avait promené autour de lui un regard teinté d'étonnement.

Dans un coin du salon, Hilary l'avait observé avec amusement. Comme tant d'autres avant lui, il avait confondu le modeste salon avec l'autre, beaucoup plus chic, celui-là, qui attirait une clientèle huppée à quelques pas d'ici, un peu plus bas dans la rue.

Au moment où il s'apprêtait à tourner les talons, Hilary s'était élancée vers lui, poussée par une force irrésistible. Il était tellement séduisant, tellement sexy… Il était hors de question qu'elle le laisse s'échapper sans rien faire ! Elle ne se le serait pas pardonné.

— Poursuivez votre conversation téléphonique, je m'occupe de vos cheveux, avait-elle débité d'un trait en se plantant devant lui.

Après l'avoir gratifiée d'un regard distrait, il l'avait suivie jusqu'au fauteuil qu'elle lui avait indiqué. Et, lorsqu'elle avait levé les ciseaux au-dessus de sa tête d'un air interrogateur, il avait murmuré avec impatience :

— Coupez ce qui doit être coupé. Après tout, ce ne sont que des cheveux, rien de bien important, avait-il ajouté d'un ton légèrement radouci.

Aussi Hilary s'était-elle contentée de rafraîchir la coupe déjà existante. Et le contact de ses cheveux noirs, épais et doux, avait fait naître en elle un troublant plaisir…

Elle avait redoublé de courtoisie quand était venu le moment de le conduire à la caisse. Bien sûr, elle l'avait invité à revenir dès qu'il en aurait besoin.

Il venait à peine de quitter le salon lorsqu'elle avait vu

le gros billet sur le comptoir. Il avait dû glisser de son portefeuille sans qu'il s'en aperçoive. Aussitôt, elle s'était élancée à sa poursuite.

— C'est votre pourboire, avait-il déclaré d'un ton contraint quand elle avait voulu lui rendre le billet.

Au même instant, une limousine noire s'était garée à leur hauteur et un chauffeur en uniforme s'était empressé de venir ouvrir la portière côté passager.

— Mais… C'est beaucoup trop ! s'était-elle exclamée, décontenancée.

Sur un haussement d'épaules, Roel avait tourné les talons et s'était engouffré à l'intérieur du luxueux véhicule…

Hilary secoua la tête pour s'arracher à ces délicieux souvenirs, et elle posa les yeux sur Roel. En l'espace de quelques minutes, ce dernier avait repris des couleurs et s'était levé du fauteuil où elle l'avait forcé à s'asseoir.

— Nous rentrons à la maison, décréta-t-il quand le Dr Lether l'eut rassuré sur son état.

— Est-ce vraiment raisonnable ? demanda Hilary en se tournant vers le médecin.

Ce dernier la gratifia d'un sourire contrit.

— D'un point de vue strictement médical, votre mari n'a aucune raison de prolonger son séjour ici.

— *Naturalmente*… Mon problème d'amnésie finira bien par disparaître, renchérit Roel avec une assurance presque irritante.

« Nous rentrons à la maison. » Ces paroles résonnèrent étrangement dans l'esprit d'Hilary. Pour l'amour du ciel, où se trouvait cette fameuse maison ? A quoi ressemblait-elle… ?

Désarçonnée par ce surprenant dénouement, Hilary suivit Roel dans l'ascenseur qui les amena prestement au rez-de-chaussée. Là, on l'informa que la valise qu'elle avait déposée à l'accueil en arrivant avait déjà été placée dans le véhicule qui allait les conduire jusqu'à chez eux.

— Où étais-tu au moment de l'accident ? demanda Roel avec une pointe de sécheresse dans la voix.

— A Londres… Je… Je tiens un commerce là-bas, expliqua Hilary sans entrer dans les détails.

Une limousine aux vitres fumées les attendait devant l'entrée de la clinique privée. Debout près de la portière qu'il tenait ouverte pour eux, un chauffeur souleva poliment sa casquette.

S'efforçant de ne pas paraître impressionnée par l'intérieur tout en cuir et bois précieux, Hilary se glissa rapidement sur la banquette arrière.

— Depuis combien de temps sommes-nous mariés ? reprit Roel.

Hilary exhala un soupir.

— Tu sais, je n'ai pas envie de t'abrutir avec des tonnes d'informations, répondit-elle pour tergiverser. Elles ne te seront pas forcément d'une grande utilité…

Roel lui prit la main et Hilary frissonna à ce contact soudain.

— Je veux tout savoir, tu m'entends ? demanda-t-il.

Hilary sentit ses doigts trembler.

— Ecoute, le Dr Lether m'a expliqué que nous ne ferions que compliquer les choses en parlant de ce dont tu ne te souviens plus. Ça ne sert à rien pour le moment d'évoquer le…

— C'est à moi de décider ce qui est utile ou non, coupa Roel d'un ton sans réplique.

Malgré l'angoisse qu'elle sentait monter en elle, Hilary ne désarma pas.

— Je suis désolée, mais je préfère suivre les conseils du Dr Lether. Il sait de quoi il parle, il me semble.

— C'est ridicule !

— Dans quelques jours, tu auras recouvré la mémoire par toi-même, insista Hilary, qui redoutait pourtant déjà ce moment. Laissons les choses se faire naturellement, c'est beaucoup mieux ainsi… Beaucoup mieux, crois-moi.

Comme pour mieux le convaincre que le choix de la patience était de loin le meilleur, Hilary planta son regard dans le sien avec une assurance qu'elle était loin de ressentir. En rencontrant le regard sombre et pénétrant de Roel, elle sentit son cœur bondir dans sa poitrine.

— Et, en attendant, que proposes-tu ? demanda-t-il d'une voix suave qui la fit frissonner.

— En attendant… ?

— Oui, en ce qui nous concerne… toi et moi, précisa Roel en ponctuant ses paroles d'un petit rire rauque, infiniment sensuel. Que suis-je censé faire d'une femme que ma mémoire a malencontreusement effacée ?

— Tu n'es pas obligé de faire quoi que ce soit. Contente-toi de me faire confiance, je… je prendrai soin de toi, bredouilla Hilary en maudissant le léger tremblement de sa voix, signe évident du trouble qu'il faisait naître en elle.

— Tu prendras soin de moi ? répéta Roel d'un ton incrédule en l'étudiant à travers ses épais cils noirs.

Au prix d'un effort surhumain, Hilary parvint à soutenir son regard.

— Je suis là pour ça, non ?

Au moment où elle prononçait ce dernier mot, Roel tendit la main vers son visage et, du bout de l'index, effleura sa lèvre inférieure.

Submergée par une soudaine vague de chaleur, Hilary se pencha instinctivement en avant et retint son souffle en sentant ses tétons se durcir sous la fine étoffe de son T-shirt en coton.

— Tu trembles, murmura Roel d'une voix sourde. Au fond, ça n'a rien d'étonnant… C'est plutôt stimulant, comme situation.

Hilary écarquilla les yeux de surprise. Que voulait-il insinuer ?

— Pardon ?

Roel la dévisageait de son regard ardent et brillant.

— Oui… une épouse oubliée… une femme avec qui j'ai forcément partagé un tas de moments très intimes, mais que j'ai l'impression de découvrir pour la première fois. Avoue que c'est une idée troublante, et même très excitante, *cara mia*. Tu ne trouves pas ?

3

A ces mots, Hilary se sentit rougir jusqu'à la racine des cheveux. « Une idée très excitante » ?

Elle croisa nerveusement les jambes.

« Une femme avec qui il aurait partagé un tas de moments très intimes » ?

Pourquoi n'avait-elle pas anticipé ce genre de réaction, somme toute très naturelle pour quelqu'un qui croyait avoir fait un mariage normal ?

— Tu as une façon tout à fait originale de voir les choses, balbutia-t-elle en s'efforçant de se ressaisir.

— Et toi, tu rougis comme une écolière, fit observer Roel d'un ton gentiment moqueur.

— Uniquement avec toi ! répliqua Hilary, furieuse contre son corps qui trahissait ses émotions les plus intimes.

— J'en conclus donc que nous sommes de tout jeunes mariés, murmura Roel en l'attirant dans ses bras.

— *Arrête !* gémit Hilary, au bord de la panique.

Un sourire enjôleur éclaira le visage de Roel, qui caressa le bras nu de la jeune femme. Fine et menue comme une poupée de porcelaine, elle semblait pourtant posséder un caractère bien trempé.

— Ne t'inquiète pas..., répliqua-t-il. Je ne pense pas qu'embrasser ma femme soit contre-indiqué par le Dr Lether...

Hilary s'écarta promptement, résistant à grand-peine à l'envie de se blottir entre les bras chauds et puissants de Roel.

— Je ne pense pas non plus que ce soit très conseillé… pour le moment, en tout cas…

— *Non c'e problema,* murmura Roel.

Il était sincèrement amusé par l'expression réprobatrice de son épouse.

— Considère ça comme une expérience indispensable à mon rétablissement, ajouta-t-il. Qui sait, ce baiser réveillera peut-être ma mémoire endormie, *bella mia.*

— Roel…

Mais Hilary sentait le désir monter en elle à une vitesse prodigieuse. En réalité, elle n'avait pas envie de lui résister — d'ailleurs, en aurait-elle seulement la force ? Elle brûlait de goûter à ce dont elle rêvait depuis si longtemps, en vain.

Lorsque la bouche chaude et sensuelle de Roel couvrit la sienne, des milliers de frissons exquis coururent sur sa peau, tandis que son cœur cognait à coups redoublés dans sa poitrine. Mêlant ses doigts aux cheveux de la jeune femme, Roel lui inclina légèrement la tête, pour mieux emprisonner ses lèvres.

Assaillie par des sensations dont elle ne soupçonnait pas l'existence, Hilary s'abandonna entre les bras puissants qui la retenaient. Alors, Roel plongea sa langue entre ses lèvres entrouvertes et chercha la sienne dans une langoureuse caresse.

Avec un long soupir, Hilary ferma les yeux, submergée par une vague de désir qui transformait en brasier son corps frissonnant.

Elle gémit lorsque sa langue rencontra celle de Roel, experte et exigeante…

Quelques instants plus tard, le souffle court, ce dernier relâcha son étreinte. Ses longs cils noirs masquaient à demi ses yeux.

— Nous sommes arrivés, murmura-t-il d'une voix atone.

Hors d'haleine, encore tremblante de désir, Hilary baissa la tête, luttant contre le mélange de honte et d'intense déception qui montait en elle.

Incapable de résister à l'appel de ses sens, elle venait de se laisser emporter sans aucune retenue…

Roel aurait pu lui faire l'amour là, sur la banquette arrière de la limousine, et il le savait pertinemment. Oserait-elle le regarder droit dans les yeux après cet épisode embarrassant ?

Lorsque le chauffeur lui ouvrit la portière, elle descendit en toute hâte. Là, elle reçut un autre choc. Ainsi, Roel vivait dans cette intimidante demeure en pierre, protégée par de hauts murs…

Un majordome d'une cinquantaine d'années les attendait, posté près d'une imposante porte de bois massif. Il les guida jusqu'au hall d'entrée entièrement habillé de marbre, décoré de statues et de meubles anciens, eux-mêmes ornés de splendides dorures.

Hilary ralentit le pas, impressionnée par cette demeure aux allures de musée.

— *Santo cielo…*

L'intonation stupéfaite de Roel l'arracha à sa contemplation.

Elle tourna les talons et le vit qui se tenait devant l'élégante cheminée en marbre. Il avait les sourcils froncés. A l'évidence, quelque chose l'avait surpris. Peut-être s'agissait-il d'un objet qu'on avait déplacé ou d'un détail auquel il ne s'attendait pas.

En cet instant, Hilary réalisa combien il devait se sentir déstabilisé. Son arrogance et son assurance ne lui étaient d'aucun secours face au vide de sa mémoire…

Consciente du regard intrigué que le majordome posait sur Roel, Hilary s'empressa de rejoindre celui-ci. Elle glissa une main sous son bras musclé, et se hissa sur la pointe des pieds pour murmurer à son oreille :

— Allons en haut, tu veux…

Oubliant la question qui l'avait brusquement désarçonné — pourquoi l'un des tableaux préférés de son grand-père, Clemente, se trouvait-il ici, dans sa propre maison ? —,

Roel réagit immédiatement à l'invitation à peine masquée de son épouse.

Soudain, il eut très envie de la soulever dans ses bras et de l'embrasser à perdre haleine pour lui témoigner sa reconnaissance d'être ainsi venue à sa rescousse. C'était incroyable, ce désir brûlant qui l'assaillait chaque fois qu'il posait les yeux sur cette adorable femme qui était la sienne ! Avait-elle toujours eu cet effet sur lui ?

— Oh, j'ai oublié une petite chose… Vas-y, je te rejoins dans un instant, déclara Hilary lorsqu'ils furent arrivés à l'étage.

Sans lui laisser le temps de réagir, elle se libéra de son étreinte et dévala l'escalier pour s'entretenir avec le majordome.

— Vous vous demandez sans doute qui je suis, commença-t-elle, vaguement mal à l'aise. Et vous, comment vous appelez-vous ?

— Umberto, *signorina.* Je suis chargé de l'intendance et vous êtes l'invitée de M. Sabatino, répondit le majordome d'un ton compassé.

— Non, justement… En fait, je suis… je suis l'épouse de Roel et je m'appelle Hilary, expliqua-t-elle avec un petit sourire gêné.

Malgré des années d'expérience, Umberto ne parvint pas, cette fois, à dissimuler complètement son étonnement.

— Je vous serais reconnaissante de ne transmettre aucun appel téléphonique à mon mari, de quelque nature qu'il soit, ajouta Hilary.

A ces mots, Umberto se raidit, visiblement pris de court par cette demande inhabituelle.

— N'oubliez surtout pas mes consignes, insista la jeune femme en relevant le menton pour appuyer l'importance de sa requête.

Lorsqu'elle rejoignit Roel, quelques instants plus tard, ce dernier l'enveloppa d'un regard voilé par le désir.

Sans mot dire, il la souleva dans ses bras.

— Roel… Peux-tu m'expliquer ce que tu fais ? s'exclama-t-elle.

Longeant à grandes enjambées le couloir sombre, lui aussi dallé de marbre, Roel laissa échapper un rire rauque avant d'ouvrir d'un simple coup d'épaule la porte de sa chambre.

— Je m'assure simplement que rien ne viendra plus nous interrompre ! répondit-il enfin.

— Pose-moi, je t'en prie, implora Hilary, luttant contre l'angoisse qui sourdait en elle. Dois-je te rappeler que tu es censé te reposer ?

Avec une grande délicatesse, Roel la déposa sur le vaste lit tendu de draps immaculés.

— C'est bien mon intention, figure-toi… mais seulement si tu me tiens compagnie, *cara*.

Les joues en feu, Hilary roula sur le côté et sauta à terre.

— Ce que tu sembles avoir en tête ne serait pas vraiment du repos…, protesta-t-elle.

De ses longs doigts habiles, Roel dénoua sa cravate de soie et la jeta négligemment sur une chaise. Une lueur de désir insolent brillait dans son regard.

— Je n'ai pas besoin de me souvenir des cinq dernières années pour savoir avec certitude que je ne suis pas le genre d'homme à apprécier l'inactivité. Quand je ne travaille pas, j'ai besoin de m'occuper…

— Oui, mais pas comme ça, dit Hilary d'une voix mal assurée. Tu crois que tu as envie de coucher avec moi, mais c'est juste une impression. En réalité, tu as juste besoin de faire connaissance avec moi…

— Je n'arrive pas à croire que j'aie épousé une femme qui fait tant d'histoires pour une chose aussi naturelle que le sexe, coupa Roel d'un ton mordant.

— J'essaie de penser à ton bien-être, c'est tout, expliqua Hilary en se tordant les mains dans un geste qui trahissait sa nervosité grandissante. Ce n'est franchement pas conseillé pour le moment.

— Permets-moi d'en décider par moi-même.

A peine eut-il prononcé cette phrase qu'il se figea. Son regard perçant était toujours fixé sur elle, mais Hilary sentait qu'il ne la voyait plus. Sa bouche aux contours sensuels avait pris un pli dur.

— Que se passe-t-il ? demanda Hilary, soudain sur le qui-vive.

Roel sembla reprendre pied dans la réalité. Un mélange d'amertume et de tristesse voilait son regard.

— Clemente… Mon grand-père… Il est mort… Voilà pourquoi le tableau de Matisse se trouve ici au lieu d'être dans son *castello*. C'est ça, n'est-ce pas ?

Hilary se sentit blêmir. Mon Dieu, elle n'avait pas pensé à cela… A présent, comment avouer à Roel que son grand-père était mort des années auparavant ? Cela allait le blesser cruellement.

— Hilary, je t'ordonne de me dire la vérité, dit-il d'un ton glacial.

Pleine de compassion, elle acquiesça d'un signe de tête.

— Oui, c'est bien ça. Je suis désolée. Ton grand-père est décédé il y a quatre ans.

— De quoi est-il mort ?

— D'une crise cardiaque. Tout s'est passé très vite, me semble-t-il, expliqua Hilary, priant *in petto* pour qu'il ne réclame pas de plus amples détails.

Le visage fermé, Roel tourna les talons et se dirigea vers les grandes fenêtres qui donnaient sur le parc. La tension qui l'habitait était presque palpable. Il agissait soudain comme s'il avait oublié sa présence, et Hilary en était douloureusement affectée. C'était comme s'il lui avait fermé la porte au nez en refusant froidement sa sympathie et sa sollicitude.

— Roel…, commença-t-elle dans un souffle.

— Va vérifier le menu de ce soir, ordonna-t-il sans même se retourner.

La sécheresse de son ton fit à Hilary l'effet d'une gifle.

Bouleversée, elle pivota sur ses talons et quitta la pièce sans mot dire.

Dans le couloir, elle tomba nez à nez avec Umberto, escorté d'un autre homme qui portait sa valise.

— *Signora.*

Le majordome fit signe à Hilary de le suivre. Puis, il ouvrit la porte de la chambre voisine de celle de Roel, avant de s'effacer pour laisser entrer la jeune femme.

Hilary se sentit aussitôt quelque peu soulagée. Elle avait oublié que la tradition voulait que les époux fassent chambre à part dans les familles aisées... Quelle chance extraordinaire ! Le contraire eût été terriblement embarrassant.

Surprenant son reflet dans le miroir d'une armoire, elle vit que ses yeux étaient encore brillants de larmes. Comme elle était sensible et impressionnable ! se dit-elle. Etait-il possible que quelques mots durs l'anéantissent à ce point ?

Mais, aussi, pourquoi s'obstinait-elle à se rappeler l'époque où Roel semblait plus décontracté en sa présence ?

Un jour, alors qu'elle était en train de lui couper les cheveux, elle s'était surprise à lui confier à quel point sa grand-mère, décédée quelque temps plus tôt, lui manquait. Alors, lui s'était mis à lui parler de son propre grand-père, Clemente, parti au Népal pour se « ressourcer », à l'âge de soixante-cinq ans. « Mieux vaut tard que jamais », avait-elle dit en plaisantant.

Elle se rappelait que sa boutade avait arraché à Roel un grognement dubitatif...

S'arrachant à ces souvenirs, Hilary prit une courte inspiration avant d'emboîter le pas à Umberto qui s'apprêtait à quitter la pièce.

— J'apprécierais que vous me fassiez visiter la maison, annonça-t-elle en gratifiant le domestique d'un sourire chaleureux.

Elle était consciente qu'elle devait savoir parfaitement

s'orienter dans cette immense demeure, si elle ne voulait pas éveiller les soupçons de Roel.

Umberto s'acquitta de sa mission avec zèle. Certainement lui aurait-il montré — et visiblement avec le plus grand plaisir — l'intérieur du moindre placard, si la jeune femme n'était pas passée d'une pièce à l'autre à toute vitesse.

Hilary était stupéfaite par la taille de la maison, et elle se sentait intimidée par l'extrême austérité du mobilier ancien, tout comme par le nombre de domestiques attachés au service de Roel. En revanche, elle fut enchantée de pouvoir admirer la somptueuse collection de tableaux de maîtres, disséminée un peu partout dans les pièces et les couloirs.

A la cuisine, elle fit la connaissance du chef français. Lorsqu'elle s'étonna de la monotonie des menus, celui-ci lui baisa la main avec enthousiasme et courut cueillir dans le jardin une rose jaune d'or qu'il lui offrit d'un air solennel. Il manifestait ainsi sa joie d'avoir reçu l'autorisation implicite de donner libre cours à son imagination culinaire.

Gagnée par la bonne humeur du cuisinier, Hilary rit de bon cœur en glissant la rose dans ses cheveux.

Quelques minutes plus tard, elle regagnait sa chambre, désireuse de se changer pour le dîner. Le maigre contenu de sa valise avait déjà été rangé dans le dressing attenant et elle dut ouvrir tous les tiroirs et les portes de placard pour trouver une tenue complète.

Puis, elle se glissa dans la cabine de douche et goûta avec bonheur au luxe des innombrables jets de massage. Un sourire rêveur aux lèvres, elle s'enveloppa dans un drap de bain moelleux et quitta la salle de bains, pieds nus.

En apercevant Roel au milieu de la chambre, elle se figea. Il avait troqué son costume contre un pantalon en toile noir et une chemise bleu ciel qui mettait en valeur ses larges épaules et son teint cuivré.

— *Dio mio*... Cette rose te va à ravir, murmura-t-il d'un ton appréciateur.

Hilary leva la main vers la fleur qu'elle avait remise dans ses cheveux en sortant de la douche.

— C'est ton cuisinier qui me l'a donnée…

A ces mots, Roel se rembrunit. Le culot de son employé ne l'amusait guère, mais il pouvait pourtant comprendre ce qui lui avait inspiré ce geste. Sa jeune épouse possédait un teint de porcelaine proche de la perfection, des yeux magnifiques et une bouche aussi appétissante qu'une cerise mûre à point.

Son corps se durcit instinctivement. Une folle envie de la posséder le submergeait dès qu'il posait les yeux sur elle. Le désir de plonger en elle l'assaillait-il toujours avec la même intensité ? se demanda-t-il.

Electrisée par le regard brûlant que Roel promenait sur elle, Hilary frissonna violemment. Elle sentit le désir gonfler sa poitrine, durcir ses tétons sous la douceur moelleuse du drap de bain. Incapable d'esquisser le moindre geste ou d'articuler le moindre son, elle se contenta de soutenir son regard.

L'atmosphère se chargea d'électricité.

— J'ai envie de toi, *cara,* déclara Roel dans un souffle.

A ces mots prononcés à mi-voix, une bouffée de joie et de tristesse mêlées envahit Hilary.

Fut un temps où elle aurait tout donné pour vivre ces instants magiques. Son rêve le plus fou n'était-il pas en train de se réaliser ? Roel la désirait… Combien de fois avait-elle imaginé ce moment, combien de fois s'était-elle vue en train de se jeter dans ses bras, au comble du bonheur ?

Les circonstances présentes, hélas, l'empêchaient de vivre pleinement ce qui aurait dû être pour elle un pur moment d'allégresse.

Car ce n'était pas *elle* que Roel désirait, comprenait-elle. Il éprouvait du désir pour une femme qui n'était en réalité qu'une chimère. Il croyait être auprès de son épouse, celle avec laquelle il était censé mener une vie de couple normale, à qui il accordait une confiance bien naturelle… Malheureusement, elle n'était pas cette femme.

Intrigué par la mélancolie qui voilait le visage d'Hilary, Roel fronça les sourcils.

— Que se passe-t-il ? demanda-t-il en tendant la main vers elle.

— Notre couple n'est pas fondé sur ce genre de relation, répondit-elle d'une voix tremblante.

Hilary voulut reculer d'un pas, mais les doigts de Roel se refermèrent autour de son poignet.

— Je ne comprends pas… Que veux-tu dire ?

La gorge nouée par l'émotion, Hilary s'efforçait de trouver le moyen de sortir de cette dangereuse situation, qui ne pouvait la mener que dans une impasse. Elle devait, sans se trahir, lui faire comprendre quelle était la situation.

— Ecoute, Roel, commença-t-elle, il faut que je te dise que je ne tiens pas une place très importante dans ta vie… Et… je crois que tu me remercieras d'avoir attiré ton attention sur ce point, le jour où tu recouvreras la mémoire.

A ces mots, Roel s'était raidi. Une étrange lueur brillait dans ses yeux.

— Qu'as-tu bien pu faire pour que je te traite ainsi ? demanda-t-il d'une voix sourde.

Hilary blêmit, profondément blessée par ses insinuations.

— Absolument rien, voyons ! Et lâche-moi, tu me fais mal, ajouta-t-elle en baissant les yeux sur les doigts puissants qui enserraient la chair délicate de son poignet.

Roel libéra aussitôt son étreinte.

— J'aimerais que tu m'expliques pourquoi, insista-t-il, tu ne tiens pas une grande place dans ma vie.

— C'est-à-dire que… tu es si pris par ton travail que tu remarques à peine ma présence, murmura Hilary.

— Si tu m'as trompé, je te conseille de me le dire tout de suite, menaça-t-il d'un ton dangereusement suave. Puis, de faire tes valises et de sortir de ma vie.

Hilary secoua la tête, effarée.

— Ne sois pas ridicule, enfin… Je ne t'ai jamais été infidèle !

— Chez les Sabatino, les hommes ont la fâcheuse habitude de jeter leur dévolu sur des femmes cupides et volages, poursuivit Roel d'un ton froid qu'elle ne lui connaissait pas encore. Mais nous sommes tout aussi prompts à nous en séparer.

— Au moins, tu m'auras prévenue, répliqua Hilary en plaquant sur ses lèvres un sourire faussement espiègle.

Sans lui laisser le temps de répondre, elle battit en retraite dans la salle de bains.

Assailli par une foule de questions troublantes, Roel regarda la porte se refermer sur sa femme.

« Notre couple n'est pas fondé sur ce genre de relation… Je ne tiens pas une place très importante dans ta vie… Tu es si pris par ton travail que tu remarques à peine ma présence… »

Quel genre de mariage avait-il donc fait ? se demandait-il avec un malaise grandissant.

Ils étaient tous les deux jeunes, pleins de fougue et de désir… Pourquoi diable faisaient-ils chambre à part ? Etait-ce lui qui avait instauré cette règle absurde ? C'était en tout cas ce qu'avait laissé entendre Hilary… Et, pourtant, il avait un mal fou à se croire aussi rigide, et surtout aussi indifférent aux charmes de sa jeune épouse.

Il comprenait mieux à présent pourquoi elle avait semblé sous le choc lorsqu'il l'avait embrassée à l'arrière de la limousine. Mais il avait aussi pu constater que sa surprise avait vite cédé le pas à un abandon plutôt encourageant…

Il n'était sans doute pas trop tard pour réparer les erreurs passées.

Dans la salle de bains, Hilary passa une courte jupe noire et un petit haut vert émeraude, noué au dos par des rubans de satin. Après avoir vérifié que Roel n'était plus dans sa chambre, elle consulta l'heure et prit son portable dans son sac à main.

Emma décrocha à la première sonnerie.

— J'ai pensé à toi toute la journée ! s'écria celle-ci. Comment va Roel ?

— Il va plutôt bien dans l'ensemble, mais le choc qu'il a reçu à la tête l'a quelque peu perturbé. Il n'est pas tout à fait dans son état normal.

— C'est-à-dire ?

— Eh bien… disons que pour le moment, il apprécie ma présence à ses côtés… En tout bien tout honneur, évidemment, s'empressa-t-elle d'ajouter.

Quatre ans plus tôt, elle n'avait pu se résoudre à confier à sa sœur les termes véritables de son mariage. Elle avait craint de briser la confiance que lui portait Emma, et de lui ôter ses illusions d'adolescente concernant l'amour.

Mais ce qui lui avait paru alors un léger mensonge destiné à préserver l'innocence d'une jeune fille de treize ans, lui semblait à présent une manipulation malhonnête et inexcusable.

Hilary se promit de tout révéler à sa sœur dès que Roel n'aurait plus besoin d'elle.

— De quoi souffre-t-il, au juste ? reprit Emma.

Hilary inspira profondément avant de se lancer dans son explication.

— Tu sais ce que ça veut dire, j'espère ? s'écria Emma avec entrain dès que sa sœur eut terminé. Pour vous, c'est l'occasion ou jamais de repartir sur de nouvelles bases. C'est génial, non ?

— La question n'est pas d'actualité, murmura Hilary. Je suis juste là pour l'aider à mieux surmonter cette épreuve… C'est tout.

Lorsque Hilary descendit pour le dîner, Umberto la conduisit à la salle à manger éclairée aux chandelles.

Sur la table recouverte d'une nappe blanche, les verres en cristal, la porcelaine fine et les couverts en argent ouvragé brillaient de mille feux. Un bouquet de lis d'une blancheur opalescente trônait au centre.

— C'est magnifique, déclara Hilary à l'attention du majordome qui retint à grand-peine un sourire de satisfaction.

Roel les rejoignit à cet instant précis. Posant les yeux sur la table soigneusement dressée, il se rembrunit. Quelle date importante avait-il oubliée ?

— Puis-je savoir ce que nous fêtons ? demanda-t-il d'un ton abrupt.

En rougissant, Hilary leva son verre de vin d'une main tremblante.

— Ta sortie de l'hôpital, je suppose.

Roel hocha la tête d'un air circonspect. Puis, sans transition, il reprit la parole.

— J'ai pensé à un sujet de conversation tout à fait neutre, pour le dîner, annonça-t-il, un brin sarcastique. J'aimerais que tu me parles de ta famille.

Hilary haussa les épaules.

— Oh, il n'y a pas grand-chose à dire, tu sais.

— Tu n'as qu'à commencer par tes parents, insista Roel en s'asseyant en face d'elle.

Se trompait-elle ? Il avait l'air sincèrement intéressé.

— Mes parents sont morts dans un accident de voiture en France. J'avais seize ans et ma sœur Emma, onze, expliqua-t-elle, le cœur soudain lourd.

Roel fronça les sourcils.

— Qui s'est occupé de vous ?

— Une cousine de mon père, répondit-elle brièvement, peu encline à s'attarder sur ce douloureux épisode. Emma est en pension maintenant.

— Ici, en Suisse ?

Hilary se raidit.

— Non, en Angleterre.

— Tu n'as pas d'autre famille ?

— Non. Ma grand-mère s'est beaucoup occupée de moi, ajouta-t-elle spontanément. Elle était italienne et vivait avec nous quand j'étais petite. C'est grâce à elle que j'ai appris l'italien.

Roel fronça les sourcils.

— Alors pourquoi ne me parles-tu pas dans cette langue ? demanda-t-il en s'exprimant dans sa langue maternelle.

Elle esquissa une grimace.

— Pas question. Je comprends beaucoup mieux l'italien que je ne le parle.

— Il est grand temps que cela change, décréta-t-il d'un ton ferme.

— Non, répliqua Hilary, toujours en anglais. Je n'ai pas oublié le jour où tu t'es moqué de ma façon de parler italien. Tout ça parce que j'utilise un vocabulaire prétendument archaïque !

— Je te taquinais sûrement, *cara,* murmura Roel d'un ton qui trahissait à la fois son amusement et sa satisfaction à l'entendre évoquer le passé.

Baissant les yeux sur son assiette, Hilary se garda bien de lui avouer que sa remarque, à l'époque, avait davantage relevé du reproche que de la taquinerie. Sûrement parce qu'il n'avait guère apprécié qu'elle ait prêté l'oreille à une conversation téléphonique qu'il souhaitait confidentielle…

Mais pourquoi ressasser le passé alors que seul comptait l'instant présent ? Pour le moment, en tout cas…

Hilary savoura chaque plat et but avec plaisir le vin que lui servit Umberto. Après avoir refusé une tasse de café, elle prétexta qu'elle était épuisée pour aller se coucher.

— Il est à peine 21 heures, fit observer Roel d'une voix étonnamment douce.

— Je suis une couche-tôt, déclara-t-elle sans se démonter.

Elle se leva, aussitôt imitée par Roel. En passant à côté de lui, elle sentit sa main attraper la sienne.

— Une question me tourmente, dit-il. J'aimerais vraiment que tu me répondes.

— Je t'en prie, Roel, tu sais que ce n'est pas bon pour toi, fit Hilary d'une voix implorante.

Mais Roel posait sur elle un regard inflexible. Cette fois, il ne tolérerait aucune dérobade, le message était clair.

— Qui de nous deux a souhaité faire chambre à part ?

Hilary sentit sa gorge se nouer.

— Toi, murmura-t-elle, parce que ce fut la seule réponse qui lui vint à l'esprit.

Un sourire énigmatique se peignit sur les lèvres de Roel. Le cœur battant à coups précipités, Hilary se libéra de son étreinte et s'écarta vivement.

— Bonne nuit, murmura-t-elle avant de s'éloigner d'un pas mal assuré.

Dix minutes plus tard, après s'être démaquillée et brossé les dents, elle se glissa entre les draps frais et éteignit la lumière.

Trop énervée pour pouvoir s'endormir tout de suite, elle ne put s'empêcher de se rappeler ses premières entrevues avec Roel.

Car il s'agissait bien d'entrevues. A quoi bon se voiler la face ? Elle était tombée amoureuse d'un homme qui ne lui avait jamais accordé le moindre rendez-vous romantique…

A peu près une fois par mois, il venait se faire couper les cheveux dans le salon où elle travaillait. A la suite de sa première visite, la responsable du salon, qui avait noté la taille de sa limousine et le montant du pourboire qu'il avait laissé à Hilary, avait voulu s'occuper de lui. Mais, à la grande surprise de la jeune femme, Roel avait refusé et insisté pour que ce soit elle qui lui coupe les cheveux.

— Vous vous êtes souvenu de mon nom, alors ? lui avait-elle demandé, secrètement flattée.

— Non, je vous ai décrite.

— Comment ?

Un sourire un peu moqueur avait joué sur les lèvres de Roel.

— J'ai demandé la petite coiffeuse habillée en noir.

Le portrait peu flatteur qu'il avait brossé d'elle avait quelque peu refroidi son ardeur. Mais il lui en fallait plus pour se décourager…

Au fil des rendez-vous, elle en avait appris davantage sur lui, certainement parce qu'elle n'avait pas hésité à se confier elle-même. Mais, le jour où elle s'était risquée à lui demander ce qu'il faisait dans la vie, il avait répondu d'un ton évasif qu'il travaillait dans une banque.

Quelque temps plus tard, elle était tombée par hasard sur un article consacré à la banque Sabatino, dans la rubrique économique d'un grand quotidien. C'était ainsi qu'elle avait appris que Roel était plus qu'un simple employé de banque… Il était le grand patron.

Le jour où elle l'avait entendu se plaindre au téléphone des clauses du testament de son grand-père — la simple idée de se séparer de la demeure familiale qu'il chérissait semblait lui fendre le cœur —, c'est tout naturellement qu'elle lui avait proposé de devenir cette « épouse de convenance » dont il avait besoin.

Après avoir mis abruptement un terme à sa conversation téléphonique, il l'avait considérée d'un air interdit.

— Eh bien, oui… Pourquoi pas ? avait-elle lancé, les joues en feu.

Car déjà elle était prête à tout, absolument tout, pour lui rendre service. Peut-être ainsi finirait-elle par acquérir de l'importance à ses yeux ? Peut-être même commencerait-il à s'intéresser sincèrement à elle ?

— J'aurais mille et un arguments à vous opposer, avait-il répondu froidement.

— Ça ne m'étonne pas ! Vous devez être constamment sur vos gardes, avait répliqué Hilary sur un ton gentiment ironique. Votre problème est pourtant tout bête : vous avez besoin d'une épouse pour conserver votre propriété et je propose de vous venir en aide…

— Je refuse d'aborder ce sujet avec vous. Vous avez délibérément prêté l'oreille à une conversation privée.

— Dans ce cas, vous devriez mettre votre fierté de côté et demander à une de vos amies de vous sortir de ce mauvais pas, avait-elle malgré tout insisté.

— Où avez-vous appris à parler un italien aussi archaïque ?

— Que reprochez-vous à mon italien ? avait demandé Hilary, piquée au vif.

Roel était parti d'un rire rauque.

— Les mots et les expressions que vous utilisez datent d'une époque révolue.

— C'est fou ce que vous pouvez être indélicat, parfois ! Je voulais juste vous aider.

Roel l'avait observée avec attention.

— Pourquoi ça ? On ne se connaît même pas.

Blessée par la dureté de ses propos, Hilary avait haussé les épaules.

— Désolée, avait-elle murmuré.

— Ne boudez pas, ce n'est pas joli chez une femme.

Elle avait alors furtivement levé les yeux, et elle avait surpris dans le miroir son sourire charmeur et irrésistible. Un sourire qui lui chavirait le cœur chaque fois qu'il naissait sur ses lèvres sensuelles…

Trois semaines plus tard, il l'avait appelée dans le salon de coiffure et lui avait donné rendez-vous pour déjeuner, dans le restaurant d'un luxueux hôtel.

— Il s'agit d'un rendez-vous purement professionnel, avait-il précisé au téléphone, sans doute pour dissiper tout malentendu.

Au restaurant, Roel avait énoncé une à une les clauses du mariage de convenance qu'elle avait accepté, sur une impulsion. Sa froideur, pendant qu'il parlait, lui avait vite fait perdre l'appétit et elle n'avait pas touché à son assiette pourtant copieusement garnie.

Il lui avait ensuite avoué son intention de la dédommager pour le service qu'elle lui rendait. Elle avait fermement refusé : en aucun cas elle n'accepterait d'être payée. Lorsqu'il avait mentionné le montant de la somme qu'il souhaitait lui verser, Hilary avait manqué s'étrangler.

— Prenez le temps d'y réfléchir, nous en reparlerons lors de notre prochain rendez-vous, avait-il suggéré en l'enveloppant de son regard pénétrant. Imaginez ce que vous pourriez faire grâce à cette somme. Vous pourriez reprendre vos études, par exemple.

Hilary avait haussé les sourcils.

— Non, merci ! Une fois m'a suffi… Contrairement à ce que vous semblez croire, je ne suis pas devenue coiffeuse en désespoir de cause, j'ai toujours rêvé d'exercer ce métier et il me plaît énormément.

— Vous devriez pourtant retourner à l'école, avait insisté Roel, ignorant délibérément sa tirade offusquée. Cela vous permettrait d'élargir vos horizons. Si vous voulez mon avis, vous manquez cruellement d'ambition.

Il s'était redressé avant de poursuivre.

— Cela dit, ce n'est pas mon problème. J'essayais simplement de vous donner quelques conseils.

— Et de me tenter avec votre argent.

Avec succès, au bout du compte…

Dans les jours qui avaient suivi leur entrevue, Hilary n'avait pu s'empêcher de songer aux changements radicaux qu'un dixième seulement de la somme qu'il avait proposée aurait pu entraîner dans sa vie : si elle pouvait trouver un appartement dans un quartier moins sensible de Londres, elle réussirait sans nul doute à séparer sa sœur cadette de la bande peu fréquentable qui l'entraînait sur un mauvais chemin depuis quelque temps ; si elle pouvait ouvrir son propre salon de coiffure, elle pourrait moduler son emploi du temps en fonction des besoins d'Emma…

Séduite malgré elle par ces perspectives, Hilary avait fini par accepter un quart de l'argent. Ce ne fut qu'après avoir empoché le chèque qu'elle avait compris son erreur : en acceptant l'argent de Roel, elle avait définitivement perdu son estime…

Réprimant un soupir, Hilary s'arracha à ses tristes souvenirs.

Soudain, le bruit de la porte qu'on ouvrait sans ménagement la fit sursauter. L'instant d'après, un flot de lumière inondait la pièce. Clignant des yeux, elle reconnut la silhouette de Roel et s'efforça aussitôt d'émerger de sa torpeur.

Avant qu'elle ait le temps de recouvrer ses esprits, une main impérieuse rabattit les draps. Un petit cri de stupeur s'échappa de ses lèvres. Impassible, Roel se pencha vers elle et la souleva prestement dans ses bras.

— Que fais-tu ?

— A partir de maintenant, nous partageons le même lit, *cara,* déclara Roel en l'emportant d'un pas décidé vers sa propre chambre.

— Je… je ne crois pas que ce soit une bonne idée, protesta faiblement Hilary.

4

Roel la déposa délicatement sur le grand lit. Saisie par une soudaine fébrilité, Hilary se redressa vivement. Avec ses fines bretelles, son décolleté plongeant et ses incrustations de dentelle, sa courte nuisette de soie bleu nuit lui parut tout à coup beaucoup trop indécente et elle tira sur le drap pour cacher ses jambes.

Tout à côté d'elle, Roel déboutonna sa chemise.

En proie à un embarras grandissant, Hilary retenait son souffle. Elle avait vingt-trois ans et c'était la première fois qu'un homme se déshabillait devant elle… Car oui, elle était encore vierge et, à de nombreux égards, elle devait son innocence à Roel, qui incarnait à ses yeux, et depuis si longtemps, l'homme idéal. Au point qu'aucun autre n'avait trouvé grâce à ses yeux.

Pourtant, il ne lui rendrait jamais l'amour qu'elle lui portait…

— Je vais prendre une douche, *bella mia*…, annonça-t-il.

Le visage en feu, Hilary parvint à grand-peine à détacher son regard du torse hâlé et musclé, dévoilé par sa chemise ouverte.

— Je ne suis pas belle ! Arrête de m'appeler comme ça, protesta-t-elle à mi-voix.

Roel posa un genou sur le lit. Son regard glissa sur elle comme une caresse.

— Tu es très belle, il faut me croire…

— Mais…

— Tu as une silhouette de déesse.

— Je suis petite…

— Peut-être, mais tu es parfaite. Il me suffit de poser les yeux sur toi pour éprouver l'envie irrésistible de t'entraîner vers le lit le plus proche… C'est chose faite à présent.

Il se redressa et entreprit de déboutonner son pantalon.

— Tu… tu es censé te reposer, balbutia Hilary, la gorge nouée. Il vaut mieux que je retourne dans ma chambre.

— Arrête tes bêtises et dors, répliqua Roel en riant.

Jamais encore elle ne l'avait vu aussi souriant, aussi détendu. Pour la première fois depuis qu'elle le connaissait, il semblait heureux, presque insouciant.

Soudain heureuse, Hilary se tourna sur le côté. Quel mal y avait-il à dormir dans le même lit, après tout ? Surtout quand celui-ci était immense…

Peut-être, mais que se passerait-il si, au cours de la nuit, Roel se blottissait contre elle, d'humeur sensuelle ? Trouverait-elle la force de lui résister ? La réponse résonna clairement dans son esprit confus. Non, elle ne le pourrait pas. Une autre question la perturbait : comment réagirait-il, une fois qu'il aurait recouvré la mémoire, s'il se passait quelque chose entre eux ?

— Tu ne dors toujours pas, *cara* ? demanda-t-il d'une voix grave et profonde, en sortant de la salle de bains.

Hilary releva la tête et risqua un coup d'œil dans sa direction.

Une simple serviette de bain ceignait ses hanches étroites, tandis que de minuscules gouttes d'eau scintillaient dans la fine toison brune qui recouvrait son torse musclé.

Le souffle court, Hilary rencontra son regard indéchiffrable. Lorsqu'il s'assit au bord du lit, tout près d'elle, elle sentit son cœur s'emballer. Sans la quitter des yeux, il fit glisser le drap avec une lenteur délibérée, centimètre par centimètre.

— Je veux te regarder, dit-il d'une voix rauque qui fit

courir de délicieux frissons sur sa peau. Je veux te voir toute nue, rien que pour moi…

Sur le point de protester, elle commit l'erreur de plonger dans son regard brûlant. Aussitôt, elle s'y noya avec délectation. Elle était perdue…

— Roel…

— J'aime ta façon de dire mon prénom, chuchota-t-il avant de capturer ses lèvres dans un baiser avide.

Sa langue franchit aisément le barrage de ses lèvres entrouvertes et chercha la sienne. Avec un petit gémissement, Hilary enfouit ses mains dans les cheveux épais de son compagnon, comme pour mieux le retenir auprès d'elle.

— Tu as une bouche incroyablement sexy, murmura-t-il en la prenant dans ses bras pour l'asseoir sur ses genoux.

En proie à une exquise confusion, Hilary contemplait son beau visage racé.

— On ne peut pas faire ça… c'est impossible, balbutia-t-elle.

— Vraiment ? fit Roel en défaisant adroitement les minuscules boutons qui fermaient le haut de sa nuisette.

Il écarta lentement le tissu soyeux, dévoilant sa poitrine.

— *Santo cielo*… Tu es superbe…

Etouffant un gémissement, il inclina la tête et emprisonna entre ses lèvres un téton durci qu'il titilla délicatement avec sa langue.

Une vague de volupté déferla sur Hilary, prise de court par l'intensité des sensations nouvelles qu'il faisait naître en elle. Elle tressaillit violemment, arquant sans retenue son corps vibrant de désir contre celui de Roel.

— Dès l'instant où j'ai posé les yeux sur toi à la clinique, confessa Roel en promenant sur elle son regard brûlant, j'ai eu envie de te voir comme ça, dans mon lit, à la merci du désir, offerte au plaisir. Dis-moi, était-ce déjà comme ça lors de notre première rencontre ?

— Tu ne me l'as jamais dit, répondit Hilary, en cherchant à éluder la question.

Elle enfouit son visage empourpré contre l'épaule de Roel.

— Dois-je en conclure que je ne suis pas du genre à partager toutes mes pensées avec toi ?

— Oui, je crois qu'on peut dire ça…

S'emparant de nouveau de ses lèvres avec fièvre, Roel la plaqua contre les oreillers et s'allongea sur elle. Instinctivement, les hanches d'Hilary se mirent à onduler sous son corps viril, musclé.

— Tu es prête à m'accueillir, *bella mia,* chuchota Roel d'une voix triomphante.

Hilary, même si elle l'avait voulu, n'aurait pu le nier. Chaque parcelle de son corps était devenue ultrasensible… Jamais encore elle n'avait éprouvé de sensations aussi enivrantes. L'esprit embrumé, elle ne pensait plus qu'à une seule chose : assouvir le désir qui la consumait presque jusqu'à la douleur, s'offrir à Roel sans retenue, atteindre avec lui les sommets d'un plaisir qu'elle avait si souvent imaginé, et toujours dans ses bras.

Comme mues par une volonté propre, ses mains couraient sur le corps lisse et musclé de Roel. Elle était heureuse, si heureuse qu'il soit son premier amant…

— Ne sois pas si pressée, murmura-t-il tandis qu'il la débarrassait prestement de sa nuisette.

Voilé par le désir, son regard noir se promena avec gourmandise sur ses courbes féminines et voluptueuses, avant de s'attarder avec une audace insolente sur la douce toison à la jonction de ses cuisses laiteuses.

— Roel…, implora Hilary, soudain gênée par son regard scrutateur.

Esquissant un sourire, il se redressa et dénoua la serviette qui lui ceignait les hanches. Hilary retint son souffle, émerveillée par la beauté souple et féline de son corps viril. Sans aucune gêne, il laissait apparaître le désir qu'il ressentait pour elle.

Tout à coup, elle eut l'étrange impression de se liquéfier…

— J'ai envie de toi, dit-il en reprenant ses lèvres avec autorité.

Le contact de sa langue contre la sienne acheva de transporter Hilary dans un univers magique où régnaient en maître le plaisir et la sensualité.

— Je veux te rendre folle de désir, ajouta-t-il en déposant sur ses seins une pluie de baisers.

Une plainte presque animale s'échappa des lèvres d'Hilary lorsque la bouche de Roel effleura sa poitrine. L'instant d'après, ses lèvres happaient un téton pour lui infliger la plus exquise des tortures.

Ivre de plaisir, Hilary ferma les yeux, la tête rejetée sur les oreillers.

— J'adore te regarder quand tu prends du plaisir, confessa Roel à mi-voix.

Elle avait l'impression qu'une boule de feu se déployait dans son ventre et irradiait dans tout son corps…

Comme s'il avait deviné qu'elle ne pourrait pas attendre plus longtemps, Roel la caressa là où personne encore ne l'avait jamais touchée. De ses doigts habiles et doux, il explora le cœur moite de sa féminité, en traça les contours avec une délicatesse infiniment érotique.

Un long gémissement s'échappa de ses lèvres. Débarrassée de toute pudeur, Hilary brûlait d'envie de le sentir s'enfoncer en elle… Elle ne pouvait plus attendre…

— Roel… Je t'en supplie…

Avait-il l'intention de la rendre folle de désir ? Perdant toute retenue, elle agrippa les hanches de Roel et se cambra contre lui en répétant son nom à la manière d'une litanie. Il plongea en elle, incapable de résister plus longtemps à l'invitation languide de sa compagne.

— Tu es si sensuelle, *cara mia,* murmura-t-il comme elle retenait son souffle.

Il plongea de nouveau en elle. Un petit cri de douleur et de surprise échappa à Hilary, en même temps que des larmes embuaient son regard.

Roel se figea. L'incrédulité s'inscrivit sur son visage tandis qu'il la contemplait d'un air hébété.

— Est-ce une impression ou bien étais-tu encore… encore vierge ?

Déjà, le corps d'Hilary s'était habitué à cette délicieuse invasion, et la douleur céda vite le pas à d'autres sensations, infiniment plus agréables. Rattrapée par son désir brûlant, elle se plaqua contre lui pour l'embrasser avec fougue.

Son rêve le plus fou venait de se réaliser : Roel était son premier amant, celui à qui elle venait d'offrir sans l'ombre d'une hésitation, et sans le moindre regret, le cadeau précieux de sa virginité.

— Mon Dieu… Je ne savais pas que de telles sensations pouvaient exister… Continue, je t'en supplie…

— Ma femme… Une jolie vierge de vingt-trois ans, murmura Roel d'une voix qui tremblait légèrement.

Nouant ses bras autour de sa nuque, Hilary l'invita fébrilement à prendre possession d'elle. Pour de bon, cette fois.

— S'il te plaît…

Incapable de résister à un appel aussi sensuel, Roel s'enfonça en elle avec délice, imposant peu à peu à Hilary un rythme d'abord langoureux puis de plus en plus fébrile, jusqu'à ce que l'extase les prenne tous les deux et les propulse dans un océan de volupté pure et indicible.

A bout de souffle, le cœur cognant à coups redoublés dans sa poitrine, Hilary retomba sur les oreillers et resta ainsi un long moment, immobile et muette.

Voilà… Roel lui avait fait l'amour. La communion de leurs deux corps avait surpassé toutes les idées qu'elle s'était faites de ce moment de grâce dont elle avait rêvé en secret, si souvent.

Néanmoins, à présent que la réalité reprenait peu à peu ses droits et que la confusion qui embrumait son esprit se dissipait, lentement, elle prenait conscience du guêpier dans lequel elle s'était fourrée en cédant à son désir.

Qu'allait faire Roel maintenant qu'il savait qu'elle était vierge ? Quelle serait sa réaction ?

A cet instant précis, celui-ci roula sur le côté et, glissant un bras autour de sa taille, il l'entraîna avec lui de l'autre côté du lit. Puis, il plongea son regard sombre dans le sien et l'examina avec attention, pendant un moment qui lui sembla durer une éternité.

Enfin, il posa un baiser sur son front.

— Alors, alors, ma jolie vierge effarouchée… Dois-je conclure que nous venons tout juste de nous marier ?

Hilary baissa les yeux, en proie à un vif embarras. Comme son silence se prolongeait, Roel reprit doucement :

— C'est drôle, on dirait que tu as perdu ta langue…

— Une douche me fera le plus grand bien ! s'écria Hilary en sautant du lit avant qu'il ait le temps de la retenir.

La fuite paraissait à Hilary la seule solution possible — provisoirement, en tout cas —, et elle se précipita vers la salle de bains, complètement nue, prenant soin de ramasser au passage sa nuisette qui gisait par terre.

— *Che cosa hai* ? Que se passe-t-il, à la fin ? demanda Roel au moment où elle refermait derrière elle la porte de la salle de bains.

— Rien du tout, pourquoi ? mentit-elle en s'adossant au battant.

Hélas, son soulagement fut de courte durée. Que penserait d'elle Roel lorsque la mémoire lui serait revenue ? Une vague de honte la submergea : et s'il devinait qu'elle s'était offerte à lui par amour ? Un amour fou, désespéré, qui la tourmentait depuis quatre longues années…

Il la trouverait pathétique, cela ne faisait aucun doute. Quelle horreur ! Elle était certaine qu'elle ne pourrait pas le supporter…

Dans la chambre, le téléphone interne émit un discret bourdonnement. Roel décrocha. D'une voix étouffée, Umberto l'informa qu'un visiteur l'attendait au rez-de-chaussée.

— Qui est-ce ? demanda Roel en attrapant ses vêtements.

A l'autre bout du fil, le majordome toussota avec nervosité, visiblement mal à l'aise.

— C'est une visite privée, c'est tout ce que je peux vous dire.

Quelques minutes plus tard, Roel descendait l'escalier.

— Pourquoi tant de mystère ? lança-t-il d'un ton sec à l'attention du domestique.

— Mlle Céline Duroux vous attend, monsieur, répondit ce dernier en s'efforçant de rester impassible.

Roel fronça les sourcils. Ce nom n'éveillait en lui aucun souvenir et il sentit la colère et la frustration l'envahir. Combien de temps encore allait durer cette amnésie qui l'empêchait de maîtriser le cours de son existence ?

— Elle vous attend dans le petit salon, ajouta Umberto.

Avec un petit hochement de tête, Roel se dirigea vers la pièce située au fond d'un couloir rarement utilisé.

A peine eut-il ouvert la porte qu'une ravissante brune aux yeux verts se jeta dans ses bras. Presque aussi grande que lui, elle possédait la beauté classique et l'élégance naturelle d'un top model.

— Tu m'as fait une peur bleue ! s'écria-t-elle en se blottissant contre lui. En ne te voyant pas hier, j'ai supposé que tu avais été retenu par une affaire urgente. Ensuite, j'ai entendu dire que tu avais eu un accident… J'étais folle d'inquiétude, tu ne te rends pas compte ! Voilà pourquoi je me suis permis de venir jusqu'ici…

Décontenancé par la chaleur de cet accueil, Roel saisit la jeune femme par les bras et l'écarta de lui sans ménagement. Puis il la dévisagea d'un air circonspect.

— Comme tu peux le voir, il n'était pas nécessaire de t'inquiéter. Je suis en pleine forme.

Céline Duroux feignit d'être parcourue d'un long frisson.

— Que me vaut tant de froideur ? minauda-t-elle en esquissant une moue boudeuse.

Le moindre de ses gestes, la moindre de ses paroles semblait avoir été répété des heures durant devant un miroir. Un tel manque de naturel était parfaitement insupportable, songea Roel en croisant le regard vert émeraude de Céline.

— D'accord. Je sais que je n'aurais pas dû venir ici, reprit-elle d'une petite voix presque enfantine. Tu préfères que ta maîtresse reste *très* discrète. Mais tout de même, Roel, nous ne sommes plus au XIXe siècle !

Malgré l'expression parfaitement impassible qu'il s'appliqua à conserver sur son visage, Roel reçut un choc en entendant ces propos. Il comprenait mieux à présent l'air gêné et désemparé d'Umberto… Céline Duroux n'était autre que sa maîtresse… Et, comble de l'audace, elle n'avait pas hésité à se présenter au domicile conjugal de son amant.

La conduite de la jeune femme en disait long sur son propre comportement, hélas ! réalisa-t-il soudain. Comment avait-il pu être aussi fourbe, aussi hypocrite, aussi… méprisable, lui qui croyait détester le mensonge et vénérer la franchise et la droiture ? Jamais il ne se serait cru capable de mener ainsi une double vie. Lui, infidèle ? Cela lui semblait tout simplement inconcevable !

En même temps, ceci expliquait la réserve d'Hilary à son égard. Peut-être était-elle au courant de sa relation avec cette femme ? Peut-être même était-ce elle qui avait décidé de faire chambre à part, précisément pour cette raison ? Plein de dégoût pour lui-même, Roel étouffa un juron. Etait-il trop tard pour remédier à la situation ?

— Je pense effectivement qu'il aurait été plus sage de ne pas venir ici, répliqua-t-il avec une froideur glaciale. Mais, puisque le mal est fait, je profite de ta présence pour t'annoncer ma décision de rompre. Notre relation est terminée. Et c'est une décision sans appel.

Prise de court, Céline attendit quelques secondes avant de tourner les talons. Puis, elle quitta la pièce avec une dignité affectée, non sans l'avoir une dernière fois foudroyé du regard.

Roel était stupéfait de ce qu'il venait de découvrir sur son propre compte…

Chez les Sabatino, on était des hommes d'honneur et de parole. Et c'étaient leurs femmes qui, depuis quelques générations, s'étaient avérées volages, infidèles, cupides et immorales. Alors, quelle mouche l'avait piqué, bon sang ?

Dieu merci, il n'était pas trop tard pour se reprendre, Hilary venait de lui en donner la preuve éclatante en s'offrant à lui avec sincérité et générosité. Oui, elle venait de lui faire un cadeau infiniment touchant.

Inquiète de la brusque disparition de Roel, elle qui avait toujours cru les hommes prompts à s'endormir après l'amour, Hilary força son courage et partit à sa recherche.

Mais, en descendant l'escalier, elle aperçut une belle jeune femme brune, très élégante, qui traversait le hall d'entrée d'une démarche chaloupée. Comme pétrifiée, le souffle coupé, elle ne put qu'admirer l'opulente chevelure noir de jais, le ravissant profil et les jambes fuselées, interminables, de la mystérieuse inconnue.

L'instant d'après, la porte se refermait sur la longiligne silhouette.

Qui était-elle ? Une amie de Roel venue lui rendre visite à l'improviste, après avoir appris l'accident dont il avait été victime ? Peut-être même une amie très intime… Oui, c'était cela, sans aucun doute… Quoi de plus normal, au fond, qu'un homme aussi séduisant, aussi sensuel que lui, ait une maîtresse ? Compte tenu de la véritable nature de leur mariage, elle ne pouvait rien lui reprocher.

Submergée par un mélange de désespoir et d'embarras, elle remonta à la hâte l'escalier et retourna se coucher.

Avant de sombrer dans le sommeil, une dernière question l'assaillit : si Roel avait une autre femme dans sa vie, pourquoi la tante Bautista l'avait-elle contactée, elle ?

Roel s'approcha de son épouse et contempla longuement le visage détendu de la belle endormie. Ses cils épais, délicatement recourbés, étaient collés entre eux comme si elle avait pleuré.

Alors, une nouvelle vague de culpabilité le submergea. Quel genre de macho odieux et irrespectueux était-il pour oser faire souffrir une jeune femme aussi candide, aussi spontanée et sincère ?

Il ne parlerait pas avec elle de son aventure extraconjugale avec Céline Duroux, même pour lui présenter ses excuses et lui promettre que ce genre d'écart ne se reproduirait plus. Non, cela aurait été trop indélicat de sa part… Et il avait assez fait de dégâts comme ça.

En revanche, les choses étaient claires dans son esprit et sa vie, à compter de ce jour, s'organiserait très simplement. Hilary était son épouse et, à ce titre, elle méritait toute l'attention, tout le respect, tous les égards.

Hilary étira ses membres endoloris. Tout à coup, le souvenir de ce qui s'était passé la veille lui revint à l'esprit et, avec lui, le tourbillon d'émotions qui la tenaillaient avant qu'elle ne sombre dans un sommeil sans rêves.

Elle consulta l'heure et haussa les sourcils. Midi passé ! Elle avait dormi comme un loir…

Elle se leva et se dirigea vers la salle de bains, s'efforçant de ne pas songer à Roel. Trop tard… A peine levée, son esprit la trahissait ! Elle revit le visage de son mari lorsqu'il lui faisait l'amour et qu'il la contemplait d'un regard voilé par le désir, un regard plein de promesses sensuelles. A ce souvenir, elle tressaillit violemment.

Oui, derrière l'apparence de froideur et d'assurance, elle le savait maintenant, se cachait un homme fougueux et passionné. Un homme qui l'avait guidée sur les chemins du plaisir.

Ainsi, elle avait fait l'amour avec Roel… Elle s'était offerte à lui sans l'ombre d'une hésitation, donnant libre cours à ses sentiments trop longtemps refoulés. Elle le savait, jamais elle ne pourrait vivre quelque chose d'aussi intense, d'aussi intime avec un autre homme. Cette simple idée lui semblait tout simplement inconcevable.

Et même si, juste après ce délicieux moment d'égarement, elle avait eu l'impression d'avoir profité de l'état de faiblesse passagère de Roel, pour vivre son plus beau rêve, elle ne regrettait rien.

Quel mal y avait-il, au fond, à se fabriquer des souvenirs qu'elle chérirait précieusement, lorsque tout serait fini ? Ce jour-là, Roel la chasserait facilement de son esprit, elle ne se faisait aucune illusion. Sans regret ni remords, il reprendrait sa vie de célibataire pendant qu'elle se morfondrait dans son petit appartement londonien. Seule… désespérément seule.

Et aucun homme ne le remplacerait jamais dans son cœur, elle le savait avec certitude.

Soudain, un petit bruit la fit sursauter.

— Oh… c'est toi, murmura-t-elle en apercevant le reflet de son mari dans le miroir.

— *Dormiglione*… Bonjour, belle endormie, dit-il d'une voix suave qui précipita les battements de son cœur.

Il contempla d'un air réprobateur les produits de maquillage soigneusement alignés sur le plan de toilette.

— Tu n'as pas besoin de tout ça, ajouta-t-il. Jette-les.

Irritée par son ton impérieux, Hilary rejeta la tête en arrière et entreprit de maquiller ses lèvres d'un air de défi.

— J'aime me maquiller, affirma-t-elle.

— Mais tu dois bien savoir que je n'aime pas les femmes trop maquillées. En fait, je déteste tous les genres d'artifices.

Sans se démonter, Hilary passa une double couche de gloss framboise avant de gratifier son époux d'un sourire aguicheur.

— Tu es vraiment surprenant, tu sais… Tellement autoritaire, tellement habitué à ce que tout le monde t'obéisse au doigt et à l'œil…

— J'exprimais une préférence, je n'ordonnais pas, nuance.

— Je ne suis pas bien sûre de saisir la différence, en ce qui te concerne. De toute façon, peu importe. Je ne vais tout de même pas jeter mon maquillage à la poubelle simplement parce que tu n'apprécies pas.

Elle lui sourit d'un air malicieux.

— C'est un peu comme si je te disais : « Roel, ton costume est un peu trop austère à mon goût. » J'imagine que tu ne t'en débarrasserais pas sur-le-champ pour en acheter un autre plus… tendance, n'est-ce pas ?

— Je n'ai pas pour habitude de donner dans le « tendance », comme tu dis, quand je vais travailler à la banque.

— Mais tu n'es pas à la banque, en ce moment, répliqua Hilary.

Sans qu'elle ait le temps de réagir, Roel l'attrapa par la taille et l'obligea à lui faire face.

— Je te trouve décidément très insolente…

Hilary leva sur lui un regard rieur. Et, lorsqu'il resserra son étreinte, elle se blottit avec bonheur contre son torse vigoureux.

— Tu veux dire… provocante ?

Roel prit son visage entre ses longues mains puissantes. Quasi hypnotique, son regard noir l'enveloppa comme une caresse.

— Tu me rends fou de désir, si tu veux tout savoir…

Il la serra plus fort contre lui.

— Si les femmes de chambre n'étaient pas en ce moment

dans la chambre voisine, je te prendrais volontiers ici, tout de suite. Je te ferais l'amour vite et passionnément, et je suis sûr que tu adorerais ça, *bella mia*.

Tandis qu'elle se plaquait contre lui, le souffle court à l'évocation de cette scène infiniment érotique, Roel reprit sur le même ton :

— Je réussirais même à épargner ton maquillage…

— Je n'en doute pas un instant, murmura-t-elle, chavirée par les mots qu'il prononçait.

Roel partit d'un rire rauque.

— Mais je vais résister à mes pulsions jusqu'à ce que tu te démaquilles, conclut-il en effleurant ses lèvres d'un innocent baiser.

— Eh bien tu risques d'attendre longtemps ! riposta Hilary en se libérant de son étreinte, faussement offusquée.

Après un bref instant d'hésitation, elle se risqua enfin à poser la question qui la hantait depuis son réveil.

— J'ai aperçu une femme qui t'a rendu visite, hier soir… Qui était-ce ?

Du coin de l'œil, elle vit la mâchoire de Roel se contracter.

— Quelle femme ?

Hilary rougit.

— Une belle brune avec de longs cheveux…

— Oh, elle…

Imperturbable, Roel haussa les épaules avec une désinvolture stupéfiante.

— C'est une collaboratrice.

En proie à un vif soulagement, Hilary s'en voulut d'avoir craint le pire au sujet de cette sublime brune et de son mari.

Depuis la pièce voisine, une des femmes de chambre s'adressa à Roel. Ce dernier se tourna vers Hilary, sourcils froncés.

— Où sont passés tes vêtements ? demanda-t-il. En préparant ta valise, les femmes de chambre n'ont trouvé que deux tenues dans ta penderie, *cara*. Qu'as-tu fait du reste ?

Prise de court, Hilary s'efforça de trouver une réponse, n'importe laquelle… Elle se mordit la lèvre et bredouilla :

— Je… je me suis débarrassée de tout ce qui ne me paraissait pas nécessaire… Un genre de « nettoyage par le vide », si tu vois ce que je veux dire. Bon, d'accord, j'ai peut-être un peu exagéré.

Un silence pesant suivit ses explications confuses. Roel la considérait d'un air perplexe.

— Il faut absolument que je me rachète quelques bricoles, conclut-elle d'un ton faussement léger.

— C'est fou, on croirait presque que tu n'habites pas ici, finit-il par dire.

Hilary leva les yeux au ciel.

— Pour l'amour de Dieu, que vas-tu imaginer ?

Roel ne cilla pas.

— Dans ce cas, donne-moi une explication plausible sur cette histoire de vêtements.

Tendue comme un arc, Hilary inspira profondément.

— Si tu veux tout savoir, nous nous sommes disputés bêtement parce que tu n'appréciais pas mes goûts vestimentaires.

Elle s'interrompit un instant avant de continuer. Allait-il la croire ?

— J'étais tellement contrariée que j'ai décidé de tout donner sur un coup de tête.

A son grand soulagement, un sourire se peignit sur le visage de Roel.

— Tu es trop impulsive, *cara mia*…

Hilary put se détendre. Au moins pour quelque temps…

— Au fait, puis-je savoir pourquoi les femmes de chambre préparent nos valises ? Nous allons quelque part ?

Roel hocha la tête avec solennité.

— Au *castello* Sabatino.

5

Château de l'époque médiévale, le *castello* Sabatino surplombait de son imposante stature une lointaine vallée couverte de bois et de forêts, à proximité de la frontière italienne. Les eaux cristallines d'un grand lac venaient lécher les remparts de la demeure et reflétaient, tel un miroir, le ciel d'un bleu limpide et les pics enneigés des montagnes alpines.

L'ensemble était d'une beauté à couper le souffle, songea Hilary, émerveillée tant par la splendeur de la bâtisse que par la nature verdoyante qui l'abritait. Elle comprenait mieux désormais pourquoi Roel avait exécuté les volontés fantasques de feu son grand-père !

L'hélicoptère qu'ils avaient pris à Genève vint atterrir sur l'héliport à demi dissimulé par un bosquet de sapins. Après l'avoir aidée à descendre de l'appareil, Roel la prit par la main et l'entraîna vers l'entrée du château. Du coin de l'œil, Hilary le vit froncer les sourcils et baisser vivement la tête, comme si l'éblouissante clarté du soleil lui était insupportable.

— Ça ne va pas ? demanda-t-elle d'un ton inquiet.

— Je me sens juste un peu fatigué, répondit Roel, visiblement agacé par cette faiblesse inaccoutumée. Je suis passé à mon bureau à 5 heures, ce matin et…

Hilary s'arrêta net.

— Pardon ? A 5 heures ?

— Au cas où tu l'aurais oublié, je *suis* la banque Sabatino, affirma-t-il avec véhémence. En mon absence, les choses se compliquent considérablement. J'avais besoin de me familiariser avec les dossiers en cours et m'assurer que tout continuait à fonctionner sans moi.

Hilary secoua la tête, incrédule.

— Je n'arrive pas à croire que tu te sois levé aux aurores pour aller travailler, alors que le médecin t'a formellement conseillé de te reposer !

— Je me suis contenté du minimum vital. C'est une question de conscience professionnelle, j'imagine.

Hilary le gratifia d'une œillade réprobatrice.

— On dirait que tu te moques complètement de ta santé, lança-t-elle.

En passant sous la porte voûtée du *castello* Sabatino, Roel émit un soupir impatient.

— Tu ne croyais tout de même pas que j'allais disparaître dans la nature sans donner de nouvelles à mes principaux collaborateurs ? riposta-t-il. Mon absence aurait pu provoquer des dysfonctionnements importants au sein de la banque et dans le milieu de la finance.

— Et quelles explications as-tu fournies à tes collaborateurs ?

— Je leur ai dit que je souffrais de quelques problèmes de vue passagers, à la suite du choc causé par l'accident. De cette manière, j'ai pu obtenir de précieuses informations de la part de mes directeurs financiers, sans éveiller le moindre soupçon.

— Très astucieux, fit Hilary avec un petit sifflement admiratif.

Roel esquissa un sourire amusé.

— Et j'ai terminé ma visite en leur annonçant mon intention de profiter de ce repos forcé pour partir en vacances avec ma femme.

— Oh… Ils ont dû être surpris, non ? fit Hilary, gagnée par une bouffée d'appréhension.

Umberto avait déjà eu du mal à dissimuler son étonnement

lorsqu'elle s'était présentée à lui comme étant la femme de Roel… Alors, qu'avaient bien pu penser les employés de la banque Sabatino, quand ils avaient appris l'existence d'une épouse dans la vie de leur patron ?

En dehors de sa tante Bautista, peu de gens semblaient être au courant de son mariage, et pour cause : il s'agissait d'un arrangement de pure forme qu'elle-même n'avait divulgué à personne, à l'exception d'Emma.

— Leur surprise était tout à fait compréhensible, répondit Roel. Je n'ai pas l'habitude de prendre des vacances. Au fait, tu aurais dû me prévenir que tu avais demandé à Umberto de ne me passer aucun appel…

Hilary sentit ses joues s'empourprer.

— Te connaissant, tu aurais insisté pour les prendre quand même.

A son grand soulagement, Roel sourit.

— Tu me connais bien, n'est-ce pas ? Je ne t'en veux pas, c'était une sage décision de ta part.

Il se tourna pour saluer une femme d'une cinquantaine d'années qui les attendait au pied d'un large escalier de pierre.

— Je te présente Florenza, la gouvernante du *castello* Sabatino.

Puis, il voulut lui faire visiter les lieux. Mais, soudain, il se figea et considéra Hilary avec attention, sourcils froncés, comme troublé par quelque chose.

— Tu m'as poursuivi dans la rue…, murmura-t-il d'une voix atone.

Sans comprendre, Hilary le fixa d'un air perplexe. Il passa une main sur son front, comme s'il cherchait à fixer un souvenir qui lui échappait. Brusquement, Hilary comprit ce qui se passait. La mémoire lui revenait par bribes et ce genre de « flash-back » devait être profondément déstabilisant.

— Roel, viens t'asseoir… vite…

— Non, protesta ce dernier en l'enlaçant par la taille.

Mais allons plutôt dans ma chambre… Nous parlerons de tout ça en privé.

Il l'entraîna.

— Tu viens de te souvenir d'un détail de notre rencontre, insista Hilary, l'estomac noué tant elle redoutait que la mémoire lui revienne d'un coup, là, tout de suite.

A partir de ce moment, la séparation deviendrait inévitable. Comment y survivrait-elle ?

— J'ai eu l'impression d'être ébloui par la lumière d'un flash, expliqua Roel en poussant la porte d'un salon élégamment meublé. Il me semble que tu voulais me rendre un pourboire que je t'avais laissé. Etait-ce une blague, quelque chose dans ce goût-là ?

Pâle comme un linge, Hilary secoua la tête. Même si elle semblait l'avoir oublié ces deux derniers jours, le fossé qui séparait leurs deux mondes existait bel et bien.

— Je t'avais coupé les cheveux…

— Les cheveux ? répéta Roel, au comble de l'étonnement.

De nouveau, Hilary acquiesça d'un signe de tête.

— Je… je suis coiffeuse. Cette histoire de pourboire s'est passée le jour de notre rencontre…

— *Inferno* ! s'écria-t-il. Je me souviens de toutes les émotions, de toutes les pensées qui m'ont traversé à cet instant précis, lorsque tu m'as rattrapé dans la rue ! Je te trouvais terriblement désirable.

Il posait sur elle un regard étrangement pénétrant.

— Je brûlais d'envie de t'enlever en limousine et de réserver une chambre à l'hôtel pour un week-end très sensuel…

A ces mots, un flot de sang envahit le visage d'Hilary et Roel partit d'un rire amusé.

— *Scusate, cara…* je ne voulais surtout pas te mettre mal à l'aise, dit-il en s'immobilisant soudain.

— Inutile de t'excuser, je ne suis pas née de la dernière pluie, lança Hilary en s'efforçant de se ressaisir.

Comment aurait-elle pu imaginer une seule seconde

qu'il avait pensé tout cela lorsqu'elle avait voulu lui rendre son billet ?

— Pourquoi ne te reposerais-tu pas un peu ? suggéra-t-elle en le voyant entrer dans la chambre et prendre appui contre le mur, visiblement fatigué.

D'un geste las, il dénoua sa cravate et déboutonna sa chemise.

Sans plus de manières, il se laissa tomber sur le grand lit qui occupait le centre de la pièce et se cala contre les oreillers. Epuisé, il ne se donna même pas la peine d'ôter ses chaussures.

Hilary alla tirer les lourdes tentures qui encadraient les fenêtres.

Les yeux mi-clos, Roel tendit la main vers elle.

— Viens t'asseoir près de moi, *cara.* Pardonne-moi si mes paroles t'ont semblé un peu crues… j'étais encore sous le choc de ces images qui me sont revenues d'un coup.

Touchée par sa sincérité, Hilary s'approcha du lit et lui donna la main.

— Elles ne m'ont pas semblé crues, mais plutôt… basiques, rectifia-t-elle d'un ton indulgent. Et tu es tout pardonné parce que, en dehors de ce petit écart, tu es l'homme le plus romantique que je connaisse.

A ces mots, Roel relâcha son étreinte et ses yeux s'arrondirent, incrédules.

— Romantique, moi ? fit-il avec une moue teintée de mépris. Tu me taquines, c'est ça ?

— Pas du tout, je suis très sérieuse.

Il l'attira contre lui avant de murmurer d'une voix ensommeillée.

— Reste près de moi jusqu'à ce que je m'endorme, tu veux ?

Attendrie, Hilary ne résista pas à l'envie d'effleurer son front d'un baiser.

— Avec plaisir.

Quand il fut endormi, elle redescendit au rez-de-chaussée

et prit un délicieux repas dans la majestueuse salle à manger ornée de meubles massifs.

Mille et une pensées dansaient dans sa tête, et toutes tournaient autour de Roel, bien sûr. Elle vivait depuis deux jours un rêve éveillée et, pourtant, la réalité demeurait présente, telle une menace qui gronde mais qu'on préfère oublier. Bientôt, il recouvrerait la mémoire et le beau rêve prendrait fin du jour au lendemain. Un peu comme Cendrillon aux douze coups de minuit, elle retournerait à Londres où elle s'efforcerait de reprendre le cours de sa vie, loin de Roel.

Elle avait secrètement espéré que l'amnésie dont il souffrait durerait un peu plus longtemps que ce qu'avait diagnostiqué le Dr Lether, juste pour savourer encore le goût du bonheur. Hélas, le médecin ne s'était pas trompé, ce n'était qu'une question de jours et le temps passait vite. Trop vite. Bientôt, Roel se souviendrait des cinq années que l'accident avait effacées de sa mémoire, et il n'aurait plus besoin d'elle.

D'humeur morose, Hilary regagna la chambre où Roel dormait encore. Elle se lova dans le fauteuil, près du lit, et contempla les traits détendus de son mari.

Désormais, décida-t-elle, leur relation resterait purement platonique, c'était plus sage. Elle redoutait tant d'essuyer la fureur ou le dédain de Roel lorsqu'il se souviendrait de la véritable nature de leur mariage ! Alors, l'accuserait-il d'avoir abusé de la situation ? Pire encore, la soupçonnerait-il de s'être offerte à lui par amour, un sentiment qu'il devait profondément mépriser ? Elle se sentirait si ridicule s'il apprenait la vérité…

Lorsque Hilary ouvrit les yeux, elle était allongée sur le lit. Un rayon de soleil filtrait entre les rideaux, irisant de reflets d'or la brune chevelure de Roel qui était penché au-dessus d'elle. Il était nu, comme elle, son torse cuivré effleurait sa poitrine et leurs jambes s'emmêlaient sensuellement.

— Quelle heure est-il ? marmonna-t-elle, émergeant du sommeil avec peine.

— 7 h 05. J'ai dormi douze heures d'affilée, tu te rends compte ? Je me sens en pleine forme !

Hilary esquissa un sourire.

— Je ne me souviens pas d'être venue me coucher près de toi.

— Parce que tu n'y es pour rien. Tu t'es endormie dans le fauteuil, expliqua Roel d'un ton gentiment réprobateur. Tu ne devrais pas t'inquiéter autant pour moi, *cara,* je me débrouille très bien tout seul.

Il glissa une jambe entre les siennes avant d'ajouter :

— Enfin, la plupart du temps…

En une fraction de seconde, la flamme du désir s'alluma dans son regard. Au diapason, Hilary fut parcourue d'une onde de chaleur et elle frissonna longuement lorsque, inclinant sa tête brune avec une lenteur calculée, Roel emprisonna sa bouche dans un baiser ardent.

Titillant délicatement du bout des doigts ses tétons déjà durcis par le désir, il chuchota contre son oreille :

— Tu as très envie de moi, *bella mia.*

Hilary émit un soupir béat.

— Oui…

Entre les bras puissants de Roel, elle découvrait des sensations inédites, tellement intenses qu'elle en perdait la raison. Elle brûlait de sentir sa bouche gourmande recouvrir la sienne, de savourer les caresses audacieuses de sa langue… Elle se languissait déjà de le sentir plonger en elle avec ce mélange d'ardeur et de délicatesse qui avait fait de sa toute première fois un moment de bonheur inoubliable.

Grisée par le tourbillon érotique de ses pensées, Hilary enfouit ses doigts dans les cheveux de son mari pour le retenir entre ses seins, tandis qu'elle mordillait avec délice la peau satinée de ses larges épaules, se délectant de son goût légèrement salé.

Ils firent l'amour avec une fougue redoublée, attisée par la toute nouvelle audace qui animait la jeune femme. Et, lorsque le plaisir les emporta, leurs regards se soudèrent, pleins d'une stupeur émerveillée. N'étaient-ils pas en train de rêver pareil degré de volupté ?

Hors d'haleine, bouches unies dans un ultime baiser, corps emmêlés, ils furent tous deux soulevés par les vagues du plaisir.

— Tu vas me rendre folle, murmura Hilary d'une voix tremblante en traçant du bout des doigts les contours de sa bouche volontaire.

Roel saisit sa main et considéra ses doigts fins avec un étonnement manifeste.

— Où est ton alliance ?

Hilary se figea. Pas une seule fois elle n'avait songé à ce détail.

— Je… euh… en fait, je n'avais pas très envie d'en porter une…

Prenant appui contre les oreillers, Roel la dévisagea sombrement.

— Pourquoi ?

Hilary se sentit rougir sous son regard pénétrant.

— Je… j'ai toujours trouvé désuète cette idée d'alliance, comme s'il fallait montrer au monde entier qu'on est une femme mariée.

Elle prit une longue inspiration.

— Je n'ai pas éprouvé le besoin d'en porter une quand nous nous sommes mariés, voilà tout, conclut-elle avec davantage d'assurance.

— Comment ai-je pu accepter ça ? maugréa Roel, visiblement contrarié. Que cela te plaise ou non, je t'achèterai une alliance dès que possible et tu la porteras.

Il fronça les sourcils.

— Et la discussion est close, s'empressa-t-il d'ajouter comme elle ouvrait la bouche pour protester.

Sur ces mots, il se leva et enfila prestement un caleçon de soie noire. Il avait déjà traversé la pièce d'un pas décidé lorsqu'il fit volte-face et darda sur elle un regard scrutateur. Son beau visage ne trahissait plus aucune émotion.

— Sais-tu que tu ne m'as pas véritablement expliqué pourquoi tu étais encore vierge ?

Décontenancée par la brutalité de sa question, Hilary se recroquevilla à la tête du lit.

— C'est vrai, commença-t-elle en détournant le regard, et je n'ai pas l'intention de t'éclairer maintenant. Quand tu auras recouvré la mémoire, tout deviendra limpide et tu te rendras compte que mon inexpérience ne relève en aucun cas d'un mystère.

Un silence tendu accueillit sa déclaration. Finalement, Roel fit un pas dans sa direction et lança d'un ton plein de défi :

— Dis-moi juste une chose, tu veux ? Pourquoi t'ai-je épousée ?

Hilary sentit tous les muscles de son corps se contracter.

— Pour toutes les raisons qu'on invoque d'habitude, murmura-t-elle enfin, en proie à un terrible sentiment de culpabilité.

Elle n'avait pas envie de lui mentir. Mais que pouvait-elle faire d'autre ?

— Dois-je comprendre que je suis tombé amoureux de toi ? insista Roel.

— Je n'ai rien dit de tel…

A l'instant où elle prononçait ces mots, son regard rencontra celui de Roel et elle retint son souffle en y décelant une étrange lueur… Pressée de clore ce délicat sujet, elle hocha la tête.

— Oui, c'est ça… Tu es tombé amoureux de moi.

Roel fit un pas vers elle. La tension qui émanait de lui était presque palpable.

— Je serais donc tombé dans ce piège-là, moi aussi ? Le piège du beau conte de fées où les amants vivent heureux jusqu'à ce que la mort les sépare, entourés d'une ribambelle d'enfants rieurs ?

Au prix d'un effort, Hilary parvint à soutenir son regard sans ciller.

— Oui… Pourquoi, ça t'étonne ?

Roel haussa les épaules en continuant à avancer lentement vers elle.

— Disons simplement que si j'ai cru à ce beau conte de fées, c'est que tu dois définitivement être le genre de femme qui meurt d'envie de prendre une douche avec moi… tout de suite, ajouta-t-il en la soulevant dans ses bras.

En proie à un vif soulagement, Hilary leva vers lui un regard malicieux.

— Serait-ce du chantage, monsieur Sabatino ?

Tandis qu'ils prenaient le petit déjeuner dans un ravissant patio baigné de soleil et à la végétation luxuriante, Hilary invita Roel à lui raconter l'histoire du château.

Il s'exécuta volontiers, passionné par ce sujet qui lui tenait tant à cœur. Lorsqu'il eut terminé son récit émaillé de nombreuses anecdotes cocasses qui la firent rire aux éclats, il se leva et la prit par la main pour l'entraîner à l'intérieur du château.

— Je t'ai préparé une petite surprise, annonça-t-il d'un air énigmatique.

Hilary se tourna vers lui, gagnée par une nouvelle bouffée d'appréhension.

— Quel genre de surprise ?

— J'ai pensé qu'il était grand temps de remédier à ce problème vestimentaire, répondit-il en poussant la porte de la grande salle de réception.

Hilary retint son souffle devant le spectacle qui s'offrait à elle…

Répondant à l'invitation de Roel, plusieurs couturiers

avaient chargé leurs premières vendeuses de venir présenter à Hilary une sélection de tenues issues de leurs nouvelles collections.

Les quelques heures qui suivirent furent tout simplement magiques. A la demande de Roel, elle parada dans chaque vêtement, encouragée par le regard tantôt admiratif, tantôt ébloui, et parfois provocateur, de son époux.

— Tu es belle à croquer, murmura-t-il lorsqu'elle tournoya devant lui, moulée dans un tailleur vert pâle qui semblait avoir été cousu sur elle.

En un après-midi, Roel lui offrit plus de vêtements qu'elle n'en avait jamais eus de toute sa vie…

Grisée par ce tourbillon de luxe, elle céda devant l'insistance de son mari et se laissa également tenter par plusieurs parures de lingerie, raffinées à souhait.

— Je ne pourrai jamais porter tout ça, déclara-t-elle avec une moue penaude.

Elle portait toujours la dernière tenue qu'elle avait essayée, un ravissant ensemble composé d'une courte jupe blanc cassé et d'un petit haut drapé, sans manches, qui mettait en valeur la rondeur de sa poitrine.

— Tu es ma femme et, à ce titre, j'ai le droit de t'offrir tout ce que tu désires.

A ces mots, un douloureux pincement serra le cœur d'Hilary. N'était-ce pas terriblement malhonnête de sa part de se prêter à cette mascarade ?

— Tu es bien trop gentil avec moi, articula-t-elle, de nouveau emplie de culpabilité.

— Comme tu sais l'être avec moi, non ? répliqua Roel en la plaquant contre lui pour lui faire sentir l'intensité de son désir.

— Tu crois ? souffla Hilary, parcourue de mille frissons exquis.

— Mmm, non, je ne le crois pas… j'en suis sûr, *cara mia,* répondit Roel.

Sans lui laisser le temps de répondre, il prit sa bouche dans un baiser fiévreux tandis que ses mains, audacieuses et habiles, faisaient glisser la fermeture Eclair de sa jupe de soie.

— Tu es complètement fou, Roel, c'est beaucoup trop…

La voix d'Hilary tremblait légèrement tandis qu'elle caressait l'anneau d'or qui brillait à son annulaire gauche depuis quelques instants.

— Elle est magnifique… je ne sais comment te remercier, vraiment…

Une alliance… Profondément touchée par ce cadeau si symbolique, elle leva sur Roel un regard plein de gratitude.

— Je tiens à ce que notre mariage soit parfait, déclara ce dernier avec solennité.

Il compléta d'une voix étrangement enrouée.

— Et notre couple, un couple heureux…

Hilary sentit sa gorge se nouer. Plus le temps passait, plus elle appréciait son bonheur d'être auprès de Roel… Il était tellement attentionné, tellement tendre et passionné… Et plus le temps passait, plus elle voyait se profiler la fin de cette parenthèse féerique qui aurait bouleversé à jamais le cours de sa vie.

S'efforçant de chasser la morosité qui menaçait de ternir l'instant présent, elle s'absorba dans la contemplation du paysage. Après tout, c'était une journée magnifique et ils jouissaient d'une vue tout simplement spectaculaire, attablés à la terrasse d'un luxueux restaurant qui dominait le lac de Lucerne.

— Hilary… ? fit Roel, intrigué par son silence.

Au même instant, un jeune homme blond, solidement charpenté, s'immobilisa à quelques pas de leur table et appela d'un ton joyeux :

— Roel ?

Un large sourire étira les lèvres de ce dernier qui se leva aussitôt, visiblement ravi de cette subite apparition.

L'estomac chaviré, Hilary reconnut avec effroi Paul Correro, l'homme qui avait servi de témoin à leur mariage… Un vent de panique souffla sur elle tandis que le regard perçant de l'avocat la clouait sur place. Par la force des choses, Paul Correro connaissait la véritable nature de leur union. Il savait aussi qu'elle n'était qu'une épouse de paille que Roel avait rémunérée en échange d'un service.

Et, de toute évidence, il était stupéfait de la voir ici, en Suisse, en compagnie de Roel !

6

Le cœur battant la chamade, Hilary n'eut d'autre choix que celui de feindre l'innocence, avec le plus de naturel possible.

« Advienne que pourra », songea-t-elle en se levant à son tour, telle une accusée qui attend sa sentence.

— Nous sommes venus voir des amis, expliquait Paul Correro à l'attention de Roel, qui gratifia la ravissante jeune femme rousse, enceinte de plusieurs mois, d'un affectueux baiser.

— Hilary…

Le sourire mielleux que lui adressa Paul Correro la fit tressaillir.

— Quel plaisir de vous voir dans notre beau pays…

Incapable d'articuler le moindre son, Hilary se contenta de hocher la tête. Ensuite, elle eut du mal à cacher son soulagement lorsque Roel entraîna son ami vers la balustrade en pierre de la terrasse. Il était visiblement désireux de lui parler en privé.

— Je suis Anya, la femme de Paul, fit la jolie rousse en la détaillant froidement.

— Enchantée, répondit mécaniquement Hilary.

Elle jeta un regard de biais aux deux amis en pleine conversation. De quoi pouvaient-ils bien s'entretenir ?

En proie à une nervosité grandissante, elle murmura à Anya une vague excuse, avant de battre en retraite aux toilettes. Elle ne pouvait supporter plus longtemps les regards accusateurs, lourds de reproches, du couple Correro.

Son répit fut de courte durée, hélas. En sortant des toilettes, elle tomba nez à nez avec Paul Correro. Celui-ci l'attendait, de toute évidence.

En apercevant le jeune avocat, Hilary blêmit. Le piège était en train de se refermer sur elle.

— Puis-je savoir quel petit jeu vous jouez ? demanda-t-il sans ambages. Roel vient de me confier pourquoi il n'est quasiment pas sorti de chez lui depuis l'accident.

— Je suis heureuse qu'il ait enfin décidé d'en parler à quelqu'un, murmura Hilary avec un manque de conviction manifeste.

— Ne me prenez pas pour un idiot, je vous en prie ! L'un des collaborateurs de Roel m'a appelé hier… Il était très surpris que ce dernier ait décidé de partir en vacances avec *sa femme* ! J'ai vite deviné l'identité de cette épouse venue de nulle part, et c'est ce qui explique ma présence ici. Avez-vous vraiment cru que vous pourriez vous en sortir aussi facilement ?

Le mépris qui teintait sa voix grave fit à Hilary l'effet d'une gifle.

— Avez-vous dit la vérité à Roel, au sujet de notre mariage ?

L'avocat arqua un sourcil dédaigneux.

— Ici, au restaurant ? Non, j'ai l'intention de l'appeler au *castello* cet après-midi.

Prise de panique, Hilary posa la main sur le bras de Paul Correro.

— Laissez-moi lui dire la vérité moi-même, demanda-t-elle d'un ton implorant. Je vous en prie… accordez-moi jusqu'à demain…

Impassible, Paul Correro la dévisagea longuement avant de secouer la tête.

— Vous avez jusqu'à ce soir pour expliquer les choses

à Roel. Si vous ne tenez pas votre parole, je m'en chargerai à votre place, conclut-il d'un ton menaçant.

Forçant son courage, Hilary soutint son regard accusateur.

— Je ne suis pas celle que vous croyez. Je l'aime. Je l'ai toujours aimé…

L'avocat esquissa une grimace dubitative.

— Peu importe, coupa-t-il sèchement. Roel ne vous pardonnera jamais de l'avoir trahi de la sorte.

Tel un automate, Hilary rejoignit Roel, suivie de près par Paul Correro qui semblait désormais vouloir monter la garde auprès de son ami. Quand ils arrivèrent près de la table, Anya était en train de persuader Roel de bien vouloir prononcer le discours d'ouverture d'une grande soirée caritative. Prétextant un rendez-vous qu'ils ne pouvaient annuler, ce dernier coupa court à la conversation et entraîna Hilary vers la limousine qui les attendait devant l'entrée du restaurant.

— Paul était bizarre, aujourd'hui, fit observer Roel en fronçant les sourcils. C'est drôle, j'ai eu l'impression qu'il te témoignait une espèce de dédain que j'ai trouvé très irrespectueux.

Hilary haussa les épaules d'un air faussement désinvolte.

— Oh, tu connais Paul…

— Oui, justement, je le connais très bien. Ce n'est pas son genre de se comporter ainsi. Je préfère mettre cela sur le compte de la fatigue, conclut-il en prenant sa main pour la porter à ses lèvres. Et maintenant, *cara mia,* je te dépose chez le coiffeur où tu as pris rendez-vous pour te faire encore plus belle…

Il gratifia chacun de ses doigts d'un baiser aérien, puis esquissa un sourire enjôleur.

— Même si je doute que cela soit possible…

Tenaillée par la culpabilité, en proie à des sentiments contradictoires, Hilary observait un silence gêné.

Oui, elle le sentait, la fin était proche. Dans peu de temps, Roel lui signifierait son congé — pourquoi s'embarrasserait-il d'une fausse épouse ? Pourquoi prendrait-il la peine d'écouter les explications d'une femme qui l'avait mené en bateau en se glissant dans la peau d'un personnage qui n'existait pas réellement ?

Dans le salon de coiffure, Hilary eut l'étrange impression qu'une paroi de verre invisible la séparait de tout ce qui se passait autour d'elle.

Prononcé d'un ton implacable, l'avertissement de Paul Correro continuait à résonner cruellement à ses oreilles. La mort dans l'âme, elle finit par accepter la douloureuse réalité : il était temps pour elle de se retirer de la vie de Roel. Vite, et aussi discrètement que possible. A quoi bon retourner au *castello* pour lui avouer la vérité ? Cela ne déboucherait que sur une confrontation extrêmement éprouvante dont, pour être franche, elle ne voyait pas l'utilité.

Elle plaidait coupable. Elle était coupable d'aimer un homme qui ne l'avait jamais considérée que comme quantité négligeable, un simple instrument qui lui avait permis de parvenir à ses fins.

Submergée par une vague de désespoir, Hilary décida de rentrer à Londres sans plus tarder. Par un heureux hasard, son passeport était resté dans son sac à main. Dès qu'elle sortirait du salon, elle filerait directement à l'aéroport de Lugano. Tant pis pour les quelques vêtements qu'elle laisserait derrière elle ; de toute façon, elle n'avait presque rien en arrivant ici.

Le cœur serré, elle rédigea mentalement la lettre qu'elle laisserait dans la limousine à l'attention de Roel. N'était-ce pas la plus sage décision ? Lorsqu'il découvrirait la vérité, il serait à la fois stupéfait et fou de rage… et se réjouirait très certainement de son départ. Le regard qu'il portait sur elle serait irrémédiablement terni.

A cette pensée, une vive douleur lui transperça le cœur.

Etait-il possible qu'un si joli rêve se termine si mal ? Mais c'était elle la responsable de ce triste dénouement. Et, pour cela, sa punition serait terrible : jamais plus elle ne reverrait Roel. Jamais plus elle ne goûterait à l'immense bonheur de se réveiller à son côté, de vivre auprès de lui.

D'être sa femme, pour de vrai…

— Tu n'as pas encore pris ta pause ? demanda Sally Witherspoon.

Hilary posa une pile de serviettes propres à côté des lavabos.

— Je n'ai pas faim…

— Tu devrais te forcer un peu, tout de même, la rabroua gentiment son assistante. Si tu continues comme ça, tu vas bientôt tomber d'épuisement.

— Ne t'inquiète pas pour moi, Sally, je vais bien.

Baissant précipitamment la tête, Hilary entreprit de remplir les bouteilles de shampooing d'un air concentré.

Depuis son retour à Londres, deux semaines plus tôt, elle s'était jetée à corps perdu dans le travail pour éviter de remuer les idées sombres qui, le soir venu, lorsque le salon était fermé et qu'elle se retrouvait seule dans son petit appartement, la submergeaient inévitablement.

Des cernes soulignaient ses yeux gris, elle dormait mal et avait perdu l'appétit. Bref, malgré ce qu'elle venait de dire à sa collègue, elle n'était pas en très grande forme, même si elle s'efforçait de donner le change. La vie continuait, malgré le chagrin qui pesait sur son cœur.

Sept jours durant, elle avait vécu le bonheur parfait auprès de Roel. Ç'avait été une parenthèse magique et enchantée. Artificielle, aussi, il fallait bien l'admettre. A présent, tout était terminé, la réalité avait repris ses droits. Et cette réalité ne comprenait pas Roel…

— Ton rendez-vous de 11 heures est arrivé, annonça soudain Sally dans un murmure.

Elle avait l'air tout excitée.

— Et il vaut le détour, ajouta-t-elle d'un ton espiègle. Regarde un peu… sacrée veinarde…

Hilary leva machinalement la tête et il lui sembla que son cœur s'arrêtait de battre… Roel se tenait au milieu du salon, dominant le reste de la clientèle de sa haute stature.

Secouée d'un violent tremblement, Hilary fit tomber dans le lavabo la bouteille de shampooing qu'elle tenait à la main. Un petit cri s'échappa de ses lèvres. Son regard clair rencontra celui de Roel, aussi sombre et intense que dans son souvenir, et elle retint son souffle, déjà sous le charme.

Vêtu d'un costume bleu nuit qui mettait en valeur les contours musclés de sa silhouette virile, il lui semblait plus séduisant que jamais.

Rassemblant son courage, Hilary fit quelques pas dans sa direction et s'éclaircit la gorge avant de prendre la parole :

— Tu es mon rendez-vous de 11 heures ?

Roel acquiesça d'un signe de tête avant de la détailler de la tête aux pieds, avec une lenteur délibérée. Sous son regard perçant, Hilary regretta soudain de ne pas s'être habillée plus élégamment. Le petit T-shirt blanc, ultra-moulant, qu'elle portait avec un pantalon de treillis et des bottines à talons aiguilles ne devaient certainement pas être du goût de Roel. Eh bien, tant pis !

Le cœur battant à coups sourds dans sa poitrine, elle le dévisagea à son tour, troublée par son silence. Il émanait de lui quelque chose d'indéfinissable qu'elle ne reconnaissait pas. Oui, un détail avait changé, mais elle ne savait pas ce que c'était.

— J'aimerais te parler en privé, murmura-t-il d'un ton dénué d'émotion.

— Je… C'est-à-dire que… je suis en plein travail, bredouilla-t-elle tandis que son courage fondait comme neige au soleil.

— *Bene*… J'en conclus que tu ne vois aucun inconvénient

à ce que ta clientèle et ton équipe entendent ce que j'ai à te dire, fit-il en abandonnant l'italien au profit de l'anglais. Avant d'entrer dans le vif du sujet, sache que je ne suis guère impressionné par le commerce que tu as monté grâce à mon argent.

Hilary réprima à grand-peine une grimace. Il lui fallut un quart de seconde pour comprendre les implications de ce que Roel venait de lui dire. S'il se souvenait de l'arrangement qu'ils avaient passé tous les deux, cela signifiait qu'il avait recouvré la mémoire.

Bien sûr, elle savait que ce moment finirait par arriver, comme le lui avait indiqué le médecin. Pourtant, Hilary se sentit profondément bouleversée. L'estomac noué, elle se tourna vers Sally pour lui demander de bien vouloir s'occuper de ses rendez-vous jusqu'à l'heure du déjeuner.

— Montons à l'étage, nous serons plus tranquilles pour parler, ajouta-t-elle à l'adresse de Roel qui n'avait pas bougé.

Une fois là-haut, elle lui demanda d'une voix que l'émotion faisait trembler :

— Depuis quand as-tu recouvré la mémoire ?

— Juste après que tu t'es volatilisée dans la nature, fit-il observer, sarcastique. J'imagine que cela a été un des facteurs déclenchants. Après tout, tu m'avais fait croire que j'avais une vie qui n'était pas réellement la mienne.

Les joues en feu, Hilary ouvrit la porte de son appartement.

— Pour être tout à fait franche, dit-elle, je suis très surprise de te voir ici. Je n'aurais jamais pensé que tu voudrais me revoir.

Le silence s'abattit entre eux, chargé d'électricité. Roel referma la porte d'un geste sec puis pénétra dans la petite entrée, tandis qu'Hilary battait en retraite dans la pièce qui servait à la fois de cuisine et de pièce à vivre.

Sans mot dire, Roel promena autour de lui un regard sombre. Il fit quelques pas, s'immobilisa devant la table et s'empara d'une lettre qu'il lut sans la moindre gêne.

— Tu as des dettes, on dirait…

Mortifiée, Hilary se précipita vers lui et lui arracha le courrier des mains. Il s'agissait d'une lettre de son banquier la priant de bien vouloir créditer au plus vite son compte à découvert.

— Mêle-toi de tes affaires, tu veux ?

— Tes affaires sont aussi les miennes, au cas où tu l'aurais oublié. Et ce petit… détail me donne tous les droits, conclut-il avec une arrogance exaspérante.

Hilary releva le menton.

— Veux-tu savoir pourquoi je suis à découvert ? Figure-toi que j'ai dépensé une petite fortune pour payer mes deux billets d'avion pour la Suisse, tout à fait imprévus, ainsi que pour payer le personnel que j'ai été obligée d'engager en mon absence. Le genre de folie que mon budget ne supporte pas, conclut-elle d'un ton empreint d'amertume.

Imperturbable, Roel haussa un sourcil dédaigneux.

— Est-ce ta précarité financière qui t'a poussée à sauter dans mon lit avec tellement d'enthousiasme ?

Hilary serra les poings.

— Si mes souvenirs sont bons, c'est toi qui m'as entraînée dans ce lit, non ?

— Si mes souvenirs sont bons, tu ne t'es pas beaucoup débattue, riposta-t-il sur le même ton. Tu n'es qu'une petite intrigante sans scrupule et tu savais pertinemment ce que tu faisais. En consommant enfin notre mariage de pacotille, tu savais que tu pourrais réclamer par la suite une somme non négligeable quand viendrait le moment de divorcer.

Pâle comme un linge, Hilary secoua la tête. Les soupçons de Roel lui tordaient le cœur. Etait-il possible qu'il ait une si piètre opinion d'elle après les jours merveilleux qu'ils avaient passés ensemble ?

— Ne t'inquiète pas, répondit-elle, je ne réclamerai pas un centime de ton précieux argent. Jamais, tu m'entends ? Qu'ai-je donc fait de si terrible pour que tu m'accuses de la sorte ? Est-ce un crime d'avoir souhaité te voir après qu'on m'avait prévenue que tu avais eu un accident ? Je t'ai pourtant écrit à quel point j'étais désolée dans la lettre que je t'ai laissée…

A ces mots, Roel laissa échapper un rire teinté de mépris. Un rire qui la fit tressaillir.

— Tu veux parler des quatre petites lignes que tu as rédigées à la va-vite ? Même là, tu n'as pas eu le courage de me dire la vérité. Et encore moins de reconnaître les conséquences de ta trahison. Tu as préféré te volatiliser… par lâcheté, sans doute.

Comme elle restait silencieuse, trop bouleversée pour tenter de justifier sa fuite, Roel posa sur elle un regard dur et implacable.

— Oh, tu t'es montrée très habile, *bella mia,* je suis bien forcé de le reconnaître. Tu as su me séduire, c'est vrai. Et, pendant toute une semaine, tu as réussi à brouiller les pistes dès que je commençais à me montrer trop curieux ! Et, pour couronner le tout, tu n'as rien trouvé de mieux que de te ridiculiser en public, ajouta-t-il sur le même ton acerbe. Je préfère te prévenir, si cela devait se reproduire, je serais très en colère contre toi.

Hilary le fixa d'un air perplexe.

— De quoi parles-tu ? Je ne comprends pas.

De la poche de sa veste, Roel tira un document et le fit glisser sur la table à son attention.

Il s'agissait d'une coupure de magazine…

Hilary laissa échapper une exclamation de surprise en se reconnaissant sur la photo. C'était elle lors de son dernier jour en Suisse, alors qu'elle pénétrait dans l'aéroport de Lugano. D'un geste furtif, elle était en train d'essuyer les larmes qui baignaient son visage triste.

— Que dit la légende ? demanda-t-elle en pointant l'index sur les quelques mots de français qui accompagnaient le cliché.

— « Une fois de plus, voici la preuve flagrante que l'argent ne fait pas le bonheur. »

Hilary croisa les bras sur sa poitrine.

— Je suis navrée de t'avoir mis dans l'embarras, Roel, mais cela prouve au moins que, contrairement à ce que tu prétends, je ne me réjouissais pas de la situation.

Comme il s'apprêtait à l'interrompre, elle enchaîna en haussant légèrement le ton :

— Essaie de comprendre… Quand je suis arrivée en Suisse, je croyais vraiment que tu étais gravement blessé et j'avais très envie de te soutenir dans cette épreuve. Tout s'est enchaîné très vite, ensuite. Lors de mon entretien avec le Dr Lether, ce dernier m'a parlé de ton amnésie et m'a demandé de veiller à ne rien dire qui puisse te perturber.

— En vertu de quoi tu as décidé de me faire croire que j'étais un homme marié. L'idée que cela puisse être un choc énorme pour un homme qui se sentait célibataire au plus profond de son être ne t'a pas effleurée une seconde ?

Hilary haussa les épaules d'un air faussement désinvolte.

— J'imagine que tu apprécies d'autant plus ta liberté maintenant que tu sais que tu ne l'as jamais perdue.

— Je n'ai rien perdu, en effet, répliqua-t-il en la toisant de son regard noir, étincelant de colère. Car c'est toi qui me l'as volée. Tu t'es fait passer pour ma femme et, maintenant, les rumeurs vont bon train. A présent, tout le monde s'imagine que je suis *réellement* un homme marié. Et, comme c'est la vérité d'un point de vue purement juridique, je ne suis pas en mesure de démentir la nouvelle…

Il baissa les yeux sur la coupure de magazine, toujours dans la main d'Hilary.

— Pour la plus grande joie des paparazzi, conclut-il.

Hilary se mordit la lèvre inférieure.

— Je suis sincèrement désolée.

Roel laissa échapper un rire sans joie.

— Tes excuses ne m'apportent aucun réconfort. Tu t'es

délibérément immiscée dans ma vie jusque-là bien organisée et tu as tout chamboulé. En connaissance de cause, qui plus est. J'ai rompu avec ma maîtresse à cause de toi…

Hilary écarquilla les yeux, stupéfaite.

— Pardon ?

— Tu m'as parfaitement entendu. La belle brune que tu as aperçue un soir… Il se trouve que c'était ma maîtresse et que je l'ai congédiée sans autre forme de procès. Tout ça parce que tu as réussi à me persuader que j'étais bien marié avec toi.

Hilary ferma brièvement les yeux, en proie à un mélange de sentiments contradictoires. En même temps qu'une vive douleur lui transperçait le cœur, elle se sentait à la fois coupable et honteuse.

La voix péremptoire de Roel l'arracha à ses sombres pensées.

— Il y a donc une place libre dans mon lit et elle est pour toi.

Hilary secoua la tête, de plus en plus perplexe.

— Je te demande pardon ?

— Tu as très bien entendu, *cara mia*. Tu rentres en Suisse avec moi.

Elle secoua la tête.

— Et pourquoi t'obéirais-je ?

— Parce que je ne te laisse pas le choix. Me l'as-tu laissé, toi, le jour où tu m'as affirmé que nous vivions un vrai mariage de conte de fées ?

Hilary détourna les yeux, frappée par la dureté de son ton et la justesse de ses propos.

— J'ai donné rendez-vous à ta sœur pour le déjeuner, reprit-il, implacable. Elle se trouve actuellement dans une limousine qui la ramène à Londres pour la journée. Pendant ce temps, tu ferais bien de commencer à faire tes valises.

Sous le choc, Hilary ne put que balbutier :

— Comment as-tu trouvé ses coordonnées ?

— C'est elle qui m'a appelé la semaine passée, pour s'excuser très poliment de l'hostilité qu'elle m'avait témoignée lors de notre première rencontre.

— Oh, non… Je… Je n'ai jamais réussi à lui dévoiler les véritables raisons de notre union… J'avais trop peur que… que…

— Qu'elle te voue moins de respect dès lors qu'elle aurait appris que sa grande sœur s'était mariée par pur intérêt ? compléta Roel, cynique. Dans ce cas, tu seras soulagée d'apprendre que je lui ai laissé toutes ses illusions. En revanche, je n'hésiterai pas à tout lui raconter si tu refuses de retourner en Suisse avec moi.

Un frisson d'appréhension parcourut Hilary.

— Quel intérêt as-tu à te montrer si cruel ?

Roel l'étudia avec attention, le regard sombre. Au fil des secondes, la tension grandissait entre eux, et devenait presque palpable.

— Parce que c'est ce que tu mérites. Tu as voulu jouer à l'épouse parfaite, qu'à cela ne tienne ! Tu vas reprendre ton rôle jusqu'à ce que je m'en lasse et décide de te chasser de ma vie. Définitivement cette fois.

Hilary secoua la tête. Son rêve tournait au cauchemar…

— Ce n'est pas du tout ce qui s'est passé, enfin… je ne…, chercha-t-elle encore à expliquer.

— Une limousine passera te chercher dans une heure et demie pour te conduire au restaurant où nous avons rendez-vous avec Emma. Je te retrouverai là-bas, j'ai quelques affaires à régler en attendant.

Prise de panique, Hilary voulut protester :

— Si je laisse de nouveau le salon, je risque la faillite…

Roel la fit taire d'un geste autoritaire.

— Je me charge de régler tes dettes ainsi que les frais occasionnés par ton absence. Et, maintenant, je considère que le sujet est clos.

Paniquée, Hilary le regarda descendre l'étroit escalier.

Mais, soudain, la fureur l'envahit. De quel droit agissait-il ainsi avec elle ?

— Si tu oses impliquer ma sœur dans cette histoire, jamais je ne te pardonnerai ! lança-t-elle d'un ton vibrant de rage.

Roel se retourna brièvement, juste le temps pour Hilary de croiser son regard indéchiffrable.

— Crois-tu vraiment que cela me fasse peur ? demanda-t-il d'un ton implacable.

Glacée jusqu'aux os, Hilary s'adossa au mur et inspira profondément dans l'espoir de se ressaisir.

Avec sa redoutable perspicacité, Roel avait ciblé juste : en brandissant cette menace qui touchait directement sa sœur qu'elle chérissait, il savait qu'elle n'aurait d'autre choix que de lui obéir.

Hilary n'aurait pu imaginer chantage plus odieux et cruel…

7

Contrairement à ce qu'Hilary avait redouté, le déjeuner avec Emma se déroula de façon détendue et presque conviviale.

Ravie de constater que sa sœur aînée et son mari s'étaient enfin réconciliés, Emma mena la conversation tambour battant, allant jusqu'à échanger quelques mots de français avec Roel qui l'encouragea vivement à suivre la voie qu'elle avait choisie, celle du droit international.

Après avoir déposé la jeune fille à la gare, ils se rendirent directement à l'aéroport où les attendait le jet privé de Roel. Ils s'apprêtaient à embarquer lorsque le portable d'Hilary se mit à sonner.

En entendant la voix de son ami Pippa, elle s'écarta pour pouvoir lui parler tranquillement.

Pippa et son époux, Andreo d'Alessio, habitaient en Italie et projetaient de se rendre à Londres le week-end suivant. Hilary pourrait-elle se libérer pour qu'elles aillent déjeuner ensemble ?

— A l'instant où je te parle, je m'apprête à prendre l'avion pour la Suisse, répondit Hilary d'un ton où perçait une pointe d'amusement. Ecoute, j'ai une nouvelle à t'annoncer… Tu vas certainement m'en vouloir de ne pas t'avoir prévenue plus tôt et tu auras raison. Alors voilà, je me suis mariée.

La réaction de son amie ne se fit pas attendre.

— *Mariée,* toi ? s'écria Pippa. C'est une blague, évidemment !

— Non, je suis très sérieuse. D'ailleurs, mon mari est près de moi, en train d'écouter notre conversation, ajouta-t-elle en lançant un regard de défi à l'attention de Roel. Mais l'histoire de notre rencontre est absolument…

— … magique, compléta Roel en lui prenant d'autorité le combiné des mains. Bonjour, je suis le mari d'Hilary. A qui ai-je l'honneur ?

Et il parla de la pluie et du beau temps avec Pippa pendant cinq bonnes minutes, ponctuant la conversation de rires complices, jusqu'à ce que leur vol soit annoncé.

— Comment as-tu osé interrompre ma conversation et parler avec mon amie ? explosa Hilary en traversant le tarmac en direction du jet qui les attendait.

Le sourire qui flottait sur les lèvres de Roel s'épanouit encore.

— *Dannazione !* Tu ne m'as pas laissé d'autre choix ! Si je n'étais pas intervenu, tu aurais forcément raconté des bêtises…

— Merci, c'est gentil à toi, railla Hilary en montant à bord du petit avion.

A l'intérieur de la cabine luxueusement aménagée, elle choisit le fauteuil le plus éloigné de celui de Roel, et se plongea dans un mutisme boudeur.

Elle n'était pourtant pas du genre à pleurer pour un oui ou pour un non mais, en cet instant précis, elle aurait volontiers donné libre cours aux larmes de colère et de frustration qui lui piquaient les yeux.

Le lendemain matin, elle dormit tard. Lorsqu'elle descendit prendre son petit déjeuner, Umberto l'informa poliment que Roel était parti à la banque, et ce depuis plusieurs heures.

La veille au soir, à bout de forces, elle n'avait pas cherché à protester lorsqu'il l'avait soulevée dans ses bras pour la porter jusqu'à la chambre, où il l'avait bordée comme un bébé. Jamais encore elle n'avait éprouvé une telle lassitude…

Pour une raison qu'elle ne s'expliquait pas, Hilary toucha à peine aux croissants et au café qu'elle s'était préparés. Elle n'avait plus faim, tout à coup.

Ayant décidé de rendre visite à Roel sur son sacro-saint lieu de travail, elle monta prendre une douche et se surprit à apporter un soin tout particulier à sa tenue : la robe de soie pourpre doublée de dentelle moulait harmonieusement les courbes de sa silhouette, tandis que les talons aiguilles de ses escarpins en cuir beige allongeaient ses jambes parfaitement galbées.

Pour compléter sa tenue, elle choisit un court manteau en cotonnade fleurie qui apportait une touche plus classique à l'ensemble.

Un intimidant bâtiment en pierre de taille abritait les bureaux de la banque Sabatino. A l'intérieur, les salles étaient immenses, toutes meublées dans un style contemporain.

Feignant d'ignorer l'appréhension qu'elle sentait monter en elle, Hilary se dirigea d'un pas faussement assuré vers l'accueil, où un jeune homme élégamment vêtu proposa de l'accompagner à l'étage de la direction. Auparavant, il avait pris soin d'annoncer son arrivée à Roel.

Au dernier étage, tout au fond d'un couloir, le jeune homme poussa une imposante porte à double battant, avant de s'effacer pour la laisser entrer. Puis, il s'éclipsa sur un léger hochement de tête.

Nonchalamment appuyé contre le bord d'un long bureau de bois blond, Roel la regardait avancer jusqu'à lui. Dans son costume bleu marine et sa chemise gris perle ornée d'une cravate de soie, il lui parut plus imposant que jamais.

— Alors, dis-moi tout, commença-t-il d'une voix suave.

Que me vaut l'honneur de ta visite ? Sommes-nous censés fêter quelque chose aujourd'hui ?

— Je suis venue te parler.

— Si tu veux me parler, il faut te lever plus tôt, rétorqua-t-il avec ironie. Au cas où tu l'aurais oublié, ceci est un bureau et je n'ai pas l'habitude d'y recevoir des visites personnelles.

— Ça tombe bien, répliqua-t-elle. je suis venue parler affaires, justement.

— Les femmes s'habillent-elles toutes de façon aussi sexy pour parler affaires ? s'enquit Roel en l'enveloppant d'un regard lourd de sous-entendus.

Prise de court, Hilary baissa les yeux sur sa tenue.

— Ça te plaît ?

— N'est-ce pas ce que tu voulais ?

Ils se regardèrent un moment sans mot dire, conscients du désir qui vibrait entre eux, presque tangible. Brûlant et irrésistible.

Au prix d'un effort surhumain, Hilary parvint pourtant à se ressaisir.

— Je suis venue jusqu'ici parce que je voulais t'entretenir d'un sujet très sérieux. Ce n'est tout de même pas ma faute si tu n'es pas capable de te concentrer à cause d'un détail aussi insignifiant qu'une robe.

Piqué dans son orgueil, Roel se reprit à son tour.

— Très bien, je t'écoute.

— Il y a presque quatre ans, j'ai signé un contrat qui a fait de moi ton épouse, en échange de quoi j'ai perçu une certaine somme d'argent. Je t'ai rendu les trois quarts de cette somme lorsque j'ai réalisé que je n'en aurais pas besoin et…

Surpris, Roel la fit taire d'un geste autoritaire.

— Tu as *rendu* une partie de la somme ? De quelle manière ?

— J'ai fait remettre l'argent sur le compte que tu avais ouvert pour moi, et j'ai adressé une lettre à ton avocat, le fameux Paul Correro.

Roel haussa les sourcils d'un air dubitatif.

— J'ignorais que tu avais restitué une partie de la somme, murmura-t-il.

Hilary croisa les bras sur sa poitrine comme pour se protéger.

— C'est pourtant ce que j'ai fait. La part que j'ai gardée m'a suffi à monter mon salon de coiffure et à payer le loyer d'un nouvel appartement, pour Emma et moi. Je n'en désirais pas davantage.

Roel exhala un soupir impatient.

— Puis-je savoir où cette conversation nous mène ?

— Dès qu'Emma aura terminé ses études, je vendrai le salon et je te rembourserai tout ce que tu m'as prêté, jusqu'au dernier centime. Ainsi, nous serons quittes et tu seras bien obligé de me laisser partir.

Un silence pesant s'abattit dans le bureau.

— Ce n'est pas une question d'argent en ce qui me concerne, murmura finalement Roel. Je pensais que tu l'avais compris.

Il s'interrompit un instant avant de reprendre, un sourire insolent aux lèvres.

— Ce que j'aime par-dessus tout, c'est cette sensation de te tenir à ma merci.

— C'est parfaitement ignoble… Tu devrais avoir honte ! s'écria Hilary, sincèrement offusquée.

Les pupilles de Roel se rétrécirent dangereusement.

— N'as-tu pas éprouvé la même satisfaction lorsque tu as profité de mon amnésie pour me manipuler à ta guise ? demanda-t-il.

Hilary secoua la tête avec véhémence.

— Non ! protesta-t-elle. Je ne suis pas comme toi, Dieu merci ! Je n'avais rien calculé du tout. J'essayais simplement de te rendre heureux afin que tu vives au mieux cette période transitoire.

Un sourire amusé joua sur la bouche sensuelle de Roel.

— *Per meraviglia*... Tu m'as rendu très heureux au lit, je ne le nierai pas.

En deux rapides enjambées, il fut près d'elle et il l'attira dans ses bras pour l'embrasser avec avidité. Chaudes et douces, ses mains glissèrent sous son manteau et remontèrent le long de son dos.

Etouffant un gémissement, Hilary s'arqua contre lui. C'était tellement bon...

— Je ne pourrai jamais attendre jusqu'à ce soir, souffla-t-il dans le creux de son oreille tandis qu'avec des gestes habiles, il la débarrassait de son manteau pour faire glisser la fermeture Eclair de sa robe.

En l'espace de quelques instants, Hilary se retrouva à demi-nue au beau milieu du bureau. Un délicieux sentiment d'excitation et d'appréhension l'habitait tout entière.

— On ne peut pas faire ça ici... Ce n'est pas bien... Pas bien du tout, balbutia-t-elle en se laissant entraîner vers le grand bureau qui occupait le fond de la pièce.

— Trop tard, chuchota Roel.

— Nous sommes dans ton bureau, insista-t-elle néanmoins. Quelqu'un peut entrer d'un instant à l'autre.

— La porte est fermée à clé. Nous ne craignons absolument rien.

Sans lui laisser le temps de réagir, il la fit basculer sur le bois lisse du bureau et enfouit sa tête entre ses seins tendus par le désir.

Un long gémissement s'échappa des lèvres d'Hilary. Lorsque Roel prit avidement un téton entre ses lèvres, elle souleva les hanches en une langoureuse invitation qu'il s'empressa d'accepter.

— J'ai envie de toi, Roel, murmura-t-elle en plongeant les doigts dans la masse de ses cheveux noirs.

— Pas autant que moi, *bella mia*... J'ai cru devenir fou pendant ces deux semaines de séparation.

Tout en parlant, Roel glissa une main entre ses cuisses qu'il écarta sans ménagement pour découvrir le cœur moite de sa féminité. Puis, il défit fébrilement la ceinture de son pantalon et, la plaquant contre ses hanches d'un geste autoritaire, il s'enfonça en elle dans un mouvement souple et puissant.

Aussitôt, une vague de plaisir submergea Hilary. Il lui semblait qu'il n'y avait plus qu'eux au monde. Pour elle, plus rien d'autre n'existait que cette fusion de leurs deux corps.

Quand elle fut au bord de l'extase, il étouffa ses cris dans un baiser fiévreux et la rejoignit bientôt, secoué de violents tremblements.

Au bout de quelques minutes, le souffle apaisé, Hilary prit conscience de ce qui venait de se passer et un flot de sang envahit son visage.

Rattrapé à son tour par la réalité, Roel posa sur elle un regard hébété.

— Je n'arrive pas à croire que nous ayons fait ça… je n'arrive pas à croire que tu sois là, nue, couchée sur mon bureau.

Il marqua une pause avant de conclure, mi-figue, mi-raisin :

— A partir d'aujourd'hui, je crois qu'il vaut mieux que tu évites mon bureau.

Encore chancelante de plaisir, Hilary se redressa et se mit en devoir de rassembler ses vêtements, qu'elle enfila maladroitement sous le regard hébété de Roel.

— Tu as du rouge à lèvres sur ta chemise, lança-t-elle d'un ton moqueur en se redressant.

Roel effleura son col d'un geste rêveur.

— En fait, je crois que j'ai déjà hâte que tu reviennes me voir, *cara mia*, dit-il.

— Tu peux toujours rêver !

— Une telle entente physique est rare, je parle en connaissance de cause.

Prononcées d'un ton léger, ces dernières paroles firent à Hilary l'effet d'une douche glacée. C'était donc tout ce qui l'intéressait : l'amour physique, dénué de sentiments. Une simple entente charnelle, rien de plus.

Elle réprima un petit rire d'autodérision. A quel moment avait-elle oublié que Roel n'éprouvait rien d'autre pour elle qu'une attirance physique, peut-être intense, mais superficielle ?

— Ce petit moment d'égarement ne se reproduira jamais, lança Hilary en tournant les talons pour se diriger vers la porte, la tête haute mais le cœur lourd.

— Pas avant quelques heures, en tout cas, répliqua Roel d'un ton ironique. Je dois partir à Zurich ce soir. Je te verrai demain, en fin de journée.

Sans mot dire, Hilary le gratifia d'un bref regard avant de quitter la pièce en ondulant exagérément des hanches, savourant pour la première fois de sa vie l'exaltant sentiment de puissance qu'une femme peut avoir sur son homme.

8

Le lendemain matin, Hilary avait perdu de sa superbe. Assise à la table du petit déjeuner, elle contemplait son assiette avec un manque d'enthousiasme qui la laissait perplexe.

Une fois de plus, son appétit avait disparu après qu'elle s'était servie. Elle se sentait même vaguement nauséeuse. Et cette sensation d'écœurement qui la submergeait ce matin durait depuis déjà plusieurs jours.

Aurait-elle contracté un virus ? Non… elle ne se sentait pas franchement malade… Simplement, elle n'était pas dans son assiette.

Tout à coup, une pensée profondément déstabilisante lui traversa l'esprit. Une pensée qui l'emplit d'une sourde appréhension. Selon ses calculs, elle aurait dû avoir ses règles quelques jours plus tôt… Mais elle se trompait peut-être sur les dates, elle n'avait jamais surveillé son cycle de manière rigoureuse.

Une boule vint se loger au fond de sa gorge. Depuis leur première nuit d'amour, ni Roel ni elle n'avaient songé à prendre des précautions. Se pourrait-il qu'elle soit tombée enceinte… si tôt, si vite ?

S'exhortant au calme, Hilary refit mentalement ses calculs avant d'exhaler un soupir impatient. A quoi bon se perdre en vaines conjectures ? Elle attendrait encore quelques jours avant d'aller acheter un test de grossesse. Et, en attendant, il était inutile de paniquer.

Elle sursauta en apercevant Umberto qui avançait vers elle, le combiné du téléphone à la main.

C'était Roel.

— Je voulais t'appeler hier soir, mais la réunion s'est terminée tard, dit-il.

Les intonations graves et sensuelles de sa voix réchauffèrent le cœur de la jeune femme.

— Ce n'est pas grave, répondit-elle d'une voix émue. Je suis allée me coucher très tôt, j'étais fatiguée.

— Je voulais te prévenir que nous sortions, ce soir, *cara mia*.

— Oh, c'est ma récompense pour bonne conduite ? plaisanta-t-elle.

— Oui, on peut dire ça… et tu resteras à la maison quand tu ne seras pas sage. Personnellement, c'est l'option que je préfère. Je déteste les mondanités.

En début de soirée, Hilary prit une douche et revêtit un long fourreau de soie vert pâle qui accentuait son teint diaphane. Roel était rentré une heure plus tôt mais, à sa grande déception, il n'avait pas poussé la porte qui séparait leurs deux chambres.

Il la rejoignit dans le hall, quelques minutes plus tard, superbe dans un smoking à la coupe impeccable.

— Tu es magnifique, murmura-t-il en la contemplant d'un air appréciateur.

— Ça a l'air de te surprendre, répliqua Hilary d'un ton moqueur.

Elle se sentait heureuse de le revoir, de retrouver son regard brûlant et son beau visage au teint mat.

— Au fait…, balbutia-t-elle. Je ne sais pas ce que tu vas en penser, mais je… j'ai remis l'alliance.

Roel fronça légèrement les sourcils.

— Pourquoi pas ? Après tout, tu as fait pas mal d'efforts pour l'obtenir, cette alliance.

Hilary s'empourpra violemment.

— Je te déteste quand tu parles comme ça !

Il émit un rire sans joie.

— C'est une tradition familiale, ne t'inquiète pas. A un moment ou à un autre, les couples mariés finissent par se détester chez les Sabatino.

— Est-ce également une tradition familiale d'avoir toujours le dernier mot ?

Cette fois, le sourire qui étira les lèvres de Roel brilla aussi dans ses yeux.

— Tu as tout compris…

Main dans la main, ils se dirigèrent vers la limousine qui les attendait pour les conduire à l'héliport.

Dans la voiture, Roel glissa un bras autour ses épaules et l'attira contre lui pour prendre ses lèvres. Cette fois, son baiser était empreint d'une tendresse inédite, qui bouleversa Hilary.

Lorsqu'il s'écarta, son regard sombre trahissait tout le désir qu'il ressentait pour elle.

— Nous ne resterons pas plus de trois quarts d'heure à cette maudite soirée, murmura-t-il en promenant le bout de son index sur les lèvres de la jeune femme.

Hilary hocha la tête. Elle aussi était pressée de se retrouver seule avec Roel.

Mais lorsqu'elle monta à bord de l'hélicoptère, quelques minutes plus tard, elle fut prise d'un étrange vertige. L'instant d'après, elle s'effondrait contre Roel qui lui tenait toujours la main.

Lorsqu'elle rouvrit les yeux, elle se trouvait de nouveau à l'arrière de la limousine. Penché au-dessus d'elle, Roel l'observait d'un air anxieux.

— Tu t'es évanouie dans mes bras, *cara mia*... Que se passe-t-il, tu ne te sens pas bien ?

Hilary cligna des yeux.

— C'est un peu comme si j'avais eu le mal de mer, expliqua-t-elle d'une petite voix. Va à la soirée sans moi, Roel, je me reposerai en t'attendant.

— Trop tard, j'ai annulé. Le mal de mer, répéta-t-il d'un ton amusé. Dis-moi la vérité : tu n'avais aucune envie de sortir, toi non plus.

Un faible sourire se dessina sur les lèvres d'Hilary.

— Détrompe-toi... J'avais très envie de voir du monde, au contraire, prétendit-elle pour se prêter au jeu et, surtout, dissimuler son inquiétude.

Une demi-heure plus tard, Hilary était couchée dans son lit. Assis près d'elle, Roel l'observait avec une attention soucieuse.

— Je me sens tout à fait bien, maintenant, dit-elle. Je n'ai pas envie de passer la soirée au lit à ne rien faire.

— Quand on est en bonne santé, on ne s'évanouit pas, fit observer Roel d'un ton sévère. Tu te lèveras uniquement si le médecin te le permet.

— Le médecin... quel médecin ? demanda Hilary avec stupeur.

Au même instant, quelques coups discrets furent frappés à la porte.

— Tiens, c'est sûrement elle.

Prise de panique, Hilary se redressa vivement.

— Je ne veux pas la voir, protesta-t-elle. Je n'ai pas besoin qu'un médecin m'examine... Pour l'amour du ciel, Roel, il ne t'arrive donc jamais de respecter la volonté des autres ?

— Je te rappelle que je suis ton mari. Et, à ce titre, je suis responsable de ton bien-être.

Il se leva pour aller ouvrir la porte.

Sur le point d'ouvrir la bouche pour protester de nouveau,

Hilary se tut : une femme souriante, aux cheveux grisonnants, franchissait déjà le seuil de la chambre à coucher.

— Je préférerais que tu nous laisses seules, déclara Hilary, en voyant que Roel ne manifestait pas l'intention de quitter la pièce.

Il acquiesça avec une visible réticence.

Après avoir répondu aux questions du médecin, Hilary se soumit à un examen rapide, au terme duquel la femme esquissa un sourire chaleureux.

— Je suppose que vous aviez déjà quelques soupçons… vous êtes enceinte, madame Sabatino.

Hilary se sentit pâlir. Immédiatement, une question lui traversa l'esprit, terriblement angoissante : quelle serait la réaction de Roel lorsqu'elle lui annoncerait la nouvelle ?

— Vous en êtes sûre ?

Le médecin hocha la tête.

— Absolument.

— Ecoutez… je préfère attendre un peu avant de l'annoncer à mon mari, confia Hilary, au comble de l'embarras.

— Comme vous voudrez, consentit de bonne grâce le médecin.

En proie à une angoisse grandissante, Hilary la regarda se lever et sortir de la chambre.

Lorsque Roel vint la rejoindre, quelques minutes plus tard, elle se leva. Elle ne pouvait tout de même pas rester assise, à la merci de son regard perçant et inquisiteur…

— Puis-je savoir ce que tu fabriques ? demanda-t-il d'un air réprobateur.

— J'ai eu une baisse de tension, mais je me sens déjà beaucoup mieux, expliqua-t-elle d'une voix hésitante.

Mon Dieu, elle devait se reprendre et recouvrer son calme. Sinon, il allait découvrir la vraie raison de son malaise…

Avant qu'elle puisse aller bien loin, Roel la souleva dans ses bras et la déposa de nouveau sur le lit.

— Il est hors de question que tu te lèves, dit-il d'une voix ferme. Le médecin a dit qu'il te fallait un repas équilibré ainsi qu'une bonne nuit de sommeil, et j'ai bien l'intention de veiller à ce que tu respectes ces consignes à la lettre.

— La sollicitude te sied mal, mon cher, lança Hilary d'un ton moqueur.

Une demi-heure plus tard, sous le regard attentif de Roel, Hilary savourait le repas que la femme de chambre lui avait apporté sur un plateau, décoré d'un joli bouquet de fleurs.

En voyant le sourire enjôleur de Roel, elle sentit s'accélérer les battements de son cœur.

— Tu sais, je ne fais que protéger mes propres intérêts, murmura-t-il d'une voix de velours.

— Ah oui, comment ça ? s'étonna-t-elle.

— Disons que je préférerais que tu sois au mieux de ta forme pour être en mesure de répondre à *tous* mes désirs dans les jours qui viennent. Car je ne te l'ai pas encore dit, mais j'ai décidé de prendre des vacances.

— Mais tu n'en prends jamais !

— Avec la délicieuse jeune femme qui se trouve là, sous mes yeux, un grand lit… et un ordinateur portable, je suis tout à fait capable de prendre des vacances.

A son grand désarroi, Hilary se sentit rougir jusqu'à la racine des cheveux.

— Je ferai tout pour essayer de me guérir de toi, *cara,* reprit Roel d'une voix rauque.

— Et après ?

Le silence qui suivit la mit à la torture.

— Après, je retournerai à ma vie ordinaire de célibataire endurci.

A ces mots, une vague de désespoir s'abattit sur Hilary. Ainsi, Roel avait toujours les mêmes intentions. C'était uniquement par désir de vengeance qu'il l'avait entraînée ici, chez lui…

Instinctivement, elle posa une main sur son ventre. L'enfant de Roel grandissait en elle. Comment réagirait-il en apprenant l'incroyable nouvelle ? La soupçonnerait-il, une fois encore, d'avoir essayé de le piéger délibérément ?

Cette simple pensée lui était insupportable. Au fond, elle ferait peut-être mieux de ne rien lui dire. Lorsque viendrait le moment de se séparer, elle retournerait à Londres et travaillerait dur pour offrir une vie heureuse à leur bébé.

Rongée par les doutes et l'inquiétude, Hilary ferma les yeux. *Carpe diem*… Oui, elle devait s'efforcer de vivre au jour le jour sans songer au lendemain ; il serait toujours temps de faire face au dénouement tristement prévisible de leur idylle.

Cela faisait maintenant une semaine qu'ils séjournaient dans la villa que Roel possédait en Sardaigne.

Au retour d'une promenade en ville, ce dernier insista pour offrir un bijou à Hilary.

— J'ai envie de te couvrir de diamants, déclara-t-il d'une voix profonde.

Dans la boutique, gênée, Hilary consentit avec réticence à ce qu'il lui offre une montre en or. Elle répugnait à accepter un cadeau de sa part. N'allait-il pas en concevoir plus de mépris encore à son égard ?

Une fois de retour à la villa, ils allèrent s'asseoir sous le gros figuier qui protégeait la terrasse des rayons ardents du soleil méditerranéen. De là, ils pouvaient admirer la petite crique privée, légèrement en contrebas.

L'après-midi touchait à sa fin, mais la chaleur ne s'était pas encore dissipée.

— Merci pour ce magnifique cadeau, murmura Hilary en prenant une gorgée de jus d'orange.

— J'aurais voulu t'offrir une cascade de pierres précieuses… que tu aurais portée nue, telle une déesse païenne.

Hilary sentit son pouls s'accélérer. Elle en était sûre, aucun autre homme ne la rendrait aussi heureuse, aussi épanouie...

— Au fait, reprit Roel d'une voix soudain sérieuse, j'aimerais te présenter des excuses pour cette histoire d'argent. J'ai vérifié le compte... Cela fait plus de trois ans que l'argent y dort, sans même que je le sache.

Hilary haussa les sourcils.

— Et la lettre que j'ai envoyée à Paul Correro ? demanda-t-elle avec étonnement.

— Apparemment, elle n'est jamais arrivée à destination. A l'époque, Paul venait d'emménager dans de nouveaux bureaux, et il semblerait que le courrier n'ait pas suivi. Il s'en veut terriblement, tu sais. Il s'accuse d'avoir semé la zizanie entre nous.

Hilary hocha lentement la tête, partagée entre des sentiments contradictoires. Bien sûr, ce malentendu était dissipé. Mais il y avait autre chose, à présent, de bien plus déstabilisant pour eux deux... Une petite vie qui grandissait en elle, discrètement mais sûrement.

Mais elle oublia tout lorsque Roel se pencha vers elle pour suivre du bout des doigts la courbe de son épaule. Un frisson de plaisir courut le long de son dos. Elle gémit doucement

Il se leva et vint se poster derrière elle.

— Il fait encore jour..., essaya-t-elle de protester.

Mais, au fond, Hilary n'avait aucune envie de le repousser. Au contraire, elle ne rêvait déjà plus qu'à une chose...

— Chut..., murmura-t-il. Détends-toi... Laisse-moi faire.

Et elle se laissa faire... Là, sur la terrasse baignée par le doux soleil de fin de journée, à l'ombre du figuier séculaire, Roel lui fit l'amour avec une tendresse qu'il ne lui avait encore jamais témoignée.

— Tu me rends fou de désir, murmura-t-il après bien des caresses, lorsque, blottis l'un contre l'autre, ils reprirent leur souffle en contemplant le ciel azuré.

Ils ne s'étaient pas quittés de toute la semaine. Une semaine absolument idyllique…

Hilary avait l'impression de vivre dans un rêve. Ils pique-niquaient sur la plage, prenaient des bains de minuit, dînaient aux chandelles, faisaient des siestes sensuelles dans la chambre gardée fraîche par les volets fermés. Ils bavardaient aussi longuement, abordant tous les sujets, sans aucun tabou. Et, lorsque Roel avait besoin de travailler une ou deux heures, Hilary s'installait dans un fauteuil à côté de lui, pour lire un magazine.

Elle avait conscience de vivre un intermède magique, un moment de grâce qu'elle aurait voulu prolonger éternellement. Et puis, il y avait ce bébé, le fruit de leur désir… le fruit de l'amour qu'elle portait à Roel.

Un soir qu'ils se prélassaient sur le lit après une merveilleuse journée passée sur la plage et à faire l'amour avec passion, les mots sortirent de sa bouche sans qu'elle cherche à les retenir.

— Roel ?

— Mmm ?

Il était allongé sur le dos, les yeux clos. Il avait l'air parfaitement détendu. Et heureux, se dit Hilary avec un pincement au cœur. N'allait-elle pas tout gâcher en lui avouant son précieux secret ?

— J'ai quelque chose d'important à te dire… Surtout, ne te mets pas en colère, ajouta-t-elle en maudissant sa propre faiblesse. Dans un sens, nous sommes tous deux responsables…

Alerté par son ton empreint de gravité, Roel se redressa sur un coude, le visage grave.

— Qu'y a-t-il ? Je t'écoute.

— Je…

Sa voix se brisa et elle dut inspirer profondément avant de reprendre.

— Je suis enceinte, Roel. C'est arrivé dès la première semaine.

Elle le vit blêmir sous son hâle. D'un bond, il se leva, enfila son short et sortit sur la terrasse qu'il se mit à arpenter d'un pas nerveux.

Hilary noua à la hâte un paréo autour d'elle et le rejoignit.

— Tu es sous le choc, c'est normal, hasarda-t-elle.

Elle ne savait comment interpréter la réaction de son mari.

— Ç'a été un choc pour moi aussi, reprit-elle.

Muré dans un mutisme inquiétant, Roel se dirigea vers le minibar de la terrasse et se servit un verre de whisky qu'il but d'un trait.

La gorge serrée, Hilary l'observait avec attention.

— Je t'en prie, Roel, dis quelque chose.

— Depuis quand le sais-tu ? demanda-t-il enfin, d'une voix glaciale.

Hilary soupira.

— Depuis le jour où tu as appelé le médecin, quand je me suis évanouie.

Il laissa échapper un rire dur.

— Depuis tout ce temps ? Pourquoi ne m'en as-tu pas parlé avant ?

Hilary retint son souffle. Elle sentait que la situation lui échappait dangereusement.

— Je… j'avais peur de ta réaction, avoua-t-elle. Et… j'avais peur de te perdre.

Roel haussa les sourcils d'un air dédaigneux.

— Tu avais peur de me perdre ? Je te trouve bien présomptueuse, lâcha-t-il en lui jetant un regard noir. Car je ne t'ai jamais appartenu.

Hilary vacilla légèrement sous la violence de ses paroles.

Lorsqu'il ramassa sa chemise, elle comprit qu'il allait partir. L'abandonner. Elle balbutia d'une voix étranglée :

— Où vas-tu ?

— Ça ne te regarde pas, répondit-il en quittant la terrasse, sans même la regarder.

Après son départ, Hilary resta un long moment dehors, grelottante malgré la douceur du soir. Puis, elle se força à prendre un léger dîner. Pour le bébé qu'elle portait en elle, elle devait prendre soin d'elle.

Mais elle se sentait désespérée. Qu'avait-elle fait pour mériter un tel mépris de la part de Roel ? A croire qu'il la soupçonnait d'être tombée délibérément enceinte dans le seul but de lui soutirer de l'argent. Ah, l'argent ! Qui avait dit qu'il ne faisait pas le bonheur ? Elle l'apprenait aujourd'hui à ses dépens, et de façon implacable.

Elle savait que Roel avait eu trop d'exemples malheureux autour de lui, dans sa famille, pour faire confiance à une femme. Réussirait-elle à briser l'espèce de malédiction qui semblait toucher le clan Sabatino depuis plusieurs générations ?

Oui... oui, elle se sentait prête à tout pour lui prouver que les femmes n'étaient pas des êtres cupides et frivoles qu'on ne pouvait que mépriser. Pas plus que des objets de désir qu'on pouvait manipuler à sa guise.

Pour leur enfant, elle réussirait à conquérir le cœur de Roel, coûte que coûte ! Une bouffée d'espoir gonfla soudain son cœur.

Forte de ses résolutions, Hilary, incapable de trouver le sommeil, monta se coucher et attendit le retour de Roel. Le clair de lune baignait la chambre d'une lueur nacrée.

Il était plus de 1 heure du matin lorsque Roel apparut enfin dans l'encadrement de la porte. Le cœur d'Hilary fit un bond dans sa poitrine. Elle se redressa vivement. Il était revenu, c'était tout ce qui comptait pour le moment...

— Roel..., commença-t-elle, songeant à tous les arguments qu'elle avait répétés depuis qu'elle était couchée.

— Chut...

Elle le regarda s'approcher, les cheveux en bataille, l'air hagard. Une barbe naissante ombrait son menton volontaire.

Il s'assit près d'elle. La gravité se lisait dans ses yeux. Presque timidement, il avança la main vers elle et effleura sa joue d'une douce caresse.

— Je suis heureux pour le bébé, commença-t-il d'une voix étrangement rauque. Mais j'ai besoin de te faire confiance, tu comprends, *cara* ? J'aurais voulu que ce soit toi qui me dises la vérité au sujet de notre mariage, quand je souffrais d'amnésie. Et j'aurais voulu que tu me parles du bébé tout de suite, dès que tu l'as appris.

Il secoua la tête.

— Tu n'imagines pas le mal que tu m'as fait en disparaissant sans aucune explication.

La gorge nouée, Hilary sentit des larmes lui monter aux yeux. Il avait raison, bien sûr. Son attitude irréfléchie n'avait fait que renforcer sa méfiance et son cynisme. A cette pensée, une bouffée de honte l'envahit.

— J'ai dû te paraître très égoïste, murmura-t-elle. Mais… pour être franche, je ne pensais pas que je te manquerais à ce point…

Roel émit un rire sans joie.

— *Inferno !* Que crois-tu donc ? Que je suis fait de bois ?

— De glace, plutôt, répliqua-t-elle avec humour. Tu es tellement maître de tes émotions qu'on se demande parfois si tu en éprouves vraiment.

Il grimaça.

— C'est ainsi qu'on m'a élevé. On m'a appris à être fort, en toutes circonstances, et à ne jamais baisser la garde devant une femme. Leurs mariages ratés ont aigri mon père et mon grand-père. Lorsque ce dernier s'est enfin ouvert à un autre style de vie, il était trop tard, il n'avait plus assez d'influence sur moi. Je pense que c'est la raison pour laquelle il a rédigé ce drôle de testament. C'était son ultime tentative, son dernier espoir de me voir prendre une épouse et vivre heureux en famille. Pour briser le sortilège, en quelque sorte…

Il se tut. Ses doigts coururent le long du bras d'Hilary,

qui frissonna. Empreint de noblesse, le profil de Roel se découpait sur le ciel bleu nuit, éclairé par la lune.

— Pour le bébé, je suis…, balbutia-t-elle.

— Je veux ce bébé, coupa-t-il avec ferveur. C'est la plus belle chose qui me soit jamais arrivée… Après toi, bien sûr. Quand tu m'as annoncé la nouvelle, j'ai pris peur… Toutes mes vieilles craintes ont resurgi, j'ai eu peur que tu tentes de me manipuler.

Il s'interrompit un instant et plongea son regard dans celui d'Hilary.

— Je ne supporterais pas que tu me quittes de nouveau, *cara*, reprit-il. Depuis le premier jour où je suis entré dans ton salon de coiffure, je n'ai cessé de lutter contre les sentiments que tu m'inspirais. J'ai bien essayé de résister, de me convaincre qu'il ne s'agissait que d'une attirance physique mais…

— Mais ? souffla Hilary, le cœur empli d'espoir.

— Mais c'est bien plus profond que ça, avoua-t-il d'une voix sourde. Ce sentiment qui m'habite jour et nuit, qui me torture dès que nous ne sommes plus ensemble… Je t'aime, Hilary. C'est la première fois que j'éprouve cela. Et, malheureusement, je n'ai pas su le reconnaître. Au contraire, je me demandais ce qui n'allait pas chez moi…

— Alors que tout allait bien, rectifia Hilary avec empressement.

Les yeux pleins de larmes, elle noua les bras autour de son cou et se blottit contre lui.

— Je t'aime aussi, Roel, dit-elle dans un souffle. Je t'aime de tout mon cœur et je ferai tout pour te rendre très, très heureux. Tellement heureux que tu ne voudras plus jamais me laisser partir.

Visiblement ému, Roel resserra son étreinte. Ils restèrent un long moment ainsi, tendrement enlacés, savourant cette complicité qu'ils avaient été si près de perdre.

— Je me sens bien auprès de toi, *amata mia*.

— Tu vois… ce n'est pas si pénible que ça de m'aimer, le taquina Hilary.

— Ça l'est quand tu me quittes sans crier gare.

— Ça n'arrivera plus jamais, promit-elle avec ferveur.

— Mmm, j'espère pour toi.

Avec une délicatesse infinie, il prit ses lèvres et l'embrassa avec tendresse.

— Sais-tu ce qui me ferait plaisir ? chuchota-t-il tout contre sa bouche. J'adorerais te voir porter une vraie robe de mariée, rien que pour moi. Serais-tu d'accord pour renouveler nos vœux en présence de tous nos amis ? Ce serait l'occasion de célébrer dignement la force de notre amour.

— C'est une merveilleuse idée, murmura Hilary, bouleversée par l'émotion qui voilait son regard noir. Mais nous devrons attendre que le bébé soit né.

— Pourquoi ? fit Roel avec une candeur qui lui arracha un sourire attendri.

Onze mois plus tard, Hilary et Roel renouvelèrent leurs vœux dans une ravissante petite chapelle, à quelques pas du *castello* Sabatino.

Vêtue d'une magnifique robe composée d'un corset en brocart et d'une superposition de jupons aériens, Hilary irradiait de bonheur. A son côté, Roel ne craignait plus d'afficher la force de son amour.

La cérémonie religieuse fut suivie d'un savoureux banquet et d'une soirée joyeusement animée à laquelle assistèrent les deux amies de la mariée, Pippa et Tabby, accompagnées de leurs époux, Andreo et Christian. Paul et Anya Correro étaient là eux aussi. Au cours de l'année passée, cette dernière et Hilary avaient sympathisé au point de devenir vraiment intimes, pour le plus grand bonheur de leurs maris.

La jeune Emma, bien sûr, avait également fait le déplacement. Mais l'invité d'honneur était sans conteste Pietro, le plus jeune membre du clan Sabatino. Du haut de ses trois mois, le bébé témoigna cependant peu d'intérêt pour les festivités et passa le plus clair de son temps à dormir à poings fermés.

Plus tard dans la soirée, Hilary déposa son fils dans le berceau de la nursery qu'elle avait décorée avec soin. L'enfant avait hérité des cheveux noirs de son père et il savait déjà esquisser des sourires destinés à charmer son entourage. Cela lui venait aussi de son père, sans aucun doute…

Comme le temps passait vite… Et comme la vie était douce auprès de Roel et de Pietro ! songea la jeune femme avec un sourire rêveur. Ils passaient beaucoup de temps au *castello* où il régnait un calme très apaisant. Roel avait considérablement réduit le nombre de ses voyages d'affaires et il la gâtait comme une princesse.

— Superbe, chuchota ce dernier depuis le seuil de la pièce.

Hilary contempla leur bébé avec une fierté toute maternelle.

— C'est vrai que c'est un beau bébé… En toute objectivité, bien sûr. Tu ne trouves pas ?

Roel enlaça son épouse par la taille et la fit pivoter vers lui.

— Je ne parlais pas de Pietro, *amata mia*.

— Ah bon ?

Croisant son regard voilé par le désir, Hilary sentit son cœur s'emballer.

— Tu étais magnifique aujourd'hui. Je suis tellement heureux de t'avoir rencontrée, tellement fier de t'avoir épousée, confessa-t-il. Sais-tu que c'est un peu la nuit de noces que nous n'avons jamais eue ?

Tremblante, Hilary se hissa sur la pointe des pieds pour réclamer un baiser. Etouffant un gémissement, Roel se pencha pour l'embrasser à perdre haleine, avant de la soulever dans ses bras pour franchir le seuil de leur chambre.

— Tu m'aimes toujours ? demanda-t-elle, le souffle court.

Le sourire franc et lumineux de son mari l'emplit d'allégresse.

— Je t'aime chaque jour un peu plus, répondit-il.

Le cœur en fête, Hilary se pressa tout contre lui pour réclamer un autre baiser.

Retrouvez prochainement,
dans votre collection

SAGAS

Trilogie intégrale : LES HÉRITIERS D'ILLYRIA
de Robyn Donald - N°138

La princesse d'Illyria

Accusée d'infidélité par celui qu'elle aimait et qui n'était autre que Gabe Considine, futur souverain d'Illyria, Sara a fui, persuadée qu'elle ne le reverrait jamais. Mais, lorsqu'un projet professionnel l'oblige à revenir chez les Considine, Sara sait qu'elle ne pourra éviter Gabe et tente d'étouffer ses sentiments. Que peut-elle attendre de celui qui la croit indigne de lui ?

Soumise à la passion

Aucune femme ne saurait résister au charme envoûtant de Hawke Kennedy, ce séduisant homme d'affaires que Melissa a rencontré en Nouvelle-Zélande. Pourtant, alors qu'elle est prête à lui offrir son cœur, Hawke trahit sa confiance. Décidée à tout faire pour l'oublier, elle se réfugie chez elle, en Illyria. Mais Hawke ne tarde pas à l'y retrouver...

Amoureuse du prince

Devenir l'égérie d'un parfum et faire la une des magazines, voilà qui aurait de quoi faire rêver Jacoba. Si seulement le créateur de la marque n'était pas Marco Considine, ce beau prince d'Illyria pour lequel elle éprouve une attirance irrésistible et qui ne doit surtout pas découvrir son terrible secret...

Série intégrale : RENCONTRES À NOËL
de Abigail Gordon - N°139

Coup de foudre à Bluebell Cove

À peine Jenna s'installe-t-elle comme infirmière dans le Devon qu'on lui présente le Dr Devereux. Hélas, s'il se montre irréprochable en tant que confrère, en privé, il lui manifeste une étrange hostilité. Une hostilité qui n'a d'égale que l'attirance que Jenna éprouve à son égard...

Rendez-vous à Bluebell Cove

Lorsqu'elle se découvre enceinte, Francine est bouleversée. Ne vient-elle pas de divorcer, reprochant à Ethan, son mari, de se soucier davantage de sa carrière que de leur vie de famille ? Reste qu'elle doit lui annoncer la nouvelle et accepter sa réaction, quelle qu'elle soit...

Une merveilleuse proposition

Enceinte ! Quand Phoebe apprend sa grossesse, après une seule nuit passée entre les bras de son patron, Harry Balfour, elle est désemparée. Car Harry n'est pas du genre à vouloir fonder une famille, elle en est certaine. Comment, dans ces conditions, lui annoncer la nouvelle ?

Un mariage tant attendu

Humiliée par son fiancé, qui l'a quittée le jour de leur mariage, Amélie s'est juré de ne plus jamais accorder sa confiance à un homme. Pour repartir de zéro, elle accepte un poste dans le Devon. Mais, à peine arrivée, elle tombe sous le charme de son collègue, Leo Fenchurch...

Retrouvez prochainement,
dans votre collection

SAGAS

Trilogie intégrale : COUP DE FOUDRE SOUS LES FLOCONS
de Lilian Darcy - N°140

Coupable tentation

Lorsque Daisy croise le regard bleu de Tucker, une bouffé de désir la submerge. En dix ans, l'ex-fiancé de sa sœur n'a guère changé et le trouble entre eux est toujours aussi fort. Soudain, le doute l'assaille : et si c'était à cause d'elle que Tucker, autrefois, a rompu avec sa sœur, quelques jours avant leur mariage ?

Troublants lendemains

Ce n'était pas supposé devenir sérieux. Quand Lee a succombé au charme de Mac, un soir de Noël, elle n'imaginait pas que leur nuit passionnée aurait un lendemain. Mais aujourd'hui que Lee est enceinte, tout a changé. Et cela d'autant plus que Mac, s'il ne peut lui promettre l'amour, n'en est pas moins résolu à faire partie de la vie de leur enfant.

Le parfum du souvenir

Joe Capelli est de retour, plus beau que jamais. Dès qu'elle l'aperçoit, Mary Jane renoue avec cette époque troublante où elle l'adorait en secret. Bouleversée par leurs retrouvailles, Mary Jane l'est encore davantage par la métamorphose de Joe. Que lui est-il arrivé ? Mary Jane a soudain très envie de le découvrir – en même temps que le goût de ses lèvres…

Trilogie intégrale : UN HIVER BRÛLANT
de Cara Summers - N°141

Délicieux fantasmes

En arrivant sur l'île Belle, Naomi n'a qu'une idée en tête : oublier son ex petit-ami. Pour cela, quel meilleur endroit que le cadre enchanteur de l'hôtel que dirige sa sœur ? Nul autre, à coup sûr, surtout après l'arrivée de Dane MacFarland, qui incarne le fantasme le plus osé de Naomi. Si osé qu'elle n'a jamais pu l'avouer à quiconque…

L'heure des fantasmes

Troublée, Jillian n'a de cesse de penser à cet inconnu rencontré plus tôt sur l'île Belle. Un homme qui, d'un seul regard, a fait naître en elle un désir ardent. Alors, elle n'espère plus qu'une chose : retrouver l'objet de tous ses fantasmes et lui faire comprendre – par tous les moyens possibles – l'étendue de son attirance pour lui.

Troublants fantasmes

« Vous vivrez une passion torride avec un homme qui se pliera à tous vos fantasmes » Même si elle sait que c'est insensé, Reese ne peut s'empêcher d'être troublée par cette prédiction. Après tout, la rumeur ne prétend-elle pas que les fantasmes les plus secrets se réalisent sur l'île Belle ? Alors, pourquoi n'en profiterait-elle pas elle aussi pour explorer ses désirs les plus fous ?